U0541703

中国社会科学院老学者文库

夏目漱石文艺理论研究
——纪念漱石诞辰150周年

何少贤◎著

中国社会科学出版社

图书在版编目（CIP）数据

夏目漱石文艺理论研究：纪念漱石诞辰150周年/何少贤著.—北京：中国社会科学出版社，2019.5

（中国社会科学院老学者文库）

ISBN 978-7-5203-3831-8

Ⅰ.①夏… Ⅱ.①何… Ⅲ.①夏目漱石（1867-1916）—文艺理论—理论研究 Ⅳ.①I0

中国版本图书馆 CIP 数据核字（2018）第 289167 号

出 版 人	赵剑英
责任编辑	喻　苗
责任校对	赵雪姣
责任印制	戴　宽

出　　版	中国社会科学出版社
社　　址	北京鼓楼西大街甲 158 号
邮　　编	100720
网　　址	http://www.csspw.cn
发 行 部	010-84083685
门 市 部	010-84029450
经　　销	新华书店及其他书店
印　　刷	北京明恒达印务有限公司
装　　订	廊坊市广阳区广增装订厂
版　　次	2019 年 5 月第 1 版
印　　次	2019 年 5 月第 1 次印刷
开　　本	710×1000　1/16
印　　张	25.5
字　　数	324 千字
定　　价	118.00 元

凡购买中国社会科学出版社图书，如有质量问题请与本社营销中心联系调换
电话：010-84083683
版权所有　侵权必究

夏目漱石（明治四十三年四月）

則天去私　漱石

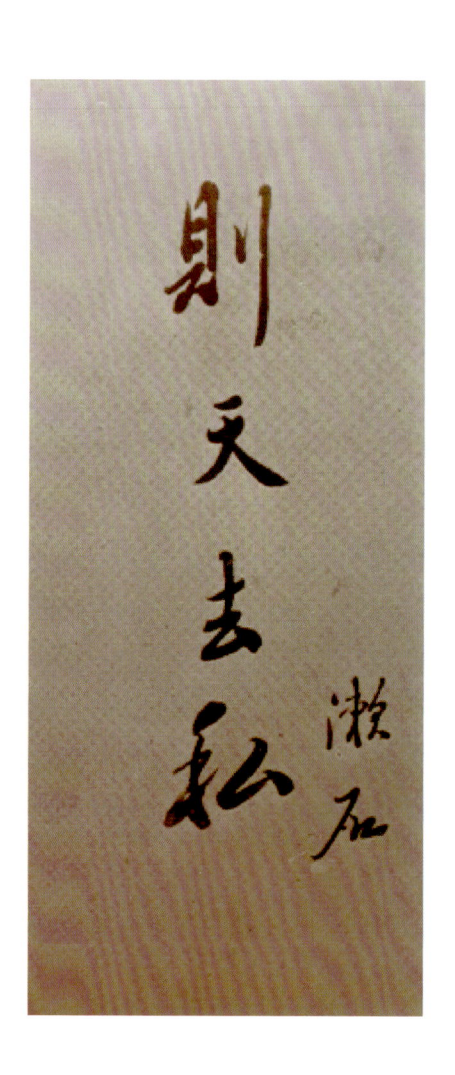

谨以十年心血，
真诚地献给：
日本文学和漱石研究者，
西方文学研究者，
比较文学家、文艺理论家，
一切立志评论、立志创作的青年！

代　序

纪念漱石诞辰150周年
愿中日人民世代友好

　　一个作家是否值得我们纪念，主要看他的著作、思想在今天是否还能启迪人智，推动人类文化繁荣发展和社会进步，是否还能够继续发挥作用。

"今日欢呼孙大圣　只缘妖雾又重来"

夏目漱石诞生于日本明治维新前一年的1867年2月9日，1916年12月9日与世长辞，2016年正值诞辰150周年，特撰此文隆重纪念某某。

　　日本近代作家诞生或者逝世百年以上者多如牛毛，为什么唯独要纪念他？哪些事值得我们纪念？

　　一个作家是否值得我们纪念，主要看他的著作、思想在今天是否还能启迪人智，推动人类文化繁荣发展和社会进步，是否还能够继续发挥作用，即此公是否具有现代性。

　　据传，西方有人对于中国与日本为什么不能有如法、德那样的战后关系很不理解，不知日本不像德国视宣传法西斯主义为非法，不知德国拥有为前代人犯下的战争罪孽而面对受害者纪念碑下跪道歉的总理，虽然日本也有个别首相为前人的侵略战争而道过歉，却有不止一个首相不顾受害国屡次抗议参拜战犯神位；觊觊邻国岛屿，妄图推翻战后秩序；鼓吹"日本要当亚洲的领导"，但又觉得"日本人是世界上少有的性格偏狭的国民。为此在世界上越来越孤立，而且毫不自觉。在日本这样相当特殊的国家里成长起来的人，要是不能有意识地努力加以克服，是不可能形成正确世界观的"①。这里所说的"正确世界观"所指就是所谓"三人帮世界观"，要日本人认清世界已经实现了日美欧（JUE）三分天下（见图1）。

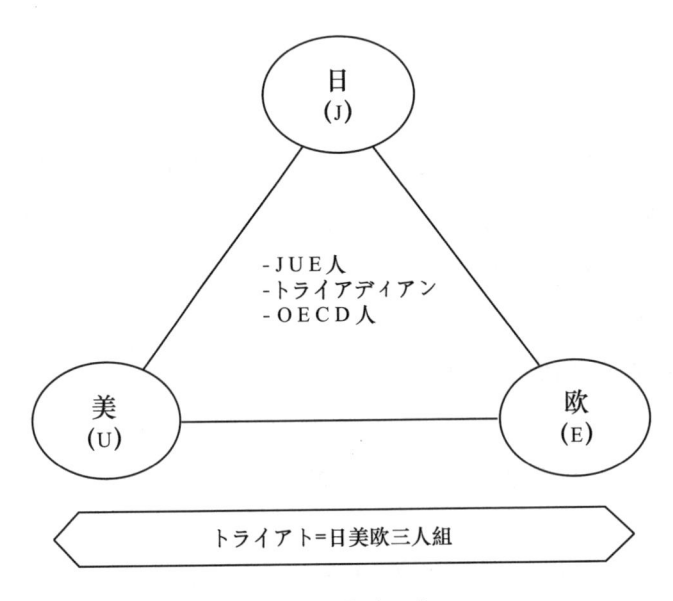

```
            日
           (J)

      -JUE人
      -トライアディアン
      -OECD人

   美                欧
   (U)─────────────(E)

   ◁──トライアト＝日美欧三人組──▷
```

图1　日美欧三角

"工业技术创新上日美欧并驾齐驱"；日本拥有东南亚，美国有拉丁美洲，欧洲拥有中近东和非洲后院。② 不加分析地把日本人都说成"性格偏狭的国民"是以偏概全的思想方法，不可取。但透露要当"亚洲的领导"，倒是应该引起警惕。该引起警惕的还有日本有些人并不满足于只当亚洲领导，其最终目标是称霸世界。

---

① ［日］大前研一：《看清世界，看清日本》，讲谈社1986年版，第277、214页。
② 同上。

尽管人数不多，但其影响不能小觑。1990年《宝石》月刊的文章《90年代日本生存之路》写道："日本摆脱困境、谋求霸权的出路在于输出日本文化。""以往的历史证明，一个国家要谋求世界霸权，必须拥有军事、经济、金融和文化四个方面的优势。"认为"日本经济、金融优势已经具备，军事优势不在话下，只要愿意搞就能实现，关键问题只有文化了"。"必须用某种方式在世界范围内树立起令人羡慕的'日本哲学'。""必须使年青一代树立起日本文化、哲学是世界上最优秀最令人羡慕的观念。"①

看，早在20世纪，日本人就想到依靠文化"谋求世界霸权"了！这里的文化有特定内涵："换言之即是日本价值观念或生活方式""具有不可估量的力量。"下面的潜台词就是：到时，什么美国价值观念或麦当劳生活方式都得靠边站！但人们都懂得靠山吃山靠海吃海的道理，不同自然条件形成不同国家和不同民族的自然观念和生活方式，岂能轻易羡慕别国价值观念或生活方式？何况同国同民族的不同阶级就有不同的世界观。每一个民族的文化、哲学又有精华与糟粕之别。从"谋求世界霸权"可以断定，他们满脑子是殖民主义思想，所依据的价值观念或生活方式，哪能"令人羡慕"呢？

日本历代确实都有优秀人物创造了"最令人羡慕"的思想文化，近代以来的优秀作家、哲学家就有夏目漱石、志贺直哉、小林多喜二、森村诚一和大江健三郎、中江兆民、片山潜、幸德秋水、户坂润等，不胜枚举。本书为纪念漱石而写，主要谈漱石。研究日本的漱石观，我们发现了一个互相矛盾的现象。一方面漱石的价值观念和文学论著在日本长期受到贬抑；另一方面在20世纪30年代法西斯分子和右翼文人曾经歪曲、利用漱石思想、理论。现在弄清漱石思想、理论的真正价值，是我们纪念漱石的正

---

① 中国社会科学院近代史研究所：《日本侵华七十年史》，中国社会科学出版社1992年版，第4页。

道，具有重要现实意义。

东方杰出的文论家　盲目西化的批判者

漱石被誉为日本现代文学之母、伟大的人生教师，最杰出作家。日本人一生都读其作品，图书馆里他的书破损得最快，在面值为一千日元的纸币上印着他的肖像（见图2），是其余群小作家都无法想象、望尘莫及的荣耀。

图2　日本纸币上的漱石肖像

漱石深受东西方两种文化的熏陶，少习汉学，后学英语，留学英国。漱石视名利如粪土，绝不与官僚同流合污。1907年6月，日本首相西园寺公望在家举办雨声会，特邀漱石和森鸥外等十七名著名作家。漱石回信不但拒绝赴会，还在信端附上一首俳句："杜鹃身本洁，焉能入茅厕。"以洁鸟自居，而视官邸如臭茅厕，第二次集会也没有出席。他立志："小生以前一直只以平平常常的夏目某混迹世上，希望今后仍然以平常的夏目某身份生活下去。"这话写于1910年6月明治政府逮捕幸德秋水等社会主义者的政治最黑暗时期，写于日本文部省授予他文学博士称号，漱石正躺在医院病床上之时。他公开声明：坚决拒绝接受博士称号。漱石批评博士制度功少弊多，会使学问成为少数博士的专有物，少数几个学者贵族垄断学术大权，而使其他未当选的人受到冷落，讨厌的弊害层出不穷，为此深表忧虑。他的《文艺委员是干什么的》（1911年）和小说《风暴》（1906年）遥相呼应，为维护作家的创作自由权大声呐喊。他塑造了执着追求自由、平等和博爱的人物形象，批评官僚专制统治，批判西方资本主义弊端，讽刺、批评平民百姓无知、自私等落后面。漱石是日本少有的预言家、思想家。他以日本明治维新志士不是生就是死的精神，从事创作和评论，警告日本如果不自量力地侵略扩张，很可能彻底失败，"即使日俄战争打赢了，日本成了一流强国也无济于事，还会亡国"。《三四郎》里漱石又引用《伊索寓言》中青蛙与牛比赛饮水撑破肚子的故事讽刺日本参与帝国主义之间的竞争，将会失败。《其后》里他的预见，已经被第二次世界大战的历史所证明。以历史主义观点看，在当时条件下能做到这一点确实难能可贵。近百年来深受日本帝国主义之害的中国，有充分理由肯定这些在日本往往被人忽视的思想观念。

漱石青年时代，就对东西方文化的差异有着清醒认识，要求教师在引用西方教材时应该说清楚，以防止学生受到西方思想的不良感染，以至于培养出在日本人的身躯上安着西洋人的头脑的怪物来。他把不顾自己的条件，盲目崇拜西方文化的日本人称为怪物，这在明治时代全盘西化时期，头脑如此清醒的青年实在是不多见的。特别是留学使他敏锐地看到了资本主义制度的弊端，1902年漱石给岳父的信里写道："国家的进步应归根于如何使用财源。"表示他最担心的是因财富分配不均而使国家发展艰难，指出欧洲今日文明之失败，根本原因就是贫富过于悬殊；还说马克思所论作为纯粹的理论虽然有缺点，但在今日之世界上出现是理所当然的。断定欧洲文明已经失败，马克思主义的出现"是理所当然的"认识高度，远远超过了今日的一些日本知识精英。此后，他又把这个思想发展到对日本式现代化的批评，指出越是资本主义现代化，竞争就越激烈，生活就越困难。因为，日本现代化是所谓外发的，即在外国推动下被迫的、不自然的跳跃式的，是只在表面上进行的。日本的知识分子对此很不适应，使得大多数大学教授患有神经衰弱。他特别不满的是：尽管支配现代日本的开化是西洋的潮流，受到这样的开化影响的国民理应产生某种空虚感，并产生不安和不满情绪。可是有些人却显得十分得意，仿佛日本开化完全是由于日本内部的原因发生的。他批评"这既是虚伪的，又是轻薄的"。尽管漱石曾为1900年去英国留学，而未能留学中国感到遗憾。但客观地说，留英使漱石有机会阅读大量西方文献，为写作文学概论积累了资料。深厚的汉学造诣，融合广博的西方文史知识，他才能得心应手地写出如此脍炙人口的小说、论著和评论文章，如果没有留学英国的经历，也就不会有作家、文论家漱石。他对世界文论的贡献是多方面的、全新的、独创的。第一，他首创"F+f"文学公式，以一定的符号来代表文学的各种因素，分析其错综复杂的关系；第二，在日本乃至东方他较早地论述了意识波（流）问题；第三，他注意作家创作能动性，又较早地考察了读者的欣赏规律，把两者密切结合起来；第四，他在日本较早论述艺术真实问题，首先提出真善美和庄严四个理想不能相互替代的批评标准；第五，他比较全面、系统又客观地分析比较日本和中国传统文学以及西方文学各自的特点、长处与不足，既批评西方人无视东方文化的西方中心主义观点，又纠正日本人在明治维新以后否定、轻视东方文学的许多片面观点，为日本文艺现代化、如何对待西方文化指明了方向；第六，他的批评态度客观公正，对不同流派和创作方法，主张相互学习，相互包容；第七，明确提出作家要肩负起揭露、批判假、恶、丑的使命；第八，他特别关心、扶持勇于创新的青年作家等，都是同时代文论家无可比拟的。其文艺理论具有鲜明的现实性和针对性的特点，而不是关在象牙塔里空想出来的一套理论。这些理论出自他众多的文章和谈话。因此，研究漱石文论，只看《文学论》和《文学评论》是不够的。他在20世纪初的世界文论史上应占据显赫的一席,西方学界是不可能主动给这位东方文论巨擘提供这样的位置的(有资料证明英国在2009年才译介《文学论》)。然而令人遗憾的是,日本知识精英们在近一个世纪里竟然没有人著书立说为漱石争取这一应得之位!日本为什么会出现这样的现象,为什么有漱石"研究空白"之说?下面谈谈我的一孔之见,以抛砖引玉。

漱石生前未得到文坛公正评价,甚至受到无理攻击。但历史是公正的,漱石逝世后,日本文坛有识之士对日本现代文学双璧夏目漱石和森鸥外进行过比较,评价有明显的高低之别。如川端康成1925年写道:漱石的《文学论》经过他亲自修改的部分,作为文章则更胜一筹。行文如大河流水滔滔不绝,把读者都迷住了,漱石之后"已经找不到一本值得信赖的文学概论"。而"森鸥外的文章里没有自由畅达的壮观景象……"[1]

此后,尽管日本漱石研究人数最多,资料最丰富,但漱石文论家的一面还是长期得不到彰显。进入21世纪,日本著名学者柄谷行人还在漱石理论国际讨论会上指出,漱石文学理论方面的成就至今仍未被充分讨论,"理论家的漱石一直遭到贬抑"[2]。

其实,早在1987年日本著名文学评论家长谷川泉就提出过"空白"论。他写道:

> 不但真正的作品论还有空白而且对其世界观、宗教观和文学理论的探讨方面都有空白。[3]

为学者们出了一个重要课题。但要填补这个空白谈何容易!

---

[1] 《川端康成全集》第16卷,新潮社1977年版,第258页。
[2] 庄焰:《日本及英美的夏目漱石文论研究现状概述》,《外国文学动态》2014年第5期。
[3] [日]长谷川泉:《森鸥外文学管见》,明治书院1987年版,第281页。

首先，要弄清楚产生"空白"的原因就极为困难。例如，关于《文学论》的真正价值在日本为什么未能得到普遍承认就是个见仁见智的问题。著名评论家吉田精一曾遗憾地指出，这是由于《文学论》"与坪内逍遥的《小说神髓》和内田鲁庵的《文学一斑》不同，它以英国文学为据点，并从那里寻找具体的例子来证明自己的观点，因而一般人都觉得很生疏，它的真正价值未得到充分认识……"但产生"生疏"的原因是否就是因《文学论》只是或者主要是从英国文学那里"寻找具体的例子来证明自己的观点"呢？其实，《文学论》的"真正价值未得到充分认识"，有其更加复杂的背景和原因。《文学论》中漱石从西方文学尤其是英国文学作品里选的例子确实多于东方，多于选自中国古典文学。但看问题不能只停留于表面现象，而应该从本质上分析，应该把他的理论与作品结合起来考察，还必须抓住核心，要看漱石的立足点，他以什么样的审美眼光对待这些例子，他具有怎样的审美核？漱石在《三四郎》里就说出他对西方文艺的态度："我们和屈从于西洋文艺脚下的人根本不同，我们是为了不受西洋文艺的束缚，是为了解放受到囚禁的心灵而研究西洋文艺的……使文艺按照我们的理想发展。"《文学论》谈色彩美时写道："如果从诗中除去色彩观念，那么有过半的诗歌将会难免灭亡，使诗歌变得空洞无味。中国古诗正是由于应用了色彩，才会大放异彩。红灯绿酒、白苹红蓼、麦绿菜黄、白云青山等语，在诗里屡见不鲜，使诗歌倍增妙味。"这样一对比，漱石对东西方文艺的态度，漱石的立足点、倾向性是一目了然的。漱石作品大量引用了我国成语、典故和叙述方法，《诗经》《论语》《史记》和唐宋诗词及禅宗等宗教语言比比皆是。在我国异译本最多的《旅宿》里，漱石就用了白居易《长恨歌》里的"温泉水滑洗凝脂"，陶渊明的"采菊东篱下，悠然见南山"，甚至全文抄录王维的五言绝句《竹里馆》："独坐幽篁里，弹琴复长啸。深林人不知，明月来相照。"接着，又尖锐地批评醉心于西洋的倾向："只有短短二十字，就卓越地建立起另一个乾坤……可惜如今作诗的人也好读诗的人也好，都一股脑儿地醉心于西洋人，似乎再也无人特地悠然自得地泛着扁舟遨游这桃源仙境了……我想直接从自然中吸收渊明和王维的诗趣。"对于这些叙述和例子，倘若不懂中国古典文学的"一般人"，肯定"都觉得很生疏"。因而不仅是《文学论》，就是小说的真正价值也不可能"得到充分认识"。这里可以以森鸥外"一条腿学者"论做证。所谓"一条腿学者"是指那些只懂得东方或者只知西方的学者。客观情况是在研究漱石的学者中只知西方的"一条腿学者"人数更多些，严重地影响到对漱石的研究与理解。日本上智大学教授渡部升一就谈到在漱石诞生一百周年纪念活动期间，日本发表了大量论文和讲演，但是没有一个人谈论漱石的汉诗。这位教授认为这是由于都是一些不懂汉诗的人在论漱石。然而，"在弄懂外国文学之前，如果不知道汉诗世界之美，是不会理解漱石的"。可见，日本的漱石研究存在误区。主要表现还是西方中心主义文化观的严重影响，似乎漱石只是学习、吸收西方理论，而忽视漱石对汉学的学习、吸收，因而不能如实、科学地评价汉学在漱石文论体系形成过程中的决定性作用。如此认识如一个个怪圈套着他们，犹如孙悟空难以摆脱头上的金箍，使他们难以对夏目漱石文艺理论做系统全面的研究。就是说日本并不是没有人研究过漱石的文艺理论，只是研究比较零星分散，给人以只见树木不见森林之感。这一点只要看一看许多文章标题也就可见主要特征。虽然见地独特又精彩，资料丰富，为后人进一步研究奠定基础，但主要视点、论据取自西方文论，只有少数论者注意到汉学对漱石的意义。

还文论本来面目　对漱石最好纪念

探讨漱石文艺理论得不到充分研究、肯定的原因，不要忘记

"F+f"的文学公式。这个公式是对待复杂问题,从多层次多角度地考察各种因素之间关系的范例,等于解决复杂问题的一把金钥匙。以此方法看,只从知识结构之类学术方面找原因显然是不够的,还应该看到政治因素。就对漱石文艺理论的研究而言,从某种意义上说,在一定时代背景下政治原因起决定性支配作用,这是由我们研究对象的特点和所处时代特点决定的,而不是任意采用的方法。

在西方列强火烧圆明园之后,漱石批评过日本人对待中国人的态度:"误把日本人说成了中国人有什么可讨厌的呢?中国人是比日本人更有名誉的国民,所不幸的只是眼下沉沦、不振。要是有心的人,与其被称为日本人,倒不如被当作中国人更名誉呢。即使不能做到这样,也应该想一想,在以往岁月里,日本受到中国多么大的恩惠。西洋人动不动就恭维说,中国人讨厌,日本人好。听到这样的话而感到高兴,那就好像一听说邻居(还是一个照顾过他的邻居)的坏话,而觉得有趣觉得自己多好一样,是种轻薄的劣根性。"(1901年3月15日的日记)在日本推行所谓"脱亚入欧"国策时代,把爱听西方人的吹捧、挑拨而轻视中国人的行为当成"轻薄的劣根性",视为不能知恩图报的小人做派痛加批判,是他又一个与众不同之处,值得我们纪念的又一方面。"日本受到中国多么大的恩惠",现在日本有多少人知道,又是怎样理解其深刻内涵,是个值得探讨、切磋的问题。

我以为,漱石所说的"恩惠",主要是指中国光辉灿烂的优秀文化对日本文化、哲学到生活方式的广泛、深刻影响。漱石作为英国文学专家,竟然觉得"仿佛受到英国文学的欺骗"。是他因敏锐地发现东西方文化的根本差异:西洋人的美学趣味喜欢执浓,偏爱华丽。英国等西方文学"缺乏潇洒、超脱之趣,缺乏出头天外观察,及笑而不答心自闲"的情趣。而他的兴趣则"颇似东洋的发句(俳句)"(1901年3月12日的日记)。显然,由于漱石觉得东西方的审美习惯和审美趣味有浓与淡、直露与含蓄等区别，使他更喜爱也更多地汲取了中国古典文学的表达方式。年轻的夏目金之助启用漱石作笔名，就说明他与中国传统文化关系不同寻常。漱石典故出自我国古代散文集《世说新语》中西晋文学家孙楚欲隐居，而把枕石漱流误说成枕流漱石故事。"漱石"首次用于1889年漱石读正冈子规的汉诗文集《七草集》后写的汉诗。同年的汉诗文集《木屑录》再次署名"漱石"，反映他对孙楚式人物的倾倒。1895年漱石在日本南方一中学任职时，给正冈子规寄去的四首汉诗中"守拙""持顽"等词，所抒发情怀蕴含不与恶势力同流合污，又有消极回避的一面。漱石，一个低级武士多子女家庭的老疙瘩，生母因无奶喂他，只得让人代养，后又被送给另一个武士当养子……怎么说都是个悲剧性人物。青年时代似乎也不怎么顺心、愉快。他给狩野亨吉的信叙述了对处境无可奈何而逃避，后又悔恨的过程：由于"世道不公，把人当作笨蛋的卑鄙家伙根本不考虑别人，依仗人多势众干尽无礼之事"。所以他前往乡下，指望过更美的生活。后又觉悟到这样做的结果，只能增长社会的恶德。"今后若是遇到这种场合决不后退，不但不退，而且要主动前进，打倒眼前之敌。"我虽然没有找到人多势众的"卑鄙家伙"具体指什么人的资料，但漱石离开东京是有据可查的，可找出他成长和不断进步的轨迹。从他为消极逃避行为反省，把不能为社会的人视为敌人，可见他为坚守理想和人格尊严而跟敌人拼命的劲头。从他的笔名到要与敌人拼命，可找到西方自由、平等之类现代思想，也可以看出不为五斗米折腰的士大夫精神。第二次世界大战以后，有的日本文学评论家甚至认为在漱石的"人格基础中，俨然存在由汉学养成的因素。这种因素超过了英国文学对他的影响"；"中国趣味"占据了他的趣味的中心。可见，"中国趣味"就是他的审美核（审美核理论详见拙著第十四章第二节）。至此，我们不得不产生这样一个疑问：如此明摆着的事实，如此浅显的道理，为什么在 20 世纪 30 年代连漱石的得意门生都认识不到，说不出口呢？甚至歪曲漱石思想为日本军国主义对外侵略扩张服务，这是漱石又一极大不幸。这里以日本对"则天去私"的评论为例做些分析。这四字最初是漱石为 1916 年 11 月新潮社发行的《大正六年文章日记》扉页写的题词。无论日本还是中国，自古以来都无这个词组。《后汉书·逸民列传序》里有"是以尧称则天，不屈颍阳之高"。而"去私"，可能取自《吕氏春秋》卷一《去私篇》。那里讲到有个墨家大义灭亲的故事。漱石能够游刃有余地把出自不同典故的两个词结合起来构成一个新词，是其独创，足见其汉学造诣之深。在大肆宣扬大和民族优越论的时代氛围中，漱石对中国古典文化吸收的客观事实被人一笔抹杀不足为奇。日本第二次世界大战前后漱石观的冰雪两重天，不就是政治对学术研究影响的明证吗？

"则天去私"究竟是什么意思呢？该书发表题词时做过解释："天就是自然。要顺应自然。去私，就是要去掉小主观、小技巧。就是文章始终应该自然，要自然天真地流露的意思。"从这段文字看，主要是作为一种无私的文学创作方法提出。所谓无私包括两个意思：一是不要只写自己，更不要把自己写成完美无缺的人，这与他以往对自然主义的私小说的批评完全一致。二是要自然流露，不要有人工雕琢的痕迹。所以可把"则天去私"视为他一生创作实践的最后总结。不幸的是他逝世二十几年后，日本社会危机重重，政局动荡，政变、暗杀接连不断，如漱石所预料的那样，走上了自不量力、自我毁灭的法西斯主义道路，不断扩大侵华战争的同时，对内残酷镇压革命，小林多喜二就是在 1933 年被活活打死在特高警察的审讯室里的。日本少壮派军人组织樱会头目桥本欣五郎在 1930 年 10 月执笔起草的宣言中描述了当年的社会百态：政客"只是沉迷于争夺政权和物质私欲，上蔽圣明，下欺百姓，政局动荡，腐败透顶"；"高级政客的渎职行为、政党腐败。资本家、华族对大众丝毫不理解。言论机关不思国家的将来，把国民思想导向颓废。农村荒废、失业、不景气、各种思想团体纷纷涌出，糜烂文化飞跃的抗（抬）头、学生爱国心的缺失、官员的自我保护主义，等等，为国家计，叫人寒心的现象真是堆积如山"①。就在这样的背景下，1933年，漱石的门生、女婿松冈让写了回忆《漱石山房的一夜——宗教问答》。尽管当时松冈让未必知道樱会宣言，但此后，"则天去私"引起注意，日本思想界开始片面地把"则天去私"只看作一种伦理道德观，特别宣传"则天去私"所包含的"去私"或"无我"伦理道德观，从而把漱石塑造成"国民作家的形象"是个不争的客观事实。

另一门生小宫丰隆甚至说漱石的最高思想就是"挖出盘踞在人们内心深处的个人主义，为人们提供反省机会"。他在传记《夏目漱石》（1938）中又说："漱石的眼睛如觅食的雄鹰一般锐利，漱石的头脑如扑食的饿豹一般的迅猛，追究人们的罪恶和人们的私心。"显然，这绝对不是无的放矢，是对20世纪30年代日本法西斯主义者所痛恨的"争夺政权和物质私欲"的正面回应，适应了日本当年十分盛行的国家主义的需要。把"去私"拿去为国家主义服务，显然是对漱石思想的严重歪曲。漱石曾经为躲避服兵役把户口迁到北海道！批评把什么事都说成国家的夸大宣传，现在应该还漱石思想、理论的历史本来面目。虽然可以认为"则天去私"是漱石推崇的伦理道德最高境界，但核心还是他的一个重要文艺创作原则。

在纪念漱石时，如下现象很值得人们玩味：第一，漱石曾经愤愤不平地说，百年之后，世界上将只知夏目漱石矣！这话毫不夸张。进入21世纪，美日等国相继争先恐后地举办漱石《文学论》国际讨论会；中国早在20世纪二三十年代就翻译、出版了

---

① ［日］松本清张：《昭和史挖掘》4，文艺春秋社1978年版，第100页。

《文学论》和《文学评论》。1998年出版了探讨漱石成长为文论家历程的专著《日本现代文学巨匠夏目漱石》，本文主要资料引自这部著作。可以说漱石是中国文化的真正知音，而漱石文论真正的最早知音生于中国。第二，漱石成长为东方最优秀的文论家，是他以汉学为基础，博采东西方优秀文化的结果。第三，漱石是杰出的预言家，他预言日本一味侵略扩张会彻底失败；断定中国"沉沦、不振"是暂时的，要日本人知恩报恩，不要轻信西方人的挑拨离间。第四，漱石的《文学论》是20世纪初问世的优秀文学概论，在世界文学史上应该占有显赫地位；但西方中心主义，西方人称为东方主义的文学观及20世纪30年代日本法西斯主义的横行严重地影响了对漱石文论的客观公正评价，其一般地位都未得到公认，何谈显赫地位！真正确立起显赫地位，恐怕还待后来人。第五，始于20世纪末的世界全球化浪潮已成不可逆之势时代，日本少数政治痞子和文人墨客把亚非拉视为日美欧发达国家"后院"的"三人帮世界观"早已过时，是早被亚非拉各国人民唾弃了的老殖民主义世界观；以"输出日本文化"来"谋求霸权"的思想，与漱石的不同文化相互学习、吸收，反对侵略扩张的思想背道而驰，是没有出路的。

2016 年秋

目 录

绪论一 日本文学及漱石研究 …………………………… (1)
　第一节 日本文学的特征 ………………………………… (1)
　第二节 日本的夏目漱石论 ……………………………… (10)

绪论二 夏目漱石在中国 ………………………………… (20)
　第一节 翻译和研究概况及今后展望 …………………… (20)
　第二节 中国的漱石论应有中国特色 …………………… (26)

第一章 生平和思想 ……………………………………… (31)
　第一节 漱石的生平述评 ………………………………… (31)
　第二节 漱石的思想 ……………………………………… (36)

第二章 "合抱之木　生于毫末" ………………………… (46)
　第一节 志大勤奋的成才之路 …………………………… (46)
　第二节 早期杂文中的文学观点 ………………………… (55)
　第三节 小说和戏剧评论 ………………………………… (59)
　第四节 结论 ……………………………………………… (64)

第三章　文学公式"F+f":漱石的创新 …………………（66）
　　第一节　《文学论》概述 ………………………………（66）
　　第二节　"F+f"的文学公式 ……………………………（71）
　　第三节　F与f的正比例关系 ……………………………（78）

第四章　文学:"社会现象之一" ……………………………（88）
　　第一节　"道德是一种情绪" ……………………………（88）
　　第二节　"文学不是科学" ………………………………（96）
　　第三节　"文艺家同时应是哲学家" ……………………（104）

第五章　创作方法:联想 ……………………………………（118）
　　第一节　多种多样的联想 ………………………………（118）
　　第二节　论调和法 ………………………………………（125）
　　第三节　论对置法 ………………………………………（131）
　　第四节　论写实主义和浪漫主义 ………………………（138）
　　第五节　论间隔和写生文 ………………………………（147）

第六章　读者欣赏论:"非人情" ……………………………（155）
　　第一节　请出读者和"除去法" …………………………（155）
　　第二节　论崇高、滑稽、悲剧及纯美感 ………………（167）
　　第三节　《旅宿》:"非人情"的代表作 …………………（179）

第七章　意识推移:文学演变一解 …………………………（187）
　　第一节　论意识的焦点——核 …………………………（187）
　　第二节　论文学演变的原因——厌倦 …………………（193）
　　第三节　文学的发展与批评和斗争 ……………………（202）

第八章　交口赞誉：空前巨著 (209)
　第一节　《文学论》的突出贡献 (209)
　第二节　"唯一、最高和独创" (219)

第九章　漱石：评论家的楷模 (228)
　第一节　评论概述 (228)
　第二节　方法和态度 (239)
　第三节　标准及其他 (248)
　第四节　漱石与鲁迅的相似 (254)

第十章　《文学评论》：日本比较文学的滥觞 (261)
　第一节　论趣味的普遍性和特殊性 (261)
　第二节　社会：文学的背景 (269)
　第三节　比较：批评的主要方法 (276)
　第四节　"比较文学"与"影响文学" (288)

第十一章　以我为主地评论：漱石的立足点 (291)
　第一节　"自我本位"就是以我为主 (291)
　第二节　"自我本位"就是为我所用 (301)

第十二章　评日本戏剧和美术：现实性和针对性 (308)
　第一节　戏剧应该紧跟时代 (308)
　第二节　美术论：为创作自由呐喊 (315)

第十三章　对日本自然派的批评：漱石理论又一特色 (328)
　第一节　日本自然派概述 (328)
　第二节　漱石与自然派的分歧 (336)
　第三节　真、善、美和庄严 (342)

第十四章 "则天去私":人生观与文艺观的总结 ……………(353)
  第一节 "则天去私"的来龙去脉 …………………………(353)
  第二节 "则天去私"的美学来源 …………………………(362)

主要参考书目 ………………………………………………(377)

后　记 ………………………………………………………(381)

再版后记 ……………………………………………………(385)

绪 论 一

日本文学及漱石研究

探讨日本评论家对漱石的评论特点时，必须联系日本民族文学的特点。直到近代评论方成为日本一个独立的文学领域。日本并不是没有人研究过漱石的文艺理论，但这种研究比较零星分散。

第一节 日本文学的特征

作为观念形态的文学是一定的社会生活在作家头脑中反映的产物。因此，一个国家、一个民族的政治、经济和文化的历史特点、生产方式和生活方式对该民族文学的形成将起决定性的作用。所以，我们在探讨日本评论家对夏目漱石的评论特点时，必须联系日本民族文学的特点。

一 日本文学是带日本泥土气息的文学

首先，生活在日本列岛上的大和民族的原始艺术和大陆及其他地区的民族似乎并无本质区别，都是为了祈求人类自身的繁衍、生存和发展，并且以其独特的形式表现这种善良愿望。日本长野县富士见街乌帽子唐渡宫出土、大约在公元前 7000 年的绳文时代的陶器上就画有反映妇女生育的画：一个女人向左右伸开双臂，身体挺起，把力气用于腹部，两条腿尽可能地叉开，双膝弯曲。

股间画了个"O"字，一种似瀑布的东西顺着"O"字落下，像是血液，又仿佛胎儿和胎盘。藤森荣一说"这幅画隐秘着某种与这个埋到地下的瓦罐有关联的祈祷"①。因为这种手工制品是用无釉的泥土烧成，表面以绳纹图案做装饰，所以日本的原始时代又称为绳纹时代。

可以说，现在的日本人的祖先也并不纯粹单一，既有土著民族，也有从不同方向来的大陆移民。据史学家汪向荣先生考证，从先史时代起，大批中国移民通过朝鲜半岛，或者直接来到日本列岛，成了日本民族的一部分。中国移民带来了农耕技术，成为日本从主要靠采集果实和渔猎为生的绳文时代进入以农耕为主的弥生时代的重要因素之一（《徐福——日本的中国移民》）。但是，长期的孤岛生活环境使日本列岛上的人形成了自己的民族特性。日本虽然较少受外敌入侵威胁，然而从有文字记载起也是内战频繁，官民均感前途茫茫，祸福难测，又加上台风、地震和火灾等突发性自然灾害连年不断，便逐渐形成他们倾向无常观念的民族心理素质。同时对于以季风为主要标志的四季变化又十分敏感，又养成较温和、纤细、谨慎及注重实用、灵活、善变的处世哲学。日本人喜欢淡雅而不喜欢浓烈的色彩，1995年在香港的儿童画展上展出的日本儿童画，色彩都是倾向于淡雅的，与中国香港以及新加坡色彩艳丽的儿童画形成鲜明的对比。而马来西亚的儿童画大多描绘美丽的农村风光。这些天真的儿童画最真实地反映出他们生活环境的文化特点。

与无常观念也有关的另一个心理特点是日本人比较性急，办事讲究速决但缺乏耐心。有趣的是缺少耐心在不同的日本作家身上表现很不同，有的急于求成，粗制滥造；有的纯文学作家一部长篇小说一时写不完，就干脆停下来，过几年再接着写，以至于

---

① 《日本古典美学》，中国人民大学出版社1993年版，第170页。

一部长篇小说要写四五年甚至十几年，很难做到一气呵成。所以日本的短篇小说相对比较发达，评论著作也是评论集居多。

一般认为日本人的无常观产生于从中国传入佛教之后，这样说也并非不对，因为这可由文字记载做证。不过我以为更重要的是日本人之所以接受佛教的无常观是有其内在原因的。生活环境使日本人产生了无常观念，但不等于他们有强烈的宗教信仰。吉田精一和山本健吉在他们合著的《日本文学史》中指出："日本国民，大体上属于艺术性而非宗教的、哲学的、科学的国民……日本人的性情本来就是现实的，而不喜欢深刻、神秘的观念，因此，日本人从未创造出独创性的哲学和宗教。"他们认为日本人的艺术思维特点是十分重视经验和事实。说"即使在神话中，日本人也没有过分超越经验和事实，没有奇怪的空想"。我们从日本的庭园艺术也可以看出他们的审美观。他们把庭园视为大自然的缩写，喜欢局部的细微变化。日本人自己称为"盆景趣味"。这种"盆景趣味"反映在文学上，就是故事结构大都是平面的、并列的，虽然有时间的推移，但没有人物内心的发展变化；人物性格的发展与事件的深化未必一致。前后也没有严密的逻辑关系，甚至主张各部分都可以独立。

其次，从日本语的特点看，连日本学者都认为由于日本语音节单纯，韵律极端贫乏，词汇不够丰富，词义也欠严密，同音异义词比较多。如果不加上汉语就很难对抽象的用语和概念做出规定。因此，日本自古以来散文发达而评论贫乏。直到近代受到西方文学影响后，评论方成为一个独立的文学领域。不过客观地说，在当今发达的资本主义国家中，日本文学的发展历史还是算够悠久的。古典文学虽然不及意大利源远流长，丰富多彩，但比英国、法国和德国等国要丰富得多。反映其审美观念的美学概念也有其独特性，值得我们研究。例如，"雅"（高雅）、"物之哀"（自然伤感）、"佗"（幽静）以及"寂"（雅静）等概念，暗示日本人对美与感情相和谐一致的追求，反映他们美感的主要特征。

最后，也并非不重要的一点是日本古代"男女两性文学"的并存及其对后代的深远影响。这也与日本特殊的文化背景密切相关。众所周知，日本古代原本没有文字，开化以后主要借用汉字，这种汉字被称为"真名"。日本人又利用"真名"造出自己的"假名"文字。但是，官方公文都必须用汉字书写，利用"假名"写作的只有后宫的女流之辈或者说是男子汉的游戏之作。因此，和歌曾经是登不了大雅之堂的艺术形式，唯有会写汉诗才是有社会地位有学问的象征。平安朝（794—1192）初期约有半个世纪，在日本历史上曾经被称为"国风黑暗时代"。因为在模仿大唐律令制后，嵯峨天皇竟于819年下诏，从天下仪式至男女服装，一律改为唐朝式样。不仅仅是政府公文，连科举考试也得考汉学知识和作汉诗的能力。结果在"文章经国"的影响下，精通汉学和汉诗文的知识分子便在贵族社会中平步青云。于是，三部敕撰汉诗文集《凌云集》（814）、《文华秀丽集》（818）和《经国集》（827）便应运而生。和歌的地位则是江河日下，"假名"被称为"女子文字"，用"假名"写的和歌成了宫女们的游戏文字或贵族间社交和谈情说爱的有效方法。其后随着政治的变化，所谓摄关政治的确立，使后宫成了宫廷权力斗争的焦点。此时，和歌仍然与赛马、相扑一样是种游戏，与"经国之大业、不朽之盛事"的汉诗文不能同日而语。9世纪末，所谓屏风诗、赛诗会盛行起来也推动了和歌评论。尤其是醍醐天皇十分重视和歌，敕令编纂和歌集，日本文学史上称为"敕撰歌集"。905年，纪贯之等人选编的第一部"敕撰歌集"、长达二十卷的《古今和歌集》问世，在某种程度上提高了和歌的身价、地位。有趣的是这部和歌集附有两种文本的序言，以"假名"写的序由纪贯之亲自执笔，"真名"序出自他外甥纪淑望之手。这样，和歌的身价虽然不及汉诗，但也并未绝迹，并且长期与汉诗争宠，终于成为日本民族的重要诗歌形式。

这里特别要指出的是，女性对日本民族文学的形成所做出的卓越贡献在世界上是少有的。上面所说宫女用"假名"创作和歌只是一个方面，此外在日记文学、随笔和小说领域也留着日本女性的不朽足迹。在日本文学史上值得一提的主要日记文学作品就有《蜻蛉日记》（？—995，藤原道纲之母）、《和泉式部日记》、《紫式部日记》及菅原孝标之女（1008—？）的《更级日记》等；日本随笔代表作、11世纪初写成的《枕草子》就出自女作家清少纳言之手。差不多同一时期，由宫中女官紫式部创作的《源氏物语》是世界上最早的长篇小说。可以说这些女性文学对于日本民族文学传统所做出的贡献甚至超过了须眉男子，日本文学的许多特征都与女性文学有关。例如，日本文学写真实体验的倾向、脱离政治的倾向、并列的故事结构以及描写细腻、情感哀伤缠绵、场面狭小等。

二 不断消化吸收外来优秀文艺和理论发展民族文化

积极学习借鉴外国先进经验是日本文学艺术的第二个大特点。就以日本古典戏剧"能"和"狂言"为例，"能"在日本又叫"猿乐""猿乐能"，与我国的"散乐"不无关系。虽然还没有找到日本艺术家如何移植"散乐"的具体记录，但从日本语发音看，"散乐"的发音为"Sangaku"，而"猿乐"的发音为"Sarugaku"，非常相似，恐怕不是偶然吧？同时应该看到一种民族艺术的发展是本民族艺术家辛勤耕耘的结晶，这从日本的艺术论中也可见一斑。例如中世纪的著名剧作家、导演和杰出演员世阿弥（1363—1443，原名结崎元清）及其女婿金春禅竹（1405—1468，原名今春氏信）的能乐论，就是带有日本民族特点的优秀戏剧论。世阿弥著有《花传书》（《风姿花传》，约1400年）、《花镜》（1424）以及《猿（申）乐谈仪》（1430）等23部能乐论著。尤其在前两部著作中，世阿弥提出了"模仿"论、追求幽雅质朴的"幽玄"美论以及"盛开花"论即花论等。所谓花论，就是他把最能引起观众共鸣的演技和演奏比喻为草木开花，视之为艺术的最高境界。金春禅竹的能乐著作有《六轮一露》《五音次第》和《至道要抄》等。虽然他也主张能乐的本质在于讲究幽玄美，但由于他晚年经受过战乱之苦，在禅宗深刻影响下，更倾向于内观和宗教，比起追求外表的轰轰烈烈、多姿多彩，更重视内观、清静，构成日本人独特的审美观的重要方面。

值得注意的另一个特征是日本艺术论涉及的范围相当宽广。除了与我国相同的书画、诗歌、小说论外，尚有村田珠光（1422—1502）首创的茶论；而在诗学领域，又可细分为针对和歌的歌论、关于汉诗的诗论、评论日本连歌的连歌论以及专论俳句的俳论四类。在所有这些艺术论中，无论是质量还是数量上都使日本评论家引以为荣的是和歌论。因此可以说，代表日本古典文艺理论最高成就的是在诗歌论方面。

和歌诗人藤原滨成（724—790）的《歌经标式》（772），在日本被看作最古老的文艺论、艺术论，产生于距今1200年的奈良时代（710—794）。斯时，中国的"诗仙"李太白已经谢世十年，"诗圣"杜甫也在这两年前作古。在日本历史上，这是律令制国家的隆盛时期。派遣遣唐使节，编纂《古事记》《日本书纪》等，为其后日本光彩夺目的天平文化的问世奠定了基础。滨成是奈良初期的政治家藤原麻吕之子，官至从三位大宰帅。可能因782年正月，水上川继谋反被流放到伊豆，滨成遭到连座被解职之故，晚年失意，生活凄惨。后人对于他的具体贡献谈得不多，看来日本也是因政治问题而一笔勾销了其文论的成就。尼崎彬在《日本诗论——〈古今集〉假名序的歌论》中指出，《歌经标式》硬套中国诗论来对和歌的形式和缺点进行分类，没有什么意义，实际上对和歌并不适用。后代虽然也有人模仿他写了和歌创作法的书，也有人引用了他的一些缺点论，"但不能太相信其有效性，这些书对于和歌的本质缺少独立的考察，作为创作法也与实际情况不符合，因此，值得一读的内容很少"①。另外，连吉田精一和山本健吉合编的《日本文学史》也未提他的名字。他们认为对和歌的研究始于输入中国汉诗学问以后，和歌学、和歌论盛行起来是在 10 世纪末。代表人物是当时歌坛的最高领导人、"心姿相兼"论的倡导者藤原公任（966—1041）。② 他是关白太政大臣赖忠之子，官至正二位权大纳言，歌论有《新撰髓脑》《和歌九品》。在日本可以说是少有的一位既是政治家又是诗人的文艺理论家。

　　研究日本审美观念、古典文艺理论的特征，是不能不提和歌诗人、日本文艺评论之父纪贯之（？—945）的。尼崎彬在上述文章中就说，日本最初歌论事实上是《古今集》的序文，由于其他艺术论尚未问世，所以也可以说这是日本最早的艺术论。因为平安朝初期空海的《文镜秘府论》（820?）只不过是中国各种诗论的精髓的摘编，空海没有开创他自己的文学理论。而纪贯之第一次从正面论述了"和歌是什么"的问题，而且还打破当时都用汉文写作的常规，采用日本假名写作。说明纪贯之在和歌评论的内容、形式两个方面都有突破，这篇序言就具有划时代的意义，这样说并不过分。尤其在内容方面，他总结了以往和歌创作的经验提出与"文以载道"根本不同的美学主张。在序言中，纪贯之开门见山地说"和歌要以人心为种"，但并非主张唯心主义，因为接着他又说，"世上之人受到万事的刺激，就把心中所想，寄托于所见所闻说出来"。他认为花开月圆，鸟鸣蛙声均可写入歌中，均可不费力气而"动天地，让目不能见的鬼神都感到悲哀，使男女性情变得温和，武士之心也得到安慰"。可见，他把大自然的一切都

---

① ［日］今道友信编：《美学》第 1 卷，东京大学出版会 1985 年版，第 346 页。
② ［日］吉田精一、山本健吉编：《日本文学史》，角川书店 1983 年版，第 46 页。

作为和歌的描写对象，并且十分重视和歌对人们心灵所起的潜移默化的作用。

从纪贯之的文学理论的出现，我们可以看出两个规律：一是理论是以往创作实践的总结，既依赖于创作实践，又反作用于创作实践，引导创作，提高创作水平，这是富有生命力的理论；二是对于外来的东西一定要加以消化吸收，使之民族化。尽管日本民族在文明开化和现代化的漫长的历史旅程中也曾走过不少弯路，如平安时代的全盘唐朝化，明治维新以后所谓鹿鸣馆时代又出现全盘欧化，否定或鄙视传统的民族文化和东方文化等的倾向。但经过长期的痛苦的摸索、斗争、比较，终于走出一条光辉灿烂的民族文化之路，创造出既不同于中国又不同于西方的独特的民族文学。

三　日本现代文学评论的世界化倾向

总的来说，由于日本民族是讲究实际，缺少思辨能力的民族。自古以来没有产生过富有日本特色的哲学体系，因此，日本现代文学评论也不能算发达。我们很难道出一两个打上日本产印记的文学评论学派，可与世界闻名的"丰田""日立"以及"松下"之类名牌媲美。相反，我们倒是可以给不少日本评论家贴上某个外国评论流派的标签。可以说评论的世界化倾向是日本文学的又一个特色。日本由于实行了资产阶级的现代化，是东方第一个挤进资本主义列强的国家，较早实行向西方国家学习思想文化的开放政策。虽然日本统治者竭力选择那些有利于自己统治的思想文化学习，而排斥抵制不利其统治的思想文化，但文学艺术是一种较特殊的意识形态，在这个领域里，文人墨客有条件地保持自己的个性，根据自己的思想个性和艺术趣味来学习借鉴西方某个文学流派的文艺思想。夏目漱石就既受到汉学的熏陶又较多地吸取西方批判现实主义精神和英国文学中讽刺幽默的一面。永井荷风先是对法国的自然主义更亲近些，继而又倾向于唯美主义；而森鸥外则推崇德国霍普特曼的美学，对浪漫主义更亲近一些。20世纪20年代涌现的新兴无产阶级作家和批评家则自觉地接受了马克思列宁主义美学等，不胜枚举。因此，日本著名评论家加藤周一以十分肯定的语气称日本文化为"杂种文化"①，并非毫无根据。这样，我们要想正确考察日本近当代文学批评特征，就不能不联系这个时期的世界文学批评主潮。

综观20世纪世界文论，尽管流派纷呈，旗帜多变，并且不断地以后者否定前者的方式，一浪接一浪，后浪推前浪地不断发展着。但无论是人本主义，包括以意大利的克罗齐、英国的科林伍德为代表的表现主义美学，以柏格森为代表的直觉主义，各色各样的心理主义美学流派，英国的克莱夫·贝尔、罗杰·弗莱的形式主义美学和奥地利精神病医生弗洛伊德及其门生的精神分析学美学，以及在二三十年代以后兴起的形形色色的现代人本主义美学，如法国的马里坦（J. Maritain）和吉尔松（E. Gil-son）的神学直觉主义美学即新托马斯主义、德国哲学家胡塞尔的现象学美学和萨特的存在主义美学，还是举着科学主义旗帜的自然主义、实用主义、语义学、符号学、格式塔心理学和结构主义等美学流派，都是以反传统为其主要口号，以主观主义、经验主义、直觉主义和神秘主义为主要内容。所有这些哲学思想和评论方法在日本评论文章中都能找到一些。不言而喻，西方20世纪出现的各种美学，在日本的夏目漱石研究中也有明显的表现。许多人就是采取了精神分析学美学来研究作家的。

江藤淳就是主要以"性力"即"力必多"（Libido）观点来分析漱石和嫂子登世的关系的。日本精神病研究所所长土居健郎，则以精神病病理学原理来探索夏目漱石的创作动力，《夏目漱石的

---

① ［日］加藤周一：《日本文化的杂种性》《杂种性——日本文化的希望》，载《加藤周一著作集》，平凡社1981年版。

创作秘密》中，竟认为夏目漱石完全是把疯狂当作灵感，以疯狂为素材进行创作的。这篇文章刊载在日本《国文学》杂志（至文堂）1984年4月出版的增刊《从病迹看作家的创作轨迹》，由日本文学评论家长谷川泉主编。

我们之所以大谈特谈日本文学的特点，是由于日本文学的特点，与夏目漱石的文艺理论、文学评论以及日本对他的研究等都有密切关系。首先，从评论家的主观方面看，由于深受日本传统文学潜移默化的影响，较倾向于实证的思维方式。其次，创作上的并列结构方式移植到了评论方面。所以许多评论专著大都由可以独立存在的文章构成。从所评论的对象夏目漱石方面看，由于他把东西方的许多精华熔于一炉，提炼出与传统文学观念稍许不同的文艺思想，也使不少人产生陌生感，而且将会越来越陌生，在所谓知识爆炸的时代，已经很少有人能像夏目漱石那样学贯东西。在日本目前如江藤淳那样精通东西方文学的学者似乎也已经不多了。但就说江藤淳先生吧，也因把主要精力用在论证夏目漱石与嫂子登世的关系上，浪费了不少才华。我总觉得似乎有些大材小用，实在可惜。

第二节　日本的夏目漱石论

夏目漱石是日本现代文学史上杰出的批判现实主义作家、文艺理论家和英国文学研究家，对日本现代文学的发展做出了不可磨灭的多方面的卓越贡献。由于多种原因，夏目漱石在生前未得到应有的评价。他逝世后，情况虽有所改变，他受到文坛的重视，但对他的研究仍不能说是完全、系统、充分的，尤其是对他的文论的研究显得特别不够。1987年，日本当代著名文学评论家长谷川泉还说："在日本近代文学高手中，森鸥外和夏目漱石是基本文献最多的双璧……但是还不能说研究已经到头了，毫无插手余地了。在所谓比较文学的领域里两人都有处女地。"尤其是在夏目漱石研究中,"不但真正的作品论还有空白,而且对其世界观、宗教观和文学理论的探讨方面都有空白"①。这不能不说是夏目漱石的悲剧、现代日本文学研究的一大缺憾。

对于日本近代文学的双璧,日本作家和评论家对漱石的倾倒似乎更胜于森鸥外。例如诺贝尔文学奖得主川端康成早在1925年就写道:"总览明治大正的文学家和大文章家就数藤冈作太郎(1870—1910,日本国文学家,东京大学副教授,号东圃)和夏目漱石了吧。"又说《东圃遗稿》中,后人根据藤冈作太郎的授课笔记加工的部分,价值一落千丈。而漱石的《文学论》经过他亲自修改的部分,作为文章则更胜一筹。行文如大河流水滔滔不绝,把读者都迷住了。而"森鸥外的文章里没有自由畅达的壮观景象,不如上述两人丰富多彩而又能自然涌出"②。

可见,在日本一些作家和评论家心目中,夏目漱石是第一流的文豪。尽管夏目漱石逝世已近一个世纪,对他的研究论文和专著也多如牛毛,但仍有如此不尽如人意之处,原因何在值得研究。我认为,日本学者在夏目漱石研究中不能不说存在一些误区。最明显的是他们忽视了对夏目漱石文艺理论的研究,尤其是欠缺系统全面的研究。就是说日本并不是没有人研究过夏目漱石的文艺理论,但这种研究比较零星分散,给人以只见树木,不见森林之感。这一点只要看一看某些文章标题即可见一斑。

例如,《文学原论——论第四章第二节》(源哲麻)、《夏目漱石的蒲柏批评》(吉本良典)、《论〈文学评论〉——以蒲柏论为中心》(冢本利明)、《夏目漱石的文学论——论所谓"科学的"方法》(井上百合子)、《漱石〈文学论〉的现代意义——从符号学的视点看》(三宅雅明),等等。当然,这些文章一般也能入幽

---

① [日]长谷川泉:《森鸥外文学管见》,明治书院1987年版,第281页。
② 《川端康成全集》第16卷,新潮社1977年版,第258页。

探微，不乏独特、精彩的见地，给人以启示；或资料丰富，为后人进一步研究打下基础。因此也不是可有可无，无足轻重的。然而如果把夏目漱石的文艺理论比作巨大的冰山，那么他们所探讨的也只是冰山之一角。同时也缺乏思辨、综合，显得理论层次不够高。

日本评论家忽视夏目漱石的理论而重视作品研究也有其认识上的原因。例如，岛田厚就认为在《文学论》以后，从《文艺的哲学基础》起，至晚年的"则天去私"，夏目漱石没有理论体系的表现。他虽然承认漱石是个从未停止追求理论的理论家，但说漱石后来对理论的探索只是限于小说的创作中。当然，岛田厚还是有所与众不同的。他还说夏目漱石"既信理论又信实感，虽然遇到无数危机，但这两者的密切平衡从未崩溃过"。因此，他对于"只相信实感的文学外行蔑视这种平衡，长期对夏目漱石白眼相看；而且在夏目漱石论诸家中，至今仍很少有人正面承认这种平衡"[①] 而感到遗憾。

其次是受到以感性和实证性为基础的研究方法的严重束缚。从许多评论文章可以看出不少评论家对文艺理论采取了敬而远之的态度，而拥抱感性的实证性的研究法。因而在研究漱石的文章和专著中，数量最多的是作品论，其次是作家论或传记研究。在日本文学研究资料丛书《夏目漱石》（有精堂）卷二十八篇文章中，只有一篇专论夏目漱石的文学理论，而且还排在最后。《夏目漱石》Ⅱ二十六篇中只增加了三篇论述写生文的文章。虽然排在最前面某种程度上反映编者对夏目漱石文艺理论研究的重视。但数量太少，而且只论写生文，范围也太狭窄了。该社出版的新论文集《夏目漱石》，二十三篇文章中只有两篇评论夏目漱石文学理论的文章。要知道在这一集里有三篇《梦十夜》论，四篇《行

---

① 《漱石的思想》，《夏目漱石》，有精堂1978年版，第109页。

人》论！在上述七十七篇文章中研究理论的文章只占六篇，还不到十分之一呢。这里我们是不难看出日本评论家和编辑者的明显倾向的。不言而喻，把感性和实证性结合起来研究的捷径，是写作品论。这是日本有关夏目漱石的作品论丰富的根本原因。因为感性人人都有而且各不相同。实证也不是难以做到的，你只要认真读读作品，就可以抓住一两个题目抒发感想或进行论证。于是各种各样的争论也就不可避免了。

例如，《其后》中女主人翁三千代给男主人翁代助送去三朵白百合花的故事，就是日本评论家爱做的题目之一。更由于著名作家大冈升平和著名评论家江藤淳就此问题进行过激烈争论而更加引人注目。江藤淳认为《梦十夜》第一夜和《其后》里出现的百合花是女人的象征，是性的象征，进而联想到夏目漱石与早逝的嫂嫂登世可能有恋爱关系（《漱石和他的时代》——第一部）。而大冈升平则说不仅仅是夏目漱石，文学家都有这样的感觉：百合花并非表示纯洁，而是表示某种天真的浪漫主义（《百合花的美学——漱石和基督教》）。世上本来并无某种色彩某种花草只能象征某人某物的道理。据日本学者考证，白百合花被视为圣母之花、洁净的象征是因为文艺复兴时代的画家画了圣母受孕和圣母手抱百合花的画之后。据说在基督教故事中，传说天使曾经拿着白百合花枝，向圣母报告基督诞生的消息；还有的故事说圣母升天时她的墓上摆满了百合和玫瑰花（春山行夫《花的文化史》）。就是说百合花可以象征洁净、纯洁、喜庆、哀思以及复活等多种意境。相爱大学人文学系副教授木股知史就说江藤淳和大冈升平都没有道理。他认为漱石深知百合花可以象征互相矛盾的事物，而有意让百合象征"纯洁"和"官能"两层意思。他还以英国拉斐尔前派创始人之一的罗塞蒂的诗《在天的处女》为证，认为诗里少女手拿的三枝百合既表示纯洁，也是官能的描写。此外，他还说《其后》的爱情故事还借鉴了意大利小说家邓南遮的小说《死的胜利》(《〈其后〉的百合》)。

另外,东京大学研究生院的冢谷裕一从植物学入手进行分析,得出《其后》里的"白百合"实际上并非"白色的"百合的结论,进而指出这种白百合就是"山百合"。因而,决非只以白色来象征什么(《〈其后〉的并非白色的白百合》)。

从以上文章中不难看出日本评论家善于抓住一点大做文章的特点的。其优点是明显的,可以分析得更细,开掘得更深,对于理解夏目漱石的创作特点也是大有益处的。但是弄得不好也可能会捡了芝麻而丢掉西瓜。这里的关键是论者是否抓住评论对象的中心问题。如果抓不准很可能就会钻牛角尖。不能说在夏目漱石论中就没有这样的文章。如果把这种评论方式视为金科玉律,作为一种模式固定下来,势必影响评论方法的发展进步。我认为日本评论家现在尤其应该警惕这种评论方法的消极面。因为从目前情况看,很明显,如果没有研究方法的更新换代,在夏目漱石研究上取得突破是很难想象的。

日本对夏目漱石的生平、传记,他与多位女性的关系,尤其是他与登世的关系是探讨得比较多的领域。这些文章基本上是实证性的,最典型的评论家是在20世纪50年代和日本现代著名作家大江健三郎、石原慎太郎同期崭露头角的江藤淳。他著有《漱石和他的时代》《夏目漱石》等。在夏目漱石研究方面被视为富有创新见地的权威评论家。他就根据《行人》中二郎与嫂子的故事,登世十七八岁时的照片是夏目漱石所喜欢的美女脸形以及漱石给莫逆之交的朋友正冈子规信、悼念登世的俳句等大量资料,断定夏目漱石与登世有非同寻常的关系。他还了解到,夏目漱石曾经抱着重病缠身的登世上下楼梯,感触到了登世的肉体。说漱石1903年写的第二首英文诗《创造的黎明》第一次描绘了登世的形象。江藤淳认为自己发现了解开夏目漱石与登世关系的决定性的钥匙,并得出结论:不能否认夏目漱石是恋着登世的,然而又说根据诗中天与地融合为一的叙述并不能断定这是性关系的暗示。江藤淳的调查虽然展示了夏目漱石人际关系的一个侧面，但是，既然没有发展到乱伦之类关系，似乎就不必借题发挥了。而在上述两部著作中确实都不厌其烦地加以论证的。甚至为了证明这种关系，把夏目漱石为躲避服兵役而将户口迁至北海道说成主要是思慕登世，不满三兄第三次结婚。实际上是把夏目漱石对服兵役的不满说成个人感情问题。显然这是不符合夏目漱石当时的思想的。关于这个问题在评述夏目漱石的思想时再做详细论述。这里需要指出的是夏目漱石给正冈子规的信里说得明明白白。登世作为妻子是完整无缺的；作为社会一分子是令人佩服的，首先是节操坚定、性情公平正直、胸怀光明磊落，绝不在细枝末节上纠缠不休。而在夏目漱石的小说里，大多数女性是受到批评的，这是由他的文艺观所决定的。由此也可以看出如果不去研究其文学主张，只从生平考证，就会走入误区。

考证法的另一方面，是以比较文学的形式出现的。特别在作品论中，不少日本学者常常抓住某个人物形象某个情节甚至细节，与西方某个作家某部作品进行比较研究。从局部看，这种研究法对于理解作品的细节虽然不无启发作用，但对于回答夏目漱石究竟怎样借鉴、吸收西方文学的创作方法的问题，就显得力不从心了，而且也与夏目漱石的本意相违。从《答田山花袋君》一文中可以看出，夏目漱石是坚决反对模仿别人的作品的，对于别人说他模仿更是火冒三丈。因此，我认为对于如此复杂的问题必须从理论上进行系统研究。

日本漱石论的最后一个特点，是有些学者不去钻研夏目漱石的原著，而是舍本求末地把主要精力放在拼凑漱石研究者的文章上。他们往往罗列了一大串某个问题的文章及其主要内容，最后以少量篇幅阐述自己的观点。显然这是考证研究法的又一个表现。这类文章的优点是可以一目了然地找出有关某个问题的详细资料，但也难免使作者自己的观点淹没在大量资料之中。或者没有时间、篇幅去阐述自己的观点。我倒是觉得资料是资料，论文是论文，还是应该对资料进行分析、概括，上升到理论。不言而喻，从建筑材料到大厦，人们又得付出多少汗水啊！我们应该以马克思列宁主义来分析批判实证论。正如我国马克思主义美学家蔡仪说的："美学从来就是以哲学为它的理论基础的，自古希腊的柏拉图到近代的黑格尔都是如此。"① 实证主义的创始人是法国的奥古斯特·孔德（1798—1857）。他认为科学的任务只是描写人的主观感觉，在《实证哲学教程》中，甚至以教师爷的口吻狂妄地说："我们认为探索所谓最初原因和终极原因，都是绝对不可容许的和毫无意义的。"就是说他要求人们放弃研究事物的本质而仅仅局限于描述事物的现象，因为他认为只有以观察到的事物为依据的知识即人的感觉、经验才是"确实的"或"实证的"。他企图以"实证的"科学取代哲学、否定哲学。人们也许还记得马克思在批判18世纪德国历史学派的鼻祖和创始者库斯塔夫·胡果（1764—1844）时，就否定了实证法。马克思写道："胡果的论据，也和他的原则一样，是实证的，也就是说，是非批判的。这种论据并不知道什么是差别。凡是存在的一切事物他都认为是权威，而每一个权威又都被他拿来当作一个根据。"② 有力地批判了实证主义哲学。当然从艺术欣赏的角度看，不应该排斥、否定感官、感觉经验的作用。因为艺术作品具有物质外壳和感性形式，人们对艺术品的欣赏首先得依靠感官，凭感觉经验进行初步的审美判断，然后才进行更深层次的鉴赏。因此，我们所反对的是囿于感官和感觉经验的审美方法。尤其是我们面临的课题是要研究理论问题，概括出一些艺术规律，只有感官和感觉经验显然是不够的。这就需要用

---

① 《外国美学》第一辑，商务印书馆1985年版。
② 《法的历史学派的哲学宣言》，载《马克思恩格斯全集》第1卷，人民出版社1985年版，第99页。

超越感官和感觉经验的形而上的方法。显然，唯物辩证法能够帮助我们完成这个超越。因为辩证唯物主义是马克思主义哲学的根本，也是马克思主义美学的根本。马克思主义告诉我们世界上存在着一些"既是可感觉的又是不可感觉的物或社会的物"。"例如，用木头做桌子，木头的形状就改变了。可是桌子还是木头，还是一个普通的可以感觉的物。但是桌子一旦作为商品出现，那就完全是另一回事了。它同时可感觉的，又是不可感觉的。"①

其实早在20世纪30年代，日本就有学者对实证主义研究法提出了批评。首先，日本著名评论家吉田精一对风见景次朗在《新兴国文学之再建》（1934）一文中的观点进行了系统的批评。风见景次朗认为要想建立日本文艺学，就应该避免民族的看法，而要依靠自然科学的方法。他进而提出应该自始至终抛弃主观看法，而要把文学视为社会的现象—客观的现象。而以往从事文学研究的人都完全依赖主观的要求，现在要以自然科学方法处理时，就应该站在其他立场——自然科学的立场上。吉田精一对站在这种立场上是否能进行文艺研究提出怀疑，批评他们只满足于事实，不想离开事实一步，相信事实的基础就在事实本身中。吉田精一明确指出这显然是实证主义立场。认为事实这个概念是一个目的论的概念。眼前的随便一种现象对于做学问来说不是事实，而只是能从中学到某种东西。因为所给予的事实中有本质和非本质的区别，所以必须进行选择，进一步加以组织，使之系统化，才能成为我们的学问。但是风见景次朗等人的立场"有可能使他们在事实的堆切中茫然失措。如此方法是建立不起什么学术体系的"②。

其次，我们从所研究的对象看，也需要用马克思列宁主义来批评。

---

① 《资本论》第1卷（法文版中译本），中国社会科学出版社1983年版，第51页。
② 《对实证主义方法的批判》，《吉田精一著作集》第18卷，樱枫社1981年版，第42页。

抱着向西方学习的巨大希望,西渡伦敦攻读英国语言文学之际,夏目漱石亲身体会到了资本主义的弊病,看到欧洲文明的失败根源在于贫富极悬殊。便以其东方文化为基础,开始对西方文明产生怀疑,进而联系日本社会现实,成为对整个资本主义社会采取批判态度的先觉者之一。我们说他是个先觉者还由于他不是一个盲目的批判者。他同时也看到英国表面上的民主自由等比之日本较进步的一面,并以此为武器对自己祖国的落后面进行了清醒冷静又尖锐泼辣的讽刺批判,从而与盲目排外的国粹主义者划清界限。同时,我们应该看到,夏目漱石毕竟是资产阶级的自由民主派、信奉自由主义。所以,他在留学英国时,尽管马克思主义已经很流行,他也立志要正确地观察人生,并为此而如饥似渴地阅读形形色色的社会科学著作,就是没有摸过马克思主义书籍。因而,他对社会的批判就不能不带有很大的局限性。对此,我们必须用更先进的批评武器——马克思主义的辩证唯物主义认识论来分析研究。比漱石留学更早一些流亡英国的恩格斯,就能以其历史唯物主义的眼睛看透英国民主的虚伪。恩格斯在批评善良的德国人误以为英国人如何了不起、如何独立自主时指出"这是从远处看到的美妙景象","把这美妙的假象当成了真货"。他尖锐地揭露英国的"制度使精神不可能有任何自由表现","英国人屈服于社会偏见,每天为它牺牲"。他还看到了工人阶级的伟大作用,他说"将来拯救英国的却正是他们"[①]。

而夏目漱石只是笼统地批评英国人的拜金主义,反对日本人盲目地模仿英国人,但他不会用阶级分析法去区别不同阶级的英国人。所有这些都与夏目漱石的世界观有关。所以我认为应该用更先进的思想武器来评论夏目漱石才能得出较正确的科学结论。

当然,日本并非没有马克思主义美学家,但是可以肯定,日

[①] 恩格斯:《英国状况——评托马斯·卡莱尔的〈过去和现在〉》,载《马克思恩格斯全集》第1卷,人民出版社1985年版,第628页。

本不但还没有一个用马克思主义美学来系统研究夏目漱石的文艺理论，也没有用其他方法系统研究夏目漱石的文艺理论。这种状态由来已久，也并非无人发现。例如川端康成早在20世纪20年代就清楚地指出："在明治四十年代，根据心理学美学撰写了出色的文学概论的夏目漱石的见识，可以说是出类拔萃的……然而在夏目漱石以后，我们已经找不到一本值得信赖的文学概论，这样说毫不夸张。有文学史家，但没有文学理论家。也有文艺批评家就是没有文学理论家。"他还认为日本由于缺乏文学理论家，所以文坛上多次论战，都暧昧地不了了之。[①] 川端康成以十分明确的语言肯定了夏目漱石作为文学理论家的地位，可惜他只提出了结论，而没有充分论证，看来他也并不想当文学理论家。川端康成的话已经讲过了半个多世纪，虽然不能说日本至今都没有文学理论家，但可以说没有文学理论家系统研究过夏目漱石的文艺理论。

[①]《文学理论家》，《川端康成全集》第16卷，新潮社1977年版，第262页。

绪论二

夏目漱石在中国

20世纪80年代前我国对漱石的文论还谈不上什么研究，半个多世纪的主要成就在于翻译介绍作品。中国的夏目漱石研究应有中国特色。我们与日本学者的世界观和方法论存在差异，对此应有清醒的认识。

第一节 翻译和研究概况及今后展望

轰轰烈烈的"五四"新文化运动是中国现代历史上第一次最伟大的思想解放运动。夏目漱石就是借着五四运动的东风较早地与我国读者见面的日本文豪。而我国最早发现夏目漱石的则是"中国文化革命的主将"，伟大的文学家、伟大的思想家和伟大的革命家鲁迅先生。1923年，鲁迅为《现代日本小说集》（上海商务印书馆出版）选译了《挂幅》和《克莱喀先生》，并且慧眼独具地赞赏说："夏目的著作以想象丰富，文词精美见称。早年所作，登在俳谐杂志《子规》上的《哥儿》、《我是猫》诸篇，轻快洒脱，富于机智，是明治文坛上的新江户艺术的主流，当世无与匹者。"[①] 这里特别应该指出，当时夏目漱石谢世刚过七年，日本文坛因无产阶级文学开始勃兴和西方现代主义思潮的冲击，正面

---

① 《鲁迅译文集》第1卷，人民文学出版社1959年版，第571页。

临着剧变，还未来得及评定夏目漱石在现代文学史上的地位。鲁迅就毫不犹豫地把"明治文坛上的新江户艺术的主流"地位送给了夏目漱石，这是富有独创性的见解。总之，夏目漱石是我国被毛泽东称为"空前的民族英雄"的鲁迅最爱读的外国作家之一。1936年鲁迅先生在日记中还记载了他购买阅读《夏目漱石全集》的事。

夏目漱石是我国翻译出版界最注目的日本资产阶级作家，在20世纪二三十年代出版的小说集中一般都选译了他的作品。例如，《近代日本小品文选》（谢六逸译，大江书馆1929年版）、《现代日本小说集》（周作人译，商务印书馆1930年版）、《现代日本短篇杰作集》（丘晓沧译，大东书局1934年版）、《日本小说名著》（鲁迅等译，启明书局1937年版）等。1932年，开明书店出版了由章克标翻译的夏目漱石作品专集，收入了《哥儿》《伦敦塔》和评论《鸡头序》。

我国翻译介绍夏目漱石作品的特点之一是重译本比较多。从重译本的多少可以看出我国读者的喜好，尤其是《草枕》特受中国读者的青睐，中华人民共和国成立前就有三种译本：崔万秋本（真善美书局1929年版）、郭沫石本（美丽书店1930年版，北平美丽书店盗版本）及李君猛本（上海益智书店1941年版）。中华人民共和国成立以后，又有丰子恺定名为"旅宿"译出。此外，台湾光复书局股份有限公司于1988年出版了郑清文先生的译本。1986年，福建省海峡文艺出版社把《哥儿》与《草枕》合为一集出版。这样，《草枕》在我国至少有六种译本。《哥儿》次之，也有五种译本。长篇小说《心》有四种译本：最初由古丁译出，新京（长春）满日文化协会1938年出版，1940年由东光书苑再版。中华人民共和国成立后，又有董学昌本（湖南人民出版社1982年版）、周炎辉本（漓江出版社1983年版）和周大勇本（上海译文出版社1983年版）。

夏目漱石的长篇小说，最早译成中文的是其代表作《我是猫》，1926年风文书院出版，程佰轩译出。新中国成立后，由胡雪和由其合译，1958年人民文学出版社作为《夏目漱石选集》第一卷出版。其他一些著名长篇小说，一般也有两三种译本。如前期三部曲之一的《三四郎》有崔万秋本（中华书局1935年版）和吴树文本（上海译文出版社1983年版）。《其后》和《门》也各有两种译本，译者分别是南京大学的陈德文和上海译文社的吴树文。

尽管经过我国几代翻译家的共同努力，在翻译介绍夏目漱石的作品方面成就不小，然而夏目漱石描写日本资本主义初期矿工的生活、思想及其恶劣的劳动条件的长篇小说《矿工》，以及别具一格的长篇小说《虞美人草》《行人》《过了春分为止》和反映夏目漱石思想到达最高层次的优秀中篇小说《风暴》，以及不少俳句、短歌和大量评论还有待翻译出版。我以为现在已经到了组织力量把翻译出版更多的夏目漱石的作品提上议事日程的时候了。在我研究了夏目漱石的主要著作后，越来越觉得这是值得我们下功夫的一个领域。

已经译成中文的短篇小说，除了鲁迅先生的两篇外，还有《梦十夜》《伦敦塔》《印象》《文鸟》等。还应该看到，新中国成立前就十分重视翻译夏目漱石的理论著作，《文学评论》早在1928年就由哲人翻译，由厦门国际学术书社出版，《文学论》由张我军翻译，1931年上海神州书店出版。可能由于印数不多，现在很难找到这两本书。现当代中国的日本文学研究者，有关夏目漱石的文章，大多没有提及这两部著作。甚至连《中国大百科全书》外国文学卷介绍夏目漱石时，都未谈及其文艺理论。可以说，夏目漱石的文艺理论，是老一代日本文学研究家未涉及的领域。以上资料说明，我国对漱石的文论还谈不上什么研究，半个多世纪以来的主要成就在于翻译介绍夏目漱石的作品，但还有不少重要作品尚未翻译。所以，曾长期从事日本文学教学工作的北京大学教授刘振瀛先生说，"我国过去对日本文学研究的底子薄弱"①，是完全符合实际的。对整个日本文学的研究是如此状态，对夏目漱石的研究也基本如此。有鉴于此，我以为今天摆在日本文学翻译、研究和出版家面前的迫切任务就是要扩大翻译出版夏目漱石作品的范围，尤其应该多翻译一些评论文章，这是进一步深入研究夏目漱石的基础。只有走出走好这第一步，才能吸引、动员更多的人去了解、研究夏目漱石。进一步推动中日文化交流，尤其是学习借鉴夏目漱石如何正确对待东西方文学艺术，加以综合利用，使其作品的思想性和艺术性都达到时代的最高峰，这对于建设富有我们中国特色的社会主义文学艺术，也是很有意义的工作。

下面主要谈谈我国在夏目漱石研究方面的问题。我国夏目漱石研究方面的主要特点是与翻译出版作品密切结合。从鲁迅开始，翻译出版作品时一般都附有译者或专家的序言，对有关作品的思想性、艺术性进行分析。于是，我国的夏目漱石研究也是作品论比较多。这些序言在介绍夏目漱石方面也有不少精彩论述，功不可没。其中刘振瀛先生为1958年人民文学出版社出版的《夏目漱石选集》写的前言，是新中国成立后第一篇较系统地评论夏目漱石的文章。此后，刘先生又写了《哥儿》《后来的事》两个译本序和《〈我是猫〉笑的剖析》《夏目漱石的艺术书简》《夏目漱石的思想与前期鲁迅思想》等评论文章。刘振瀛先生早年留学日本东京高等师范文科二部。据刘振瀛先生晚年回忆说："它是日本政府所管辖的学校，它所讲授的课程，有关日本文学，只限于古典部分，而且着重于训诂及书志学等方面，不太分析作品的内容，也不讲近代文学。"刘振瀛先生毕业后在北京师范大学日本文学系教了四年书，讲的也是《平家物语》《谣曲》之类的日本中世纪

---

① 《日本文学论集》，北京大学出版社1991年版，第285页。

文学。1951年刘先生调到北京大学东语系，最初几年教的是日本语言，也很少和日本文学接触。至1957年他才开始讲授日本文学史。中间又经过"文化大革命"暂时中辍。刘先生的经历，在中国老一代日本文学研究家中很有代表性，成就也很突出。中国日本文学研究会首任会长林林先生为刘振瀛先生的论文集写的《序言》中，称赞刘先生"身兼三种工作：研究、翻译和教学，都做出卓著的成绩"。"运用历史唯物主义的观点分析问题认真细致，有自己的见解，在日本文学方面有很深的造诣。"的确，为完成自己的教育任务，刘先生呕心沥血，鞠躬尽瘁。这也可由我至今仍保存完好的刘先生编写的讲义为证。这些讲义说明，刘先生努力摆脱了日本教育的影响，开拓自己的研究道路。他的日本文学通史从古代神话一直讲到20世纪20年代的现代主义文学。并且比较重视对作品的思想内容和艺术形式的分析。不言而喻，夏目漱石也是刘先生重点讲解的近代作家。由于课时的限制或一个人讲授一国文学通史，自然不可能全面、系统分析夏目漱石的。因此在夏目漱石研究方面，刘先生仍留下不少待开垦的空白地。我们作为他的学生，理应精耕细作，结出丰硕的果实来。

20世纪80年代中期以来，我国对夏目漱石的研究出现了重要变化，一些评论文章已经不再是某部翻译作品赏析，它们可以脱离作品而独立存在，甚至以传记或专著形式出版。例如北京师范大学何乃英教授的《夏目漱石和他的小说》（北京出版社1985年版）、日本广岛大学客座研究员李国栋的《夏目漱石文学主脉研究》，（北京大学出版社1990年版），论文有东北师范大学谷学谦教授的《夏目漱石和老子思想》（北京日本学研究中心编《日本学论丛》，1993年）、中国人民解放军南京国际关系学院揭侠的《夏目漱石之中国认识》（北京日本学研究中心编《日本学论丛》，1991年），以及拙文《夏目漱石与汉学的关系》（中国社会科学院外国文学研究所编《外国文学研究集刊》1993年第15期）等。

虽然有些文章仍以评论作品为主，评论方法或切入问题的途径的选择，都或多或少受到日本研究方法的影响，如李国栋就说，他从他的日本导师相原和邦先生以"逻辑""事实""真实"等关键词语为线索，论述《心》《明暗》等作品的系统论中得到方法论启示。如果没有他先生"卓越的三部作品系统论"，就没有他的"头脑"与"心灵"的"相克论"。李国栋及其他一些学者的文章也开始触摸夏目漱石的一些较深层次的思想理论问题，如"则天去私"问题等。

我国的夏目漱石研究还有一个比较特殊的领域，即漱石与鲁迅的比较研究。如上所述，刘振瀛先生写过题为"夏目漱石的思想与前期鲁迅的思想"（1988）的文章，在1985年毕业于北京大学研究生院的李国栋的书中，也收入了近似的文章《初期鲁迅与初期漱石》《〈野草〉与〈梦十夜〉》。我国新老两代学者所作的这个题目是颇有中国特色的。

总的来说，我国的夏目漱石研究无论在数量上还是质量上都不能说是很够的。我国对夏目漱石的研究主要还是集中在已经译成中文的长篇小说方面。虽然也偶尔涉及一些理论，但还很零碎，主要引用于对其作品的解说。尤其是与川端康成研究相比，对夏目漱石的研究就显得很不够了。而对日本现代文学和日本人民的影响，我认为夏目漱石更大一些。所以今后应该加强对夏目漱石的研究，当然我不是说对川端康成的研究已经很透彻，再搞下去毫无意义了。我只是觉得重心应该有所转移，川端康成热似可适当降温而已。

另一个重要问题就是夏目漱石研究的方法问题，怎么样继承发扬由鲁迅先生开拓的有中国气魄的评论方法，以确立富有我国特色的方法论。应该说这不是新问题，因为已有学者做了试探，刘振瀛先生的评论就很有中国的特色。我国改革开放以来，大批中国学子东渡攻读文学，掌握了丰富的资料，也学到日本教授的不少评论方法，成为我国夏目漱石研究的生力军，有的还出版了专著，可以说我国的夏目漱石研究后继有人，可喜可贺。但是我们应该清醒地看到，日本评论家虽然有其独特之处，然而也有许多方法并不先进。因此，对于日本资料和研究方法，我们应该批判地学习吸收，目的就在于确立富有我们中国特色的夏目漱石研究方法。我们应该用马克思主义美学观分析研究夏目漱石的文艺思想，只有这样，我们才能在这个领域有可能取得与日本同行迥异的成果。如果我们一味套用日本方法或只对个别结论做些修补，而无我们的理论体系、理论特色，那就只能说是日本研究方法在中国的沿用。请大家不要误会，以为我排斥、否定马克思主义以外的一切方法，例如实证主义方法。上一节中我已经肯定日本学者以此方法研究所取得的成果，同时，我也清楚地指出了它的局限。我以为只有用马克思主义方法才能克服这种局限。

第二节　中国的漱石论应有中国特色

　　上一节已谈及方法论问题，有必要设一节做更详细的论述吗？我觉得很有必要。因为方法论是个非常重要的问题。

　　首先，让我们放眼世界，回顾我们人类文明史。我国著名东方学家季羡林先生指出，在世界文化的四大体系中，中国文化体系、印度文化体系和波斯、阿拉伯伊斯兰文化体系都在东方，只有欧洲文化体系属于西方。[①] 可见东方各国人民对人类文明的贡献也并不少于西方。因此，就国家和民族整体而言，根本不存在此优彼劣或彼优此劣的问题。但由于世界如此之大，经济、文化的发展速度是不可能完全同步、平衡的。西方经过文艺复兴，较早较快地摆脱中世纪的封建桎梏，进入资本主义社会，开始了对东

[①]《简明东方文学史·绪言》，北京大学出版社1987年版。

方各国的掠夺，在文化上宣扬西方中心主义。一时间人们竟然忘记了西方人历史上对东方文化的借鉴，以为东方似乎历来就是愚昧落后的。但是到19世纪，随着资本主义各种矛盾的日益暴露，先进的知识分子开始对这个社会产生怀疑，进行批判，提出种种医治其病根的药方。其中最先进的科学思想就是马克思主义。东方民族，特别是我们中国的独立解放，摆脱殖民统治，在很大程度上就是依靠了这个先进思想。

可是我国改革开放以后，思想文化界竟有少数人又提出了早被历史证明行不通的全盘西化的口号，否定我国的优秀文化传统，否定马克思列宁主义和社会主义道路。在这种情况下，我们重新回顾一下日本明治时代的文化伟人夏目漱石是怎么样对待东西方文化是很有现实意义的。其次，从日本对夏目漱石研究现状看也是很有意义的。

1979年，日本著名作家开高健，在公开信里指出因生活好了而写不出作品的问题后，在作家中激起不大不小的波浪。关于纯文学危机的议论不绝于耳，从而引起对什么是文学的议论。就在这样的背景下，夏目漱石又成了作家、评论家注目的对象，夏目漱石热经久不衰。1993年，设在京都的国际日本文化研究中心出了个非常大得吓人题目，叫作"日本的想象力"，这个大题目中的一个小题目就是"夏目漱石的想象力"。日本《文学界》杂志1993年7月号刊载了著名作家古井由吉、著名评论家江藤淳和美国人里维阿·莫奈，就这个题目所作文章及他们的座谈记录。从副标题《以〈梦十夜〉为中心》也可以看出，他们主要围绕短篇小说《梦十夜》展开讨论。这次座谈是通过小说创作来看夏目漱石的想象力的，也未探讨理论问题。江藤淳先生的发言又一次触及夏目漱石与女性的关系问题，不过这次他认为恐惧女性是夏目漱石的基本主题，只是未提夏目漱石与嫂子登世的关系。这个事实说明日本在夏目漱石研究方面并无什么大的进展。而缺少对夏目漱石在理论方面的想象力的分析是不会充分全面地展现夏目漱石的想象力的。因此，我至今仍认为夏目漱石的理论问题是日本评论界一直忽视的问题。这里我想冒昧地说，如果要想重新探讨什么是文学以及怎么样创作、怎么样欣赏、文学与社会生活的关系等，那么，最好还是从研究夏目漱石的文艺理论入手。因为这是一个值得我们下本钱开采的富矿，我深信通过对夏目漱石的文艺理论的认真研究，肯定有助于日本整体评论水平的提高。日本的漱石研究既然是如此状况，我们不应该走他们的老路，也是不言而喻的。

在认清系统深入研究夏目漱石的意义之后，还必须认真解决方法论问题。我认为中国的夏目漱石研究应有中国的特色，应该以我们的立场、观点和方法去研究。记得日本著名女作家山崎丰子访问中国社会科学院外国文学研究所时，希望中国的日本文学研究者应该写出富有中国特色的日本文学史来。这席话令人深思，对人很有启发，当时她那样十分恳切的语气我至今仍记忆犹新。我觉得这个观点也可以应用于对作家的研究。

对于夏目漱石那博大精深的理论，我们应该像漱石以我为主、为我所用的态度对待西方文化那样，认真研究。毛泽东曾经批评很多留学生的毛病，说"他们从欧美日本回来，只知生吞活剥地谈外国。他们起了留声机的作用，忘记了自己认识新鲜事物和创造新鲜事物的责任"①。在今天改革开放的条件下，我们更需要负起创造新鲜事物的责任。

但是光有好的愿望还不够，还必须解决好两个问题：态度和方法。要脚踏实地地搜集资料，正如马克思所说，"研究必须详细地占有材料，分析它的不同的发展形态，并探寻出这各种形态的内部联系"。这详细占有材料是研究的基础，应该说这方面日本学

---

① 毛泽东：《改造我们的学习》，载《毛泽东选集》，人民出版社1966年版，第798页。

者一般说来做得比我们好，值得学习借鉴。所谓分析不同的发展形态，探寻各种形态的内部联系，就是要辩证地完整地系统地分析所掌握的材料，以便找出客观规律来。总而言之，马克思主义的方法就是辩证唯物主义的方法。应该看到，在这方面日本学者是比较弱的。这就是我们与日本学者在世界观和方法论方面的差异。对此，我们应该有清醒的认识。

怎样对待西方文学，夏目漱石有其独特见地，是其理论体系的重要组成部分。在中篇小说《草枕》里，主人翁说，米勒是米勒，我是我，表示要以他自己的艺术趣味来描绘风流的土佐卫门。在《三四郎》里，夏目漱石又通过一个青年之口，慷慨激昂地发表演说，他说："我们是研究西洋文艺的人，但研究归研究。我们和屈从于西洋文艺脚下的人根本不同，我们是为了不受西洋文艺的束缚，是为了解放受到囚禁的心灵而研究西洋文艺的。"这段话确切地反映了作者对西方文艺的根本立场。1915年，漱石在题为"我的个人主义"的讲演中，回忆到他对西方文艺从所谓"他人本位"到"自我本位"的转变过程。他得出结论，即使西洋人说这首诗如何出色，韵律怎么怎么好，那是西洋人的观点。虽然并不是不可以作为我们的参考，但是我们没有也必须这样想，照样贩卖的道理。我既然是一个独立的日本人，决不是英国人的奴隶，那么，作为一个国民这样的见识是必须具备的。从世界上都重视正直这样的道义德性看，我也决不能歪曲自己的意见。[①] 我们研究夏目漱石，也应该借鉴学习他研究英国文学的比较科学的正确方法。

以上总结了目前为止日本和我国对夏目漱石研究的概况，进一步开展夏目漱石研究的意义和我们应该采取的正确态度。

[①] 《漱石全集》第13卷，岩波书店1936年版，第491页。岩波书店1935—1937年出版19卷本全集，下文只注明卷数与页数。

本书主要探讨夏目漱石的文艺理论。重点首先是其文学理论代表作《文学论》的内容、成就。其次是他的文学评论，包括他对英国文学的评论和对日本同代作家和艺术家的评论以及他对自己一些创作经验的总结。最后探讨一下他的文艺理论与中国古典文学的关系，即他的理论来源。通过他与日本同代著名文艺理论家比较，并把他置于20世纪日新月异的世界文艺理论发展的大潮流中，确定其作为一个文艺理论家在日本现代文学史上的地位。为了让读者更好地理解夏目漱石的文艺理论，本书将首先对漱石的生平、思想和早期文章、评论做些述评。

第 一 章

生平和思想

漱石的思想比较复杂。他深受东西方两种文化的影响，自小学习汉学，对儒家和老庄思想都有所吸收，并且表现在他的行动和文章中，表现在笔下的人物身上。

第一节　漱石的生平述评

夏目漱石是日本近代杰出小说家，英国文学研究家，被誉为"伟大的人生教师""日本文学之母"，等等。漱石的作品长期拥有众多读者，日本人从小学到大学甚至大学毕业之后仍然爱读他的作品。据说日本图书馆里，他的书破得最快。

日本另一个大文豪森鸥外（1862—1922），曾经把近代学者分成一条腿学者和二条腿学者两类。他写道："新日本是东洋文化和西洋文化共处又交融的国家。在这里，既有立足于东洋文化的学者，也有立足于西洋文化的学者。但他们都是靠一条腿站立的学者。"在他看来，尽管东洋学者和西洋学者都是有用之才，然而这些一条腿的学者的意见是有偏颇的。东洋学者的观点太保守，然而西洋学者又太激进。现在许多学问上的葛藤冲突都由此两要素相争引起。于是时代要求把东西洋文化融为一体的两条腿学者。[①] 漱石

---

① 《鼎轩先生》，《明治文学全集》第27卷，筑摩书房1983年版。

的出现就完全适应了这个时代的需要,所以受到森鸥外称赞。1910年,森鸥外在《夏目漱石论》中就说:"在我读过的书里看到了许多长处,没有看到可以说是短处的地方。"① 漱石的书究竟有什么好,他的突出贡献是什么,他是怎么样有如此贡献的,他山之石能否攻我之玉,是否值得我们研究?

夏目漱石生于动荡、变革时代,原名夏目金之助,1867年出生于江户一个名主家庭。所谓名主,就是管理行政和治安的地方官。明治维新后,漱石的父亲虽然又被任命为区长,但不幸有八个蒙面大盗抢走了他家五十两金币,使夏目家境日落千丈,大有"落花流水春去也"之憾。而漱石更是生不逢时,已经有三个哥哥、两个姐姐先于他来到这个家庭,加之年近半百的母亲无奶,父亲一狠心把他送给了一家小杂货店,后来又给另一个名主盐原昌之助当养子。

刚到而立之年的养父母待他虽如掌上明珠竭力讨他欢心,然而好景难长。十岁时因养父母离婚,他又重返老家,但始终未得到亲生父亲的宠爱。直到二十二岁,因两个哥哥先后患肺病过世之后,他才把户口迁回老家。当时由父亲付给养父一笔养育费后正式签约断绝关系,可是他与养父的关系长期纠缠不清,成为他的一个心病而非常烦恼,构成自传体小说《路边草》的主要内容。《路边草》的主要故事是以刚从国外回来并且已经成为名人的主人公,在一条坡道上,与已经有些苍老的养父邂逅开始,以主人公一家人对待不断变着手法要钱的养父的不同态度及其矛盾为主要内容,并且以最后给了一笔钱来结束故事。作者以这个故事反映自己不幸的一生,倾吐对人生的看法,在最后一段对话中,可以看出他内心的痛苦和悲哀。妻子以为交出一笔钱后,就可以了结养父的纠缠而高兴时,主人公则并不乐观。他认为这只是表面上

---

① 《鼎轩先生》,《明治文学全集》第27卷,筑摩书房1983年版。

解决。世界上的事情一旦发生就会永远继续下去。只不过变了形态，别人和自己都不知道而已。

明治时代初期，汉学尚时兴，十五岁时，漱石曾退出东京府立第一中学进二松学舍学汉学。他在《木屑录》里说："余儿时诵唐宋数千言喜作为文章"，可证明漱石的汉学基础是在青少年时代打好的。嗣后，他在兄长启发下认识到时代潮流便改学英语，还以为英国文学和汉文学一样有趣味，而立志进东京帝国大学学习英国文学。他后来觉得仿佛受到英国文学的欺骗，表明他已认识到东西方文化的巨大差异，也反映他对东西方文化不同的褒贬态度。

进第一高等学校和东京大学学习英语及英国文学，对漱石的人生道路具有重要的决定性影响。第一，在那里他结识了后来成为俳句革新家的正冈子规，他们互相切磋俳句，探讨文艺理论和人生道路，获益匪浅；第二，为他去英国留学打好了外语和文学基础；第三，他取得了在高等学校任教资格。

漱石是在1900年，即包括日本在内的八国联军火烧圆明园的同一年到英国留学的。由于助学金微薄，漱石未能进剑桥之类名牌大学听课，主要靠自修，至多请莎士比亚专家辅导过几次。从英国人身上漱石嗅到了令人讨厌的铜臭味，可以说漱石留英的重要收获，一是看到了资本主义制度的弊端；二是弄清了究竟什么是文学的问题。在1902年给岳父中根重一的信里，漱石曾写道："国家的进步应归根于如何使用财源。"表示他最担心的是因财富分配不均而使国家发展艰难，指出欧洲今日文明之失败，根本原因就是贫富悬殊过于明显。他还说马克思所论作为纯粹的理论虽然有缺点，但在今日之世界上出现是理所当然的。这封信还透露他准备写文学论的宏伟计划，他当时就认为"与其论述如何观察世界，倒不如从如何解说人生入手更好。他准备先论述人生的意义、目的及其活力之变化。其次论何谓开化，解剖构成开化的诸因素。最后论诸因素的综合发展对文艺开化的影响"。他还认为必须从哲学、历史、政治以及心理学、生物学和进化论入手进行研究。漱石由于节省生活费用来购书，埋头苦读，用蝇头般大小的字密密麻麻地记下的笔记足有好几寸厚，为此得了严重神经衰弱症，于1902年12月5日离开英国，翌年1月24日回到东京。

漱石留学期间，岳父在政争中失败后，做投机生意，又亏了老本。漱石回国时，家里负债累累，不得不请神经科博士吴秀三开出有病的诊断证明，才得以调离保送他去留学的熊本第五高等学校，违心地回到母校东京大学从事他根本不乐意干的教师工作。由于学生听惯漱石的前任，原外籍教师小泉八云（1850—1904）富于感情色彩的授课方法，对于漱石偏重理论的教法很不习惯，这也使他十分苦恼，经常考虑着辞职问题，致使神经衰弱复发。所以漱石在《文学论》序里说，回国以后的两年多也是不愉快的。为了摆脱这些烦恼，漱石接受高滨虚子的建议，搞起创作，漱石的长篇小说代表作《我是猫》就是这样开始创作的。从1904—1907年进《朝日新闻》主编文艺栏，是漱石的业余创作时期，主要作品除了《我是猫》外，还有中篇小说《哥儿》《旅宿》和《风暴》以及取材于英国历史的小品《伦敦塔》《幻影之盾》《琴音》和《薤露行》等。

1907年主编《朝日新闻》文艺栏后，漱石的创作进入专业作家时期，在该报上先后连载了长篇小说《虞美人草》《矿工》以及所谓三部曲《三四郎》《其后》和《门》等风格各异的长篇小说。一般认为他进报社后精心创作的爱情故事《虞美人草》不太成功，我觉得这部小说最典型地表现他在《文学论》里强调的所谓"爱情亡国论"。《矿工》是漱石唯一反映日本资本主义原始积累时期工人恶劣的生活和劳动环境的作品，采用了一些意识流的新手法。爱情三部曲中，影响大、成就最高、对资本主义批判最尖锐的是《三四郎》。引起他与日本自然派作家田山花袋争论的也正是这部作品。

1910年重病差一点夺去漱石的生命,这就是所谓的"修善寺大难"。同年发生了逮捕幸德秋水等26个社会主义者的"大逆事件",日本社会进入更黑暗闭塞的时代,漱石的创作也进入了后期,主要作品有被认为后期三部曲的由短篇小说连缀而成的《行人》《心》《过了春分时节》及自传体长篇小说《路边草》等。事实上,《行人》和《心》的情节、主题与前期三部曲关系更密切些。《行人》写大学教授一郎怀疑妻子勾引弟弟的故事,颇像《门》里小六与哥嫂微妙关系的发展。后期代表作《心》是部道德悲剧,深化了《门》里友谊、爱情和贪婪的主题。但情调比《行人》更加低沉,人生的出路唯有自尽一条路。探索日本现代知识分子的理想、道德及爱情五部长篇小说,以主人翁自杀结束,正是作者不幸的人生和他所处的不幸的时代,以及他悲观失望的世界观的真实流露。

对于他来说,除了不幸的童年生活外,其后的婚姻和家庭也使他不快。妻子又不是他所理想的美人,文化低、教养差、爱睡懒觉。他留学期间,多次写信流露不满的,首先是妻子常常不回信,二是谆谆告诫妻子要改掉睡懒觉的毛病。加上子女多而且头几个都是女孩,生活又困难,夫妻关系有时很紧张,不得不分开一段时间。1906年,他在给铃木三重吉的信里,就直露地表示美食、美服、美女之类理想彻底破灭后,他深深感觉到"世界与自己想象的正好完全相反"。

1916年12月9日下午6时45分,一生多病的漱石,因胃溃疡多次出血后与世长辞,最后一部长篇小说《明暗》连载到188回,成为他未完成的不朽名著。漱石的创作时间不长,但著作甚丰,除小说和评论外,还写了208首汉诗、大量俳句、书信、日记、散文和讲演。

漱石的一生,从当养子到复归原籍,从学习汉学到学英国文学，从教师到留学及再当教师以及多病等，对于他的文学论著，对他的世界观、他的创作思想和风格直到作品的内容，都有深刻的影响。

第二节 漱石的思想

漱石的思想比较复杂。他深受东西方两种文化的影响，自小学习汉学，对儒家和老庄思想都有所吸收，并且表现在他的行动和文章中，表现在他塑造的人物身上。但需要指出的是，儒家思想和老庄哲学在他身上的表现，前后又是很不同的。漱石对自由、平等和博爱的彻底追求，使他在思想上和行动上都与社会及其统治者格格不入，养成他对一切的批判多于歌颂。有时他以西方现代意识批判东方的落后面；有时又以东方的传统批判西方的资本主义文明和宗教迷信。时而高高在上讽刺、嘲笑平民百姓的无知落后；时而又站在普通文人立场上批评上层官僚的专制压迫。

一 青少年时代的儒家思想

漱石在十二岁时写的，署名盐原，带汉文腔调的作文《正成论》，可以证明他自小受到忠君爱国思想的教育。文章开门见山地说："凡为臣之道，在于不仕二君。心如铁石，以身殉国救君之危急。"他把日本镰仓末期在护皇倒幕战争中失败自尽的楠木正成（1294—1336）将军树为忠臣的典范，竭力赞美他"建树忠勇整肃拔山倒海之勋，显示出超群拔萃之忠，辅佐王室实乃股肱之臣"[①]。

此后，又有两篇用汉文写的文章反映了这种思想。在他二十岁时所作，署名盐原金之助的作文《观菊花偶记》里，漱石借养菊艺人之口反讽说："天下之曲其性，屈其天者，岂独菊哉。今夫

[①] 《漱石全集》第 14 卷，岩波书店 1936 年版，第 315 页。标点系引者所加，下同。

所尚于士者，节义气操耳。然方利禄在前，爵位在后，辄改其所操，持不速之恐"①，从而批评一些人见利忘义、不顾气节的堕落行为。

他在二十三岁时写成、署名夏目金之助的《居移气说》里，一方面阐明人的性情将随着境遇而变的道理，另一方面又认为天下之间以人为独尊，为此，就必须警惕耳目心灵之欲。他引用我国明代倡导实践道德的儒学家王阳明的话说："去山中之贼易，去心中之贼难。"尽管如此，漱石还是认为只有做到虚灵不昧，才能"天柱之摧不怖，地轴之裂不骇，山川之变，风云之怪不足以动其魂，而后人始尊矣"②。因此可以断定，漱石的青少年时代，头脑里充满了修身养性治国平天下的儒家入世思想。

二 青年时期的厌世主义

不过从行动看，漱石也并非盲目地忠君爱国。他青年时代就曾经提出分家申请，把户口迁至北海道后志国岩内郡吹上町十七号，从而逃避了服兵役。这是由于从思想上讨厌军人，他给正冈子规的信里说过，有人曾经给他介绍对象，他拒绝的唯一理由就是因为这姑娘是军人的女儿。显然这与他的理想未能实现，现实使他失望有关："余图改良世界之勇气顿时受挫，以往知世界之污秽，而把希望置于未来，然而当断定未来亦如现世黑暗之时，余便左右盼望，瞻前顾后。当发觉被囚禁于暗窖……不见一线光明之际，余无事可干，惟抚然而自失。"

由对现实不满、失望转为厌世是中国士大夫思想发展变化的共同特点。漱石思想的变化也是如此。1891 年 11 月 11 日给正冈子规的信说："我前年是厌世主义者，今年仍然是厌世主义者。要想随心所欲地生活在这个世上，要么你具有能容纳这个世界的度

---

① 《漱石全集》第 14 卷，岩波书店 1936 年版，第 316—317 页。
② 同上。

量，要么你必须具备能被这个社会所采纳的才干。"

其实，冰冻三尺非一日之寒，他用漱石做笔名，就不是偶然的，当时就已有消极避世思想的萌芽。漱石两字包含了他的人生态度。漱石这个典故出自我国古代散文集《世说新语》，是说西晋文学家孙楚欲隐居，而把"枕石漱流"误说成"枕流漱石"，别人反问："流可枕，石可漱乎？"孙楚则机智地回答："枕流欲洗耳，漱石欲磨牙也。"这个故事是漱石在童年时代读了中国的儿童启蒙读物《蒙求》后知道的。1889 年，漱石读了正冈子规的汉诗文集《七草集》后大受启发，就在卷末用汉文写了评论和九首七绝，落款就是"漱石狂批"。同年他在房州旅行后写的汉诗文集《木屑录》封面上署名"漱石顽夫"。此后，他就以漱石为雅号，多少也反映他对孙楚式人物的倾倒，《旅宿》的主人公就是这类人物的化身。

漱石的诗文里一再出现的守拙和持顽两个词反映出相同的思想，证明他有不与恶势力同流合污，而采取回避等消极方法的一面。1895 年 4 月漱石离开东京，前往日本南方的爱媛县松山寻常中学任职，5 月 26 日给正冈子规寄去四首汉诗，诗里就有"才子群中只守拙／小人围里独持顽／寸心空托一杯酒／剑气如霜照醉颜"。"驽才恰好卧山隈／凤托功名投火灰／心似铁牛鞭不动／犹如梅雨去还来。"

同月 30 日，漱石又给子规寄去名为"无题"的汉诗，其中有四句诗云："剑上风鸣多杀气／枕边雨滴锁闲愁／一任文字买奇祸／笑指青山入予洲。"[1]

同年 12 月 18 日，给这个好友的信里又说："是非如云烟，善恶亦一时，唯守拙持顽，永远贯彻之。"两年后给正冈子规的俳句又说："木瓜一开花，漱石必守拙。"在小说《旅宿》中关于原产

---

[1] 《漱石全集》第 14 卷，岩波书店 1936 年版，第 455、457 页。

于中国的木瓜，他赞美道："木瓜是一种很有趣的花，枝条顽强从未弯曲过……在花的世界中，木瓜是一种既愚又彻悟的花。世上有所谓守拙的人，此人来世一定会投胎为木瓜。我也想成为木瓜。"《旅宿》的主人公所向往的守拙之人就完全具有木瓜的品格，这里木瓜就是守拙一类人的象征。在《旅宿》的主人公身上流的正是漱石的思想血液，主人公写的一首汉诗，就是漱石在1898年写的汉诗《春兴》里的一部分，如："孤愁高云际／大空断鸿归／寸心何窈窕／缥缈忘是非／三十我欲老／韶光犹依依／逍遥随物化／悠然对芬菲。"①

在我国，持顽守拙大有人在，除上述的孙楚外，应首推陶渊明了。他在而立之年开始进出官场，在当彭泽县令时，因不愿为五斗米向乡里小儿折腰而辞职归田。他把出仕看成误落尘网，在《归园田居》第一首中就袒露守拙志向：

少无适俗韵，性本爱丘山。
误落尘网中，一去三十年。
羁鸟恋旧林，池鱼思故渊。
开荒南野际，守拙归园田。

漱石立志守拙之际，年纪正好和陶渊明写《归园田居》时也差不多，对人生似乎都有所彻悟。但漱石的思想更加复杂一些。

三　对自由、平等的执着追求

应该指出，漱石在写《旅宿》的时候，已认识到他离开东京是一种消极的逃避行为，1906年给狩野亨吉的信，透露了他离京的原因是："世道不公。把人当作笨蛋的卑鄙家伙根本不考虑别

---

① 《漱石全集》第14卷，岩波书店1936年版，第457页。

人，依仗人多势众干尽千万无礼之事。我不想在这样的地方待下去了，所以前往乡下，指望过更美的生活。"他觉悟到这样做的结果，"只能增长社会的恶德……余为与余处于相同境遇的人开了个坏头，为洁身自好而全然不顾别人的事"，并且表示，"今后若是遇到这种场合决不后退，不但不退，而且要主动前进，打倒眼前之敌"。他还明确指出"从我的主义，我的主张和我的趣味看"，敌人"是指不能为社会的人"。

把不能为社会的人视为敌人，说明在漱石身上有着既不同于西方资产阶级的个人主义，也与陶渊明的守拙有所不同的成分。也就是说，一度消极退避之后，也有觉醒之时。所以在登上文坛之后甚至在"大逆事件"之后的几年中，能用小说和评论等武器对社会的不平进行尖锐的讽刺批判，显示出他伟大人格和不屈的斗争精神。

1907年6月，日本首相西园寺公望为笼络文艺界，在家举办"雨声会"，特邀漱石和森鸥外等十七名著名作家参加。漱石回信不但拒绝参加，还在信端附上一首俳句："杜鹃身本洁，焉能入茅厕。"以洁鸟自居，而视官邸如臭茅厕，第二次集会他也没有去。在1910年6月政府逮捕幸德秋水等社会主义者之后不久，日本文部省决定授予他文学博士称号，还在医院病床上的漱石发表声明："小生以前一直只以平平常常的夏目某混迹世上，希望今后仍然以平常的夏目某身份生活下去。"他不但坚决拒绝接受博士称号，而且在《博士问题始末》中，他尖锐地指出博士制度"功少弊多"，因为"如果赋予博士制度的价值只是让世上觉得好像不是博士就不是学者的话，就会使学问成为少数博士的专有物，少数几个学者贵族掌握学术大权，而使其他未当选的人受到冷落，讨厌的弊害层出不穷"。漱石对此深表忧虑，说明他已经超出消极避世，明哲保身的士大夫精神，具备了在当时比较进步的资产阶级自由平等思想。

正是在这种思想指导下，漱石在 1911 年 5 月 18—20 日的《朝日新闻》上，发表了针对性批判性都很强的评论《文艺委员是干什么的》，与 1906 年 12 月脱稿的小说《风暴》遥相呼应，为维护作家的自由创作权大声呐喊。可以说，在同时代的作家中还没有一个能够像他那样站得如此高，喊得如此响亮，态度如此明朗。因此也可以说，漱石是日本 20 世纪初最杰出的文艺批评家，他站在资产阶级自由主义立场上，批判、抵制当政者的文化政策，实际上就是对资本主义社会的批判。尽管十分孤立，但他始终没有妥协。从历史主义观点看，在当时的条件下能做到这一点确实是难能可贵的。他的反抗的动力，是对文艺创作自由的向往，这也是他最根本的创作动力。

据漱石在题为"我的个人主义"的讲演中说，他在上大学预科的时候就反对那种极端的国家主义论调，反对虚伪地把事实上是不可能的事硬说成为了国家。他认为卖豆腐的所以要卖豆腐决不是为了国家，根本上说是要赚钱吃饭穿衣。从结果看他为社会提供了必需品，所以也许是间接地符合国家利益。就在这次讲演中，漱石提出了向别人要求多大自由，就应该也给别人多大自由的平等观，批评那种只要求别人彻底尊重自己的自我而丝毫不尊重他人的自我的观点。因此题目虽然叫个人主义，真正含义则是提倡互相尊重个性自由，反对损人利己的个人主义，反对只要个人权利而不尽任何义务的个人主义，实际上就是自由平等博爱的人本主义思想。

漱石早期的人本主义思想还表现在 1892 年 12 月完成的大学教育学论文《中学改良策》里，他阐述了中学教育的意义和方法，指出要使国家富强就必须重视对青少年的教育。另外，提出教育就是为了受教育者，"只是为了启发受教育者的固有才力，涵养其天赋的德性，使学生具备上等人的资格"。他批评"教育为国家"的国家主义口号，认为"教育为国家"与教育为金钱、为名誉等一样，都是教育以外的目的，都是不能令人信服的。

此外，值得注意的是他还指出了东西方文化的差异，提出在引用西方教材时，教师应该说清楚以防止学生受到西方思想的感染，以致"培养出在日本人的身躯上，安着西洋人的头脑的怪物来"。他把不顾自己的条件，盲目崇拜西方的日本人称为怪物，这在明治时代全盘西化时期，有头脑能保持如此清醒的青年学生，实在是非常罕见的。总而言之，维护东方传统思想文化，又积极学习西方思想是漱石的极重要的观点，是他重要的出众之处。后来，他又把这个思想发展为对日本式现代化的批评。

四 对日本式现代化及国民性的批评

漱石对于日本的资产阶级现代化是有不满的、失望的，采取批判的态度。1911年，他在题为"现代日本的开化"的讲演里，指出越是资本主义现代化，"竞争就愈激烈，生活就愈困难"。因为，日本现代化是所谓"外发的"，即是在外国推动下"被迫的""不自然的跳跃式的"，是"只在表面上进行的"。日本的知识分子对此很不适应，使得大多数大学教授患有神经衰弱。他特别不满的是尽管支配现代日本的开化是西洋的潮流，受到这样的开化影响的国民理应产生某种空虚感，并产生不安和不满的情绪。可是有些人却显得十分得意，仿佛日本开化完全是由于日本内部的原因发生的。他认为这是不妥的，"这既是虚伪，又是轻薄，好比明明是不会吸烟不知烟味的孩子，却装出津津有味地抽烟的样子"。还说，现在虽然已经没有傻瓜再向外国人吹嘘日本国还有一座富士山，可是到处能听到傲慢说法：日俄战争以后我们已经成了一等国家了。所有这些，使他一想起日本的将来就感到悲观失望。[①] 足见其忧国忧民程度如此之深。

---

① 《漱石全集》第13卷，岩波书店1936年版，第379页。

其实，漱石对于日本轻薄的国民性的批判，还不是从此时开始的。早在留学英国时，他在1901年3月15日的日记里，就对中国人民满怀着友好感情地写道："误把日本人说成了中国人有什么可讨厌的呢？中国人是比日本人更有名誉的国民，所不幸的只是眼下沉沦、不振。要是有心的人，与其被称为日本人，倒不如被当作中国人更名誉呢。即使不能做到这样，也应该想一想，在以往岁月里，日本受到中国多么大的恩惠。西洋人动不动就恭维说，中国人讨厌，日本人好。听到这样的话而感到高兴，那就好像一听说邻居（还是一个照顾过他的邻居）的坏话，而觉得有趣觉得自己多好一样，是种轻薄的劣根性。"[1] 把平等观用在批评其同胞对中国的态度上，是他与众不同之处。

五 对日俄战争的态度

漱石对日俄战争的态度，不能简单地说是拥护还是反对。因为，他对这场战争的态度比较复杂，既有拥护的一面，也有批判的一面。战争期间，他还是倾向于拥护这场战争的，认为这是日本代表东方向西方复仇的战争。所以，他在日俄战争期间，不但没有批评的言论，还在1904年5月10日的《帝国文学》上发表了一首自由体诗《从军行》，呼唤日本男儿去沙场复仇是彻头彻尾的宣传鼓动诗。虽然谈不上什么艺术性，却是再明显不过地反映他对日俄战争的态度。诗里满是复仇的字句，例如第二节诗里说：

> 这是天子的命令，
> 吾去复仇。
> 这是尽臣子的责任，

---

[1] 《漱石全集》第15卷，岩波书店1936年版，第55页。

赴远方。
行军百里不回首，
一千里、二千里……
誓死为了胜利，
卧沙场。
灿烂的北斗七星，
高挂在遥远的天空。
吾骄傲地复仇着，
在北方。
……①

但在1906年问世的，也是描写日俄战争的短篇小说《趣味的遗传》里，则反映战争的残酷，已有非战、厌战的倾向。就是说他已经抛弃在日俄战争期间产生的复仇观点，已不再认为这是一场正义的战争了。

其后，漱石十分敏锐地感觉到，日本如果不自量力地侵略扩张，很可能彻底失败。在《三四郎》里，他通过广田先生之口，说即使日俄战争打赢了，日本成了一流强国也无济于事，还会亡国。在《其后》里，夏目漱石又引用《伊索寓言》中青蛙与牛比赛饮水，撑破肚子的故事，讽刺日本参与帝国主义之间的竞争，将会失败，显示了他的远见卓识。他的预见，已经被日本帝国主义侵略中国和第二次世界大战的历史所证明。这是众所周知的事实，只可惜现在的日本人的文章中，很难找到有关这个问题的论述了。可以说这也是日本的漱石研究的一个特点，兴许应该说是缺点更恰当。

漱石确实曾经以不是生就是死这种维新志士的精神，从事创

---

① 《漱石全集》第14卷，岩波书店1936年版，第511页。

作和评论，留下了不朽的足迹，是经得起历史的检验的。但是在多种思想文化背景的影响下，在多种病魔的缠绕下，加上时代的黑暗闭塞，晚年的漱石提出了"则天去私"思想，主张对人要宽容，例如，1915年给武者小路实笃的一封信里说："我尽管受到许多人的谩骂与诽谤，但我始终保持沉默。"他认为这是为人的最高修养，同时又向往入道。1916年他给禅僧鬼村元成和富泽敬道的信一再表示要修道，悔恨"年到五十才立志入道"。同期创作的大量汉诗也可以证明漱石确实真心想入道修身，如"入门还爱无他事／手折幽花供佛前"，"碧水碧山何有我／盖天盖地是无心"，"眼耳双忘身亦失／空中独唱白云吟"，等等，不胜枚举。"则天去私"既是他的人生态度，也是他的文学创作理论的最后总结，包含了极丰富的内容。本书将在最后一章中论述。

第 二 章

"合抱之木　生于毫末"

《文学论》的出现不是偶然的，漱石成长为日本近代最杰出的富有独创性的文艺理论家不是偶然的。他的不少文艺思想，如文学反映社会和人生，注意读者的作用及"文学不是科学"等观点早就有萌芽。

第一节　志大勤奋的成才之路

古人云："合抱之木，生于毫末；九层之台，起于累土；千里之行，始于足下。"[①] 漱石成长为日本近代最杰出的文艺理论家也非一日之功。

漱石在青年时代就喜欢舞文弄墨，他对事物观察细致，描写生动，又好思考求索，显示了极其独特的个性。他在《木屑录》里就说过，他儿时就"有意于以文立身，自是游览登临必有记"[②]，就是说他不仅仅立志，而且也已付诸行动。

一　《七草集评》：漱石的第一篇文学评论

志大才勤奋，勤奋出天才。漱石在1889年正月和正冈子规认

[①] 《老子》第64章。
[②] 《漱石全集》第14卷，岩波书店1936年版，第439页。

识后,过从甚密,结成莫逆之交的文友。子规于同年 5 月 1 日完成汉诗文集《七草集》后,漱石在 5 月 25 日写成了《七草集评》和九首汉诗。这是漱石第一篇可称为文学评论的评论,既首次显示他在写作汉诗方面的杰出才华,也证明他具有评论的天才,文思敏捷,行文潇洒流畅。他开门见山地说:"词兄之文,情优而辞寡。清秀超脱以神韵胜。憾间有芜句。"接着说,《牵牛花篇》"则笔意凄婉,文品亦自高",还说天地如一大剧场,人生如长梦,人事之变桑沧之迁,谁辨其真假?反映当时他对人生的看法。虽然情调比较低沉,但把文学评论与人生密切结合起来,又不能不说是个优点,成为其一生文评的明显特色。接着又情真意切,见地精辟地指出,《蔓草篇》"一气奔放,纵横叙去,毫无难涩之体,议论亦奇特",《瞿麦篇》"抒自家胸意,可谓巧矣"。在择要评论后,又概括地说:"大著七篇皆异趣同巧,犹七草不同姿态,而至其沿涧倚篱,细雨微风,楚楚可爱则一也。"①

他还不无谦虚地说:"仆天资陋劣加疏懒……愧于吾兄者多矣",并礼仪周到,圆滑自然地转到附在最后的汉诗上:"仆固不解诗,故所作粗笨生硬可笑。"并以中国典故作喻,"然无盐与西施坐,则美益美而丑益丑,仆岂谓敢效颦,亦欲为西施之美耳",略带幽默地结束正文。整篇井井有条,一气呵成,令人耐读又爱读,他的文字功夫,汉学知识之广博,实可叹为观止。本来,无盐、西施及东施效颦并非出于同一典籍。无盐事迹见《烈女传》,东施效颦故事见《庄子·天运》。漱石灵活地把这两个典故结合起来,用得恰到好处。

首先,漱石重点评论了近似日本谣曲的文章、论文和拟古文小说,没有涉及汉诗、汉文、和歌以及俳句。小宫丰隆在《〈诗歌俳句及初期文章〉解说》中曾说"这究竟是为什么,理由不清楚"②。

---

① 《漱石全集》第 14 卷,岩波书店 1936 年版,第 436、894 页。
② 同上。

现在看来，这是漱石在成长过程中的必然选择，是他文风严谨认真负责的表现，也是他青年时代良好的待人接物的表现。他虽然有很深的汉文修养，但还没有写评论的实践经验。何况他与子规结识不到四个月，交情尚不深。文章明显地反映了他对《七草集》的赞扬更多于批评。他写这篇诗文的目的在于互相切磋，共同提高，并不想与子规比高低。从两天后又补写的信看，他当时并不是非常自信的，不免有些激动。在落款时竟把漱石的漱字中最后的"欠"字，误写成"文"字，以至于米山保三郎挖苦说："连自己的名字都不会写，还要批评别人的文章，真是太自不量力啦！"①漱石5月27日的信，要求子规给他把错字改过来。

其次，漱石正式开始创作俳句比写这篇文章也不过只早十几天。5月13日，漱石劝子规转院治病的信里，附有两首俳句，日本多数学者认为是漱石最初的俳句。而正冈子规说漱石开始写俳句还要晚好几年，他在题为"明治二十九（1896）年的俳句界"中明确指出，漱石开始创作俳句是在明治二十八年。子规这样说似乎比较确切，同年漱石给他的许多信里谈道，"近日，小子欲入俳门，有空请多赐教"（5月28日）。"小生写实拙劣，只缘入门日浅"（11月14日）。"前日寄上的拙句中不成句者多矣，想起都脸红"（12月15日）②，漱石后来成为日本俳坛名人，第一，应该归于他虚心好学；第二，是深得日本俳句革新家正冈子规指点。他在《七草集评》中未论和歌、俳句，是因当时他知之甚少而有意避免班门弄斧。这正好也是他知之为知之，不知为不知的表现。

漱石于同年重阳时写成的汉诗文《木屑录》里，有段自白："同游之士合余五人，无解风流韵事者，或被酒大呼，或健啖，吓侍食者，浴后辄围棋斗牌以消闲。余独冥思遐搜时，或呻吟为甚苦之状，人皆非笑，以为奇癖，余不顾也。邵青门方构思时，类

---

① ［日］荒正人：《漱石研究年表》，集英社1984年版，第112页。
② 《漱石全集》第16卷，岩波书店1936年版，第73页。

有大苦者，既成则大喜，牵衣绕床狂呼，余之呻吟有类焉，而旁人不识也。"① 具体生动地描绘了他与众不同之处。其他人不懂风流文雅，只顾饮酒作乐，高声说笑，不知构思文章的艰辛，反而觉得漱石如此苦思苦想是"奇癖"，更不知中国的邵青门构思文章时就是如此的，证明当时他已经立志"以文立身"。正冈子规对《木屑录》的评价极高，主动为他写了跋。小宫丰隆写道："夏目漱石给正冈子规看后，子规惊叹说，我原以为你只会英文的，竟还能写出如此出色的汉文，像你那样真是千万年才出一个呵！"② 这些都说明漱石是个才华出众、富于理想的青年学生。

最后，以对话形式写的有关文章推敲的辩论也很精彩，值得一读。"余之草此篇……既成抛蒿不复改一字，或难之曰：古人作文，有一字未安焉，则终日考之，有一句未妥焉，则经旬思之，锻炼推敲，必尽其力而后出之，故其文苍然古色，锵然为金石之音。今子才不及古人亦远矣，而不知临纸经营刻苦……余笑曰：作文犹为画，为画之法有速有迟不必牵束。一意匠惨澹，十日一水五日一石是王吴之画山水也；振衣而起，挥笔而从顷刻成之，文郑之画竹与兰也。夫王吴之山水固妙矣，而文郑之兰竹岂不入神哉！今余文，亦兰竹之流耳……兔起鹘落之速，亦不优蚓步蛇行之迟哉。"思路这样开阔，比喻生动活泼，驳难如此痛快，令人信服，为其以后成为文艺理论家奠定了坚如磐石的基础。漱石学生时代就悟出"读破万卷书"的重要性。他曾写信劝病中的子规不要整天埋头练习写作，而要把提高思想修养放在首位，为此就必须挤出时间来读书。③

漱石在大学时代所作的文学评论不仅仅已经显示其出类拔萃的才华，而且也反映他有在当时都较进步的思想。在大学时代的

---

① 《漱石全集》第 14 卷，岩波书店 1936 年版，第 441 页。
② 同上书，第 898 页。
③ 《漱石全集》第 16 卷，岩波书店 1936 年版，第 11 页。

重要文学评论《论文坛上平等主义的代表惠特曼的诗》中，他称赞惠特曼是共和国诗人，批驳对这个诗人的种种非难，认为惠特曼提倡的平等主义，都"压倒了拜伦和雪莱，实在是近年来的一大快事"。

二　《英国诗人的天地山川观念》：崭露头角，一鸣惊人

这篇是1893年1月29日漱石在帝国大学文科大学英国文学讲演会上的讲演稿，在同年3—6月的《哲学杂志》连载后博得好评。漱石主要论述18世纪末至19世纪初涌现的英国诗人蒲柏、哥尔德斯密斯、彭斯和华兹华斯等，明确指出他们是英国自然主义文学运动的鼓吹者，阐明自然主义在英国文学界如何产生、发展和变化。

那时，漱石认为自然主义（Naturalism）含义暧昧，应用范围极广，既可以指自然也可以指天然，还可以指天地山川。由此可见，题目中的"天地山川观念"是指自然观念、自然观，与左拉的自然主义以及日本自然派所指自然主义迥异。在他看来，自然主义范围无论如何暧昧，本来就是文学中的一个现象，不可能比文学更广。文学上出现的事件不外是人间的和非人间的两种。非人间之中最引起我们注意的是日月星辰山河草木。自然两字用在文学上，其意义缩小为只限于人和山川的自然。于是就容易限定自然主义这一术语的范围了。他认为大体可以分为两个方面，一是服从人的天性，二是归结为山川这一自然。"抛弃虚礼虚饰，服从天赋的本性是自然主义；抛弃功名利禄之念，在山林丘谷间渡过一生也是自然主义。"[1]

漱石对英国的自然主义文学基本上是肯定的，而对这之前的文学则颇有非议。漱石回顾了自然主义以前从1660年王政复辟至

---

[1]《漱石全集》第14卷，岩波书店1936年版，第167页。

1789 年法国大革命这一百多年的英国文学情况，称这个时期为古文时代，把当时的诗歌风格概括为纤巧派诗歌。诗人都"把一个巧字视为毕生目的，把写诗只当作锻字炼句的营生，以圆滑流畅遣词造句为能事，千方百计地追求音节铿锵有力，终于把至关重要的思想等抛到九霄云外了。虽然具有纤巧细腻之趣典雅富丽之体，然而既无无限感慨，亦无绝妙见识。天真烂漫之气象被一笔勾销，所剩只是雕虫小技而已"①。看来如果把思想和技巧置于天平的两端，那么，漱石是更倾向于思想一边的。

漱石进而分析了造成这种诗风的社会原因，尖锐地指出这种嗜好是基于当时的社会风潮，斯时英国文坛与斯时的社会风尚都重繁文缛节，如同日本封建主义时代，无论何事都要有一定仪式，只有精通这种仪式才能进行社会交际。当时社会的中心在伦敦，文坛的中心也在伦敦，而诗坛比俗界更重视仪式，怎能抒发人性固有的情绪，咏出江山流水之美来呢？加之，这是所谓文人受保护的时代，作者都到著名的政治家中寻觅自己的知己，在知己的帮助下从事文学，或者自己成为政治家，私下进行政治活动，于是，文学便成了上流社会交际社会的专有物。从事文学的人，一味迎合讲究虚礼的风潮，作诗也是为了满足上流社会的嗜好。漱石以长时期执文坛牛耳的蒲柏作为这个时代的代表诗人，来分析他们对山川自然的态度。他认为，蒲柏也"并非根本不写山川景物，然而尤其倾向描绘社交界里的光景，叙述枯燥无味的议论。这只要读一读他的被视为杰作的《人论》和《批评论》等，大概可以察觉其嗜好之所在了。只有《牧歌》和《维多索森林》两首是关于自然的作品，即使如此，也不能认为作者有感于天地灵活之景物而吐露衷情，而且其思想也无可歌可泣的崭新内容，足以触动人心"②。以上事实足可以证明，漱石对蒲柏的诗歌内容采取

---

① 《漱石全集》第 14 卷，岩波书店 1936 年版，第 169 页。
② 同上书，第 171 页。

了批评的态度。他对于蒲柏的诗歌形式,尤其是语言也不以为然。他批评蒲柏把精力都费在辞藻上,刻意追求文辞隽妙,所以说蒲柏的牧歌不是郊外的牧歌,而是舞台上的牧歌。他还说作品里的牧童并不是徘徊于幽花野草之间,而是在银烛之下、绡屏之前演出的一个闹剧。特别是篇首的《牧歌论》(Discourse on Pastoral),使读者不知所云。尤其是日本人读后,感觉到最没有趣味的是诗句里时常出现的古代人名。例如,随便罗列什么"达夫尼斯""阿莱基西斯"等,使东方读者不禁打起哈欠。"都弄不清这里边人物的故事来历,怎能激起我们的诗意呢?"[1]

以上评论较准确地说出了东方人对西方文化的看法,应该说是有其必然性的,但明显地带有历史局限性。因为他所说的这些难懂的典故,随着岁月流逝,东西方文化的交流、融合,西方的一些优秀文化就可能逐渐为东方人所熟悉。这两个古希腊文学典故,常在西方文学作品和马、恩著作中出现。恩格斯在《家庭、私有制和国家的起源》里,就引用过朗格描写青年奴隶的爱情故事《达夫尼斯和赫洛娅》。[2]

何况用典是创作常用的手法,不能算作缺点。关键是要看用得是否恰当适度,过多、过于生僻,连本国读者都不知所云那就得算诗病了。其实,东西方文艺评论家也都熟悉此法。据钱锺书说,宋长白《柳亭诗话》卷十三《地理》条云:"金长真曰:诗句连地理者,气象多高壮。"又说,七子矫矫者……其五七言律诗,几篇篇有人名地名,少则二三,多至五六。又说狄奥尼修斯《属词论》首言诗中用人名地名之效。儒贝尔论文亦以善用人名地名为本领。李特(H. Read)的《诗态》,也说柯尔律治和白朗宁都"善用前代人名、外国地名,使读者悠然生怀古之幽情、思远之逸致"。密尔顿的《失乐园》,以能用专名著称,巴斯卡(Pas-

---

[1] 《漱石全集》第14卷,岩波书店1936年版,第171页。
[2] 《马克思恩格斯选集》第4卷,人民出版社1972年版,第73页。

cal)、伏尔泰（Voltaire）皆善用人名，雨果尤滥杂。古典派祖师布瓦洛（Boileau）《诗法》第三篇亦论希腊古人名尤宜入诗。斯蒂芬生在《游美杂记》中说"凡不知人名地名声音之谐美者，不足以言文"[①]。例子如此之多，足见漱石学生时代知识尚欠缺，他的上述结论太偏重一时的感受。

在这篇文章中，漱石对英国自然主义创作方法出现以前的文坛批评虽有过分之处，但对各家长短的比较评论还是非常具体生动、见地精辟的。他以物极必反理论指出，以文豪蒲柏、艾奇逊为代表，当时的文人几乎无人把目光投向自然，逐渐引起人们的不满。于是力图摆脱人工雕琢，探讨人情源头的人才辈出，文坛上便出现了自然主义和浪漫主义这两个新思潮。一个抛弃了歌舞燕游，辞别置酒对饮的小天地，去广阔的江湖山川漂游，以青山白云之趣洗涤俗肠之污垢。一个欲回归历史现实，上溯到遥远的中世纪，捕捉遐方异域的人类，咏出世界共同的情绪。然而评论家并不严格区别它们，只有戈斯论述英国 18 世纪文学时，是分开谈的。其他二三人，也把浪漫主义和自然主义分开，当成两个题目来做。漱石也说"尽管自然主义和浪漫主义有密切关系，还是应该有所区别，不要混淆"[②]。

尤其是对哥尔德斯密斯的评论，显示漱石当时就具有独立思考精神和从分析作品入手得出结论的特点。那时，西方文学史家并未把他列入自然派之中，而以所谓"英雄偶句体"这一术语来评论这个诗人的，认为他只不过是"蒲柏的故伎重演"。漱石认为"从其意志所向看和前辈诗人迥异，目为自然派中一诗人也毫无不可"。由此可见，漱石在青年时代就富于独立思考，具有不为陈旧观点所囿的批判精神。漱石是在对作品进行具体分析的基础上做出结论的，他以有名的《旅行者》和《荒村》为例精辟地指出，

---

① 钱锺书：《谈艺录》，中华书局 1993 年版，第 291—295 页。
② 《漱石全集》第 14 卷，岩波书店 1936 年版，第 176 页。

哥尔德斯密斯所喜爱的山川不是奇峰异岭、怪川恶水，而是能安居乐业的温暖地带，能使人们在仙境一般的土地上过着安乐无虑的生活。因此得出结论，哥尔德斯密斯热爱山川，并不是爱山川本身，而是由于山川异乡抚育了朴素敦厚之民。这正是都市红尘所望尘莫及的，所以说哥尔德斯密斯是"以人为主，以山川为客"进行创作的。不仅如此，至于深山大泽那样的无人出入之境，只能使人望而却步。漱石还从世界观上分析哥尔德斯密斯这样写的原因，指出这个诗人是个重农主义者，为重商主义、工业主义者争权夺利、尔虞我诈而感到十分痛心，从而竭力攻击经济世界观。这种世界观，把人视为物，以生产量的多寡来确定其价值。由于哥尔德斯密斯是一个保守主义诗人，才会与这种思潮格格不入。

在这段文章中，漱石提出了两个问题：一是哥尔德斯密斯可算自然主义者；二是认为他是保守主义诗人。可以说在这两个问题上漱石的观点都是独创的。例如，世界著名文学史家勃兰兑斯在《十九世纪文学主潮》第四分册中，论述英国自然主义的开端时，是从1797年夏季写起的。而叙述的是二十七岁的华兹华斯和比他小一两岁的好友柯尔律治，到达索默塞特郡海滨后的言谈举止，以及当地村民对他们的议论。而那时，哥尔德斯密斯已经逝世二十多年了，当然不会被列入自然派的名单。

漱石称彭斯为自然主义的极端，对其世界观进行分析时，说俗物只知爱人，自然只不过是被动的，对于人类对它的爱是不会有什么反应的，爱它就如同石沉大海。所以世人是不会以自然为乐的，而彭斯热爱自然，是把自然当作人来看待的，是拟人法，认为自然也是有感情的，我爱彼，彼爱我。漱石说，这就是诗人和常人的差异。感觉敏锐，想象丰富，如彭斯那样才能深入此种境界。

漱石认为继彭斯之后倡导自然主义的是华兹华斯，并且指出他们两人的区别在于，前者是感情的直觉，后者是哲理性的直觉；

他们对自然的态度有积极和消极的区别。所谓消极，就是吐露心里的不平感情以及自然的凄凉之处；所谓积极是指抒发心里愉快的感情，使之与天地间瑰丽之处结合起来。彭斯多悲惨之音，读后感到跌宕沉郁；华兹华斯的诗，高远之中自然有种和蔼气氛。漱石进而分析了造成这两人的不同风格的主要原因，是迥异的气质、境遇。彭斯虽然是旷世之才，但是天下不知其人。他身为布衣百姓，无钱无势，空抱无限感慨，唯有在野店村庐间酩酊大醉而已。他的眼睛所见只有可怜，即使看到韶光美景，一联系到自己便倍感不幸。华兹华斯不同，他也蔑视俗界，不在乎别人如何激起其虚荣心。虽然不是百万富翁，也并不穷困得缺衣少食，他可以在山林间自由逍遥，自得其乐。漱石谈到的与自然主义有关的诗人尚有司各特、拜伦、雪莱和拉斯金等人。这次讲演证明他读了大量原著，收集丰富的资料系统地进行分析对比，较正确地掌握了文学研究的基本方法。他学风严谨又有独立思考精神，都为他成长为文艺理论家打下了良好基础。

第二节　早期杂文中的文学观点

如上所述，漱石在大学时代就已崭露头角，在文学评论方面显示了杰出才华。跨出大学校门后，他主要从事英语教学，同时也写了一些很有分量的文章。如杂文《愚见数则》《人生》《不言之言》，评论《特利斯川·项狄的生平与见解》以及《小说〈艾尔文〉批评》等。这些文章都写于大学毕业以后至去英国留学之前，多少反映这个时期漱石的思想和对英国文学的认识，值得注意。

漱石的早期杂文大多数都有丰富的文艺评论内容，笔者以为以下一些观点应该做扼要介绍。

一 "要抛弃讨厌的趣味"

这观点出自《愚见数则》。这篇文章是针对学生写的，近似人生格言，作于漱石在南方任教时，原载 1895 年 11 月 25 日爱媛县寻常中学校刊《保惠会杂志》。文章中他要求学生正确认识人生的价值，正确处理自己与别人的关系，等等。另外，漱石也十分强调实践，指出："凡是学问，只是知道而不应用于实践，那是徒劳的，还不如去睡午觉好呢。"①

漱石还指出了一个十分重要的审美原理，那就是人只有抛弃令人讨厌的低级趣味，才能真正欣赏艺术美来，说"要抛弃讨厌的趣味。不懂装懂、取笑别人的失误，又是嘲笑、又说风凉话，这都是由于有讨厌的趣味之故。不但是人，就是诗歌俳句，如果有讨厌的趣味就不会有美了"②。

重视伦理道德在艺术审美和创作中的作用是漱石的主要审美观。从上述文章看，他早就有了这样的审美思想。而且可贵的是他在成名后仍坚持这种思想。

二 "通过综合复杂的事物，足以教给人一个哲理"

首先，在颇有哲学味的评论《人生》中，漱石曾论述了文学反映人生的重要美学思想。漱石指出人生各异，十人十样，百人百样，大凡与个人的思想、人生目的密切相关。"无事逍遥者听到午炮吃中饭，为国奔忙者孔席不暇暖，墨突不得黔，变化多端者如塞翁失马，愤愤不平者放吟泽畔，英勇壮烈者怀匕首入不测之秦，顽固不化者以首阳山之薇维持余命……"③ 小说就是"描写这错综复杂的人生的一个侧面，……通过综合复杂的事物，以教

---

① 《漱石全集》第 14 卷，岩波书店 1936 年版，第 284—285 页。
② 同上。
③ 原载 1896 年 10 月号《龙南会杂志》。

给人一个哲理"。例如，读了乔治·艾略特的小说便知并无天生之恶人，对罪犯应怜悯宽容，人一举一动都与命运有关；萨克雷的小说使人觉得正直的人过于天真，而在狡猾奸佞之徒横行霸道的世界上却是可贵的；读爱米丽·勃朗特的小说便知人有感应。

漱石又指出小说除了叙述境遇、刻画性格、解剖心理和直觉地看破人世外，还描写人生中一种不可思议的东西。那就是蔑视因果法则、脱离自己的意志、猝然而生、蓦地而来的东西，世俗称为疯狂。他认为我们每个人都有发疯的可能，所以，他否认人有自知之明。漱石也受到天有不测风云，人有旦夕祸福之类东方无常观影响，觉得人生的真相仿佛在梦中一般朦胧。就在这篇文章的最后他提出了"吾人心中存在一个无底的三角形"的著名论断，意思是说我们心里随时随地都有可能发生地震海啸，人也会做出自己无法控制的盲目行动。这里又有些非理性的倾向。

漱石所说的心中的地震、盲目的行动颇有一些精神分析的味道。而弗洛伊德是在1895年开始精神分析的，比这篇文章只早一年，因此就很难说漱石是受到弗洛伊德的启发了，可以说漱石对人的精神的分析是较早的。

其次，他明确提出了创作灵感问题，对灵感这个术语的理解和应用在日本也是较早的。1888年，德富苏峰在《国民之友》上发表了题为"灵感"的文章，认为灵感产生于"人的思想感情达到高潮时节"，又说灵感"其来如风，人难捕之。其生如云，人难握之"的神秘的东西。[①]

翌年，漱石写《木屑录》时就说过他构思文章时与邵青门一样痛苦激动的情景。在《人生》里他又一次写道："青门老圃独坐一室中，冥思遐搜，两颊发赤如火，至喉间咯咯有声……彭斯作诗时，徘徊河上，或呻吟或低唱，忽而大声放歌唏嘘，西方人

---

① 《近代文学评论大系》，角川书店1971年版，第58页。

称此情景为灵感。"与《木屑录》做比较，可知在《人生》中不但增加了彭斯的例子，而且，明确断定这就是灵感。①

三 "俳句有禅味，西诗有耶稣味"

《不言之言》发表于1898年11、12月号《杜鹃》杂志，是正冈子规主编这家杂志以后，漱石写的第一篇专稿。这是一篇较早地采取比较文学的方法论述东方与西方文学的文章。他以简洁明快的语言指出"俳句有禅味，西诗有耶稣味"。理由是俳句淡泊洒脱，有时还是出世的；西方诗歌浓厚，始终离不开人情。英国诗人也是能解天然之趣的，但不为一枝花草的枯落而哭泣。

如果说用十七个字音来译出这个意思，就是"花草感极眼无泪"。如果头尾加上说明就会因太露骨而成不了俳句。说明西诗俳化是很难的，大多数爱情诗也译不成俳句，在用词等方面颇难找到类似点。尽管如此，漱石仍得出这样的结论："不能说俳句就是好，西诗就是坏。"应该说这种公正态度对于他后来学习借鉴西方文学是个必要的前提。夏目漱石还指出，以西方人眼光看，什么"神光断臂折云门脚"几乎是痴人妄想。西方人谁不为"香柏树笠深，木枕何其坚"感到惊奇呢？他还说，大学时代，正冈子规曾经把芭蕉名句"古池塘，青蛙跳入，水声响"，译成如下英语：Old pond, the noise of the jumping frog, 叫西洋人吃惊不小。还说即使译得再好，西洋人也会疑惑不解的。

漱石认为除了俳句，在其他方面东西方有不少共同点。例如，席勒的"ブュルグシャフト"（bearingshaft, 可以直译为"轴承"）与上田秋成的菊花缘，事实虽然相异，但精神是完全一致的。漱石还以许多典故说明东西方文化有共同点，例如，日本有"一瓜分二"，西方则说成"一豆二瓣"。东方所说的"塞翁失

---

① 《漱石全集》第14卷，岩波书店1936年版，第296页。

马"，西方则说成安西阿斯酒杯的故事。这故事讲古希腊奴隶安西阿斯预言他的主人将喝不上自己酿的葡萄酒。结果主人正要举杯喝酒时，因出去追赶闯进果园的野猪，被猪咬死。意在说明人生死难卜，祸福不定。①

漱石不仅在东西方之间做比较，还在东方不同的文化之间进行比较研究。例如，他把日本一休和尚吃鱼的故事和伊斯兰教创始人穆罕默德呼山的故事做比较。一休称他能够吞吐出活鱼引来观者如堵。一休煮了一锅鱼，吃得一条不剩。然后又面对着大锅大声呼唤。但半天也没有吐出一条鱼来，并且若无其事地打发人们回了家。穆罕默德也曾经广告天下，说他要在某月某日，把远方的某山移到面前，他将为登上山观看的善男信女们祝福祈祷。那天也是观者如云，穆罕默德虽然一再呼唤大山，但那座高山纹丝不动。他竟然毫无愧色地对人说，看来高山不愿来我这里了，既然如此，那么，我就走一趟吧。说着，便向那高山走去。②

且不说这两个故事的真实性如何，反正故事就是故事，未必都是真有其事。然而漱石以这些例子来证明不同民族的文化都有其相同或者说相似的成分，还是非常恰当的。

第三节　小说和戏剧评论

漱石早期评论领域十分广泛，《论文坛平等主义的代表惠特曼的诗》和《英国诗人的天地山川观念》论述了诗人。不用说《特利斯川·项狄》和《小说〈艾尔文〉批评》是小说评论。而《论麦克白斯的幽灵》则是戏剧评论。

---

① 《漱石全集》第 14 卷，岩波书店 1936 年版，第 305、307 页。
② 同上书，第 305 页。

一 《特利斯川·项狄》：对奇书的偏爱

这篇文章是漱石应进步文学评论家、中国文学研究家田冈岭云（1870—1912）之约写的。田冈岭云和世川临风等人，是这个刊物的同人。临风读过漱石的《英国诗人的天地山川观》，十分佩服，对同人说，写了如此精彩文章的人其后怎么会不写了呢？小宫丰隆推测，岭云可能是听了临风的话之后，特地千里迢迢跑到熊本，向漱石约稿的。[①] 这证明漱石当时就已小有名气了。特利斯川·项狄是18世纪英国小说界四巨头之一劳伦斯·斯特恩（Laurence Sterne，1713—1768）的小说《特利斯川·项狄的生平与见解》中的主人公。他选择一流作家评论也足以证明对英国文学已经有了一定的了解。

漱石首先注意到这部作品的奇特之处是作者以十分平静的态度叙述可笑的似乎不可能出现的事实。其次，大量罗列无用的文字，例如给马分别编号，为什么随便写上A、B、C、D直到O这十五个字母，除了好奇的作者以外恐怕谁都猜不到吧，而且还以又画图又画线的恶作剧来代替文字说明。再次，作者有意加上两页空白纸，只写上了第00篇几个字。项狄的父亲伏尔泰的思想奇异，如从人的姓氏来断定人的品格等，都让人捧腹。同时，漱石还指出斯特恩的谐谑往往流于粗野，不够上品。最令人吃惊的是泪字用得特别多，每隔几页就得为理义哭泣一次，然而应该哭的，九卷之中只有二三处而已。[②]

漱石的小说评论十分注意文本分析，而不是空洞的议论。如关于斯特恩的文体，他认为：“实际上，斯特恩的文章既是错综复杂的，同时又是明快的；怪僻而又流丽，有时一页只有一句，有时一行中又并列数句……”"劳伦斯·斯特恩的叙述大都是简洁

[①] 《漱石全集》第14卷，岩波书店1936年版，第891页。
[②] 同上书，第221、225页。

的，决不冗长拖拉。可是一旦打破此规，就娓娓道来精细至极，令人惊叹。"①

二 《小说〈艾尔文〉批评》：漱石另一种艺术追求

漱石之所以介绍小说《艾尔文》，一方面它是畅销书，1898年10月15日由伦敦哈斯托及布拉克（Hurst & Blackett）社初版发行，问世只有七八个月就再版了近二十次，印数达到两万册，另外美国版售出一万三千册，其畅销程度仅次于吉卜林的作品。作者沃茨·丹通（Watts Dunton，又名沃尔特·狄奥多尔，Walter Theodore）生于1832年，原来也不是什么有名人物。以前当过记者、评论家，也写过诗，受到罗塞蒂的赏识。

漱石之所以喜欢这部小说，原因有三：第一，人物"都是高雅的，身上没有俗气、没有铜臭味"。第二，人物活动场所更是有趣，他们的舞台，不是在三千五百尺的山顶，就是在山腰或山脚下的村子里，没有必要去联系伦敦的煤烟、浓雾、俗气和罪恶。漱石选中这个本来名气不大的作者的作品介绍到日本，多半是出于对这种思想倾向和艺术氛围的欣赏。这篇评论不能不使我们想起他的艺术小说《旅宿》来。第三，"作品的结构有趣，从诅咒写起很出奇"。他写道："即使在20世纪的今天，恐怕还没有人会想到以诅咒为骨子来写小说的吧。"②

值得一提的是漱石那时就注意到读者的作用，领悟到"一五一十地把什么都写出来虽然比较明了，然而这是教科书式的写法，自然缺少趣味。要让读者细细品味，就必须写到八分为止，应留下二分作为读者联想的空间"③。由此可见他在《文学论》里所提出的读者欣赏理论在这篇评论中已经有了萌芽。

---

① 《漱石全集》第14卷，岩波书店1936年版，第221、225页。
② 同上书，第252、263页。
③ 同上。

三 《论麦克白斯的幽灵》:"文学不是科学"

在这篇文章中,漱石总结了各家各派关于戏里出现的幽灵究竟是谁、是一个还是两个的问题,阐明他对幽灵的看法,在论证时还提出了不少重要的美学命题。

首先,他对幽灵进行定性,说"有些事虽然背离自然法则和物理原理或以现代科学知识难以阐明的,但可以作为赋诗写文章的材料,暂且命名为超自然的文素"①。并且指出悲剧麦克白斯里出现的幽灵显然就是这种文素,从而为文艺作品使用幽灵制造了理论根据。在《文学论》里,又作为四个文学内容之一,反复进行了论证。因而《文学论》的出现不是偶然的。

其次,漱石认为《麦克白斯》里的幽灵只有一个,那就是班柯。漱石以重复本身就是美的观点来解说戏里多次出现幽灵的问题,从而批评了在短时间里同一幽灵反复出现不能说是艺术极致的观点。在他看来,"文艺是引起兴趣的工具。诗歌的分段书写不是也能使人产生兴趣吗?避免重复有何益处?如果因为重复而更加精彩,更有滋味,那么重复就是多多有益的工具了。只有此时才存在文艺的极致。从某种意义上说,诗歌的押韵就是一种重复……小说里的男女主人公,贯穿全篇,反复出现也是明显的重复"。还应该指出,漱石在肯定重复时,又看到寓于重复中的变化和亡灵与麦克白斯的关系,批评有些论者眼睛只盯着亡灵。他说戏里的中心人物是麦克白斯,正如今天的流水已经不是往常的流水。在生死存亡面前,主人公的心理活动一定会流露于外。其程度与种类前后都有所变化,这是观众都可以看到的变化。因此漱石断定幽灵的重新出现只是"副景的重现",并不影响全剧具有的兴趣。麦克白斯的变化犹如水往低处流,又如枫叶染秋色,极符

---

① 《漱石全集》第 14 卷,岩波书店 1936 年版,第 252、263 页。

第二章 "合抱之木　生于毫末"

合自然之理。

在分析这个悲剧时，漱石始终把重点放在麦克白斯与幽灵的关系上，并且把主要笔墨用在主人公身上，说麦克白斯是个胆大包天的伟人，其英勇豪气绝非寻常的鲁莽草寇可比。因此，麦克白斯面对幽灵时，常常彷徨于恐惧与愤怒之间。当他第一次见到幽灵时，恐怖胜于愤怒。而第二次见到时，愤怒胜于恐怖。幽灵对于麦克白斯的一次次作弄使他不得安宁，而且又是同一个幽灵随便来来去去，因此，他对第二个即第二次出现的幽灵的切齿痛恨超过了第一个。[①]

当然，幽灵只有一个的观点并非漱石的独创，在英国早已有之。漱石的独特见地在于结合剧情以心理分析的方法指出，莎士比亚在班柯的怨鬼上场前已经做了周到准备。悲剧《麦克白斯》除了杀戮外，许多心理活动描写是兴味之所在。例如麦克白斯派三个刺客去谋害班柯后，当夜大摆宴席的情节里，开始为不知是否得手而心中烦闷。嗣后刺客来到，站在门外，麦克白斯从他们的脸上看到一点血迹便以为阴谋得逞，心里肯定班柯不会到宴会上来了，便假惺惺地对班柯未能出席表示惋惜以欺骗众臣。在他得意之际，班柯的幽灵突然出现在他的座位上又使他不寒而栗。

观众如触电似的从麦克白斯身上感染到恐惧。幽灵一消失，麦克白斯以为又可安心了，便再次玩弄欺骗手段。在他得意忘形之际幽灵第三次登台，麦克白斯此时的愤恨心理也就可想而知了。[②]

最后，漱石还提出了"文学不是科学"的命题。由于科学是不承认妖魔鬼怪的，如果以此为理由反对文学写鬼怪故事，那是把这两者混淆起来了。他说要是为了满足科学的要求而去损害诗

[①] 《漱石全集》第14卷，岩波书店1936年版，第274页。
[②] 同上书，第278页。

歌的感人力量，那就只能说使文艺成为科学的牺牲品。

第四节　结论

　　留学英国之前的主要文章充分说明，早在《文学论》和《文学评论》问世之前，漱石在文学评论的各个领域，已经辛勤耕耘了十几年。他具备文学批评家的良好素质，他为自己攀登文艺评论家的高峰打好了坚实的基础。

　　首先，他已经有了较广博的东西方文史哲知识。他可以在这评论的海洋中自由地游弋，而决不会被大水淹没。他好像一个高级厨师，能够把库房里的丰富原料，加工成一盘盘色味俱佳的菜肴，奉献给需要营养的人们，而决不让人感到乏味。

　　其次，作为批评家也许是更加重要的一点，那就是他具有在当时也算较进步的资产阶级自由民主思想，能够较正确地把握评论对象的思想倾向。因此，凡是较进步的民主诗人、作家都受到他高度赞扬。

　　再次，他的艺术批判眼光比较客观公正。虽然我们不能说漱石早期的所有论点都正确，但至少可以说他对东西方文学艺术的看法，都比较符合实际，是经受了历史的检验的。他并不激进，也不算保守。在日本现代文学发展的初期，在日本文学评论理论体系尚未形成之际，能够做到这一点就更显得可贵。

　　又次，他具有批评家必须具备的不唯以书本为是，而又不脱离书本的较正确的评论方法。他的评论内容丰富充实，字字掷地有声，大段引证原文以便使论证更加严密等，都反映出他对文本的重视。另外，他决不轻信别人的结论。从对老子的批评到对《麦克白斯》的评论，都可证明他是有独立思考精神的。认真研读文本，独立思考是他青年时代就养成的良好学风。

　　最后，他早期的评论视野就十分开阔，评论的面非常广泛，哲学、诗歌、小说、戏剧等，他都有所涉及，而且都有其独特的精彩见地。把他放到一定的时代氛围中，在与同代人的比较中显示出他独特色彩。总而言之，漱石在青年时代就已展现了他才华出众。所以，生田长江早在1908年就评论说，漱石"具有批评家的天分，也有批评家的修养"，作为作家，他的天分优于坪内逍遥和森鸥外。而"批评眼光又不次于他们两人"①。

我国古代政治家早就懂得评价人的诀窍，"明试以功"以及"车服以庸"②。是说要想了解人，就得调查此人的工作成绩；又要根据其成就的大小，给予相应的车子和服装，以资奖励。照此原则，我们要想判断漱石是不是一个理论家，就应该调查其主要理论和批评，看他有哪些新观点、新贡献。这里，先从《文学论》说起。

---

① ［日］吉田精一：《近代文艺评论史·明治篇》，至文堂1975年版，第818页。
② 《书经》《舜典》。

第三章

文学公式"F + f"：漱石的创新

漱石通过"F + f"的文学公式，探讨文学创作、欣赏和评论以及流派演变等规律。F 与 f 可能是英文 Focus（焦点）和 feeling（情绪）的缩写。《文学论》被誉为日本 20 世纪"空前的巨著"，漱石被推崇为最杰出的文艺理论家。

第一节 《文学论》概述

《文学论》是日本现代文学理论中最杰出的一部著作，内容丰富，见解独特、新鲜，充分反映了漱石的探索精神和批判精神。

《文学论》是漱石青年时代远大理想的结晶，从字里行间可以清楚地看出他为实现这些理想而孜孜不倦、锲而不舍地奋斗的足迹。

《文学论》充分证明，漱石学识渊博，学贯东西，不但虚心好学，又有独立思考的头脑，不唯以书本为是，决不唯以权威为是，但又不乏小心求证的科学态度。

《文学论》较好地解决了如何正确学习、借鉴西方先进的最新社会科学成就，又实事求是地对待中国和日本的传统文化，把两者有机地结合起来。

《文学论》通过"F + f"的文学公式探讨文学的基本原理，确立了比较科学的文学批评标准、读者欣赏和作家创作理论，研究文学流派演变规律,是一部学术性很强的著作。叙述过程中,漱石又不时融进自己爱憎分明、疾恶如仇的感情。

上述这些是漱石身上特有的,在日本现代文学史上有名的大小作家、评论家那里找不到的独特精神,所以《文学论》历来被誉为"空前的巨著",漱石也被视为日本20世纪最杰出的文艺理论家。

一 《文学论》成书经过及方法论意义

《文学论》是漱石留学英国的很重要收获。漱石在1900年,即包括日本在内的八国联军火烧圆明园的同一年到英国留学的。1902年给岳父中根重一的信里,漱石透露他准备写文学论的宏伟计划,认为"与其论述如何观察世界,倒不如从如何解说人生入手更好。并准备先论述人生的意义、目的以及其活力之变化。其次论何谓开化,解剖构成开化的诸因素。最后论诸因素的综合发展对文艺开化的影响"。他还认为必须从哲学、历史、政治以及心理学、生物学和进化论入手进行研究。

漱石在《文学论》序中也说在留学的最后一年里,他"整天待在宿舍里,并收集一切文学书籍。因为余觉得通过阅读文学书来了解什么是文学,就好比是以血洗血。并且发誓要从心理角度探讨这个世界出于什么需要,文学才会产生、发展,又为什么而衰落。又发誓要从社会角度探讨这个世界出于什么需要,文学才会产生、发展,又为什么而衰落"。他十分清楚,这是一个大而新的问题,这样的问题在短短一两年内谁都说不清楚。所以,他利用一切可以利用的时间,努力从各个方面收集材料又尽可能地节约一切生活费用,省出钱来购买参考书,集中精力,从头至尾仔细阅读所购书籍,重要之处写上旁注,必要时还记了笔记。留学期间写的笔记本摞起来足有五六寸厚,每本都写得密密麻麻。如此这般经过五六个月苦心钻研以后,漱石对于从前茫茫不知所以然的问题，在不知不觉之间就变得有形有色。于是他决定要写一部大型的文学论。回国后，他靠从外国学得的知识，登上母校的讲台。1903年9月至1905年6月，漱石曾以"英国文学概论"为题，给学生授课。

嗣后的两年中，漱石也曾想加以修改，又因忙于创作等事而未能动笔。等到两年后出版时，还是请他的学生中川芳太郎誊清后，加上章节目录。据中川芳太郎说，最初两编漱石只做了字句上的修改，中间部分，由于漱石觉得中川芳太郎整理时省略过多致使论旨不够连贯，才开始做较多的修改。第四编的最后两章和第五编的全部，则是漱石重新写的。这部分后来受到川端康成的极高评价。《文学论》终于在1907年5月由大仓书店出版成书。

尽管漱石对这部书颇不满意，觉得理论色彩不如他原先设想得那么高，因为他本计划用十年时间写一部巨型文学论，重点要从心理学和社会学方面彻底论述文学的原动力。但是这些内容作为文学讲义，漱石觉得过于倾向理论，离开了纯文学的领域。漱石于是从两个方面下手修改，一是对所搜集到的未加工的原始材料进行系统整理，使之在某种程度上更加具体化。二是使已经成为系统理论的部分，尽量向纯文学方面靠拢。漱石只用两个夏天就消化了可写十年的素材。

从上述成书经过我们可以看出，漱石是把可用十年的素材压缩在一部书中的，又因囿于讲义限制了他在理论上的充分发挥。所以，他称为"未定稿"也并非谦虚，事实是如此。他在"序言"里，还说明了出版这部书的目的和意义："不仅要教会现代学生懂得什么是文学，而且要让其他所有读者读后，碰到什么问题时能够从中得到解开疑问的启示，或者能够比书中说的更进一步，开拓出迈向未来的道路，那样就觉得达到了目的。"漱石深知，"建立起学问的大堂决非一朝一夕之事，也不是某个人的事"。他认为自己为这个大堂的建立尽了力,尽了义务。①

尽管夏目漱石讨厌当教师,但讲文学概论还是有其明确的目的的。他就曾经对学生们说过,他痛感日本批评家与西洋记者相比,社会学、心理学知识十分贫乏。还说他讲这个课"就是要让日本文学评论家反省,只有批评家掌握着一国文艺兴衰的钥匙。日本文艺之所以比西欧低劣,就是由于文艺评论水平低"②。可见,漱石对日本文学评论的总体水平的估计是比较清醒的,也是比较客观、实事求是的。这段话与上述"序言"里的话都证明,他对文学理论的作用看得比较清楚,并把提高日本文艺理论水平,作为自己的神圣使命。因此,《文学论》的问世,是继坪内逍遥的《小说神髓》之后,日本现代文学史上又一个里程碑。

众所周知,日本是个重实际经验和感性而不善于哲学、逻辑思考的民族。绝大多数日本文学评论家采取印象式批评方法。而且从世界范围看,文学批评和研究到底属于艺术还是科学,是有争论的。有人认为,一直到 20 世纪初都是艺术论占上风,例如美国的斯宾加恩、英国的墨雷等人都坚持认为批评也是一种给人愉快的艺术。然而进入 20 世纪,文论界的主要趋势则是一改这种艺术化批评方式,而采取了所谓科学化批评方法。科学化批评,就是批评是根据一定的规范、原则,如科学一样,有一套客观上可以操作的方法系统。把自然科学以及其他社会科学的研究成果应用到文论中,诸如心理学、人类学、社会学、语言学甚至数学都成了文艺理论家的手中法宝。可以说,漱石也是 20 世纪日本文学理论的重要开拓者。漱石在《文学论》序中所说的要以心理学、社会学方法探讨文学理论并非吹牛。他是说到又做到的,因此,川端康成和吉田精一等一大批有见识的日本文学评论家都推崇这部著作,是经过研究的、有根据的、并非胡吹乱捧(详见本书第

---

① 《漱石全集》第 11 卷,岩波书店 1936 年版,第 15 页。
② 《新潮》1991 年第 3 期。

八章）。

　漱石当时触及的许多问题，今天看来仍未过时，值得研究学习、借鉴。如通过对文学原理的探讨，找出东西方文学各自的特点，正确对待传统和批判地学习借鉴西方文艺理论，以及通过文学发展规律，找出文学批评标准和应该采取什么批评态度等，不胜枚举。

二　《文学论》的独特性

《文学论》的内容博大精深，全书分以下五编：
第一编　文学内容的分类
第二编　文学内容的数量的变化
第三编　文学内容的特质
第四编　文学内容的相互关系
第五编　一个时代的各种 F

　应该说，上述各编题目定得不是很合适的，从第一到第四编都以"文学内容"开头，实际上除第一编外，都未能反映每编所叙述的内容特征。第一编确实讲文学内容的构成及特点。第二编主要讲两方面的问题：一方面是作家对待构成文学材料的素材的态度，相当于创作过程中的选材和确定主题的问题；另一方面是读者对于一部作品的态度，属于读者欣赏理论。第三编通过文学与科学的比较，探讨什么是文艺真实以及它与科学真实的区别。第四编主要论述创作方法问题。而第五编通过对意识推移原理的分析，探讨文学流派的演变和文学批评原则等问题。

　漱石用"F+f"的公式来概括自己的文学理论体系。《文学论》自始至终围绕"F+f"公式进行分析。所以可以说"F+f"就是《文学论》的主题。夏目漱石在第一编第一章就开门见山地和盘托出了这一主题。他说"凡是文学内容都需要有'F+f'，都可以以'F+f'的形式表现出来。F意味着焦点印象或观念，而f则意味着依附于F的情绪。因此，这个公式就意味着印象或观念即认识的要素F，与感觉、情绪的要素f这两个方面的结合"①。

从漱石的解说看，我们觉得在这个公式中，F与f可能就是英文Focus（焦点）和feeling（感觉、情绪）的缩写符号。

《文学论》主要就是论述F与f的关系以及F和f的具体内容及其相互影响、它们怎样成为文学作品的描写对象、作者以什么方法去表现F和f等。

第二节 "F+f"的文学公式

如上所述，《文学论》的主题是"F+f"，这个文学公式是漱石的独创。但漱石的知识不是天生的，是他以汉学为基础，向西方文艺学学习借鉴的结果。他在留学时大量阅读最新社会科学著作，正是在总结东西方文学的基础上建起光彩夺目的理论大厦的。这里我们首先看看他对西方心理学的学习借鉴。《文学论》引用到的心理学著作，有劳埃德·摩尔根（Lloyd Morgan，1852—1936）的《比较心理学》、詹姆斯（James）《心理学原理》以及《宗教的经验》和斯克里普丘（Scripturer）的《新心理学》等。可以说对西方心理学的学习、借鉴，构成《文学论》的一个明显特征。正如吉田精一所指出的，"这之前构成日本主要文学论或艺术论基础的，大致是美学，从森鸥外到高山樗牛、岛村抱月都是如此。不同的只是森鸥外、高山樗牛以德国唯心论美学为基础，而岛村抱月倾向于英国和美国心理学的经验主义的美学而已"。而心理学在19世纪前半期出现时，还被视为一个新兴学科。在霍普特曼唯心论美学之后出现的李普斯，"把心理学视为基础科学，而把美学

---

① 《漱石全集》第11卷，岩波书店1936年版，第29页。

视为应用心理学的一个分科。特别是在英国和法国……甚至想用心理学取代美学和哲学，把它当作人文科学的基础。漱石把这个方法论作为前提而毫无疑问，他的《文学论》就是由此出发的"①。

总而言之，他认为《文学论》有以下一些主要特色。"首先是偏重于心理学的立场，而不是从社会学的观点出发"；其次，"漱石的态度，是经验论的、具体的，又是批评性的，而不是形而上的、抽象的、体系性的"②。

我们分析《文学论》时，虽然可以感受到上述特色，但我认为特别需要指出，他在应用心理学分析时，并没有无视社会的存在和影响。因此，他在进行具体分析时，有时就插入了对社会的尖锐批评。所以，漱石自称采用了"社会心理学"的方法。而如果把社会学与心理学分开看，也可以说是偏重于心理学这一方面的。然而无论怎么说，这些都是漱石的独创。

在第一编第一章"文学的内容的形式"中，夏目漱石把人们的日常经验具体分为三种情况，也可以说，F 与 f 的关系可以分为三种不同的形态：

（1）有 F 而没有 f，即存在理智的要素而缺乏情绪的要素。例如，我们有关于三角形的观念，但对于这个三角形却没有什么情绪可言。

（2）既有 F 也有 f 的情况，例如我们对于花草、星月等的观念就会产生某种情绪。

（3）只存在 f 而根本不存在与之相应的 F。例如，所谓"fear of everything and fear of nothing"，即毫无理由地感到恐怖等就是属于这种情况。夏目漱石进而引用法国心理学家、哲学家里博（Ribot，1839—1916）在《情绪的心理》里的一段话说："这种情绪基于人体诸机能合成的结果即普通感觉的变化，而丝毫不受理智

---

① ［日］吉田精一：《近代文艺评论史·明治篇》，至文堂1975年版，第829页。
② 同上书，第831页。

活动的支配。人们从感情中能够看出这一种纯正而又是自治的方面。"

夏目漱石认为在上述三种情形里,只有第二种情况才能作为文学作品的内容,即在具有(F+f)的形式时,才可以当作文学创作的内容。在第一种情况下,尽管科学家在证明一个原理、总结出一个公式法则时也会产生快感、喜悦的情绪,但是这并不是附着于法则、原理上的情绪。因为,科学知识本身并不能诱发出情绪来,所以不能视为文学作品的内容。至于第三种情况由于缺少 F 这一根本,就不具有通向 f 的媒介观念。即使自己认识到这一点终究很难与其他的 f 明确地区分开。同时,漱石也看到了一种特殊情况,指出值得注意的是在抒情诗词中,往往流露出诗人漫无边际的情绪,就是产生于这种形式,历来并不鲜见。漱石以雪莱的《悲歌》第二节为例:

> Out of the day and night
> A joy has taken flight;
> Fresh spring, and summer, and winter hoar,
> Move my faint heart with grief, but with delight
> No more—Oh, never more!
> 　　　　　　　　　　—Shelley, A Lament.

(日夜流逝中/有种欢情去无踪。/阳春隆冬一样悲/心头乐事不再逢。/啊,/难追——永难追!)[①]

这段诗中一个字也没有谈悲哀的原因,为什么悲哀?是由于恋爱还是由于疾病,我们无从知晓,诗人只是传达悲哀的情绪。如这样的诗,自然有三种读法:第一种是读者先想象出 F 来补充、

---

① 王佐良主编:《英国诗选》,上海译文出版社 1988 年版。

改造成（F+f）的形式；第二种是读者想出悲哀的观念，充分地体会其内容，从而对它产生共鸣；第三种欣赏方法是把第一二种方法结合起来，这样仍可以归结为（F+f）的形式。可是我们平常欣赏诗文时几乎都是无意识地这样做的，一旦要有意识地这样做，那么欣赏诗歌就成了一种非常痛苦的事了。

夏目漱石认为，在（F+f）的公式中，F与f是不可分的，f是附着于F的情绪，离开印象、观念等认识的要素，情绪也就无从说起。他还说这个F是多种多样，也是不断变化的。F就可以分为感觉的F、人事的F、超自然的F、知识的F和审美的F等。漱石应用劳埃德·摩尔根的《比较心理学》理论，对F是所谓焦点印象或观念问题做了说明。在他看来，要想说明焦点问题，首先必须从意识说起。而想说明什么是意识的问题，这在心理学上也并非一件容易的事，连心理学专家都很难下一个定义。漱石认为对意识的说明用"意识之波"这个术语最便当。他觉得关于这个问题摩尔根说得最明快。摩尔根写道："在意识的任意的一瞬间，不断出现种种心理状态，不久便消失，时间如此短暂，而且其内容也不停滞于一处。"上述的"意识之波"，究竟是夏目漱石根据摩尔根的这段话总结出来的，还是原书就这样说的，从漱石的书中很难断定。不管是谁说的，漱石在当时就注意到用这个术语来描述人们意识活动的特点，就值得我们注意。

我们现在经常议论的所谓"意识流"这一名称，最初见于美国心理学家威廉·詹姆士在1884年写成的论文《论内省心理学所忽略的几个问题》。[①]

虽然有"波"与"流"的不同，但是由于都是讲人的心理或意识，所以我以为实际上讲的是一回事。关于这个问题，漱石后面还有更详细的叙述。在这一章里，漱石还指出，随着视线的转

---

① 《外国现代派作品选》第二册（上），上海文艺出版社1981年版，第1页。

移，心理注意的焦点或者说重心也就转移。例如，有一个人站在雄伟的塔前仰首观察，他先从下部的柱子看起，逐渐把目光移到上部的栏杆，最后才观察塔尖的。在观察柱子的时候，其他部分只是模模糊糊地进入视线。我们在朗读熟悉的诗句，欣赏熟悉的音乐时，也是有同样的感觉。如果截取某一段意识看，离开头越远，意识也越来越淡薄，反之则越来越清晰。他说这不仅由我们的日常经验所证明，也已经由正确的科学实验所证明。

从他要求学生参考斯克里普丘的《新心理学》第四章看，他在研究这个问题时也阅读过这部著作。斯克里普丘是美国心理学家，1902年起对发音学产生兴趣，曾任维也纳大学发音学教授，主要研究心理学的实验方法和发音学，提出"直接观念联合"定律，首创"安乐椅心理学"一词。不过，漱石似乎更倾向于摩尔根的理论。康韦·劳埃德·摩尔根是英国生物学家、心理学家，是动物心理学的奠基者之一。创建了著名的"摩尔根法规"，认为"一个动作如果可以被解释为一种较低级的心理历程的结果，便不得解释为一种较高级的心理能力的产物"。漱石特别注意的是劳埃德·摩尔根的意识论，即人的意识是不断地变化的，仿佛流水，一浪推一浪地流动着。漱石把这一法则应用于欣赏文艺作品，假设在一小时内朗读有趣的诗歌，那么，我们的意识不断地从语言 a 移到语言 b，又从语言 b 移到语言 c、d、e……在这任何时刻都存在着 F。他推而广之，认为一年十年都存在着这样的 F，甚至一世一代地存在着。他又把 F 分为三类：

（一）某一时刻的意识 F；
（二）一个人一生中某一时期的意识 F；
（三）社会进化到某一时期的意识 F。

他进一步阐述了社会或个人的意识 F 不断变化的规律：幼时

喜欢玩具、洋娃娃，少年时代喜欢格斗与冒险，青年时期开始恋爱。中年人看重金钱和权势，老年开始超度众生或沉湎于对未来的思考。社会某一时期的 F，就是通常所说的社会思潮。历史无非是时代的 F 不断变迁的历史。漱石不但准确地抓住了不同年龄的人的意识特点，而且也把人的意识与社会思潮联系起来，极大地扩大了文学作品的描写范围。

众所周知，日本启蒙主义文艺理论家坪内逍遥，在《小说神髓》中提出小说的内容"是写人情，其次是风俗世态"。而且，他说的"人情，就是情欲，就是指人的所谓一百零八种烦恼"。这种理论，后来又由日本自然派接过去，演变为自然主义的私小说创作论，长期影响着日本近、现代文学。漱石说日本文学理论水平低，是有所指的。所以《文学论》有意识地对错误的文艺观做了批评，显示出现实性和针对性的重要特征。他明确指出：

"有些人往往把文学作为单纯是高尚、智慧的娱乐工具，或者宣扬文学里没有道德成分。我想要告诉这一派人，文学的范围决不是如此偏狭的。"[①] 漱石从根本上突破了历来的文学作品只反映个人真实心情的束缚，否定了文学不能有道德成分的"为艺术而艺术"的主张。

漱石对这些错误观点的批评，则是从最简单的感觉要素说起的。他认为感觉是文学作品内容的基础，他借鉴谷鲁司在《人的游戏》中的方法，把感觉细分为触觉、温觉、味觉、嗅觉、听觉和视觉六种。同时，他又说文学作品的内容则更加复杂，不能完全视同儿童游戏。

漱石从分析具体作品入手，还得出了与黑格尔观点不同的结论。黑格尔认为"一件艺术作品也不是可以凭味觉来接受的"，"嗅觉也不是艺术欣赏的器官"[②]。漱石则认为上述六种感觉都可

[①] 《漱石全集》第 11 卷，岩波书店 1936 年版，第 37 页。
[②] [德] 黑格尔著：《美学》第三卷"序论"，朱光潜译，商务印书馆 1991 年版。

第三章 文学公式"F+f"：漱石的创新

以作为文学内容。因此，他并不排除某个器官在欣赏艺术品方面的作用。这里仅以漱石对嗅觉的论证为例，也足以说明其观点与黑格尔观点区别所在。他说，香气散见于文学作品里，例子不胜枚举。他分析了斯宾塞和莎士比亚的作品后说，在中国诗里，香烟作为文学内容屡见不鲜。如"日静重帘透，风清一缕长"[①]。可见，漱石是从东西方作家的创作实践中总结出文艺理论的。黑格尔所依据的则是生理学，是自然科学。艺术真实不等于科学真实是漱石的一个重要观点，下一章再详细介绍。

《文学论》一开始就体现漱石以我为主地对待西方作品，而决不盲目推崇的特色。他在证明"感觉经验F是文学作品的重要内容"时，就分析、批判了华兹华斯、密尔顿和雪莱等诗人的作品，指出西方作家的作品弊病在于"过于粉刷，过分华丽，好比嗅味强烈得刺鼻的香水，使人难受"[②]。

漱石认为，不但人的感觉器官所感觉到经验可以作为文学内容，人类的心理作用也是文学不可或缺的内容，并且论述了人的心理作为文学内容时可以采取间接或直接描写法，他又称为客观与主观两种方法，又说前者用于戏剧与史诗，后者主要用于抒情诗。小说则兼容这两个方法。

在日本，漱石早就注意到读者的主观能动作用。他说：间接或客观手法只叙述原因或肉体变化的征候，而省略了情绪描写，让读者自己去想象。直接或主观的方法则首先叙述情绪，而随之而来的现象、结果，则任其自动传播。应用间接法时，内容只有F而无f；直接法则相反，只有f，缺少F。总之，应用"F+f"的文学公式共有三种情况：一是F+f的形式出现；二是作者说出f，F由读者去想象、补充；三是作者叙述F，读者则从中接受f。

漱石又以中国的古诗为例进行论证说："出自北门，忧心殷

[①]《漱石全集》第11卷，岩波书店1936年版，第41、53页。
[②] 同上。

殷。终窭且贫，莫知我艰。已焉哉！天实为之，谓之何哉！"这里就包括了"F+f"的内容，如果只有"出自北门，终窭且贫，莫知我艰，天实为之"，那就只有 F 而缺少 f。而"忧心殷殷，已焉哉，谓之何哉"三句则是诗人的感情。[①] 他在对"F+f"的文学公式进行研究时发现缺少 F 或者 f 的现象，于是便把目光转向读者方面，看到读者的重要作用。这样，他就发现了一个具有超前意义的读者鉴赏理论，在《文学论》里，已经很清楚地叙述了现在一般称为接受美学的理论。详见本书第六章。

第三节　F 与 f 的正比例关系

漱石把一切能构成文学内容的成分分成四类：感觉 F、人事 F、超自然的 F 和知识 F。其中感觉以自然界为标本，人事以人的善恶美丑、喜怒哀乐为镜子，超自然的标本则是宗教，而知识则是以有关人生问题为标本。对文学内容的分类学，是漱石的独创。这是他以深厚的汉学为基础，再学习西方现代社会科学理论取得的重要成果，是东西合璧的典型。

一　感觉 F

他认为在这四种文学内容中，感觉的要素最值得注意。这部分内容，无论是诗还是其他文学作品都是最必要的因素之一，也最能唤起人们的情绪。漱石引用里博的理论把情绪分为单纯和复杂两种。在他看来恐怖、愤怒、同情、本能属于简单情绪，善恶和宗教情绪属于复杂情绪。

漱石以《哈姆莱特》中霍拉旭见到亡灵以后的心理描写作为恐怖情绪的典型，把人与人之间争斗时的动作视为表达愤怒情绪

[①] 《漱石全集》第 11 卷，岩波书店 1936 年版，第 58 页。

的最好手段。这里倒使我们想起他的小说《我是猫》中主人公与中学生的一场"战争"的精彩描写,是最符合他的上述理论的。至于同情心的描写,他认为兰道和丁尼生都取材于戈蒂娃(Godiva)故事的作品,可以作为典型例子。兰道在《幻想的对话》中主要根据欧洲一个古老的传说,描写年轻的戈蒂娃要求丈夫减免灾民的租税,而答应丈夫要她赤身裸体地骑马从街头走到街尾的条件。漱石引用评论家艾里斯(Have-lock Ellis)的话称赞戈蒂娃与丈夫的对话之美,无人能出其右。而丁尼生则叙述到戈蒂娃裸体游街。

漱石大量学习、吸收西方文艺理论,但不是生搬硬套西方理论,而是有所批判有所创新的例子,真是比比皆是。在论述感觉 F 时,他说"吾人对文学产生的情绪一概都是审美的"。同时指出,审美情绪都必须附属于 F 才能产生,不可能单独存在一种情绪。他针对席勒主张的"游戏说"和谷鲁司的"本能说",写道:"如果说所谓审美情绪只不过是对美的一种主观感情的话,那也应该包括在上述的 f 之内。但从审美情绪常常就是快感这点看,应该知道,此情绪有时符合 f,有时就全然不符合。"[1]

《文学论》另一个重要特色,或者说漱石论述"F+f"这一文学公式的主要方法,是联系具体作品进行实证性的分析研究,表明他鲜明的褒贬态度。

例如,漱石在探讨对于同一物体,采取什么描写方法更好的问题时说,"对待同一物体采取纯客观描写和主观的描写方法,在反映情绪的深刻性方面孰优孰劣应该是明显的事实"。读彭斯作品可以感觉到其诗句炽热炙手,华兹华斯却企图捕捉自然界里一种抽象的灵体,尽管语言充满感情,而它给予人的感受则相当迟钝。"前者是直接唤起读者情绪,恰如电闪雷鸣,马上能见到光,听见

---

[1] 《漱石全集》第 11 卷,岩波书店 1936 年版,第 116 页。

声音；而后者则需要读者与诗人一起冥思苦想，才能感觉到趣味。"可见，漱石对于善于以自然、质朴的语言客观地描绘社会的"庄稼汉诗人"彭斯更加推崇。

二 "f 与 F 的具体程度成正比例"

漱石把人事 F 分为两种：其一是紧密地伴随人活动的实剧；其二是脱离活人来议论人事。世上为一个美女而苦恼，终于想自杀的人并不罕见，而只是苦苦思索抽象的爱，终于发疯的事古往今来闻所未闻。为了父母而沦为娼妓或在君侯马前丢掉性命并不鲜见，但以身殉国之类倒是值得怀疑。从具体程度看国家远逊于个人，所以为了抽象性质的东西赌上性命是极其困难的。漱石认为这样做的人其实并非死于抽象的情绪，其背后必定有具体目的，所谓乐天安命的君子就是对此种抽象的怪物产生情绪的人。为不可思议的法和道而抛弃一生的人决不是普通人，而是龙颔虎头的怪物，可视之为例外。因此，他得出结论："f 与 F 的具体程度成正比例"，"兴味和情绪是以具体程度为转移的。"[①] 在四种 F 中，超自然的 F 及知识的 F 比较缺乏明确性，过于抽象。以概念为标准的第四种的内容原来是具体的东西，是逐渐向抽象变化的，并非在任何情况下都缺乏 f。

夏目漱石以蒲柏的《萨福致菲虹》(*Sapho to Phaon*) 为例进行论证，萨福隔海呼唤菲虹归来那首诗的末尾就很抽象。他还借用评论家威廉·莱尔·鲍尔斯 (W. L. Bowles, 1762—1850) 的话，说蒲柏若有失误的话，那就在于过于概括的倾向。特别是在原文（指底本《奥维德》）具有非常完整、具体形象的时候，就更显出他的弊端。漱石还批评华兹华斯的《义务颂》，第一节诗枯燥无味，主要原因就在于：一是抽象的文字非常多；二是色彩欠

[①] 《漱石全集》第 11 卷，岩波书店 1936 年版，第 118 页。

缺，毫无绘画的成分。他觉得马修·阿诺德批评这首诗为"败作"，是很恰当的，因为"远离了诗的本质，只不过是搜罗高尚的文字而已"，当"具体的成分减少到极端就像是康德的论文、黑格尔的哲学讲义，或像欧几里德的几何学，不能使我们产生丝毫的兴趣"[①]。

对于我国读者来说，漱石的上述诗学理论应该是很熟悉的，因为真是太像我国的"见诗如见画""诗画本一律"的主张。宋代欧阳修《盘车图诗》不是说："古画画意不画形，梅诗咏物无隐情。忘形得意知者寡，不若见诗如见画。"再如苏轼在《书鄢陵王主簿所画折枝》中，提出"诗画一律"的主张："论画以形似，见与儿童邻；赋诗必此诗，定知非诗人。诗画本一律，天工与清新。"

可以说，有些文艺规律，东西方的文艺理论家，先后都有所悟。古希腊诗人西蒙尼德斯早已说过："画是无声的诗，诗是有声的画。"古罗马诗人贺拉斯也说："诗犹如画，有些要远观，有些要近视。"但东西方"诗画相同说"的含义并不完全相同。

东方强调它是一种艺术创作技巧，但是在西方，"诗画相同说是古典主义审美理想的核心，他们就提倡诗与画都应该描写雕琢自然"，使得"艺术脱离现实和脱离斗争"[②]。所以，后来受到主张现实主义的莱辛的反对。可见，莱辛强调诗画的分歧，是有其一定的历史背景的。漱石在《旅宿》里，认为莱辛的诗画分歧论的根本，是莱辛主张诗必须写时间经过。而漱石认为诗也可以写没有时间经过的事，即可以写一瞬间的感受。也就是说，漱石未必了解莱辛主张的背景，但他反对莱辛的诗画分歧论，也是事出有因，并非胡说。因为，漱石的审美观的基础是东方式的审美理想。上述的色彩美、写瞬间的感受等，都是适例。

[①] 《漱石全集》第11卷，岩波书店1936年版，第121页。
[②] 缪朗山：《西方文艺理论史纲》，中国人民大学出版社1985年版，第555页。

如上所述，漱石自小熟读唐宋诗词并作有两百多首汉诗，把中国古典文学的审美情趣视为典范来学习。可以说，中国古典文学是把他引上文学之路的最初最根本的磁场。中国早就有人主张形神兼备，而西方美学是以模仿自然为主的。从上述他对西诗的评价并不是以其模仿自然如何为标准，而以有无色彩，有无绘画成分为标准看，夏目漱石审美观里，中国古典文学影响占了主要地位。这里也可证明，漱石实践了一再声明的要以自己的标准看待西方文学的主张。而他所说的自己的标准中，中国古典文学的审美观起决定性作用。

上述例子也是我们打开《文学论》这座理论大厦的一把金钥匙。谁要是抛弃了它，即使有孙悟空的七十二变的本事也是难以混进去的。因此对于日本著名文学评论家吉田精一说的日本人对《文学论》感到生疏，是由于"夏目漱石站在英国立场上，从英国文学作品中选取例子"的论断，我们不能首肯。漱石虽从英国文学中选择了大量例子，但是，说他站在英国立场上分析则与包括上述例子在内的大量事实不符，也与他一贯的主张相违。夏目漱石的悲剧在于他坚持以东方人的眼光分析、批评西方文学和文明，与日本在明治维新以后，完全以西方人的立场看待西方文学和文明之间存在根本区别。

漱石还以独特的方法，把人的感情分成积极与消极两大类：积极的一类包括意气风发、锋芒毕露、骄傲固执和坚韧不拔等；而把谦虚谨慎、小心翼翼、克制忍耐列入消极感情。可见他在这里不是以伦理道德作为划分积极与消极的标准，似乎更像人物的性格，这也可以以下面的例子来证明。他说忍耐是文学作品中最常见的内容，最可怜的是不能对自己的心上人表白感情。如莎士比亚的《第十二夜》中薇奥拉（Viola）自我克制的情节。在人的情绪中，恋情是漱石特别重视的一个文学内容。他认为恋爱感情是人性固有本能之一，谁都无法排除这一人类最基本的本能。但他反对恋爱神圣这个说法，说如果世上存在柏拉图式恋爱，其中必然混杂劣情，同时也证明必然存在剧烈的情绪。

漱石又以文学作品为例，说在小说和戏剧里出现的善男信女的恋爱故事，通常必定都以结婚结束。倘若不是这样结束，读者或观众就感到不满足，由此便可以推论，是很难排除两性的本能即肉感的。他还引赫伯特·斯宾塞（Herbert Spencer）《心理学》有关恋爱的一大段论述："一般认为，两性结合之情仿佛是种单纯的感情。然而，还应该承认，除此以外还存在如此复杂如此有力的东西。除去其纯生理的成分外，无论如何还应该算进由个人美而造成的许多复合印象，而且，在其周围还缠绕着种种快感。这些快感本身未必就是恋爱之情，但是终究应该承认与恋爱感情有密切关系。另外还应承认，名为爱情的复合感情也是与它结合在一起的。……其次还要加上公认之爱即自觉受到全世界万人赞扬的爱，其动力全来自过去的诸种经验。而且其中混入了间接快感，就是不少第三者以公平的眼光承认自己的成功。这里便产生了自重的联合情绪，即自觉独占了一个人格之爱并在此之上拥有了全权。……于是，由生理的感情构成骨骼，周围集合起人体美的诸感情方能构成恋情。前者单是性爱的原因，后者导致尊敬、公认、自重、所有、自由和同情之爱。"对此，漱石接着评论说，在开明世界都有如此现象，那么，恋情来源于两性的本能是明明白白的了。

三 超自然的事物 F

漱石认为这第三种文学内容，即超自然的事物，有时比第四种内容更加抽象，但所产生的情绪 f 却更加强烈。他指出，宗教情绪之强烈，对于不知神为何物并且对宗教比较冷淡的日本人来说，其猛烈程度都无法设想。他认为这种情绪对于精神和肉体产生的影响可谓幻影、可谓狂喜、可谓乐极。并说英国近世文艺批评名家罗斯金把美的本源说成神的属性，也说明 f 之强烈。罗斯金引用圣书里的话说："神发出光消除了黑暗，因此，其光芒是使美具有普遍性的光芒。"对于罗斯金的观点，漱石基本上是怀疑、否定的。他写道："神的概念抽象至极，要是拿这极端的抽象体来检验其有无属性，并以此来衡量自然物体的美的程度的话，那么，以我们冷静的批判眼光看，要想知道它有何意义是很困难的。"①

这里又证明漱石对西方美学是批评的，他是无神论者，所以不同意罗斯金把美赋予神的观点。关于漱石的无神论，我们准备放在他的哲学思想一节里再详谈。

此外还应该看到，漱石所说超自然的文学内容，范围是很广的，不仅仅指宗教信仰。它包括一切违反自然法则的东西或超自然的元素，抑或用自然法则不能解释的东西。一是历来作为小说、诗歌材料使用的幽灵，有莎士比亚的《麦克白斯》《哈姆莱特》和《理查三世》里的幽灵，以及司各特《拉莫穆尔的新娘》艾丽丝的幽灵等；二是妖婆类，《麦克白斯》和罗塞蒂《国王的悲剧》里的妖婆；三是妖魔鬼怪类，有贺拉斯·华尔浦尔的《奥特朗托堡》及安·拉德克利夫夫人的《尤多尔弗的奥秘》等；四是神秘成分类，柯尔律治的《克利斯特贝尔》和《三个坟墓》以及济滋的《拉米埃》、丁尼生的《夏洛特小姐》和叶芝的一些诗；五是人与人之间的感应，如查尔斯·里德（Charles Reade，1814—1884）的《修道院与炉边》中盖兰（Gerard）与梅加特（Mar-garet）之间的感应关系，莎士比亚《仲夏夜之梦》、乔治·梅瑞狄斯的模仿《天方夜谭》的《沙格帕特的修面》，都应用了超自然的感觉材料。他引用穆尔顿评莎士比亚的话，"超自然力的作用决不是为作品中的人物而设，全是为了听众所作出的一种有意的安排。作者

---

① 《漱石全集》第 11 卷，岩波书店 1936 年版，第 130 页。

预知要想明显提高戏剧效果，这是完全必要的……诗人采取超历史的手段，充分借助超自然力，为正在发展的事件提供未来的闪光，这是最恰当不过的。而且在见到这预示未来的闪光时，这自然又完整的事件为此而带上一种奇异的色彩，可称之为幽玄的色彩"①。

漱石持相同的观点，他更看重不露痕迹地应用超自然力。漱石就说过："诗人为引起这幽玄的感情，预先通过超自然力之口向读者预示的，与其叫预示倒不如说超自然力的设计。实际上，无论怎样注视剧情的发展，都看不出任何圈套，与超自然力似乎毫无关系。因为剧情的发展非常自然而明晰，结果，超自然力的设计终于一步步地实现，我们才受到超自然力这个魔力的意外打击，在承认其优势的同时，也产生一种不可思议的感情，遂被催眠术的效力彻底征服。这就是我们承认超自然力在文学上的价值的原因。"②

尽管漱石论证文学作品对超自然现象的描写时主要以英国文学为例，实际上这样的描写在中国古典文学中也屡见不鲜。例如《红楼梦》里贾宝玉和王熙凤同时遭到巫婆诅咒而生病，《封神榜》《西游记》和《水浒传》里神与神、神与人及人与人之间斗智斗法、呼风唤雨、变化多端等描写，戏剧《窦娥冤》和《白蛇传》等作品中的故事，都有超自然的描写。因此可以说，漱石所概括的这个理论是有普遍意义的。

漱石对超自然现象描写的肯定，依据的核心理论是："文学以感情为主脑。"③ 漱石指出："虽内伏隽永哲理，若无感兴伴之，则文学便成了死文字不值三文钱。"漱石批评那些道学家对文学的曲解，他们认为文学家作的都是风花雪月之类闲文字。漱石反驳说，在我们专修文学的人看来，这些正是合情合理的闲文字。在

---

① 《漱石全集》第 11 卷，岩波书店 1936 年版，第 144 页。
② 同上书，第 140、145 页。
③ 同上。

他看来，超自然现象具有唤起感性的要素，能够切实地感动人，能够充分弥补其不合理的一面，可以占据文学之一角。

写到此，我总觉得漱石所论是有的放矢的，是对坪内逍遥的所谓"模拟论"的一种反驳。"模拟论"是坪内逍遥在《小说神髓》里提出的。他认为，小说总是模拟人情，模拟世态，尽可能使模拟的东西达到逼真。他反对小说写荒唐的情节和奇异故事，实际上就是反对小说有超自然的故事情节。显然，他的主张是不符合东西方古往今来小说创作实践的，不是艺术的科学概括。

四 知识 F

关于知识 F，漱石的观点很明确，尤其是叙述的文体，特别耐读，给读者留下深刻印象。他说，第四种 F 知识"即使可以作为文学作品的内容，要是不涉及人世间重大事件，那么，此时就会使兴趣明显减退，恰如微风拂过水面，只产生瞬间的涟漪，只会使读者微笑而已"[①]。漱石的文学内容分类学对于文学评论和作家选材，都有极高的指导意义，请看他对"英国文化伟人"乔治·梅瑞狄斯的《奥蒙勋爵与他的阿明塔》（1894）和《利己主义者》（1879）的批评："本来，以知识 F 作为文学内容并不很合适。"因为，"专门的科学家对于本行的书产生激烈的感情，就好比是有时也遇到意外的事一样"。他在引证《利己主义者》一段故事后说，这一节里出现的人物，都是口齿伶俐、口若悬河、富于理智和修养的人，然而我们日常交际中，这样的人只占百分之一或千分之一。所以这一节里的中心 F，所能产生的感情 f 是很薄弱的。

漱石还认为，戴斯柯连（Descuret）在《热情疗法》中，插入匈牙利人门泰里（Mentelli）没有任何目的，而废寝忘食地从事科学研究，最后溺死于塞纳河，多年的研究成果也未能公开的故

[①] 《漱石全集》第 11 卷，岩波书店 1936 年版，第 121 页。

事是个例外,是不能成为例子的例子。漱石引用密尔顿的观点说,完全的人格中最难避免的弱点就是名誉,普通人都是以名誉为对象,从中产生情绪进行研究的。任何科学家,不是为了国家等崇高目的就是为了个人名誉而产生情绪,并投身科学研究的。从而得出结论,"纯粹的知识是不可能产生强大的情绪的"。

漱石没有把自己的理论视为教条,所以又批驳了"合理的材料不能成为文学"的观点,认为人类本来就具有各种各样的能力,我们只要适宜地活用这些能力,一种快感就会油然而生。智力是人类能力的重要组成部分,满足智力的发挥就会产生愉快。科学家以钻研获得愉快,因而知识作为文学内容也是有价值的,关键要以唤起多少情绪来确定其作为文学内容的位置。

夏目漱石把唤起读者的感兴、情绪的多少作为估价文学内容价值的标准,对于作者扩大选材的范围,采取各种各样描写手法都具有重要的实践意义,而且也是一个重要的批评标准。他用此标准对浪漫派和理智派都做了较公正的批评,说浪漫派尽力诱导人们的情绪,发展到极点竟至无暇顾及其他;18世纪的文人,在平坦道路上昂首阔步,其佳处决不能埋没,然而由于唤不来情绪而不能冲出合理的城堡。

难能可贵的是在如何处理感觉、情绪、知识和超自然力等文学内容时,漱石总是反对把原理绝对化。他批评浪漫派只以剧烈的情绪为主,往往把年轻人引入歧途。他又告诫人们:"人世决不是以情绪为主的,不能以它为主活着。如果不能意识到这一点确是值得担忧的。关于超自然现象也是如此,诗是诗,人世是人世。"[①]

关于企图把文学内容不加区分地照搬到现实世界上来实行是错误的警告,今天看来也不觉得过时,这正好证明漱石的理论是富有生命力的。

[①] 《漱石全集》第11卷,岩波书店1936年版,第146页。

第四章

文学:"社会现象之一"

漱石的文艺理论的又一个重要特征,是重视文学与其他社会科学的区别和联系,提出"文学史家同时又必须是历史学家""文艺家同时应是哲学家""情绪是文学的骨子,道德是一种情绪""文学不是科学"但"文学史和文学评论是科学"等观点。

第一节 "道德是一种情绪"

"F+f"的文学公式涉及文学艺术的各个方面,上一章叙述了《文学论》的一般概况,并且介绍了"F+f"的文学公式的基本含义,构成文艺作品内容的各种因素的特点。类似最近人们所说的文学的内部规律。这一章里叙述文学与社会、文艺与其他意识形态的关系,其后各章将分别论述创作、欣赏、文学流派演变规律及批评问题。最后谈《文学论》的突出贡献和意义。

文学艺术与社会和人生的关系,历来是文艺理论家关注的重要问题,我国也有学者试图把它们结合起来,名为文艺社会学。姚文放在其《现代文艺社会学》中认为,"文艺社会学的本义不仅在于确认文艺与社会生活之间的联系,而且在于寻找这两端之间的中介环节,探究它的结构与功能,并通过它揭示文艺与社会生活之间的双向性互动"。从而他把研究中间环节视为文艺社会学的主要任务。

漱石在《文学论》中虽然未能把中间环节问题说得很清楚，但我们可以明显地感觉到，他在探讨文学与社会关系时已经注意到中介问题。他写道："文学只不过是人类活动的一个发现。这个发现不能单独地自由地选择前进的道路。其势力必然会波及其他活动，同时也受其他活动的影响……文学是社会现象之一，只有与其他社会现象联系起来，穷尽其自动与反动，才能得知其奥妙。因此，凡是历史学家同时必须是个文学史家，而文学史家同时又必须是历史学家。"[1]

显然，夏目漱石已经很清楚文学与社会的密切联系，认识到文学史家和历史学家在联结文学和社会学方面的重要作用，看到文学史家和历史学家在认识文学和历史的社会性方面的一致。但应该指出，漱石的《文学论》主要仍是以文学为中心，来研究文学理论的，决不因为社会对文学有重要影响而以社会学研究来代替文学规律的研究。然而，他也深知孤立地研究文学也是不行的。因此，《文学论》第五编在论述意识推移的各种原则后，又设一章补遗，着重阐述文学与经济、政治及道德的关系。

夏目漱石认为，人类的伟大发现有三个方面：一是经济与科学状况；二是精神状况；三是政治状况。而文学总是离不开这些的。我想读者从上述叙述中不难发现，漱石在《文学论》中说得比较多，比较集中的还是人的精神，即意识问题。他在探讨意识推移的规律时，提出了圈或者环的理论，然而他并没有就此止步，他还提出了暗示和刺激的问题。夏目漱石联系文学内容可分四种的假设，认为暗示并非只有一种，所有暗示都以上述内容四要素流露出来。而且这种暗示受到社会状况的影响。他从三个方面论述这种影响：一是物质状况；二是政治状况；三是道德问题。

---

[1] 《漱石全集》第11卷，岩波书店1936年版，第568页。

一 政治稳定，经济文化发达是文艺繁荣的重要条件

夏目漱石指出，英国伊丽莎白时代商业发达，民众富庶，导致文学的繁荣。英国人在海上称雄后不可一世，意欲独霸天下。他们旁若无人、一往无前的雄心化为烂漫辞藻，其深远影响直到 21 世纪的今天。因此，当时的文学中，放纵不羁、无视法规约束、颓废、厌世主义、逃避现实等销声匿迹。所以他认为伊丽莎白时代的文学是"英国文学史上空前绝后的昌盛时期"。

由于商业和对外贸易的发达，农业生产的改良使牧民即使在严冬季节也能养牛养羊，因而民众富裕。加之在 1450 年就重新发现制瓦技术，民众开始改造房屋，即使并不很有钱的家庭也开始安装玻璃窗户，睡绸缎枕头。总之，社会趣味已经倾向华丽、雄伟，在精神上更富有自信心。所有这些对文学艺术产生了巨大影响。例如山水画、肖像画和园艺技术的发展就与经济发展密切相关。城乡居民因为手里有了钱便一改以往住宅毫无风雅气氛的状况，在庭院里种植花草树木，充满了自然的情趣，使得园艺技术日益发展起来。同时，又想把自然景色引进室内，或者在室内挂起父母以及自己的肖像，从而促进了这两门艺术的发展。

漱石对这个问题的考察似乎过于囿于 18 世纪的英国文学的经验，所以没有认识到政治经济与文学艺术发展不平衡的规律。马克思指出："关于艺术，大家知道，它的一定的繁荣时期决不是同社会的一般发展成比例的，因而也决不是同仿佛是社会组织的骨骼的物质基础的一般发展成比例的。"[①]

二 政治、宗教与文学

漱石进一步指出，政治的活力不仅仅能够吸引人心，对文学

---

① 《马克思恩格斯全集》第 46 卷（上），人民出版社 1985 年版，第 49 页。

的影响也是空前巨大的。他以法国革命为例指出,世界史上有名的这次革命,提出革除旧弊,消灭阶级,人人享有天赋的自由、平等的口号,这在文学史上留下了不可磨灭的痕迹,甚至英国作家不受其影响的几乎是极少数。有些人对革命的过火行为也不免感到震惊,在各个方面使作家受到震动确是事实。例如威廉·葛德文的《社会正义》、玛丽·沃斯通克拉夫特的《妇女的权利》从理论上鼓吹革命。在纯文学领域,当时的著名作家也无不如此。他举了彭斯、罗伯特·骚塞和柯尔律治的名字。还说,必须肯定,罗伯特·骚塞的《圣女贞德》是"一部打着浪漫主义革命印记的名著"。他还说,甚至连以稳重著称的华兹华斯也认为处死路易十六是正当的,为法国革命辩护。其他如拜伦和他的传记作者托马斯·莫尔以及瓦尔特·萨维奇·兰道的诗中都充满革命思想。可见,漱石看到革命对文学的影响,文学又会反映革命的事实。

漱石对文学与政治的看法是历史唯物主义的,虽然他只以英国文学为例。其实,法国革命对大陆上国家也有巨大影响。冯至在席勒的《审美教育书简》译后记里就谈到,1790—1794 年席勒潜心于哲学思辨时期,正是欧洲各国在法国资产阶级革命爆发后社会各阶层做出不同反应、思想意识发生巨大变化的时代。当时在德国,几乎每个著名的哲学家、文学家的思想变化都或多或少地与法国革命的影响有关。[①]

夏目漱石还说英国伊丽莎白时代,在女皇登基之前宗教纠纷不断,弄得人心惶惶,社会动荡。宗教成了支配人们生死的巨大力量。在宗教不能适当解决之际,民心不能稳定,犹如乘着气球在空中飘荡。在宗教有着悠久历史的英国,民众更是如此了。因此,英国对宗教的迅速解决,毫无疑问也推动了文学的繁荣。

---

① 《外国美学》第一辑,商务印书馆 1985 年版,第 325 页。

三　道德在文学中的地位

关于道德与文学的关系问题，漱石引用 A. W. 华德的话，论述自从莎士比亚以后至复古时代，英国戏剧中道义精神日益衰落的状况：虽然堕落的程度并不一样，但是毫无疑问这是当时英国戏剧文学的一种特色，并且终于表现了道德的堕落。一个评论家说道德与艺术根本无关，但如果把一国的艺术生活的进步置于一般历史进步之旁，那么无疑是谁都会反对这个结论的。[①]

文艺要反映人的情绪、情感，倒不是什么新观点，古今中外早有文选论述。在《荀子》一书中，表示情感的"情"字就反复出现了一百多次。在西方被视为现代哲学史中成就卓著的女哲学家、文艺理论家苏珊·朗格也写道："一件艺术作品往往就是一种自发的情感表达方式，即艺术家思想状态的征候。如果它们代表人的话，很可能就表达某种脸部表情，以显示人所应具有的情感。"[②]

但把道德视为一种情绪似乎不多见，这可以说是漱石特别重视伦理道德的一个证明，是他的理论个性的一个表现吧。在《文学论》中，怎么样对待道德问题是漱石创作和欣赏理论的重要组成部分。在道德问题上，他反对作家排除道德成分的倾向，指出："文学内容以情绪为主，文学靠情绪才能成立。而且，道德也只不过是一种感情。因此，如果对道德派和艺术派的冲突追根求源，那么就可以归结为是以道德的情绪来解释文学，还是应该以其他情绪来解释。究竟以哪个解释妥当，本来是由作家的技巧和读者的倾向如何决定的……主张从一切艺术中排除道德成分的论者，在艺术鉴赏时丧失了自己的心理状态。他们甚至对待混入重大道

[①] 《漱石全集》第 11 卷，岩波书店 1936 年版，第 401 页。
[②] [美] 苏珊·朗格：《情感与形式》，载《美学译文》第 3 辑，中国社会科学出版社 1984 年版，第 108 页。

德成分的作品也暗暗地忘却了这种成分，只能回忆起过去的经验。相反，至今还把纯艺术论当作新东西鼓吹的人只是些盲目的人，他们不知道纯艺术贯穿于作品上下已经几百年。至于那些主张文艺和道德无关，因而写任何作品这方面都不值得一顾的人，是不知道德成分是文学多么重要的因素，不了解道德也是可以成为情绪的。"他断定："情绪是文学的骨子，道德是一种情绪。"因此，"如果认为道德对于文学毫无用处，就等于是在广阔无边的大地上不自然地筑起围墙，甘心待在这个巴掌大的小天地里"[①]。

上述一大段话，有些地方比较费解，但总的观点还是非常明确的。归纳起来，有以下值得注意的观点。

首先，他认为文学的骨子是情绪。而产生情绪的原因则可以是多种多样的，道德只不过是产生情绪的原因之一。他根据心理学家里博的理论，把情绪分成简单或单纯情绪和复杂情绪两类。把恐怖、愤怒、同情、本能等归于简单情绪，而把善恶和宗教等产生的情绪归于复杂情绪。由此可见，道德应该属于复杂情绪。从而肯定道德在文学中的必要地位，同时，又指出了文学可以描写各种内容，并非只有道德一种，从而避免了只强调某一方面的片面性。

其次，漱石认为道德虽然并非文学的唯一因素，但却是文学的重要因素。因此，"如果认为道德对于文学毫无用处"而拒之门外，就等于限制了自己的创作范围，这显然是不可取的。这里，他不但批驳了无视道德的倾向，竭力主张道德应该作为重要的文学内容，确立道德的优先地位。他如何重视道德问题还可以以所谓"文学亡国论"为证。

爱情是文学作品的永恒主题。漱石也认为此种情绪具有作为文学内容的资格，即符合（"F+f"）的公式。同时，漱石也提醒

[①]《漱石全集》第11卷，岩波书店1936年版，第198页。

人们注意：请不要忘记为了维持社会，爱情描写存在着政策上难以允许的部分。即使所谓"纯文艺派"之辈，也应该承认恋爱之中存在文学难以容纳的方面。总的来说，漱石是赞成文学作品要有爱情描写的，他说，古今文学特别是西方文学，约有九成有这样的内容。他引用英国小说家安东尼·特罗洛普（1815—1882）的自传说："若是去掉恋爱成分，是很难使小说有趣的……恋爱感情是打动所有人的感情。"[①] 值得注意的是漱石十分强调伦理道德，认为"道德也是一种美感"[②]。

　　漱石首先肯定，爱情故事可以作为文学内容，同时，他也注意到，"在恋爱方面，由于社会的、时代的等等原因，而存在着深与浅、简单与复杂的差异是理所当然的"。尽管他认为恋爱是人的本能，但人是生活在一定的社会环境中，受到社会和时代的约束，所以才说"为了维持社会，爱情描写存在政策上难以允许的部分"。他在介绍济慈等人的作品后说："文学也多少伴随一些危险，假如向世人展示如此感情，不能不说其中包含毒害世界的成分。'文学亡国论'并非没有道理……吾人重视恋爱的同时，也常常克制它。如果不能克制，就觉得没有面目面对自己所受的教育。要是随心所欲地意马心猿，必然带来罪恶。可以说，这正是东西方思想的一大区别。上面的例子充分说明，西洋人视恋爱为神圣，具有为沉湎于恋爱而得意的倾向。"[③]

　　他站在维护现有社会制度的立场上说："具有颠覆现在的社会制度倾向的真理显而易见是不必要的。在西洋是这样，在东方更是如此。如果作家以同情的态度描写如此非法的恋爱，就难免要与我们的封建精神发生冲突。正如与我们的父子君臣关系一样在恋爱方面也不会有完全的自由。不过也有人想得到这样的自由而

[①] 《漱石全集》第11卷，岩波书店1936年版，第85、93页。
[②] 同上。
[③] 同上书，第92页。

随心所欲地行动,对于沉湎于如此自由的人,应该视为破坏社会秩序的敌人,要是有谁来描写它就憎恨谁。然而关键是,要在憎恨的人与觉得有趣的人、觉得很美的人取得平衡的基础上,决定这种文学的价值。而平衡又是随着社会组织一起推移的,因此应该知道,在这一点上现代的青年和封建时代的青年的见解有明显不同。世上还有人一味鼓吹美的生活,只要满足美感,道德也不足以一顾。"①

综上所述,在《文学论》里,漱石关于恋爱这种人类本能有以下一些主要观点:第一,恋爱故事是文学的重要内容;第二,写恋爱故事要注意社会效果,不违背道德原则;第三,道德观随时代变化而变化。

漱石最后对于鼓吹美的生活的批评,显然是不指名地针对高山樗牛的,显示他的理论具有鲜明的立场,这又证明现实性和针对性是《文学论》一大特点。在题为"论美的生活"的文章中,高山樗牛说"道德的价值是很低的","道德和理性,虽然是区别人与低等动物的重要特征,然而能给予我们幸福的却并不是这两样东西,而是本能……人生至乐存在于性欲的满足"②。

漱石对于文学与社会、政治、经济、道德以及其他意识形态之间的关系,文学的作用问题,在《文学评论》中也占有显著位置。

他在序言之后,紧接着就叙述了英国哲学、政治、艺术以及社会情况,十分明确地指出要让读者从文学中看到真实的社会。(参考第十章)这里,我们还是首先看看漱石关于文学与科学关系的论述。

---

① 《漱石全集》第11卷,岩波书店1936年版,第93页。
② 《近代文学评论大系》第2卷,角川书店1982年版,第155页。

第二节 "文学不是科学"

"文学不是科学",是漱石在大学时代评论莎士比亚的《麦克白斯》的文章中就谈过的观点。其后,他的这个观点得到进一步发展,《文学论》中对文学与科学关系的论述占有重要地位,第三编的二章"文学的F与科学的F之比较"和"文艺上的真和科学上的真",主要论述文学与科学的不同,以此来揭示文学的特殊规律。在漱石之前或之后,文学与科学的关系历来是文艺理论家所关注的一个问题。

一 理论回顾

世界各国各派文艺理论家对文学与科学的关系看法迥异,在19世纪60年代前后,首先在法国出现的自然主义文学思潮的头面人物爱弥尔·左拉说:"假如实验的方法可以引导人们去认识物质生活,那么实验方法也可以引导人们去认识感情和精神的生活。"(《实验小说》)他要求作家不仅仅有科学家的态度,也要使用科学家的方法,"继续进行着生理学家和医生的业务"。他把科学与文学紧密地结合起来,把科学之真实与文艺真实混为一谈,这个思潮对日本近代文学的发展产生了巨大影响。这个思潮在日本流行时期,正好是漱石讲授文学论到《文学论》出版的这几年里。加之,日本自然派攻击的主要对象恰恰又是漱石。因此漱石这时重提这个命题,绝不是无的放矢。

不过客观地说,明确指出文学与科学不同的论述,也不是始于漱石,也不只是始于近现代,西方古代早已有之。亚里士多德在《诗学》第二十五章里就断定"诗的真不同于政治科学的真及其他技艺的真"。世界历史跨进近代,俄国人别林斯基又旧话重提,指出了艺术与科学的区别:"一个是证明,另一个是显示,他们都在说服人，所不同的只是一个用逻辑论据，另一个用描绘而已。"这段话见《一八四七年俄国文学一瞥》，而别林斯基卒于1848年，因此可以说最迟在1848年，就有人看到了文学与科学的不同，然而别林斯基只是从方法和形式上看这个问题的。别林斯基在这篇文章中所讲的主要是指社会科学，因为他在论述这个问题的时候，是以政治经济学与文学做比较的，说政治经济学家用统计材料作用于读者的理智，证明某一个社会阶级的状况，而诗人则用生动鲜明的艺术描绘来作用于读者，用真实的画面显示出某一阶级的状况是改善了还是恶化了。

与漱石的观点比较吻合的还有贝内代托·克罗齐。1928年，他在为《大英百科全书》写的美学条目"美学的核心"[①]中就明确提出"艺术不是自然科学，因为自然科学是经过鉴定的抽象化了的历史现实；艺术也不是计算科学，因为数学是依靠抽象概念进行活动的，而不是观赏"。但他得出这个结论，至少要比漱石晚整整二十年。

在20世纪二三十年代出现的新批评理论的开拓者之一、英国语言学家瑞恰慈也指出科学语言与文学语言是根本不同的，科学语言是所谓"参证的"，参与证明真理和命题，必须合乎逻辑。他说："对科学语言来说，联想中的差异本身就可构成大错，因为目的没有达到。但对情感语言来说，联想中的差异无论多大都没有关系……为了达到感情目的，逻辑安排就不是必须的。"[②]

德国哲学家恩斯特·卡西尔也说艺术和科学是在完全不同的平面上行进的，所以它们不可能彼此相矛盾或相反对。[③]

---

    ① ［意］克罗齐著：《美学或艺术和语言哲学》，黄文捷译，中国社会科学出版社1992年版，第5页。
    ② 胡经之、张首映：《西方二十世纪文论史》，中国社会科学出版社1988年版，第156页。
    ③ ［德］恩斯特·卡西尔著：《人论》，上海译文出版社1985年版，第216页。

二 漱石在《文学论》里的论述

漱石也认为文学家和科学家是不同的，科学家的特点是擅于分析，其目的在于叙述，而不是说明。科学需要解剖的，是什么（How）的问题，而不是回答为什么（Why）的问题。不，毋宁说科学自认为无权回答。换言之，只要回答了某个现象是怎么样产生的，科学家的工作就算告一段落。可是要想回答怎么样的问题就必须弄清产生这种现象的途径，因此，科学家的研究里是不能摆脱时间观念的。显然，漱石这里所说的科学不仅仅是指自然科学，也包括社会科学。

在漱石看来，文学虽然也不能没有 How 这个问题，但是没有必要在一切方面提出 How 的问题。一部分文学虽然和科学一样不能离开时间，如小说、叙事诗、戏剧等，但和科学不同，文学并不是一刻都离不开时间的。因为世上的物体始终在活动没有静止之时。拿着油画箱来到郊外就会看到一样的树木、原野和天空怎么样在日光的作用下千变万化的，在肉眼看来它是无穷无尽的。然而文艺家则可以任意切断无头无尾的锁链，有权把它表现成好像是永无止境的样子。即文艺家有权随意截取受无限发展支配的人事和自然，表现出与时间无关的一个断面。漱石还驳斥了以下一种观点，即认为文学中凡能称得上最高杰作的无不触及 How 问题的。他认为这是一种片面的观点，因为时间的长短不是决定其作品价值的标准。他说关键还得看欣赏者的态度如何。抓住稍纵即逝的现象而感到快感的人近似画家和雕刻家。日本和歌、俳句以及汉诗，大部分都是这类断面式文学。因其简单、实质内容少而定其文学价值如何，是过早地下结论。[①]

我们还应该指出，漱石的这个理论也是对日本明治维新以后

[①] 《漱石全集》第 11 卷，岩波书店 1936 年版，第 248 页。

全面否定日本和歌、俳句和汉诗等传统的民族文学思潮的有力批判。关于这种错误思潮,将在第八章里做介绍。

夏目漱石指出文学家与科学家的第二个区别在于其态度。科学家对待事物的态度是解剖式的。在我们常人看来,天下事物都是以完整的形式存在着,人就是人,马就是马。而科学家则决不只满足于看到人和马,还想进一步分解其成分,研究其不同的性质,他们的态度是破坏性的,就是把自然界中存在着的完整的形态切得支离破碎。例如科学家把水分解成 H 和 O。

夏目漱石说小说家所解剖的是性格,描写物体时则列举其特长。文学家要是不采取这样的态度,那么在对物体进行选择取舍时,就不能突出文学上所必须的部分了,就不能把不需要的部分推到背景里去。文学家解剖是用眼睛,而不是靠显微镜也不用实验,不像科学家那样通过实验来论证黄金分割法的审美价值。他认为区别组成一个物体的是直线还是圆形不是文学家的本领,自然界的线在几何学上是否有效不是文学家所要过问的问题。文学家往往凭感觉印象决定真伪,超出感觉的科学上的真,他们反而觉得是伪。他们觉得太阳从东边升起从西边落下,地球不是围着太阳转的。他举例说诗人罗塞蒂就说过,太阳围着地球转,还是地球围着太阳转,我都不关心。文学家对事物进行解剖,都是为了整体需要。任何精巧解剖,如果与全局的印象无关或妨碍全局印象的形成,那么他无论怎么样煞费苦心,都不会取得相应的效果。如乔治·艾略特在西方是一流作家,理智无人可与她相比,所以在人物性格的解剖方面,她就没有狄更斯的通病,也不像瓦尔特·司各特那样散漫。然而其论理过于精微,小说便成了作者单纯的工具,作品里的人物俨然是作者的傀儡,一举一动都伴随着作者的理论,往往缺少自由的活生生的灵气。并指出造成如此结果的根本原因在于过于精雕细刻。因为过于琐细的描写不如简洁有力效果好。如小说中对女子容貌的描绘,鼻子、眼睛被一一细致刻画，结果在读者脑子里反而只留下一个朦胧的印象。这就是由于只考虑各个局部的成功而忽略整体印象。①

漱石以乔治·梅瑞狄斯的《理查·弗维莱尔的苦难》为例指出，作者对罗马天主教农夫的侄女露西·德斯巴勒的描写，"虽然不能说没有其独特的妙韵，但谁也不能否认对这位女性脸型的描绘，读后就如电闪只在眼前一闪而过"。而最典型的例子是阿里斯托在《奥尔兰多·夫里奥斯》中，对阿尔希娜美貌的过分描绘，"如此从头到脚的细致描写，虽然井井有条，一丝不苟，值得夸奖。然而这个美人的整体印象难免显得相当暧昧，也就达不到塑造这个人物的目的了"。所以他说莱辛的《拉奥孔》也把它作为失败描写的典型。②

漱石特别推崇荷马的简洁的描写方法，同时也不忘对日本俳句的赞扬。说虽然受到十七个字的限制而能够存在下来，就是因为在描写方面取得很好的效果，日本俳句常用的词汇"美人""丽人"等都是非常单纯、精练，不做细微的科学分解这是毫无疑问的。漱石关系解剖的论述清楚地反映他的辩证观点，而不是形而上学地看待这个问题的。他认为文学家也并不是完全不需要解剖法而是要把解剖人作为一种方便的手段，以便达到综合的目的。所以如果达不到综合的目的，那么再细巧的解剖也是无效的。③

另外，漱石也批评了把单纯描写绝对化的观点。他说民谣确实单纯直率非常动人，但因此就主张一切叙述都必须学习民谣，那就好比主张豆腐淡而有味，所以其他食物都应该一律抛弃一样可笑。不仅民谣，杰弗利·乔叟、《左传》以及井原西鹤等前代有名作家及作品都以简练取得了成功，但没有理由断定用其他方法就都是失败的。他能以历史的观点看这个问题，有人说井原西鹤

---

① 《漱石全集》第11卷，岩波书店1936年版，第253页。
② 同上书，第256页。
③ 同上书，第260页。

是个大文章家，能一笔勾勒情景。他评论说这话不错，但是由于历史的局限性，井原西鹤缺乏精密的观察能力。要是井原西鹤生在当代，他就得以和今世相应的解剖方法通过多种笔法描绘同一种事物。古人因缺乏解剖和观察能力而不做解剖并取得成功；我们则因有解剖和观察能力，从而以解剖取得成功。这就是古今时势之差，古今作家之差。我们在某种特殊场合才毫不犹豫地采取古人不得不用的方法。同时，我们又不能背离由生存和鉴赏的需要养成的细致的观察能力，只有这种程度的叙述，才显示出我们的本领。因此，文学家必须要用解剖，但是不能在解剖面前止步不前，头脑里必须有将解剖得到的微细部分集合起来，构成整体的精神。①

漱石进一步比较了科学家试图把握物体全局时与文学家的不同。首先，科学家的目的在于传达概念，擅长抓物体的形状和机械的组合。文学家的本领在于描绘，写出人的生命力和心情。

其次，科学家的目的在于概括，综合个别的场合，发现法则、规律，所以不需要色彩、音响和感情。反之，文学家则不能满足于如此冷淡的主义、法则，他们力图赋予血与肉，使之热血沸腾地出现在世界上。②

再次，科学家特别是物理学家，总是把物质现象拉进时间和空间的关系中，为了方便起见，他们喜欢使用其特有的语言，主要就是称为所谓数字的记号，把色彩、声音改成以太、空气振动等。文学家有时虽然也用类似的方法，但用数字只不过是化无为有，变暗为明的手段。③

最后，漱石总结说，文学家是把无香气的东西加上香气，把无形的东西变成有形。而科学家则是使有形变成无形，使有香味

---

① 《漱石全集》第 11 卷，岩波书店 1936 年版，第 260 页。
② 同上书，第 267 页。
③ 同上书，第 268 页。

的失去香味。因此文学家为了表现感觉和情绪而采用象征手法。科学家则靠与感觉和情绪根本无缘的独特的记号来叙述事物。对科学家说来,数字是唯一的语言。但对于文学家而言则并不是唯一的重要工具。

在《文学论》中,漱石根据"文学不是科学"的思想,进一步提出了具体的创作方法。他指出:"文学家所重视的是文艺上的真,而不是科学上的真。因此毫不奇怪,文学家在必要时可以违背科学上的真。"[①]

他以一代天才米勒的《农夫割草图》为例,虽然有个农夫批评说,以这样的姿势是很难割草的,尽管这是事实,但是,只要感觉到是在毫无不自然地割草,那么画家的技巧就已经达到艺术上的真。他警告说现在有人正不断研究人体骨骼,要是一味追求科学的真,不学习艺术之真,他们的作品就难免会失败。他提出文艺家必须把艺术真实摆在第一位,根据情况为了达到艺术真实也不是不可以牺牲科学之真实,还具体提出了三种手法:一曰夸张法;二曰省略、选择法;三曰组合法。

值得注意的是漱石还提出,文艺上的真实是随着时间的推移而变化的。一部文学作品今天赞扬为真实的,明天却被谴责成不真实的,这是我们屡见不鲜的。漱石还评论了《学院与文学》(Academy and Literature)杂志1904年3月5日刊载的一封读者来信,说在我们看来文章中受谴责的许多东西几乎是不值得谴责的,但毫无疑问,这位投稿人真是这样感觉的。即我们作为艺术真实而容许的作品,他却认为是不真实的,而加以排斥。后世趣味一变,大多数民众如果都有此意向,那么,现在当成艺术真实的,就会彻底改变。莎士比亚会不会长期遭世人冷落呢?[②]

在《文学论》里,漱石主要论述了文学与科学的区别,其后

[①] 《漱石全集》第11卷,岩波书店1936年版,第268页。
[②] 同上书,第285页。

在《文学评论》中他对科学与文学关系的理论，又有所修正和发展，指出文学评论与文学史可列入科学的范畴。

三 "文学史和文学评论是科学"

漱石在论述科学与文学的区别和联系时，认为科学主要依靠理智，来解答如何（How）的问题，而不关心为什么（Why）；而文学则要抒发我们的感情，是打动人们感情的工具。同时，他又指出，如果故意去搜集这两者之间的共同点，就可以意外地发现它们之间关系密切，进行新的有趣的研究。这个问题，他在《文学论》中论述时，着重分析两者的区别。在《文学评论》中，他做了一些修正，指出"一般都把科学与文学相区别开"。然而这样一来，他又觉得在研究文学时便产生了一种混乱，"由于过于拘泥于文学两字，有的人便以为文学的所有方面，都独立于科学的了"，他认为这一误解必须加于纠正。[1]

虽然从什么是文学这一定义看，从一部文学作品问世过程看，与科学的确是不同的，但是文学作品本身与文学史和文学批评并不是同一种东西。因为文学史和文学批评，意味着我们对一部文学作品的态度，这就不能像我们写诗作文那样了，而要把它当作客观的研究材料来对待。此时，我们的态度就和科学家研究自然现象一样。就是说，创作与评论之间存在着主观与客观的区别。漱石进一步指出文学是社会现象之一，必须把它看成历史的社会的要素来论其价值。批评的鉴赏法，虽然从感情出发，但其后的做法则是科学的。所以，他得出结论，文学批评和文学史并不如人误解的那样是纯文学的，而是包含了非常多的科学成分，而且文学史则全依靠科学才能成立。[2]

对于"文学不是科学，能对文学进行科学研究吗"这个问题，

---

[1] 《漱石全集》第12卷，岩波书店1936年版，第23页。
[2] 同上书，第36页。

漱石用花鸟做比喻反驳说,"花虽然不是科学,但是植物学是科学,鸟虽然不是科学,但动物学则是科学。文学固然不是科学,然而文学批评和文学史是科学"①。

第三节 "文艺家同时应是哲学家"

艺术和哲学的关系,历来受到美学家的青睐。克罗齐肯定地说,"艺术不是哲学",但是"美学完全就是哲学"②。也就是说,艺术与哲学虽然是不同的范畴,但评论艺术,则需要哲学,离不开哲学。不过在漱石看来,无论是在艺术创作还是在艺术批评中,哲学始终是需要的。他把哲学看得很重,因此在题为"文艺的哲学基础"的讲演里明确提出:"文艺家同时应是哲学家,同时还是个实行的人,即是个创作家。"

漱石对哲学的兴趣和哲学思考能力,在1892年写成的东洋哲学论文《老子的哲学》中,就已见端倪。在这篇文章中,漱石对老子颇有非议。首先,他批评老子不出门而知天下事的唯心主义观点,说顾名思义,世界观就是观察世界的结果,即使如何非凡的人都不能不受时间和地点的影响,光亮在眼前一闪烁就会进入脑子,音波一进耳朵也会进入头脑。在一视一听之间就不知不觉地受到外物的支配。其次,漱石批评老子消极无为思想。在第三篇《老子的治民》中,他认为老子的修身、废学、废德行、废多言,恢复婴儿之天性等,都是"退步主义"观点。③

马克思主义认为近代哲学的最高问题,就是思维对存在,精神对自然界的关系问题。"凡是断定精神先于自然界而存在的从而

---

① 《漱石全集》第13卷,岩波书店1936年版,第58页。
② [意] 克罗齐著:《美学或艺术和语言哲学》,黄文捷译,中国社会科学出版社1992年版,第12页。
③ 《漱石全集》第14卷,岩波书店1936年版,第89页。

归根到底这样或那样地承认创世说的人……便组成了唯心主义的阵营。凡是认为自然界是本源的,则属于唯物主义的各种学派。"① 那么,在唯物主义与唯心主义这两大哲学阵营的斗争中,漱石站在哪一边呢?日本著名文学评论家吉田精一认为,漱石"思想的基础,先是英国的经验论,然后对美国的实用主义产生了好感";又说,漱石在《文艺的哲学基础》里的哲学思想是"经验的认识论,是实用主义的,是与建立在先验的逻辑体系基础上的德国美学相对立的"。"本来,对于从英国经验论传统出发的詹姆斯,漱石感到亲切是当然的。詹姆斯的实用主义虽然不是全面的,也不能说在漱石讲《文学论》时在他身上毫无影响。"他以漱石在《文艺的哲学基础》里说时间和空间都是人为了生活的方便而捏造出来,制造出来的一段话为证。②

漱石对詹姆斯和本格森表示过好感是事实,但首先应该弄清楚他对什么有好感。

一 漱石与詹姆斯和本格森哲学

漱石真正读懂詹姆斯的著作是在他大病之时。1910年8月7日即到达修善寺疗养的翌日,他在日记里写道:"独自读詹姆斯的《多元宇宙论》不知所云。"9月23日的日记又写道:"昨天终日下雨,上午读詹姆斯的讲义。有趣……,读完詹姆斯,觉得读了本好书。"③他在《回忆种种》中说:"在病床上三次拿起教授的《多元宇宙论》,是在教授死后过了好几天。现在回想起来当时余身体非常虚弱,仰天躺着,双肘支在被褥上,费劲地举着大厚书。贫血的结果手发麻,不到五分钟就得换换姿势……"具体生动地描绘出漱石带病研读难懂的哲学书的情景。然而漱石之所以兴趣

---

① 《费尔巴哈与德国古典哲学的终结》,人民出版社1959年版,第14页。
② [日]吉田精一:《近代文艺评论史·明治篇》,至文堂1975年版,第844页。
③ 《漱石全集》第15卷,岩波书店1936年版,第568页。

盎然地读完一大段，是由于教授只以具体的事实为基础经过类推，切入哲学领地。漱石表示他并不特别讨厌辩证法或盲目地讨厌理智主义，还说他平生的文学主张，与教授的哲学主张气脉相通，彼此相依相亲。

　　漱石倾倒于詹姆斯的另一个重要原因，是因文章写得通俗易懂，他曾经特意向另一个病房里的病人东君说詹姆斯是很会写文章的。① 因文章写得好而受到漱石赞赏的，还有和詹姆斯一样属于反理智派的法国哲学家本格森。夏目漱石在本格森的《时间与自由意志》英译本的封面上写道："读有趣的文学书而感到美倒是并不鲜见，但读哲理科学书而感到美的却是鲜有其人的。这书就是属于这种鲜有的例子，第二篇里的时空论，我想真是一篇美的论文。"在1913年7月12日给沼波琼音的信里说，"一读他的文章就仿佛面对水晶，感到美极了；其次是其态度超然，不逼不怒。没有废话又决不漏掉必须说的话，可见其人格是个知识渊博又很谦虚的学者"②。

　　以上资料证明漱石对这个美国实用主义者产生好感的理由中根本没有提实用主义，倒是透露出他对辩证法和理智主义怀有好感。而且，在《文学论》里，他明确地批评了美国实用主义哲学最有权威的代表威廉·詹姆斯的《心理学大纲》第二卷中说的，"情绪随肉体状态的变化而变化"的观点。漱石说"若把肉体状态变化作为原因，那么就可以得出结论，哭不是由于悲而是因为哭才引起悲的"。詹姆斯说"论证这类下等情绪的自然途径，是首先知觉某种事实，结果心里便诱发应称为情绪的感情，此种状态进而发展到以肉体来表白"。总之，他主张先有情绪的变化，才有肉体的变化；漱石的观点则与此完全相反，即"先知觉兴奋的事

---

① 《漱石全集》第10卷，岩波书店1936年版，第337、270页。
② 《漱石全集》第17卷，岩波书店1936年版，第270页。

实，马上引起身体的变化。这种变化不久便在情绪上表现出来"①。

也就是说漱石认为身体变化在先，然后才有情绪的变化。而身体之所以变化，是由于知觉到令人兴奋的事，这就是外界的刺激。众所周知，詹姆斯哲学的中心就是否认客观真理，反对唯物主义的反映论，反对把真理看成是客观现实在意识中的反映。漱石认为情绪的变化是由于外因，这是唯物主义观点。他站出来反驳应该说是顺理成章之事。因此，我认为把漱石的唯物主义反映论说成实用主义，不能不说这是吉田精一的漱石论中一个不小的偏差，是哲学概念的混淆，也忽视了漱石上面一段明白无误的声明。我认为从漱石对其他一些西方哲学家的评论和许多文艺观点看，也不能只用实用主义来概括。毋庸赘述，上述事实证明他对詹姆斯也是有批评的，当然，对于吉田精一所说先验的德国美学，漱石也是不赞成的。

二 漱石的认识论与作家创作和读者欣赏理论

漱石的创作和欣赏理论是以认识论为基础的。在《文学论》的"对置法"一章中，他写道：

> 对于现象的视听并非是终极目的。我们的头脑对于经过视听所认识到的诸现象，必然会给予一种解释。所谓解释就是从此类现象中认识超过视觉听觉印象的某种意义。此类现象只不过是带给我们头脑里的内部消息，而获此消息的人不仅仅是社会现象的观察者，实际上还要看破世界实相。所谓实相并非宗教家所谓的绝对（如果有绝对的话）。不管男女老少，都根据其思想作各式各样的解释，从而获得真相。而且促使其作各式各样的解释的，并不是同一现象的各个部分对

---

① 《漱石全集》第11卷，岩波书店1936年版，第82页。

他们都发生了作用，而是由于他们观察同一现象的着眼点不同所使然。若是进一步探究他们着眼点不同的原因，则可归结为他们经验不同。甲的经验与乙的不同，而如此着眼观察 a 现象，使其作出如此解释；乙的经验和甲的不同，而那样观察 a 现象，从而使他作出那样的解释。[1]

于是他得出结论："我们对于现象的解释终究是由我们的经验产生的惰性所决定的。阅读文章也如观察社会世相，并不是只懂得一笔一划的表面意思就行了，时常逼于惰性的要求自然而然地从某个角度透过这一笔一划，欲发现其内部意义，或欲赋予另一个新生命。"[2]

唯物主义认识论的基础就在于承认外部世界和它在人类头脑中的反映。从上面的叙述可以看出，漱石除了人的主观经验外，承认还存在客观的社会现象，把文学作品视为客观存在。同时，他也认识到要依靠已有的经验、知识，去了解事物的真相和意义。众所周知，感觉和思维，是统一的认识过程的两个阶段。正如列宁所说："为了要理解，必须从经验上开始理解、研究，从经验升到一般……"[3]

漱石的唯物主义倾向，还可以以其反映论来证明。在《文学评论》第二编一开始谈历史小说时，他就指出："如果要让读者读后觉得从小说中仿佛看到真实的社会，那么不仅仅小说的事件要写得自然，人物性格的发展也必须自然，同时，还必须要有背景描写。所谓背景就是小说中人物出场活动的舞台，或者说是围绕人物的四周环境。因为，小说就是要描写人与人之间的矛盾，人与人的感情纠葛，是写有形的无形的事件。但这些事件不是发生

---

[1] 《漱石全集》第 11 卷，岩波书店 1936 年版，第 382 页。
[2] 同上。
[3] 《哲学笔记》，人民出版社 1956 年版，第 192 页。

在云雾之中，也不是发生在空旷虚无的世界上，而是发生在大地上苍天下，是人间社会现象的一部分。"他强调"要把社会当成活生生的整体来描写，比如看一条鱼，如果只取鱼骨头，对动物学家了解鱼的骨骼结构有益处。但要想知道活生生的整鱼，就不能剥去鱼肉只留下骨头让人看了"[①]。

夏目漱石一再强调文学是社会现象之一，18世纪的英国社会，就不是只靠文学而存在的。除了文学，还有哲学、美术和社会风俗，如果把文学史从整个错综复杂的社会现象中割裂出来，对于了解文学脉络虽然是比较容易的。然而就看不到文学与其他社会诸因素的关系，也就看不出它的生动活泼的景象来了。也就只能见到鱼骨头，而看不到整条活鱼。其他如哲学史、科学史也有相同的情况，但文学尤其需要注意这一点。因为文学与其他社会诸因素具有更密切的关系，它是当时最普遍的社会风气，即当时趣味的结晶。

他以这样具体生动的语言，深入浅出地阐述了文学与社会关系的基本理论。从这个事实可以看出，漱石是非常注意文学与哲学及其他社会科学的关系的。漱石就是以这样的认识论、反映论的基本观点来讲《文学评论》的。

三　漱石评18世纪的英国哲学

我们说漱石的哲学思想倾向于唯物主义，这一点也可以以其对哲学的看法证明。漱石认为哲学家也和普通人一样都生活在社会上，穿着一样的服装，吃着同样的食物，所以他们的思想正是社会的反映。哲学家与普通人的不同，就在于他们是最善于思考，最善于概括的人，最善于充分发挥人的能力—智力的人。普通人只考虑眼前的柴米油盐，而哲学家考虑永远的事情。尽管如此，

[①] 《漱石全集》第12卷，岩波书店1936年版，第57页。

哲学家所考虑的仍然是社会的反映，无非关于心和物的思考，初看起来这好像与社会风俗无关似的，但他们得出结论的途径和方法等，都是学了社会上普通人的。例如欧洲基督教徒研究的哲学就必然带有神字。夏目漱石认为这在日本人看来是不可思议的，因为日本人觉得神是神，哲学是哲学，神和哲学思想无关似的。而西洋人从生到死一生都受庇于基督教，这欧洲基督教徒的根本就是神。因此，人们考虑问题的自然的倾向就是如哲学家那样，不是继承传统的想法，就是对以往的神的观念加于修正，然后再接受，或是彻底抛弃。①

在夏目漱石看来，即使如呓语一般的哲学也难免受一个时代的影响。如果他们把其所考虑的抽象的原理和实际结合时，即以政治、道德形式出现时，就必然与当时道义、政治发生密切的关系。他又以日本为例来论证这个观点，在日本德川幕府时代，儒学家们把中国的尧舜时代视为最理想的黄金时代，尧把王位让与舜而被视为神。但这些儒学家们也没有想在日本推广、实行他们的理论。这是由于他们的哲学头脑受到眼前事实的束缚，他们相信日本是根据血统把天下传给子孙的。②

总而言之，漱石在这里所说的是唯物主义反映论，他认为即使是纯粹哲学也受到一个时代风气的感染，实践哲学当然也会受其影响。所以，《文学评论》论述18世纪英国文学时，他介绍了洛克、贝克莱和休谟的哲学。他认为洛克虽然应该属于17世纪，但他的主要影响是在18世纪，因此，要介绍洛克的哲学思想。他指出洛克以前的主要哲学是笛卡儿的，注意到笛卡儿哲学提倡理性，反对盲从；假设我们的心里存在天赋观念，承认真理独立于经验；笛卡儿经过推论，得出存在神、心和物三个实在的结论。而洛克则批驳了天赋观念，尽管洛克是耶稣的信徒，承认神的存

---

① 《漱石全集》第12卷，岩波书店1936年版，第66页。
② 同上书，第67页。

在，但他也反对笛卡儿关于神的、肉体的和心灵的观念是天赋观念的哲学思想。漱石认为洛克始终把重点放在经验二字上。并且评论说"洛克使空洞的哲学建立在坚固的基础上，这种实际的扎实的态度很值得注意，退一步看，这代表了一般英国人的风气，似乎也可以说，这是最能反映18世纪英国一般社会风气的思想"①。

在西方哲学史上，洛克的哲学曾经影响了18世纪唯物主义认识论的发展。他发展了一个唯物主义原理，即靠感官从外界得到的知觉是认识的源泉。漱石说洛克的哲学有着"坚固的基础"，显然也认识到洛克哲学的唯物主义倾向。我们还可以把漱石对主观唯心主义哲学家贝克莱的评论做些比较。

在论述贝克莱时，夏目漱石明确指出，这是一个反对唯物主义的唯心主义哲学家。贝克莱说观念才是实在的，物质则毫无实在性。对此，夏目漱石评论说，18世纪的英国，从总体上说是偏爱物质的世纪，是所谓散文的世纪。而贝克莱则使漱石感到意外，因为贝克莱是不承认物质的，所以才使漱石感到奇怪。漱石进一步分析说"贝克莱这样说也是有其原因的，就是因为他是主教。他的书既是哲学，也是神学。他的态度既是哲学家的，也是神学家的。而且，当时一般学者所理解的神，也并不是古希腊哲学家想象的那种神，而是非常抽象、非常盲目、非常难懂的神，是一个精灵"。漱石还指出贝克莱既是唯心主义的又是经验主义的，他的《幻象新原理》，既是通向纯正哲学的阶梯，其本身也是心理学的。后代的心理学者一般都采用了他的理论。②

总而言之，漱石清楚，"贝克莱只排除物质的存在，承认心灵和神的存在"。漱石对于这种宗教哲学的不满，在对二十五六岁时就写了哲学处女作《人性论》的休谟论述中得到反映。他说，休

---

① 《漱石全集》第12卷，岩波书店1936年版，第71页。
② 同上书，第75、80页。

谟"对心灵和神也给予当头棒喝,真是痛快之至"。对这位年轻的不可知论者如此说法,漱石多少还有些欣赏,他指出,首先,休谟学说认为我们平生名为"我"的实体,完全是幻影一般的东西,决不是实在的存在。我们所知只不过是印象和观念的连续,在反复出现以后才达到浑然统一的境界。所以心灵之类,绝不是作为一个实体而存在。其次,休谟认为因果概念是习惯的产物,所谓神呀不灭啦等说法都是毫无道理的。

如上所述,漱石认为哲学也是社会的反映,在对休谟评论时又坚持说,休谟的"怀疑态度,也许不能说这是全体英国人的态度,但可以认为,这是与18世纪英国人的态度相协调的"[1]。

漱石最后指出,18世纪的英国是自然神教者论争的舞台,他虽然看到大多数自然神教者倾向于唯物主义。但对于这种哲学思想在反对蒙昧主义和神秘主义方面的历史意义认识不足。他说这只是有关耶稣教的哲学议论,"我们日本人,尤其是在我这样对耶稣教不感兴趣的人看来,真是难以理解他们为什么要把宝贵的时间用在这样的问题上呢?只是觉得一个时代的趋势,真是不可思议"。他说他只因当时的英国哲学家、神学家都把如此的议论视为自己的本分,才做介绍的。还觉得这倾向在18世纪英国文学中会不会有所反映是个非常有趣的问题。如果这种喜欢理论和议论,偏爱逻辑的抽象的事物,而冷淡直觉的感情的风气,也表现在文学上的话,我们就可以承认这也是支配整个18世纪的英国人的一大特点。[2]

四 漱石对罗斯金神学美学的批评

漱石在《文学论》中论述超自然的事物时指出,有时它比知识的内容更加抽象,但所产生的情绪 f 却更加强烈,无论古今东

---

[1] 《漱石全集》第12卷,岩波书店1936年版,第75、80页。
[2] 同上书,第86页。

西宗教情绪之强烈是不容争辩的。对于宗教比较冷淡、不知神为何物的日本人来说，其猛烈程度毕竟是无法设想的。他认为这种情绪对于精神和肉体产生的影响可谓幻影、可谓狂喜、可谓乐极。他认为英国文艺批评名家罗斯金把美的本源说成神的属性，也说明 f 之强烈。对于罗斯金引用圣书里的话："神发出光消除了黑暗，因此其光芒是使美具有普遍性的光芒。"漱石否定说："罗斯金所列举的不可解性、可解性、不变性和不偏性等性质，虽然都是抽象的东西，也是我们身上多少都具备的东西，因此，在这些东西上就不能不附有几分情绪。但若在这些东西上都冠以神字……就具有与我们无关的性质。所谓神抽象至极，要是拿这极端的抽象体来检验其有无属性并以此来衡量自然物体的美的程度，那么，以我们冷静的批判眼光看，要想知道它有何意义是很困难的。"[①]

毫无疑问，漱石是个无神论者，所以他不同意罗斯金把美赋予神的观点。他对神及宗教的理解基本上是唯物主义的，他认为被西方人称为所谓神的东西乃是一种最高概念，可名之为无限或者绝对，伴随这种 F 的 f，绝没有强大的道理，所以初看起来，宗教的 f 是最强大的情感之一就不能不甚感惊奇了。其理由只有从宗教的 F 的性质及其发达之中寻找才能首肯。人们信神一方面出于求知的渴望，把千百种现象的原因都集中到神身上；而另一方面，神产生于人的固有情绪之中也是毫无疑问的。很明显，本来人类行为的终极目的归根结底常常存在于人生之中，而且人生即是人的根本目的。因此，无论是自然界的物体还是人类自己，只要对人生有某种贡献，人们都是喜欢的。反之，凡是残害人类的，人们都是憎恨的，这是人类的共性之一。但是当这些该憎恨的破坏势力过于强大，不允许人们与之格斗时，这种憎恨情绪便变为

[①] 《漱石全集》第 11 卷，岩波书店 1936 年版，第 130 页。

恐怖，恐怖有时又表现为崇拜，宣告自己力量的不足，以便使他高兴起来。

上述议论与马克思在《政治经济学批判》导言里所指出的，"任何神话都是用想象和借助想象以征服自然力，支配自然力，把自然力加以形象化"的论述，也是比较接近的。

漱石还引用法国实证主义创始人孔德有关人对英雄崇拜到崇拜全智全能的神的论述，把孔德说的"神只不过是英雄的无限扩大，英雄是神的缩图"的话，引申为"所谓神就是我们想做而不能实现的理想的集合体"。漱石还说，圣书上写的"神是人的原形"这句话应该改成"人是神的原形"，坚持以人为主的人本主义立场。他正确地指出所谓极乐世界只不过是我们对现世不满的表现，是我们在现实世界里不能满足的欲望和理想的外露，即是对自然界产生欲望的最高结晶。随着欲望的变化极乐的模样也相异其趣。他以广博的知识论证道，情死者的极乐观是企望来世一莲托生，酒徒的极乐应在放酒桶的地方，柏拉图的极乐在于"理想共和国"，莫尔的极乐是"乌托邦"，但丁的极乐世界则是天堂，罗塞蒂的极乐世界是神女的居处。他最后说，密尔顿的极乐世界，是在其《失乐园》第四卷里描绘的伊甸园，并得出结论："所谓神，所谓极乐世界都是我们人类设计出来的。"至此大概觉得仍意犹未尽吧，漱石又引用英国作家、哲学家托马斯·卡莱尔的一段话："从本质看，我们对神的敬意和对英雄的敬意相同……今天，我们对于偶像教几乎不能理解，假定这种东西能够存在，也只能感到惊异，终究不能相信它。叫有双眼的人信仰如此愚昧的教理，以此来度过一世一生，除了疯子是肯定做不到的。"最后还加了以下一句："然而人类常常有黑暗的部分，太阳无法照到它。这一点今昔无不同。"[①] 显然，在卡莱尔看来，宗教迷信代表

[①] 《漱石全集》第11卷，岩波书店1936年版，第137页。

人类认识上的黑暗部分。不过，漱石还看到了另一方面："我们对神的情绪，与我们人生的第一目的有直接的密切关系。因此，即使在智力成分增加，神的属性也有很大发展变化，终于成为模糊的无意义的今天，宗教情绪仍很强烈。"可以说，漱石也把宗教看成历史的认识发展过程。

五　漱石对西方哲学的批判吸收

漱石决不是盲目地崇拜西方哲学的，他对德国哲学就颇多批评，认为德国哲学太抽象、非现实，德国哲学家的言论如雪峰。他对奥伊肯、费希纳等唯心主义哲学家都有切中要害的批判。他在《回忆种种》第十七、二十七节中就简洁明确地指出费希纳的地球意识论只不过是一种不可信的假设。漱石写道："现代心理学者一般都认识到并且议论说，我们的意识就如一间卧室，是有界线的。在线下是暗的，在线上是明的。另外和我们的经验相对照也可至意识的极点。与肉体一起活动的心理现象同样有这样的作用。因此，我们的暗中意识，即死后的意识是根本抓不到的。"①坚决抵制灵魂不死说，也反映漱石的哲学思想更注重经验和现实。他肯定地说："只要是自己无法经验的，无论怎样严密的学说都没有支配我的能力。"②

漱石还指出奥伊肯为了推销他的所谓自由的精神生活论，而对以往给现代生活予以影响的自然主义和社会主义等各种主义，不分青红皂白一律加于批判。漱石分析道，奥伊肯的所谓自由的精神生活，就是必须自己主动积极地去寻找没有义务的地方，摆脱一切束缚，按照自己个人的意志，过自由自在的生活。但我们在过上这种生活之前就必须成为没有职业的闲人。③从而一针见血

---

① 《漱石全集》第 10 卷，岩波书店 1936 年版，第 386 页。
② 同上书，第 387 页。
③ 同上。

地暴露了奥伊肯理论的空想实质。他对奥伊肯的《人生的意义和价值》也有非议,说意义这个词令人莫明其妙,在该书的眉批中还有"不得要领""请举例说明"以及"不具体,不明确"等否定的批语。①

漱石对尼采的《查拉斯托拉如是说》用英文写的批语长约九页之多。虽然有八处用了"好",其他还有"当然的""自然的"和"真实的"等肯定的评语。但也有不少"无意义的话""完全是隐语"和"不懂的话"等批评性评语。②

漱石对西方现代哲学的研究,既提高了他的审美能力,也丰富了他的评论语言。例如,在对高尔基的《他们仨》(Three of Them)英文版的评论中就说,人物众多,关系复杂。"人物之间的利害得失关系也是错综复杂的,要写出这样的作品,是需要头脑,需要哲学,需要观察的。绝非是平凡之作、庸俗之作。有写实而且也有戏。兼有这两个方面便可以取长补短。"③ 哲学的头脑使漱石对高尔基的评论就富有特色,不同凡响。

又如在丹麦的世界著名文学史家勃兰兑斯的《十九世纪文学主潮》第171页上,他写道:"可以说这些是文人之文,说的是什么,真是莫名其妙,应该稍作哲学的说明。"④

上述材料都可以证明,哲学头脑使漱石比较自觉地以哲学的眼光看待别人的作品和评论,使他的文章言简意赅,回味无穷。特别是他说,高尔基作品"需要头脑,需要哲学,需要观察"才能写出的结论是很精辟的,绝非是平凡之言庸俗之论。这三个需要中,就包含了漱石并不讨厌的辩证法、理性,也包含对现实的观察和思考等,这里,我们也就不难理解他为什么说"文艺家同

---

① 《漱石全集》第18卷,岩波书店1936年版,第208、198、173、186页。
② 同上。
③ 同上。
④ 同上。

时应是哲学家"了。

漱石并不是哲学家,他在成名后,还曾为詹姆斯哲学感到头痛,对"西洋人高唱的美呀美学啦等等"迷惑不解。[①]

漱石对西方哲学的评述未必都正确,但从大处看,在对待思维与存在的关系问题上,可以肯定他是站在唯物主义一边,而不是站在唯心主义一边的。唯物主义的认识论和反映论,使他更倾向于现实主义的创作手法。而辩证法又让他把现实主义与浪漫主义结合起来,而不是绝对地排斥某一种创作手法。事物矛盾与斗争以及否定之否定等哲学思想,使他推导出意识推移原理和文学流派的演变规律。他在论述各种创作手法和批评原理时,贯穿着反对绝对化的思想。总而言之,漱石从哲学中获益匪浅。

[①] 《漱石全集》第13卷,岩波书店1936年版,第61页。

第 五 章

创作方法：联想

新理论必然由一系列新术语来表述。漱石的创作方法论里新术语有"读者迷惑""化丑为美""投出语法""投入语法""与自己隔离的联想""滑稽联想""调和法""对置法""缓和法""写实法"和"间隔论"等。

第一节　多种多样的联想

创作方法问题在《文学论》中占有大量篇幅，第二编《文学内容数量的变化》第三章的一半，及第四编《文学内容的相互关系》共八章，主要论述创作方法。而创作方法的一个核心理论就是联想。因此联想是"F＋f"这个文学公式的一个基本理论，无论是创作方法还是读者欣赏理论都离不开联想。

漱石十分重视作家的创作方法，也较早地注意到了读者的重要性。作家对描写对象和读者对作品所反映的故事应该采取什么态度，虽然是两个不同的问题，前者是创作方法问题，后者是鉴赏的范畴，但都是属于人对客观世界的认识和应该采取什么态度问题，是两个既有区别又有联系的问题，因此，漱石把它们结合起来论述。这证明他具有综合叙述复杂问题的卓越才能，从而构成《文学论》的一个重要特征，就是把作家创作、作品与读者欣赏结合起来，组成系统理论。既和20世纪以前忽视读者的文学理论相区别，又不同于 20 世纪陆续登台的只重视文本研究的形式主义文艺理论，也与孤立地突出读者的种种欣赏理论迥异。

一种新的文艺理论，必然由一系列新术语来表述。漱石分析"f"即人的感情时，就创造了许多非常重要的美学概念，例如"读者迷惑""化丑为美""非人情"等。在第四编"文学内容的相互关系"中，他阐述联想理论时，提出了"所有发挥文艺真实的众多手段，大部分只不过是利用一种语法的'观念的联想'"的命题。① 创造了"投出语法""投入语法""与自己隔离的联想""滑稽的联想"以及"调和法""对置法""写实法""写生文"及"间隔论"等方法。

一 "读者迷惑"和表现方法

在"F+f"的文学公式中，F 多种多样，同样，f 也是多种多样的。漱石把 f 细分为三类：第一类是读者对作品产生的 f；第二类是作者对素材产生的 f，利用素材创作时产生的 f 及作品完成后产生的 f；第三类是作者对可能成为创作素材的人及禽兽动物产生的 f。

他主张把人在社会及自然中所得到的直接经验与间接经验所产生的两种 f 区别开来，把记忆和想象产生的 f 与阅读叙事写景的诗文所产生的 f 区别开来。因为由"直接经验和间接经验产生的 f，其强弱程度和性质迥异"，因而"普通人在社会上或自然界里未曾留心或觉得根本不值得一顾的东西变成作品里的间接经验出现时，却顿时产生快感。平常觉得并不美或是在肉体及精神上一概加于排斥的东西，一旦出现在作品里，人们却并不感到奇怪，有时还很欢迎。无论何时何地无论是病人还是病态社会一旦出现在作品里，读者却并不看成有病的"②。

---

① 《漱石全集》第 11 卷，岩波书店 1936 年版，第 287、162 页。
② 同上。

这里，漱石实际上揭示了以下两种区别，即作为文学作品创作主体的作家和普通人对待同一事物有着完全不同的感受。

第二个区别是普通人对于同一事物，作为不同形态出现时，会产生迥异的感受。即作为客观存在的事物与文学作品反映的事物对普通人会产生完全不同的作用。据漱石分析这有两个原因。

首先是表现方法问题，作家对于面前的素材的态度问题。在这种情况下，摆在作家面前的F，与其说是愉快的倒不如说是不愉快的。

其次是读者、批评家的态度问题。就是说，在日常直接经验时，读者并不感兴趣，或亲身遇到时曾经想远而避之的人事，在文学作品里读到时竟然产生了兴趣，忘记了自己以前的态度而欣赏、赞美起来。当直接经验一变而为间接经验时，他们突然觉得黑的变成白的，圆的变成方的了。这就是漱石的所谓"读者迷惑"论。[①]

漱石在叙述每种方法时总是结合几部作品进行反复论证，也就是说他的理论是从具体作品中抽象出来的，其中明显带有他个人的审美观点、价值判断。因此，他的文论又兼有作品批评的特色。漱石非常重视伦理道德问题，认为"作家对待文学内容的态度是个重要问题，与其世界观、人生观一样重要"[②]。由于觉得作家所碰到的素材F，与其说是愉快的，毋宁说是不愉快的，于是对于这不愉快的材料怎样观察、处理和表现就是个重要问题。所以在他的创作方法论中，作家对待文学内容的态度占有极重要的地位。

漱石在论述形式的间隔法时，又谈及"从作家的态度、心理状态、主义和人生观出发可决定小说的两大区别"[③]。也突出了作家的态度的重要性。他把作家的态度与世界观、人生观并列显然

[①] 《漱石全集》第 11 卷，岩波书店 1936 年版，第 162—163、434 页。

[②] 同上。

[③] 同上。

是过分夸大了作家的创作态度的作用。人们不禁要问：方法由态度决定，那么态度又是由什么决定？作家的态度与其世界观、人生观又是什么关系呢？当然，漱石自己也承认他在这个问题上有不足，这一点后面再说。

如上所述，漱石把文学材料分为感觉材料、人事材料及超自然的 F 和知识的 F 四种。对于每种材料都有不同的联想和态度。下面主要介绍对前两个材料的联想。

二　感觉材料 F

对于感觉材料 F，夏目漱石认为可有四种联想方法：一是所谓化丑为美法，是说"尽管有些事在实际经验中是不愉快的，但是通过联想，与某种观念一起表现出来时，如果那观念是美的，则我们对此产生的 f 便也是美的了"[①]。他以身材矮小的奇才蒲柏的诗《贝茨的妻子》(The Wife of Bath) 为例，指出三个妻子相继在树上吊死是使人不愉快的事件，然而这首诗不仅足以弥补事实的不愉快，反而使人产生美感。主要是诗里没有直接使用上吊这个词，而是用了 sliding noose（打成一个活动的绳圈）twine（两股绳）等比较间接的字句，使人容易产生联想，眼前浮现出藤花和蔓草发饰缠绕在一起在风中摇摆的情景，可以理会到上吊的情节，但绝无上吊的丑恶光景。

二是巧妙地突出描写丑恶的方法，如斯宾塞在《仙后》里把杜尔萨（Duesse）"虚伪"的丑态刻画得入木三分，在现实中要是见到这样的妖妇肯定是不愉快的，但是对于这诗的生花妙笔不能不一读三叹，因为这时读者的兴趣在于诗人的技巧而不在于诗的具体内容。

三是把丑恶描写成有趣的方法，如莎士比亚的《麦克白斯》

[①]《漱石全集》第 11 卷，岩波书店 1936 年版，第 163 页。

中的妖婆，在锅里煮着蛤蟆汁化成的毒浆、沼地蟒蛇肉、蝾螈目、青蛙趾、蝙蝠毛……这些既不美丽，也不能使人愉快，当直接看到时只能叫人呕吐。但是这些作为间接经验体会时，读者就觉得有趣。究其原因，主要是由于大量巧妙地重叠同类F；F的离奇及古怪；以及妖婆与这些F的调和一致。

四是丑中选美法。即作者描绘丑恶事物时只选择美的部分，对于其余占极大部分的丑恶部分则采取视而不见的态度，以便给读者留下一种趣味。如雪莱的《罗瑟琳和海伦》，最初两句虽然使人有点毛骨悚然，但后四句给人以美的感觉。作者只选择蝮蛇各种特点中比较美的部分来描写，靠这种美终于掩盖了丑恶的部分。于是蛇的咬人和吐毒、舌头发出响声的恐怖及丑恶的模样，就不知不觉地被推到背景里去。所以朗读时还未产生不愉快的联想，就先被其美丽的叙述吸引住了。[1]

三　对于人事F的态度

以上事实说明，在漱石看来怎么样处理素材、选择描写角度作者有极大的选择权，可以充分发挥主观能动性。他还认为这个原理不仅适用于感觉F，同样也适用于人事F。

第一，漱石认为作者有可能把善恶美丑颠倒。虽然八十老妪决不会比十八岁姑娘更美，也很难把这个事实颠倒过来，然而在一目了然的东西中实际上包含很暧昧的成分，美丑会因人因时而变迁。拿所谓道德进行检验，可以发现相反的性质，但同样可以满足人的欲望。我们的精神基础是进化的结果，肯定是社会组织所使然，我们一方面为保存自己，另一方面也是为了保存别人。

自从耶稣为人献身以来，世上除了谦让、亲切、仁爱以外，其他道德已不复存在。而为自己的道德尽管我们每天都在实行，

---

[1] 《漱石全集》第11卷，岩波书店1936年版，第169页。

却总是被束之高阁不予注意。到 19 世纪，尼采才开始把君主道德与奴隶道德区别开来，把耶稣教徒的道德视为奴隶道德加以抛弃，树立君主道德。

不过在漱石看来该论毫不奇怪，因为他认为所谓君主道德与奴隶道德，自从社会存在以来就是结伴而行并立发展着的，只不过没有必要如此倡导君主道德，是无意识地等闲视之而已。他大量列举人类精神作用中许多对偶的概念，如跋扈与谦让、大胆与小心、独立与服从、勇敢与胆怯、反叛与恭顺等都是矛盾的关系。他还认为对道德的解释也有一定的随意性和主观性，往往存在两种对立的看法。人们极易把耶稣写成道德无上的完人：别人打他的右脸，他又把左脸伸过去让人打，打他的左脸，他又把右脸伸过去让人打，毫无反抗，修养到家了；又可以把他写成一个如妇女孩子那样求神拜佛的软骨头、终生痴愚、缺乏气概、缺乏热情，成为卑躬屈膝的典型。虽然耶稣只有一个，由于看耶稣的立场不同，对耶稣的解释就不会只有一种。因此也可以对他进行道德批判，绝对地反对他。同时，漱石特别提醒作者，这不等于可以随便歪曲事实，罗列虚妄的事例来左右叙述。而是要列举事实，得出必然如此的结论。看来，漱石对耶稣并不迷信，他认为耶稣有些品质值得赞赏，另外也有我们最轻蔑的品质。[①]

漱石认为，人事的 F 是 F 中最暧昧的成分。他以丁尼生的《桂尼维尔》为例评论说，开始时，丁尼生把桂尼维尔与郎世乐的恋爱理想化，而后把没有贞操的王妃写成可怜的罪人。如果从相反的立场看，这个皇后是个荡妇、十恶不赦的罪人，亚瑟王不值得对她那样温柔体贴，所以不能不使人觉得亚瑟王是一个糊涂虫。另外，要是把亚瑟王写成铁面无情地惩罚不忠不义的妻子的形象，仍可以认为他是个人格高尚的人。因此得出结论：怎么样写这两

---

① 《漱石全集》第 11 卷，岩波书店 1936 年版，第 171 页。

个人物全由作者一手决定。①

  第二，漱石认为精彩的描写可以唤起读者极大兴趣，即使没有什么价值甚至使人感到不愉快的人事，一旦描写出色，就有可能使读者不管其内容如何，而首先被写作技巧所吸引。他以雪莱的悲剧《钦契一家》为例，指出暴戾无道的色鬼钦契伯爵对女儿产生邪念的乱伦故事，作为文学内容是否成功，我们可以不假思索马上回答出来。在英国时，漱石也曾经和人讨论过这出戏。一个英国人表示，他看这出戏的内容一点也不觉得痛苦。漱石从天下竟有这样的读者推测，即使如此不愉快的素材经过诗人加工润色，也能得到美化，这是不能不承认的事实。

  第三，漱石认为作者的主观能动性还表现在他可以剔除自己感到不愉快、厌恶或觉得对自己不合适的部分，突出某一方面。如写一个一生多病的人，就罗列他从小到老的所有疾病；写一个不成器的人就罗列他的一切失败。也可以塑造一个复杂的人物，如雨果的《悲惨世界》的主人翁冉·阿让。他一方面是个慈善家、博爱的君子，又是个杀人、越狱的大盗。作者往往还可以使读者的感情转移，使该同情与不该同情的人物位置颠倒过来，如夏洛蒂·勃朗特的《雪莉》。这部作品写女主人翁不顾一手把她养大的叔父的反对，决心与一个穷老师结婚的故事。从常识看人们都会同情叔父用心良苦，以为女主人翁太感情用事，然而当面对这部作品的时候，却与事实完全相反，竟然同情起这对年轻人，不再同情不晓得恋爱为何物的叔父。他认为，这是由于作者有意抹杀了叔父思前顾后、能够冷静判断利害得失的特点，又掩盖了男女主人翁不尊重长辈、沉湎于爱情而不顾后果的弱点。漱石一再告诫人们对每个例子都不能机械地理解，而应该从各个方面灵活地进行分析。上述例子，即使把青年男女主人翁那坏的一面略去，

---

① 《漱石全集》第 11 卷，岩波书店 1936 年版，第 174 页。

只要在对话之处稍加润色，虽然不改总的意思，结果使读者所产生的情绪也会颠倒过来。作者可以毫不费事地把叔父写成可尊敬的好人，那两个年轻人则成了放荡不羁之徒。

可见，漱石的创作理论十分强调作者的主观能动性，同时，他也告诫作者，不可以随心所欲地对待笔下的人物。我国古代诗人早就知道作者视角不同所得印象迥异的道理。苏东坡说"横看成岭侧成峰，远近高低各不同"，就很形象地描绘出由于观察点不同而感觉相异的状况。尽管作者可以从不同侧面观察、描写，但是，在某一个时刻，作者却只能从一个地点、一个角度观察、描绘。这就是作者描写事物的可能性与局限性的辩证统一关系，作者决不要过分利用自己的生杀大权。其次我们也应该看到，在漱石文艺理论中，还有强调伦理道德以及强调必须写得自然的论述。究竟怎么样灵活地利用上述联想原则也是不容忽视的。

第二节　论调和法

在西方，调和这个术语虽然早已有之，但含义与漱石所说的调和大相径庭。众所周知，在西方，最早提出调和理论的是柏拉图，在他看来调和是重要的创作技巧之一。但最初是针对作品的结构而言的，关于结构，他提出了"对立的调和"与"有机的统一"原则。在"斐德若"篇里，他提出："每篇文章的结构应该像一个有生命的东西，有它所特有的那种身体，有头尾，有中段，有四肢，部分和部分，部分和全体，都要各得其所完全调和。"很显然，漱石所主张的调和法，与柏拉图的调和论是两个根本不同的概念，不可混为一谈。从这里，我们也不难看出他是怎样创造性地学习西方理论了。那么，什么是调和法呢，要说清这一点得从联想着手。关于联想问题，漱石提出："所有发挥文艺真实的众多手段，大部分只不过是利用一种观念的联想，而这种联想又是离不开观念的。"① 这联想法还可细分成"投出语法""投入语法""调和法""对置法"等多种手法。因此说，调和法只不过是联想法之一。

一 "投出语法""投入语法"

他在讲"投出语法"时说："我们对待周围事物总是以自己为中心，依靠自己的情绪来处理的。即我们具有动不动就移动自己的情绪来理会事物的倾向。姑且称之为投出语法。"② 他视之为人们说明事物的手段，其中包括拟人法等，并规定采用"投出语法"的条件："物体与自己之间存在确切的类似性而且必须是永久的常常是一目了然的。"③ 而"投入语法"则是"为了更鲜明地说明人类的行为和状态，而投入外物"。这里所谓"投入外物"实际上指比喻手法。他说诗人写美人时，就选择恰当的感觉材料，或是花或是月，总而言之是选一切美的外物作比喻。④ 所谓"与自己隔离的联想"，就是"在与自己完全无关的两个外物之间的联想方法"。例如，在向没有见过柿子的西洋人介绍柿子时，就联想颜色、形状酷似柿子的西红柿，便容易说明。并且提出用这种联想语法必须注意两点：用来说明的材料必须比被说明的材料更加具体明了；两者的结合必须毫无不自然的痕迹。⑤ 值得注意的是在《我是猫》和《哥儿》等小说中以讽刺、滑稽、幽默见长的漱石，对于"滑稽联想"的肯定。他在论述这种联想的特点在于"往往不是深究两者之间的共同性是否合适，而只是注意其非共同性"后说，"有人认为这种联想无文学价值，而余视之为最高技巧"⑥。

---

① 《漱石全集》第 11 卷，岩波书店 1936 年版，第 287 页。
② 同上书，第 287、297、304、310 页。
③ 同上。
④ 同上。
⑤ 同上。
⑥ 同上书，第 327 页。

而且在他看来,"滑稽联想"也是多种多样的,有的只靠谐音,有的"不仅只借助字音而且要靠内容的意义,靠逻辑的智力的作用,方能唤起滑稽趣味"①。

我们一再指出,漱石从来不把自己的理论绝对化。他在阐述"滑稽联想"时,又提醒人们:"机智要素过多,达到极点时,那就不是成为谜语就是成了难题。不用说随之而来的便是文学价值的明显减弱。一般社会都富于小智,卖弄小才,役使眼前区区小事,对人事和自然便失去同情,对世界冷嘲热讽,对什么事都欲采取谐谑化态度。此时无论对人事材料还是对感觉材料,都不是去挖掘深厚意义,也就无从发挥文学的真髓,也就不能认识伟大崇高的机智成分。"② 可见,他虽然提倡"滑稽联想",但又告诫人们,要用得恰到好处。

二 调和法

他认为,"把二个分子结合起来以表示类似事物的方法,再扩大地说就是所谓调和之法;通过一大串类似的东西联想非类似的东西那就是所谓对置法"。他又说为了突出 a 的文学效果,就采取配置 b 的方法。例如,为了形容美人的忧愁状态,就以梨花来比喻美女,所谓"梨花一枝春带雨"就采取了"投入语法"。这里,梨花不但是美女的形容词,也成了美女的替代词。反之,若先叙述阿娇暗愁,再配上梨花恼细雨就是所谓调和法了。③

读到这里,我们又一次体会到,漱石在建立自己的理论大厦时,是以其深厚的汉学知识打基础的,而且又以不露痕迹的语言叙述出来。上述漱石的联想法之中,实际上也包含我国诗论中所说的替代字问题。清代袁枚的《随园诗话》卷九就有"吾乡诗有

---

① 《漱石全集》第 11 卷,岩波书店 1936 年版,第 336 页。
② 同上书,第 341—342 页。
③ 同上。

浙派，好用替代字，盖始于宋人"等语。而据钱钟书考证，我国古典诗歌中早有大量例子，如陶渊明的《读山海经》以及韩愈的《赠同游》和柳宗元的《郊居》等诗，都用了替代字，并不直说。在《赠同游》中，"唤起窗全曙，催归日未西"一句，以二鸟名双关人事；《郊居》"芍药闲庭延国老，开樽虚阁待贤人"的诗句，以"国老"代甘草，以"贤人"代浊酒。[①]

漱石在论述调和法时，则明确点出这就是我国诗学中所说的情景交融。他指出，在文学材料中，最软弱无力的是理智和超自然这两种 F，因此，在使用这两种材料时，必须配之以更有力的感觉和人事的内容，以增加整部作品的趣味性。即使在以人事和感觉的材料为骨子的场合，也应加进其他各种材料，使之互相调和。他认为这是文学创作上不可或缺的技巧。即人事材料再配上感觉材料，使感觉材料寓于人事材料，在变化之中达到一致，变单纯为有趣。其所唤起的情绪大大超过它们单独出现时所能唤起的情绪。如果只是为了提高诗兴而一味堆砌同种材料，就因着色过浓，只会招致厌恶情绪，调和法就是掌握这种呼吸的技巧。

漱石在建立自己的理论体系时，总是以东方的理论为基础，指出那些汉学家评诗文时所说的情景交融，就是赞扬作者在调和人事材料和感觉材料方面取得了成功。他又以日本人的欣赏习惯和创作经验为证，说日本人自古以来创作诗歌散文时决不无视这种调和法，人事的背景里必然有自然，自然的景物中，又必然有人事。非常注意人事与自然的配合，极端的人甚至不惜损害写实目的。日本谣曲《藤户》虽有不少意思不清之处，但能够把感觉材料与人事出色地配合起来，把自然风景点缀得天衣无缝，在诗化坎坷命运这点上，能保持一种特有的调和。

另外，漱石指出西方人耽于烟霞之美者却是意外的少，因为

[①] 钱锺书：《谈艺录》，中华书局1993年版，第248页。

他们认为这种调和并非作品所必需的。以莎士比亚的《无事生非》为例，说狄奥那托轻信谣言，怀疑妻子不忠后，回答其兄安东尼奥忠告的一段话，显著特点是理智因素过重。莎士比亚的论理笔法并不是没有服人力量，然而没有切实打动我们的心，缺乏打动我们感情的力量。既然写诗，在内容上也应该有感情，富有诗意。他以僧侣做比喻说，僧侣一旦披上袈裟登上法坛，就必须以和这个时间、地点相适应的一种特别的口气叙述崇高的法话，不能东拉西扯地杂谈。所以漱石认为莎士比亚在满足理智这点上优于日本谣曲，但在打动人的感情这点上，谣曲又胜于莎士比亚。究其根本原因就在于谣曲借助人事和感觉这两个材料，取得了几分调和。

　　漱石认为巧妙地利用自然景物来打动人的感情，是东西方都承认的共同的规律。英国文学作品里讴歌天地自然之美可上溯乔叟，甚至最早的英雄史诗《贝奥武甫》。因此，他说英国自然诗的发达并非近世的现象。但英国人的审美观毕竟不如日本人那样热衷于自然，诗歌未必都歌咏风花雪月。毋宁说英国多数人对自然几乎不感兴趣。漱石以他留学英国时亲身经历为证，有一次他邀请英国人同去赏雪景却遭到对方的讥笑。说些见月如何动情的话也使英国人吃惊。有一次他问为什么不在院子里造个假山，英国友人竟回答，也曾经造过后又拆了，把石头运出院子。还有一次，他到苏格兰旅行，住在一座豪华的别墅里，看到林间幽径长满青苔便赞不绝口，主人却说已经吩咐园丁尽快把青苔铲掉。所以，他得出结论：英国不懂得文学趣味的人比日本要多得多是无可争辩的事实。因此，日本人总觉得英国文学作品里所反映出来的自然很不够。相反，日本人由于深受历来的欣赏习惯的影响，借鸟语花香抒情的内容占了作品的八成，一旦舞文弄墨，也不问是否有兴趣，一概罗列草露虫鸣、白云明月。漱石也批评日本人只是机械地认为文学必须如此，而根本不考虑用其他方法可能产生另外的效果，这是东方人的弊病。究其原因是太看重自然了，他们对西方文学缺少调和不满也是很自然的了。

漱石概括出调和法的秘诀是，采用感觉材料时就需要人事的材料做后盾；而在用人事材料时，应该配上感觉的材料。他以如下公式表示：(F+f) + (F′+F′)。在这个公式里，f 与 F′的性质不但不能矛盾，而且需要具有互补的特点，在某种情况下 f+F′=2f 或 2F′。换言之，从调和之目的看，F 与 F′在性质上应该相异，而 f 与 F′应该尽可能相似。从情感理论看，感情的一致是非常重要的，但是认识材料是否一致则可以不论。因为理智、理论未必是调和的必然要求。有些文学作品，尽管意思不明确，但是很有趣味，他以日本的俳文学作为最典型的例子。日本俳句要求把尽量多的内容压缩到只有十七个字母的一首俳句中，所以不能充分使用连接词。故许多日本俳句若以理智解释就怎么也解释不通。例如几董的俳句"八月十五月儿明，朱雀鬼神绝无影"，有些学者就硬是想对之做理智的解释，若是解释不通，便以为自己的学识如何浅薄。他以为这是很可笑的，因为馒头的真正价值在于美味可口，而其中的化学成分如何，不是食者非解决不可的问题。①

漱石还认为，英国也有些作家出色地采取了调和法。例如，彭斯的《给我开门，哦！》(Open the door to me, Oh!) 里，"残月沉入白浪后／时间与我同消遁"(The wan moon is setting behind the white wave, And time is setting with me, Oh!) 以及《杜恩河畔》(The Banks o' Doon) 里的一些诗句，因"配有自然，取得了调和，可以说是我们最喜欢的诗句"②。

他称赞丁尼生的《食荷花人》"使人忘却万事，进入醉生梦死之境，人与这里的景物调和一致，密不可分"。他还提醒说："调和法"在文学上有其特殊功勋，但一旦误用，失去自然，便使

---

① 《漱石全集》第 11 卷，岩波书店 1936 年版，第 352 页。
② 同上。

人顿生厌恶情绪,价值顿减,就与滑稽联想无异了。①

总而言之,"调和法所重视的是情理脉络,而不是道理的脉络"。倘若在"我乐饲鸟鸣,我病饲鸟泣"中间,再加上连接词"因此",附以道理的脉络,那么诗人就失去作诗的才华,读者也不知诗的功效。同样,如果加进"因此"后,赋予以情理脉络时,我和鸟好像都受到不可思议的同情的支配,可以理解为尽力描绘了难以说明的相怜的情景。②

吉田精一认为《文学论》由于大量引证西方文学作品而在日本未能得到普遍的重视,这观点我们难以首肯。因为从上述有关调和法的论述可以看出,漱石同时引用了东方和西方的作品,是在总结东西方作家创作经验的基础上提炼、归纳出这个理论的。从实质看,他悟出联想法的主要根据却是中国文学,也可以说是对我国诗歌创作的比兴手法、情景交融、触景生情等理论的继承与发展。然而由于日本现代许多学者正是如森鸥外所说的只懂东方或者只知西方的所谓"一条腿学者",要想真正读懂《文学论》,认识其真正价值,则非有"两条腿"不可。

第三节 论对置法

漱石作为文艺理论家擅长总结、概括前人的创作经验,并且以十分恰当的术语叙述出来。他的所谓对置法,就是把异种的特别是相反的 f 配合起来的创作方法。它与调和法中间虽然有明显的界限,但要是追根究底也难免存在不易区分的成分。漱石进一步指出,从形式上看对置法是调和法的一个变种,然而从其性质看,这是积极和消极的两个极端,因此,对置法将会破坏所谓调和。对置法又可分为缓和法、加强法和不对法。

---

① 《漱石全集》第 11 卷,岩波书店 1936 年版,第 352 页。
② 同上书,第 355、357 页。

一 缓和法

漱石在《文学论》中所使用的语言也具有鲜明的特点，非常生动活泼，说理透彻，令人信服。这是由于他一方面大量引证作品原文，画龙点睛地给予分析、批评，非常中肯贴切地提出改进办法，他对丁尼生等人的诗所做的批评，就是很好的例子。另一方面，他也善于以生动的比喻，日常生活语言，深入浅出地阐述艰深的文艺理论，这里可以以他对缓和法的必要性的论述为例。

他说，从人事与天然两方面缓和之必要谁都不怀疑。譬如睡眠与醒着，剧烈的意识活动状态是难以保持二十四小时的。所以自然地需要配以睡眠，以缓和外界的刺激。又譬如荤素搭配，鳗鱼是脂肪最多的浓厚食物，就得配以清新的咸菜，使两者中和。所以鳗鱼店的酱菜制得特别考究。西洋人因常吃西洋菜，水果便成了饭后不可或缺的副食品，这也只不过是服从自然的命令。文学中的缓和法也因适应自然的要求而成立。长时间的哭泣，接连不断的愤怒描写，是吾人不堪卒读的。当紧张程度超过我们的承受能力，痛苦渐渐达到意识的顶点之际，作家应该及时投入一服清凉剂，使人从苦闷中摆脱出来。蹩脚的作者常常是徒劳地叠床架屋，非让我们哭泣，非要我们愤怒不可。他们一点歇息的余裕都不给，一味地埋头干活，忙杀为止，至死方解得自然。明明是执行失败之劣策，却往往责备别人不服。这是不谙世故、迂腐的文人。伴随小说的主要趣味，插入一些闲话，乃是欲达这自然、缓和目的的良策。或是交叉叙述二三个话题，使得甲乙互补。钓鱼倘若又急又直地提起鱼丝，结果非丝断鱼逃不可。[①]

漱石认为写作同样如此，如司各特在写一个恋爱悲剧的长篇小说《拉莫穆尔的新娘》中，特意设了一个滑稽人物不时出现，

[①] 《漱石全集》第11卷，岩波书店1936年版，第366页。

使全篇有了缓和成分，才使读者不至于产生喘不过气来的不安之感，趣味盎然地读下去。再如，莎士比亚的《麦克白斯》也因用了此法，才一扫满篇凄惨。莎士比亚开始时雇得一群妖魔，一击定音。继以腥风血雨、鬼气、磷火，渲染气氛，使鬼怪魍魉跃然纸上，使读者一再丧魂落魄。然后才出现碧兰的净空，投入一脉和气景象，读者的紧张情绪才能放松，始得片刻的安宁。如果没有这节便读不下去了。

二　加强法

如上所述，为了使抽象的理论明白易懂，漱石往往找出一些普通生活常识做比喻。例如说加强法与缓和法都是对置法，但着眼点不同。加强法不是通过 a 加 b 来缓和 a，而是加上 b 之后，提高 a 的效果。在食物中蔬菜是最普通的，但在某种情况下却成了很珍贵的了。那些终日拿着锄头在田里辛勤耕耘的农民，回到家里坐在餐桌上时就会有此种感觉。漱石根据这个最通俗的道理提出，所谓加强法就是在 a 之前配上 b，使之在某时某地发挥更大作用。通常的 a 只能起 a 的作用，可是一旦用 b 与之对置，a 材料的价值就会猛增起来。鱼是佳肴，熊掌也是美味，两者相加也就更美了，这就很像是调和法。加强法的增值也是通过两种材料的配合才能达到，它要求前者的性质能反映到后者之上，以提高后者的素质。这里漱石又用绘画的原理进行论证："倘若要使人的视线特别注意一个白点，就只有两种办法，不是改画白点本身，就是改画周围的背景。这两种方法能达到相同的效果，如在白点上再加白就会使之更白，这与调和法有些类似；若不动这个白点，而加强其周围的暗色调，也会使这个白点大放异彩，这个方法近似加强法。"[①]

[①]《漱石全集》第 14 卷，岩波书店 1936 年版，第 369 页。

漱石是灵活、辩证地而不是固定、形而上学地看待这两个描写方法的。他又用了个通俗易懂的比喻来说明。如果送给穷人一百元钱，那么这百元钱既可以达到缓和目的，又可以实现加强的目的：因为这可以救穷人之穷又可以减轻其痛苦，无疑这是一种缓和；这穷人在饥寒交迫之际，看这百元钱，就好像是普通人看万元钱似的，从这个观点看，百元价值顿时增至万元，因此可以说是加强了。如此看两者的差异，只不过是视点不同而已，观察点不同，其所能唤起的情绪无论在程度上还是类型上都有显著的不同。如《理查三世》第四幕中，用三四个旁人来特别反衬自己的境遇，以别人的话来讲自己的事就富有含蓄、映衬之妙，这是自然的对置。

他强调"对置的应用需要突然性，只有突然性才能产生加强的效果。如果徐徐从一极移至另一极，两极之差尽收眼里，反而忽略了它的对比反衬作用"。漱石以华兹华斯的《水蛭采集人》(The Leech – Gatherer) 作为失败的例子。说作者先是叙述愉快的大自然景象，最后写孤客心情，以形成对照。可是由于中间插入了种种主观的感慨和理智、教训等，结果把对置的功效几乎全部抹杀掉了。看得出来，作者似乎想避免突然的对置，而以一种感想来连接对置的两个材料，想不露痕迹造好从甲材料过渡到乙材料的桥梁。这是作者用心良苦之处，实际是导致其失败的转折点。[1]

漱石还以雪莱在《写于沮丧之际的一节诗——那不勒斯近郊》(Stanzas written in Dejection—near Naples) 为例，先叙述温和优美的景色，然后一转而为抒发自己的失意之情，好比平地崛起百尺高楼，在两材料之间没有任何连锁关系，从甲到乙宛如从光明的天空一下子掉进了黑暗的地窖，因而其对置所产生的感兴也极明

---

[1] 《漱石全集》第14卷，岩波书店1936年版，第373页。

显。他还认为彭斯也擅长用此法。

他最后以乔治·克莱布（George Crabbe）的《小市邑》第二十三封信《监狱》为例进行论证，说对置法的应用虽然只是最后两行，前面三四十行诗只不过是头上的高帽子，用以提高主题的价值。以过去的顺境，配以眼前的窘态，所以过去的欢乐说得越详细，就愈能突出目前的忧愁。前面写游山不过瘾又去原野玩，原野不得欢，再去水中游。水波清清沙滩暖，诗人佳人手携手，评藻品贝乐融融……他认为进入高潮，是非常突然的："郎君快救我！佳人呼救急。慌忙睁眼看，不是佳人喊，原是狱吏嚎。身陷囹圄悲，度日如度年！"这最后两行和前面的描绘构成截然不同的明暗两种情调，给读者留下极深刻的印象。[①]

三 假对法与不对法

在《文学论》中，假对法原是作为附录印在加强法一节之后的。漱石解释说，从形式看，与上面诸法近似，但从心理分析看既不同于缓和法，也与加强法不同。对置只是形式上的没有对置的实质，所以叫作假对法。他以莎士比亚的《麦克白斯》为例，门卫的话本来是滑稽的，而且是在弑逆的血迹未干之际登场，因此，无论从性质上还是从配合上看都是对置的，然而从结果解剖，就既不是缓和法又不是纯加强法，而是假对法。

在这节论述中，我们可以看出所谓调和、对置等是从英国文艺理论家那里学到的，只不过是他对这些术语的含义有所改变而已。他引用克莱克（Clarke）的话说"门卫的独白，既是对置的又是调和的"。对此，夏目漱石评论道，克莱克所说的对置、调和与他在《文学论》中所说的对置与调和，意义虽然并不相同，但和他的见地相去不远。[②]

[①] 《漱石全集》第 11 卷，岩波书店 1936 年版，第 379 页。
[②] 同上书，第 381 页。

漱石进一步指出，加强的对置与缓和的对置都是以 f 为主，加上 F′，使 f 的价值变高或变低。在加强法中，应是客的 F′ 比之应是主的 f 先到。但在缓和法中则相反，是先有 f，F′ 则从之。在假对法中，f 与 F′ 则是同时出现才产生新的 f″。若以公式表示，就是：f + F′ = f″。然而在不对法中，很难定哪是主哪是客，与加强法和缓和法都无共同特色，也无假对法的性质。换言之，此时 f 与 F′ 两个因素，是无缘的，对立的；对立而无对应关系，即二者之间既不能加减也不能乘除。他认为这种毫无顾忌地互相对立的现象是居于如下的自然法则：天地开辟以来，根据必须对立的大法的命令互相对立着。①

漱石把亨利·菲尔丁（Henry Fielding）的十八卷本的长篇小说《弃儿汤姆·琼斯的历史》作为采用不对法的典型。他引证了出身低微的姑娘莫莉·西格琳浓妆艳抹地来到寺院，引起四邻非议，终于演成一场戏剧的情节后评论说，这里所描写的是匹夫匹妇的争吵；描绘身姿的笔法，犹如从九天唤来诗神，把神来的兴趣传给人间，是庄严典雅之笔法。这两者一定是对立而且是无视一切习惯，不顾天下嘲笑地对立着。因为互相对立，所以既不能形成加强的 f，又不能产生缓和的 f，也不能使二者相加产生全新的 f。他指出一个个情节都支离破碎地对立着，而且对小乞丐的叫唤声的叙述借用了荷马的笔法。"其精心设计的矛盾甚至互不打招呼地对立着，是应用不对法的成功例子。"②

漱石还指出，莫莉机关算尽地把自己打扮成良家闺秀，以提高自己的身份，可是马上又勃然发怒，一顿拳打脚踢就露出了本来面目，这就是一种不对法。然而作者的技巧还不单表现于此。他还特地把一个泼妇放到神圣的寺院里，这也是一种不对法。还有叙述混乱喧闹的场面后，又以附记方式写到当夜有一个葬礼，

---

① 《漱石全集》第 11 卷，岩波书店 1936 年版，第 389 页。
② 同上书，第 393 页。

田间又挖了个新墓；莫莉愤然从地上操起骷髅朝敌人掷了过去；一个妙龄少女，竟然挥动死人骨头勇猛地冲进敌阵等都是不对法。而且贯穿全章的是庄严的荷马文体，这又是明显的不对法。

　　用于此种对置的两种元素的性质，必须非常悲酸，又必须非常严肃。至少具有滑稽趣味，又能突出道德观念。沉默寡言者一变而为滔滔不绝的雄辩家，作为不对法是颇有趣味的。可是一个温顺善良的人突然变为杀人犯的描写，作为不对法似乎是难以看出有什么滑稽的。因冥思遐想而跌落河沟，作为不对法应该说是成功的。但是一旦掉进深井而一命呜呼，这样一写诙谐情趣便马上消失。他认为并不深刻的材料可以对置，甚至也可以把深刻的材料不动声色地当作平淡的材料来使用。漱石以斯特恩的《特利斯川·项狄的生平与见解》第四卷第二十七章的一段描写为例，评论说一方面想象有个严肃的学者，另一方面，想象出热栗子掉进股间，这种不对法造成的趣味是谁都能理解，谁都承认的。烧栗子虽然是平淡的材料，但给人的感受则是很深的，如果代之以毒蛇，那么，滑稽趣味便会马上变得索然无味。因为毒蛇给人的危害非烧栗子可比，此时我们的注意力集中到毒蛇怎么样危及人的生命上，以至不能说还有不对法的存在。

　　尤其值得注意的是，夏目漱石把作家如何处理素材、读者审美态度、作品的社会效果和对资本主义物质文明及都市文化的批评等都结合起来了，显示较彻底的全方位的批判精神。

　　例如漱石指出，与自然相比，人们更喜欢人工制造的不对法带来的滑稽趣味。世界上存在着两种人工的不对法，其一是恶作剧，其二是说谎话。这两种方法都可以使人陷入矛盾之中。使人陷入矛盾多少有些缺德，因此，夏目漱石警告人们不要滥用这种形式："胆敢无所顾忌地做这种缺德事的作家是轻佻的作家，看了这样的作品而感到滑稽有趣的读者是轻佻的读者。只有在淳朴之风日衰，浮靡之风使世界堕落之时，才能见到此种读物。所以这种读物是文明开化的产物，而且又是都市的产物。"① 漱石对轻佻作者和读者的批评，今天看来都未过时。

漱石的创作和欣赏理论，是以其认识论为基础的。就在论对置法这一章中，他写道："对于现象的视听，并非是终极目的。我们的头脑对于经过视听所认识到的诸现象，必然会给予一种解释。所谓解释就是从此类现象中认识到超过视觉听觉印象的某种意义……阅读文章也如观察社会世相，并不是只懂得一笔一划的表面意思就行了，时常逼于惰性的要求自然而然地从某个角度透过这一笔一划，欲发现其内部意义，或欲赋予另一个新生命。"② 可见，漱石之所以能成为一个有创见的文艺理论家，与他对哲学的研究密切相关，这是应该肯定的成功经验。

第四节　论写实主义和浪漫主义

《文学论》第四编第七章"写实法"，主要论述写实主义问题。而关于浪漫主义问题，在《文学论》中漱石没有设专门的章节论述。他对浪漫主义的批评散见于各章之中。例如，在第一编论述文学内容时他就指出："那浪漫派文学的通病，是只以剧烈的情绪为主，往往把青少年引入歧途，使他们企图把文学里写的照搬到社会上来实行。这是错误的。"③ 在第五编第五章里，他又论述到浪漫主义。他在论证时，把写实主义问题与浪漫主义结合起来，进行对比研究，可以说这是文艺理论家们探讨写实主义和浪漫主义的共同做法。为叙述方便这里也采用此法。

首先从概念说起，漱石这里说的写实法，从其内容看，按日本通常解释实际上就是指现实主义。《新潮日本文学小辞典》对写

---

① 《漱石全集》第 11 卷，岩波书店 1936 年版，第 396 页。
② 同上书，第 382 页。
③ 同上书，第 146 页。

实主义的说明清楚地指出，这是对英文和法文的"现实主义"一词的翻译，但与原意有微妙的差异，产生了日本独特的意义。日本文学评论家眼里的现实主义，也包括自然主义的创作手法。日本东洋大学教授伊东一夫（1914——），根据作家对现实所采取的立场、选材和描写方法，分为十类现实主义：坪内逍遥、二叶亭四迷以及夏目漱石等人的心理主义型；正冈子规、寒川鼠骨等的写生主义型；小山天外、岛崎藤村和田山花袋的自然主义型；葛西善藏、近松秋江的私小说型；夏目漱石、芥川龙之介的理智主义型；小林多喜二、德永直等的社会主义现实主义型；石川达三、广津和郎的批判现实主义型；森鸥外的历史小说型和石坂洋次郎等的风俗小说型。[1]

可见直到现代，日本有些文学评论家眼中的现实主义和自然主义的创作手法并无本质区别，都属于现实主义的创作手法的范畴。这也多少反映一些日本文学评论家还不擅长或根本不喜欢从文学原理或概念上探讨文学，而喜欢印象批评的特点。

而这种文学批评概念的暧昧、混淆，是由日本近代文学理论发展史所决定的，具有根本的性质。其实，在漱石的《文学论》问世以前，写实主义应该说已经不是什么新东西。坪内逍遥和二叶亭四迷及"写生文派"的正冈子规等人都有所论述。

一 坪内逍遥和正冈子规等人的论证方法

坪内逍遥推崇纯客观描写，在《小说神髓》中曾说"欲穷尽人情奥秘，获得世态之真实……就唯有客观描写"，并且排除浪漫主义的想象和任何虚构。他甚至主张作家"应该像心理学者那样，根据心理学的规律来塑造人物"，如果虚构出有悖于心理学规律的人物形象，即使"构思极端巧妙，故事十分新奇，仍然不能称为

---

[1] ［日］伊东一夫：《近代日本文学思潮史》，樱枫社1977年版，第33页。

小说"。显然，这是自然主义的理论观点，20世纪初自然主义思潮在日本盛行起来，并且长期影响着一代代日本作家，与坪内逍遥的上述理论不无关系。

1895年，正冈子规在《俳谐大要》中虽然也说："由空想而得之俳句……最美者极少。往往是创作时自以为最美之句，但隔一年半载后重读时竟有令人呕吐之感。"而"写实的句作常在无数年后仍多少留有余味"。正冈子规鉴于日本文学实际情况十分强调写实问题。他在1902年发表的《病床六尺》中又指出："写生在绘画或创作记事文方面都是十分必要的，如果不采用这种方法，就根本不可能创作出好的图画或记事文。西洋早已采用了这种方法，然而以前的写生是不完全的写生，现在，进一步采用了更为精密的方法。由于日本以前不重视写生非但妨碍了绘画的发展，就连文章、诗歌等，也一概得不到进步。"另外，正冈子规还说过，"必须把想象与写实加以糅合，创造出一种非空非实的大文学来。偏执于空想或拘泥于写实者皆非至道也"①。

正冈子规在评芜村的文章中还说："文学家在四铺席半的房间里靠着旧矮几而坐，理想却在天地八荒中逍遥，无拘无束地追求着美。它能无羽而翔空，无鳍而潜海，无音而听音，无色而观色，如此所得者必崭新奇警，足以惊人。"② 可见，他在提倡写实的同时，也看到了浪漫主义的优点。

正冈子规把描写对象分为自然和人事两种"天然者简单，人事者复杂……就简单者求美易，就复杂者求美难"，因为，天然者沉默而人事者活动，写沉默者易写活动者难。写好人事的确不易，如他讽刺资产阶级议会民主的俳句《国会开会》是借用了描写自然的比兴手法写成的："五十偏知百步遥，桃嘲梅兮梅笑桃。"颇耐人寻味。

---

① 《正冈子规集》，改造社1928年版，第369—374页。
② 同上书，第489页。

正冈子规得意门生之一的高滨虚子继承了正冈子规的主张，也提倡用写生方法创作俳句，并规定俳句是花鸟讽咏诗。不过从他的写生俳句中仍可以看出作者强烈的个人色彩，自然而然地抒发喜怒哀乐的感情，如"粉蝶作态舞，蜜蜂含怒飞"里一个怒字恐怕不是随便写的。再如"落叶辞根去，长随春水流"，以及他的名句"日光纵灿烂，一叶落修桐"等，在逍遥自在之中，总有些人生无常之感。有些写人事的句子也含这类情绪，如"鬓发各已斑，相与畏春寒"。不过他还有些由忧转喜的俳句也不无开朗活泼情调。如《贺人毕业》："张口成初笑，喜情由衷生。"①

正冈子规虽然主张把写实主义和浪漫主义结合起来，但他和高滨虚子的作品主要还是写实主义的。他们是日本写实主义的重要一翼、开路先锋。

二 漱石的写实论的内容和特点

漱石的写实主义论，是正冈子规等人的写实主义理论的继承与发展，是其作家创作方法论的重要一环，是其文学理论的一个方面。他在阐述这个问题时，采取了前后照应互相对比的论证方法。他指出，写实法与前面论述的六种创作方法目的根本不同。他以描写美人为例说，上面的六种手法，目的在于通过如何描写美人的服装、毛发、背景，以及如何让她站在丑女人的旁边，以突出美人天生丽质。

值得一提的是，漱石并不是纯客观地介绍这种方法，而是有其自己的好恶倾向。他表明了自己的鲜明态度："经过如此加工后才出现的美人，在婀娜作态上，虽然足以超过路上的美人，但从另一方面看，越是超过路上的美人，就越是失去我们的同情。路上美女虽然没有穿诗人设计的服装、没有特别的发式和背景等，

---

① 俳句转引自彭恩华《日本俳句史》，学林出版社1983年版。

然而一见她们就可以切实感觉到是自己的同胞。我们希望见到与自己有同样血肉的美女。"漱石并不是绝对排斥艺术加工的作品的，但更喜欢写实的作品。他接着说，"我们并不谢绝进入诗人建立的蓬莱仙岛和画家创造的世外桃源遨游，以陶醉于幻想之中。但更希望被带进五彩缤纷的写实的景色中，我们所熟悉的日常生活的一部分能如实地就在眼前摇曳，从而得到愉快"[①]。

不言而喻，漱石更推崇写实主义手法，认为从写实主义作品中可以得到更大的愉快。另外，他也愿意到幻想的浪漫主义作品中遨游，得到陶醉。夏目漱石对于写实主义和浪漫主义问题的态度，和正冈子规比较接近。

客观地说，漱石对写实主义问题的理解，已经超出同时代的日本文学评论家，虽然他也未能明确使用"典型化"这个术语，但也已经提到写实主义文学作品的语言和"街头的寒暄用辞断然不同"，要对社会生活进行组织、加工、锤炼，这和我们所说的现实主义、典型化是相似的。

在漱石看来，"所谓写实法就是如实表现真实世界的方法。因此，可以方便地把真实世界的片断缩写到纸上，而这里所说的真实世界的片断，是由写实法所必须叙述的材料组织起来的"。也就是说真实世界的片断，是以写实的方法，对现实世界进行组织加工的结果，是艺术创造。所以他接着说，密尔顿的诗句之所以能够打动读者，是"由于经过熔炉反复加工锤炼才铿锵有声地落于纸上，和街头巷尾寒暄言辞断然不同"。但是，又不像前面六种所谓积极的描写方法那样，"一旦失去正鹄，斧凿痕迹纵横之时，天巧陷入人巧，人巧又堕落为拙巧，用意越深露丑越多"。而"写实法由于采用自然的语言，没有故意的表现，颠三倒四的道白，拙劣的技巧甚至说不上技巧的无艺术的表现，指马就说马指牛就说

[①] 《漱石全集》第11卷，岩波书店1936年版，第400页。

牛，毫无奇特之处"。因此，"写实法就是拙的表现，是不掩盖拙的表现。是粗的，野的，是直率的，质朴的，简易的表现"①。

仔细分析，关于写实法问题，漱石是从内容和形式两个方面进行论证的。上面讲的如何处理材料问题，即夏目漱石所说的表现的写实法，实际上就是形式的选择问题。另一个问题是决定材料取舍的写实法，夏目漱石称为取材的写实法。他说，这两个问题的长处是一样的，都是把世上的寻常生活缩小在方寸之中，使寻常生活活跃在我们面前，以唤起我们对同胞的兴趣和同情。因而写实法在内容上的特点就是："我们的比邻无英雄，所以写实家所描写的人物就不是英雄。不是英雄而能引起我们的同情，原因不在于其人物的伟大，而是因与我们一样的平凡。我们的比邻无奇事，因而写实家所描写的事件大都是平淡的，有时甚至流于琐碎。我们对平淡的事件感兴趣，也是由于我们同情平凡的人物。"②

概括地说，漱石的写实法就是一是要写平凡的人和事，二是写作技巧既不要过分也无不足，要天然、自然。所以他十分推崇简·奥斯丁。

三 奥斯丁与勃朗特：现实主义和浪漫主义的典型

漱石结合具体作家进行论证时认为"简·奥斯丁是写实的泰斗。她写出平凡而栩栩如生的文字，可谓神技。在这一点上都远远超过须眉大家。不会欣赏简·奥斯丁的作品，谁就是不懂得写实妙味的人"③。

他称赞《傲慢与偏见》"取材于平平淡淡的事件，表现自然潇洒，毫无粉饰痕迹。这是一个我们衣食住行的寻常天地，她把

---

① 《漱石全集》第11卷，岩波书店1936年版，第404页。
② 同上书，第405页。
③ 同上书，第409页。

平淡无奇的天地展现在人们面前，在客观背后隐藏着微妙光景令人愉快……简·奥斯丁所描写的不单是一对平凡夫妇无意义的对话，也不单是把毫无趣味的现实社会的片断展现在人们面前就了事。她能够在一小节里就使这对夫妇的性格跃然纸上"。漱石认为这一点意味深长，因为读者通过这压缩描写，一旦把握住他们平常的性格，就能预知他们性格的变化。漱石断定，简·奥斯丁"平淡的写实中又蕴含着深刻"①。

漱石又以简·奥斯丁的另一部小说《理智与感伤》中，多愁善感的玛丽安得病后的故事为例进行分析，断定简·奥斯丁是写实主义者，精辟地指出："假装平凡，以此来欺骗读者是写实主义者惯用手段，而简·奥斯丁又是其最。"② 漱石完全被她高超的写作技巧折服，是由于她把"平平淡淡的事件"表现得自然潇洒，毫无粉饰痕迹，使读者感觉到非常真实，所以多次称赞她，在谈"则天去私"时又以她的作品作为典型例子。

漱石以夏洛蒂·勃朗特的《简·爱》作为浪漫主义典型，先叙述女主人翁简思念情人的一段故事：明月当空的一个晚上，她独坐房间里，听到有人在遥远的地方呼唤着她的名字。这声音既不是来自家里，也不是来自院子里，既不是来自天上，也不是来自地下。但确实是人的声音，她感到这是情人的声音。情人在痛苦地发疯似的、急切地呼唤着我！然后评论说，作者是借助女主人翁之口来叙述其行动的。这段情节和简·奥斯丁描写玛丽安关于母亲的呓语，步调并不完全一致，充分反映了两人不同的喜好。

夏洛蒂·勃朗特的《简·爱》有神秘主义成分，漱石以男主人翁罗契斯特对简说的话为证。由此观之，简听到的并非空中虚幻的声音，也非男主人翁梦中的回答，而是在离群百里后产生的相思的念头，在灵界的呼应，是超越我们五官的感觉能力的。当

---

① 《漱石全集》第 11 卷，岩波书店 1936 年版，第 416 页。
② 同上书，第 423 页。

我们在"二二得四"的科学世界里窥视此不可思议的姻缘时，不能不为事情的异常而惊奇不已。可是一旦放弃现实的俗念，全力以赴地体会最起码的诗味时，就能觅见壶中的天地，得知蓬莱亦只有咫尺之远。这就是浪漫主义得意的兴致。①

漱石在写实主义问题上另一个重要建树，独特的贡献，是把写实主义和浪漫主义做对比时，指出了这两种创作方法是可以互相渗透、互相吸收和互相结合，并非水火不相容的。他又以$(f+F')$的公式来说明：假定 f 的性质和数量都已知，由于作者对此并不满足，于是又加上 F'，就是说，作家以自己的描写手段产生出 F' 这样的新情绪，好比是对 f 进行非同寻常的浓化发酵。换言之，就是想方设法把人家送的一千元钱当作两千或三千元花。或者对冷水加热到七八十摄氏度，使人产生全新的感觉。在这点上，写实主义和浪漫主义、理想主义的倾向是相同的。②

漱石表示，我们相信只限于取材上用的浪漫主义和理想主义等语，不仅仅限于取材，它们所具有的性质，当然也适用于写实主义的各种方法。于是，我们所说的写实、浪漫和理想，都具有双重的意义。而且二者的结合还会产生种种变形。使作为表现方法的写实，具有浪漫主义取材法的特点；而写实的取材方法，又具有浪漫主义的表现方法。二者都有写实的成分，同时，二者又都有浪漫主义成分。他强调取材从写实开始，经过几个阶段后，就达到浪漫主义、理想主义的高度。表现也是从写实开始，经过几个阶段后，也到达同样的高度。

夏目漱石进而指出，所谓写实主义和浪漫主义，是取两极命名的，还有一些则处于两者之间，或倾向于这一边，或接近那一边，依次罗列，还会产生无数变形。而且这种变形，又可分表现法和取材法两个方面，由两种方法交叉地结合起来动手写作。所

---

① 《漱石全集》第 11 卷，岩波书店 1936 年版，第 420 页。
② 同上书，第 425 页。

以，我们实际评论文章，欣赏诗歌，无疑要经过比较错综复杂的解剖。

漱石这里对写实主义和浪漫主义的分析对比采取了一分为二的态度，指出它们各有长处短处。他认为写实主义表现方法"由于不加任何润泽粉刷，所产生的情绪 f 得分就少。尽管得分处于下位，由于接近自然，毫无虚假，天真可爱，在平淡无奇中具有意外的深刻。在这些点上又足以与浪漫主义抗衡，而其缺点在于陷于平凡、干瘪无味、草率结束、不成什么风格。浪漫派、理想派则以强烈的刺激、崭新的表现、缥缈的神韵得分，可以使读者热血沸腾刮目相看。其缺点在于不自然、令人讨厌、幼稚、滑稽的霸气，情节跳跃、支离破碎"①。

在日本文学现代化过程中，还没有一个日本文学评论家能够提出并解决两者关系问题。正是由于他掌握了接近于典型化的理论，并且懂得这两结合的理论，使他与日本自然主义理论划清了界限，成为他与自然派论争最有力的理论武器。

至于我们喜欢哪一种的问题，漱石指出，这要看时势、年龄和性别，最后还要看天赋资质。伊丽莎白时代的文学是极端浪漫主义的，后人因其想象丰富而感到惊奇，同时又嘲笑其无限的跳跃。老人不堪忍受架空的刺激，看到青年人舞刀弄剑，借酒放声高歌，赏识其勇敢的同时，又怜惜其未脱稚气。女子总是喜欢最高级的，三五男女聚于一处，仍爱读杜撰的荒唐小说。简·奥斯丁写《傲慢与偏见》时，年龄只不过二十二三岁，并成为写实的泰斗，流芳百世。因而他得出结论：要切忌机械地断案，切忌把一个范围里的批评标准，用到其他范围里去。倘若乱用极易失之毫厘，谬之千里。他称为批评家的昏迷。从漱石的所有评论和创作实践看，他似乎更喜欢现实主义的创作手法。

----

① 《漱石全集》第 11 卷，岩波书店 1936 年版，第 427 页。

第五节　论间隔和写生文

一　"读者的迷惑"或内容与形式理论

本章第一节里已经介绍过漱石的"读者的迷惑"理论，就是指平常觉得并不美或是在肉体及精神上一概加以排斥的东西一旦出现在作品里，人们却并不感到奇怪，有时还很欢迎的现象。而这个现象产生的基础则是作品，作品又必须依赖作家的创作。于是，漱石就把创作论、作品论和欣赏、批评理论组合在一个系统中。漱石在《文学论》第四编第八章中阐明产生迷惑的方法是多种多样的，写实主义和浪漫主义方法都可以产生迷惑的道理，认为浪漫主义和写实主义，都可以概括为内容。[①]

首先，漱石在《文学论》中也没有忽视形式问题。他指出："迷惑的产生固然要依靠内容，但还需要解决形式问题。"在夏目漱石看来"所谓形式就是把二个互相没有关系的文学要素结合起来的状态"，若把它的状态的范围缩小，就会与方法上的所谓句子的构成完全相同。

其次，夏目漱石认为内容和形式有密切的关系，前两节讲到的调和法以及对置法中的缓和法和加强法，都可以分为主材和客材两种，它们在文章里的地位、长短比例，既是内容论，又暗暗地输入了形式论问题。由此可见，内容与形式是一个比较复杂的问题。也可以说"形式对于迷惑的产生也具有重要影响。如果推而广之，再把论述范围扩大到一章一篇，那么形式论也就变成结构论了"。"结构的目的在于满足我们的美感。这就不仅仅依靠人物和事物来满足美感"，还要通过前后照应首尾一致、明暗互补、错综复杂、变化无穷的结构方式来满足人们形式上的美感。他称

[①]《漱石全集》第11卷，岩波书店1936年版，第428页。

为"形式迷惑"①。

二 间隔论

关于作家的创作方法,除了内容的迷惑法和形式迷惑法,或者说除取材的迷惑和表现的迷惑外,夏目漱石还提出了间隔论即间隔的迷惑问题。

夏目漱石解释说,机械地看间隔论似乎属于形式方面,但不能作为纯结构问题议论,不能只从章与章、节与节的关系所能产生的效果考虑,而是要论述作品里的人物所处的位置,离读者远近、离其他事件和人物的距离远近问题。

他认为,间隔的迷惑,不是内容的质量问题,也不是表现技巧问题,而只是人物在作品里的地位问题。虽然不像前两者那样应用自如而占有优势,但其功力在理论上是无法否定的。好比人与人的格斗,与读者相距千里,相隔百年,只在纸上读到,就产生不了什么趣味。要是把格斗移到现代,放到本国来就会增加不少活的趣味。于是他得出结论,使读者与作品里的人物在时空上缩短距离,是产生间隔迷惑的捷径。②

这里,漱石实际上是说时空对于作家创作的重要作用,因为这将关系到读者对于作品的接受程度。接着,漱石论述了具体手法。漱石首先分析所谓时间短缩法,说"一般作者惯用的手法,是把历史拉到现在来叙述",除此之外别无良策。他觉得这已经成为陈腐的技巧,毋庸赘述。

漱石着重分析了空间短缩法。他指出空间短缩法是:"使作者的影子完全消失,从而使读者能够和作品里的人物面对面地坐到一起。"为达此目的有两种方法。一是把读者拉到作者的旁边,使两者站在同一立场上,使双重的间隔减为一个间隔;二是作者本

---

① 《漱石全集》第 11 卷,岩波书店 1936 年版,第 429 页。
② 同上书,第 431 页。

身融化为作品里的人物，成为主人翁或副主人翁或者呼吸着作品里的空气生息的人物，从而使读者便以直接感触到作品里的人物气息，而不必受作为第三者的作家的指挥干涉。①

漱石认为如果从哲理上分析这两种方法，就会远远超过上述卑浅的形式间隔论的范畴，因为两种方法反映作者对待作品的两大不同的态度。他把使用第一种方法创作的称为批评性作品；把采用第二种方法的作品称为同情性作品。所谓批评性作品，"就是作者与作品里的人物保持一定间隔，以批评的眼光来叙述其笔下人物的行动。采用这种方法要想取得成功，作家就必须具备伟大的人格强烈的个性，能向读者显示出他卓越的见识、判断力和观察力，足以让读者佩服得五体投地……而同情性作品则是指作者不能有自我的作品。作者即使怎么样主张自我，但要是离开作品里人物，就决不能存在值得夸耀的自我。即作者和作品里的人物之间毫无间隔，浑然成为一体。采用此法，要求作者对于作品里的人物的行为动作不能有丝毫的批判、好恶的见识和趣味，不能站在第三者的立场上采取超然的公平的判官态度，而只要能跟着作品里的人物盲目行动就足够了。作品里的人物无论怎么样愚昧浅薄、狭隘，都给予满腔的同情，只有这样才能彻底抹去作者的自我，才能打动读者的心"②。

漱石是以"知之为知之，不知为不知"的态度写《文学论》的，他并不掩盖自己的不足与弱点。漱石坦白地说："形式间隔论所列举的两种方法都取决于作家的态度、心理状态，取决于作家的主义、人生观，由此出发才有小说的两大区别。要想深究此间道理，必须作相应的哲理的论辩。为此，就有待于搜集许多材料，必须经过思索、解剖和综合的过程。可是以我现在的知识与见解，已经无法向此点迈进一步。在此只能遗憾地提供这个大问题，仅

---

① 《漱石全集》第 11 卷，岩波书店 1936 年版，第 433 页。
② 同上书，第 434 页。

仅供青年学子研究参考。"①

接着，漱石又否定了前面说第一种方法存在的可能性，说要想打破读者与作者之间的间隔，从形式上看是无法实现的。而第二种方法则关系到作品里人物的地位问题，当作者与作品里的人物的间隔成为零时，作者便成了作品里的人物。读者和作品里的人物，便可以脱离作者，而能面对面地坐下。但在作者、读者和作品里的人物三者中，唯有作品里的人物能够在形式上出现，所以要动的话，就非他不可了。而要改变作品中人物的地位，就只不过是把称为"他"或"她"的人物，改变成"你"或"我"而已。从读者立场看，"他"和"她"离得远，"你"离得较近。而用"我"，作者与作品里的人物则完全同化了，所以与读者的距离最近。漱石指出"你"常用于书信体小说和剧本创作，若作者把作品中的人物称作"你"，他自己就以"我"的身份出现，于是，作者便与作品中的人物同化。在文学史上，这样的作品多得不胜枚举。但近来人们已经觉得这样写太陈腐，怀疑其效果。所谓"写生文"用的就是这种方法。②

三 "写生文理论"

"写生文理论"不但在漱石的理论体系中占重要地位，在日本文学现代化过程中，也占重要地位。"写生文"的特点在于：所描写的大多没有完整的故事情节。作品里的人物很少沿着一定的曲线到达终点的，结构散漫，杂然叙述无边无际的光景，所以中心趣味在于观察者即主人翁身上。不像其他小说读者的趣味集中在事件、人物如何发展变化、有什么结果上。"写生文"所描写的没有可满足读者趣味的段落，因此，被认为中心的叙述者，即"我"一旦消失，整篇作品便失去支柱而终于瓦解。这个至关重要的

---

① 《漱石全集》第 11 卷，岩波书店 1936 年版，第 434 页。
② 同上书，第 437 页。

"我",读者必须觉得很亲切,因此只能用"我",而不能用"他"。另外他也指出,这只是很一般的理论,这理论的具体应用本来是千差万别的,要看作家的手腕发挥得如何。①

漱石对"写生文理论"评价是非常灵活的。在《文学论》中先说,"写生文理论"似乎不值得一听,不值得议论,接着便讲它的特点,最后又落脚于要看作者的技巧如何。换言之,这种手法并不是绝对不能用,巧妙地回答了对"写生文理论"的非难。

实际上,日本的"写生文理论"比夏目漱石在这里概括的特点要复杂一些,不仅只是结构散漫。"主要在表现技巧上为推动现实主义创作手法的发展功不可没"的"写生文理论",其主要特点是要求作者"以客观的态度观察对象,以有趣气氛为主调,摆脱历来文章重视修饰的文风,而以如实描写为主并从文言文转向通俗易懂的言文一致体"②。

日本东洋大学教授伊东一夫认为写生主义型现实主义作家除正冈子规、寒川鼠骨外,还有夏目漱石、长冢节、伊藤左千夫、坂本四方太、铃木三重吉和岛木赤彦等人。他肯定地说,写生文派诞生后,在日本文学史上"出现了极异色的文学活动"③。

"写生文理论"的首创者是日本俳句革新家正冈子规。早在1897年,他在题为"叙事文"的文章中写道:"看到某种景色或人事觉得很有趣时,就把它改写成文章,使读者与自己一样感到有趣。为此就不必用语言来修饰,不要夸张,只要如实模写所见到的事物即可。"④

另一个对"写生文理论"做出重要贡献的是高滨虚子。他阐明了"客观写生"及"主观写生"的概念。1906年,他又说要立

---

① 《漱石全集》第11卷,岩波书店1936年版,第437页。
② 《新潮日本文学小辞典》,新潮社1968年版,第587页。
③ [日]伊东一夫:《近代日本文学思潮史》,樱枫社1977年版,第70页。
④ [日]三好行雄等编:《近代文学》第3卷,有斐阁1977年版,第142页。

足于俳句趣味，采用绘画、俳句的技法客观地写生，翌年又提出客观写生也应该很好地剪裁安排，以进行主观的写生。

夏目漱石在同期也接连发表谈话和文章，阐明他的"写生文理论"，反驳对他们的种种非难。在《文章一家言》（1906）中，他虽然未用典型化这个词，但是已经很鲜明地说出了典型化的思想，主张应该重视写作技巧，指出即使是如实描写，如果不动人也还是不够的。如果动人，即使不是写实也无关紧要。"神能创造，人也能创造。对于一定时候的一定事物，不必从头到尾一毫一厘地写出来，不仅仅如此，进而还要敢于一枝一叶、一山一水地增删，只要使人觉得仿佛真的接触到了一定时候的一定事物，就可以了。"又说"在某种场合，多少也要允许创造，所以能够很动人，只有动人才是艺术的写实"，承认所谓"写生文作家"也存在"为艺术而艺术"的倾向，并提出严肃警告：技巧派必须自觉，要是走到极端就会陷入弊害。另外他也指出："说写生文短小幼稚这是错误的观点。这是什么幼稚？应该说是进步、发达。"①

由此可见，大力宣传并不断完善这新生的现实主义的创作方法，是他对日本现代文艺理论的杰出贡献之一。其后在创作实践和文艺论争中，他基本上坚持了这种现实主义的观点。他高出日本近代文学史上所有作家、文艺理论家之处，就是他的理论已经基本上具备现实主义的典型化创作手法的特征。

值得注意的是在日本文学现代化过程中，"写生文理论"虽然被评论家视为现实主义理论给予很高评价，但是在《文学论》和其他文章中，夏目漱石并没有把写实主义问题与"写生文理论"等同起来。在《文学论》中，他是在"间隔论"一章里而不是在"写实主义"一章里论述"写生文理论"的。在1907年发表于《读卖新闻》上的《写生文》是专论这个问题的文章，他虽然没

---

① 《漱石全集》第18卷，岩波书店1937年版，第600页。

有提写实主义或现实主义问题，不过在论述"写生文理论"的特征时则已经包含有写实主义思想。这些都可以证明，在夏目漱石的文学理论体系中，写实主义或者现实主义和"写生文理论"，根本上是既有区别又有联系的不同范畴。

在《写生文》中，漱石开门见山地指出，"世上虽然已经承认了写生文的存在，但谁都没有说清楚写生文的特色"。我想这话也应该包括他自己以往有关这个问题的论述，因此，这篇文章中关于写生文的观点，是他最典型的思想。他认为写生文最显著的特点，是"作者的心理状态"。指出写生文作家对待人事的态度，不是聪明人看愚蠢的人、君子看小人、男人看女人或女人看男人的态度，而是成人看孩子的态度，双亲看待子女的态度。而普通的小说家以社会一员的态度执笔，描写小孩哭，他自己也哭着写。写生文作家则以不哭来描写哭，他们并非没有同情心，而是在一旁看着，忍着可怜的心情，微笑着给予同情。

因此，他们的作品有以下一些特点：第一，作品大多无深刻的内容，大体上都有些滑稽成分。第二，作品里包含着余裕的成分。所以，夏目漱石等人又被称为"余裕派"。第三，多数场合写生文是客观的描写。这就意味着是写"他"而不是写"我"的态度。这一点和《文学论》里有关写生文的叙述似乎有些不一致之处，因为在《文学论》中，是在作者与作品里的人物合二为一的情况下举写生文例子的。第四，写生文作家与小说家的主张背道而驰，不注重故事情节。而这一点又与《文学论》中的有关论述是一致的。

此外，夏目漱石还有两个观点值得注意。其一，他认为写生文作家的创作态度，完全是从日本俳句蜕变而来，而不是从西洋漂来横滨的舶来品。在西洋受到世人传诵的杰作中还没有用这样的态度创作出来的作品。只是从简·奥斯丁的作品、伊丽莎白·盖斯凯尔（Elizabeth Geskell, 1810—1865）的《克兰福德》

(Cranford)、狄更斯的《匹克威克外传》、亨利·菲尔丁的《弃儿汤姆·琼斯的历史》以及塞万提斯的《唐·吉诃德》中,多少能见这样的态度,但谁都看得出来并不完全一样。

其二,夏目漱石指出,俳句、写生文都是有趣的,其态度也是东方式的有趣。但是在 21 世纪的今天,固守这种立场而自以为得计,轻视其他方法是错误的。他要求作家、评论家和读者都应该根据身边情况和天下形势,随时改变自己的立场。在夏目漱石看来,"评论家应该扩大眼界,必要时对每部作品都要改变其见地,这样才能有活的批评。读者也应该养成欣赏各种作品的趣味,否则便欣赏不了"①。

这里我们还要不厌其烦地指出,夏目漱石的文艺思想是辩证的、革命的,绝不墨守成规。他的视野开阔,把作家、作品和评论家与读者放到一个系统里考察,从而避免孤立地形而上学地看待文艺现象。可以说写生文和间隔论在日本文艺史上具有开拓性意义。

日本著名文学评论家吉田精一就指出:"间隔论是日本文学论中最早提出视点问题,并给予心理学解说的理论。"②

我们说漱石是日本 20 世纪最杰出的文艺理论家,在世界文论史上也应该占有显赫地位不是毫无根据的。

---

① 《漱石全集》第 13 卷,岩波书店 1936 年版,第 31 页。
② [日]吉田精一:《近代文艺评论史·明治篇》,至文堂 1975 年版,第 834 页。

第 六 章

读者欣赏论:"非人情"

把读者欣赏理论与创作理论紧密地结合、交叉叙述是漱石的创作和欣赏理论的显著特点。他以"非人情"的审美观考察作家、作品与读者的关系,探讨崇高、滑稽和悲剧等美学概念。《旅宿》是"非人情"的实验。

第一节 请出读者和"除去法"

日本评论家之所以对《文学论》的评价很高,就是由于漱石找到了在当时都比较新的研究方法,尤其是注意到了读者对于实现作品的价值的重要意义。所以充分肯定《文学论》的丰富内容及超时代的意义。

例如,评论家长崎勇一就认为《文学论》第二编中的读者论就预见到了"现在的读者心理调查趣味"[1]。

哥本哈根大学讲师长岛要一在题为"'一元描写论'与'间隔论'"[2] 一文中也说:

《文学论》是日本文学史上罕见的成果。漱石力图分析解

---

[1] [日]三好行雄等编:《近代文学》第3卷,有斐阁1977年版,第161页。
[2] 日本《国文学》杂志,1984年10月号。

剖文学作品的形式本身。至少这个出发点是远远超越时代走在时代前面的。他使文学摆脱"文学是难以测定的"这种单纯、幼稚、满是偏见的束缚，能够对某部作品作出说明，它究竟有什么不同成分，各起什么作用……他研究了如何把读者引入作品世界的方法，特别是把作者与作品中人物的关系作为考察的焦点。

漱石的读者欣赏理论与他的创作理论，是紧密地结合、交织在一起的，以至于很难分开谈。这是漱石的创作和欣赏理论的显著特点。

漱石认为，不但是人的感觉器官所感觉到的经验可以作为文学内容，人类的心理作用也是文学不可或缺的内容，并且论述了人的心理作为文学内容时可以采取的两种方法："即可分为间接法和直接法两种，或者说可以称之为客观与主观两种方法。前者用于戏剧与史诗，而后者主要用于抒情诗。小说则可兼容这两个方法。"①

漱石在比较上述两种方法时，就注意到了读者在欣赏作品时的主观能动作用。他指出"间接或客观手法只叙述原因或肉体变化的征候，而省略了情绪的描写，好让读者自己去想象。直接或主观的方法则首先叙述情绪，然而随之产生的现象、结果，则任其自动传播。应用间接法时，内容只有 F 而无 f；直接法则相反，只有 f，缺少 F"。不过文学应有的内容该是"F + f"，就是说，应用"F + f"的文学公式，共有三种情况：一是以"F + f"的形式出现；二是作者说出 f，F 由读者去想象、补充；三是作者担任 F，f 则由读者来接受补充。例如，在抒情诗词中，诗人往往流露出自己漫无边际的情绪，历来屡见不鲜。漱石曾以雪莱的《悲歌》

---

① 《漱石全集》第 11 卷，岩波书店 1936 年版，第 57 页。

第二节为例，指出这样的诗有三种读法①（参考本书第三章第二节）。

我们说，漱石学贯东西，总是以大量作品为基础广征博引，进行充分的论证，也可以从他对读者欣赏理论的叙述里得到充分证明。他不但引证西方作家的作品，也引用中国的典故。这里他又一次引用《诗经》中倾向现实主义的作品《邶风》说，在"出自北门，忧心殷殷。终窭且贫，莫知我艰。已焉哉！天实为之，谓之何哉"中，"忧心殷殷，已焉哉，谓之何哉"三句是诗人的感情，而"出自北门，终窭且贫，莫知我艰，天实为之"四句，就是F。因此，如果只有前者，那就是第三种方法，即由作者说出F；而只有后者就是第二种方法，就是作者说出f，而F则由读者先想象出来，补充、改造成"F+f"的形式；第一种欣赏方法，是把第二、三种方法结合起来，这样仍可以归结为"F+f"的形式。②

总而言之，漱石在对"F+f"的文学公式进行研究时，发现了缺少F或者f的现象，于是便把目光转向读者方面，看到读者的重要作用。就是说，读者阅读时，会遇到文本叙述不完整，缺少F或f的情况，需要读者自己加以补充，这样才能得到完整的审美享受。于是，漱石就发现了一个具有超前意义的全新的读者鉴赏理论，在《文学论》里，他已经很清楚地叙述了现在一般称为阅读现象学、文艺阐释学以及接受美学的理论。而所有这一切新的批评理论都是在20世纪二三十年代以后，即至少在漱石谢世十几年以后才出现于西方国家的。

特别需要指出的是，漱石在世时，对于西方文艺理论家往往无视东方的文学艺术十分不满。西方美学家忽视东方艺术的情况，在20世纪五六十年代似乎依然存在着。据说，在美国哲学界颇有影响的V. C. 奥尔德里奇，在1963年出版的《艺术哲学》中，

---

① 《漱石全集》第11卷，岩波书店1936年版，第31页。
② 同上书，第58页。

"在列举大量的艺术现象时,只字不提东方艺术"①。直到20世纪70年代法国的当代文论家罗朗·巴特,才从日本传统的民族文化中发现了特殊的艺术美来。他曾经欣喜若狂地说,他在写《符号帝国》时,"心中充满了喜悦与幸福的快感,这使我能够更加深入到这个文本……境界,或者更准确地说,是文本的写作与阅读的境界"中去。他还表示非常想沿着这条道路走下去,写出一些给人以快感的文本。

这当然是个很值得我们注意的一个信息,至少这可以证明,东方文化也具有启迪人智的魅力,也证明只懂得东方或者只懂得西方,就只能如森鸥外所说的那些"一条腿的理论家"。因此,我们认为,漱石的上述论证方法,也具有重要的开拓意义。从西方文论史看,19世纪以前到20世纪上半叶,主要是研究作家和作品,虽然也有不少文学理论家看到了读者研究的重要性,然而把读者当作突出的研究对象还是近几十年的事。②漱石的《文学论》虽然并非突出地论述读者问题,但已经把读者放在文学研究的重要部分,设了专章论述确是无可否认的事实。漱石在《文学论》第二编第三章的后半部分和第四章中,就集中地论述读者欣赏理论。

夏目漱石通过对"F+f"的文学公式的分析,发现了缺少F或f的情况,从而把读者引入作品世界。他说的作品中缺少F或f的现象,实际上就是近半个世纪出现的从读者角度进行研究的各种各样文学批评理论所说的"不确定性""空白"或者"虚虚实实"等特点。例如,德国接受美学文艺理论家伊塞尔就说过:"作品的意义不确定性和意义空白促使读者去寻找作品的意义,从而

---

① [美] V.C. 奥尔德里奇著:《艺术哲学》译者序,程孟辉译,中国社会科学出版社1986年版。

② 胡经之、张首映:《西方二十世纪文论史》,中国社会科学出版社1988年版,第218、277页。

赋予他参与作品意义构成的权利。"①

萨特说:"正是由于作者和读者的共同努力,才使那个虚虚实实的客体得以显现出来,因为它是头脑的产物。没有一种艺术可以不为别人或没有别人参加创造的。"②

巴特比上述两人更加绝对:"读者的诞生需以作者的死亡为代价。"有论者认为:"巴特以文学象征思维的间接性、意义多元性和非确定性原理为前提……认为读者的功能不是如伊塞尔所描述的那样仍旧停留在依附于作者意图的水平上,而是独立地、积极地、自由地参与文本的无限性运动,以全副身心沉潜于由作者开始的并由读者加以无限延续的能指游戏、形式游戏与意义游戏。"③

据说伊塞尔一再说明:没有作品就没有文学接受,作品的特殊性是产生文学接受的前提。尽管如此,仍有人认为接受美学在有些问题上具有很大的片面性或局限性,最明显的缺点是在讨论读者研究的重要性时,对创作与接受的关系没有进行充分论证,以致给人造成忽视创作与作品研究的印象。④ 连伊塞尔的接受美学都受到如此批评,那么比他走得更加极端的巴特,难道就没有片面性或局限性了?

漱石的读者阅读理论,可以分为两个方面:一是读者怎么样去欣赏一部文学作品,为什么会产生共鸣;二是当一部文学作品叙述不够完整时,读者如何通过联想经过再创造,从一部文学作品中得到美的享受。

关于读者欣赏理论,漱石也是从心理现象入手进行考察的。他指出:"大凡读者欣赏一部文学作品时,他们的态度有两点值得

---

① 胡经之、张首映:《西方二十世纪文论史》,中国社会科学出版社1988年版,第218、277页。
② 《为谁写作》,《现代西方文论选》,上海译文出版社1983年版,第195页。
③ 《外国文学研究集刊》第15辑,中国社会科学出版社1993年版,第27页。
④ 胡经之、张首映:《西方二十世纪文论史》,中国社会科学出版社1988年版,第277、294页。

注意，换言之，当直接经验变为间接经验时，会产生两个重要现象。"他所说的两个现象，实际上指出了人们为什么会喜欢一部文学作品有两个原因。

第一，漱石认为直接经验与间接经验之间，存在数量差异。第二，还必须承认从性质看，直接经验与间接经验也有明显的差异。他认为这两点是读者受到作品的刺激，而受到感动的心理机制。应该指出，关于直接经验与间接经验的概念，漱石未做哲学的界定。第一章里，他论文学内容时曾经用过日常经验、感觉经验等术语，从他说"感觉上的经验构成文学作品的重要内容"看，这里的直接经验显然指读者的日常经验，读者直接体验过的经验。而间接经验则是指读者阅读作品后所得到的经验。

这里，我们先讲第一个问题，即直接经验与间接经验之间存在数量的差异的问题。从下面的叙述也许能够证明我们的上述判断。读者欣赏一部文学作品时，应该受到感动。但是，如果缺少文学的主要成分情绪，作品就不会感动人，就失去作为文学的资格。于是他得出结论："一部文学作品所必须的要素情绪与读者实地经验过的情绪相比有无差异……是个值得研究的问题。这如同实地看到明月后产生的感兴与阅读咏月的诗歌所得到的感兴，分量哪个占优势之类的议论。这个问题本来与各人的个性有关，另一方面也因作者表现方法的优劣而发生变化，不能一概而论。假定我们的个性、作者的表现方法都一样时，我相信古人所说的'百闻不如一见'这话，不仅适用于理智，另外从情绪上说也是真理。"① 但是，"本来恢复情绪的能力则因人而不同，在大多数场合，人记忆情绪几乎是不可能的。最简单的例子，如对于和去年相比今年夏天是否更热之类问题，即使认真回答的人也肯定是先恢复其理智的部分，而对于情绪的部分，就很可能适当地加上一

---

① 《漱石全集》第 11 卷，岩波书店 1936 年版，第 184 页。

些想象的内容，敷衍了事地回答了吧"①。

从上述叙述可以看出，漱石是承认差别和矛盾的。一是他认为直接经验与间接经验相比有差别，直接经验比间接经验具有更强的刺激，所以才会"百闻不如一见"。二是从作者的表现技巧及读者方面看，同样存在差别，所以，他说不能一概而论。对于里博把人分成三类，即：其中大部分人都不会记住情绪；第二部分人理智和情绪的记忆各占一半，即情绪的因素即使依靠理智的联想也只能想起其中的一部分；最后一部分人只有极少数，才真正全部记住情绪。漱石虽然有不同看法，认为"在一二或二三类人之间还有一些摇摆不定的人"。但还是从里博的理论中得到启发，并指出："真正具有资格从文学中得到乐趣的实际上只有第二类人，即从文学书中的 F 得到启发，能够使自己的情绪 f 部分地恢复起来的人。即直接经验与间接经验之间的差异，存在于其情绪 f 的强或弱之中。而且，这间接经验所产生的情绪程度弱于从直接经验里得来的情绪。这个事实是使文学永世长存的原因之一。总之，我们读文学书而感觉有趣的主要原因，就是因原来的情绪出现时减弱了几分。也就是说其刺激并未强到受不了的程度，然而又不是如同嚼蜡、喝凉水也不发怒的呆子，而是位于这中间的既不过冷也不过热的状态。"② 于是，他得出结论："直接经验与间接经验之间，感情的量存在差异是谁都不能怀疑的事实。正是由于存在着这种差异，文学才会产生一种适当的刺激，给予读者有趣的快感。"③

漱石还认为直接经验与间接经验之间不仅存在数量的差异，还必须承认从性质看也有明显的差异。因为，"我们欣赏一部文学作品，就意味着对其作者表现方法的赞同。然而在作者的表现方

---

① 《漱石全集》第 11 卷，岩波书店 1936 年版，第 187 页。
② 同上书，第 189 页。
③ 同上书，第 191 页。

法中，有意或无意地无视许多事实。我们对于采取这样一种除去法产生的一部文学作品所产生的情绪 f，与我们对于实物所感觉到的情绪性质迥异"，因此在漱石看来，读者就不能不带有被动的性质。他接着说："我们只要阅读或欣赏一部文学作品，大都要受作者的愚弄。至少在手拿书本而感到有趣之际，自己完全成了作者掌中的玩物任其摆弄。"①

对于认为文学作品比实际生活更集中更典型的我们来说，总觉得漱石的上述理论有些生疏、费解。为什么直接经验与间接经验之间感情的量存在差异，即为什么"间接经验所产生的情绪程度弱于从直接经验里得来的情绪"，才能够"产生一种适当的刺激，给予读者有趣的快感"呢？"百闻不如一见"用来比喻欣赏文学作品也不一定恰当。宇宙无限，生命有限。在短暂的一生中所见都是有限的。读者的兴趣又是复杂的多种的，有人因作品写了熟悉的人和事而爱读，有人则相反。有的人因作品写了陌生的人和事，满足了其好奇心和求知欲而爱不释手，等等，不胜枚举。因此，上述第二个原因，即由于现实生活经过作者的剪裁、加工，读者才感兴趣是容易理解的。另外，从第二个原因中可以看出，在漱石那里读者的作用还是次要的、被动的，他必须紧跟作者和作品走。也就是说，漱石还未走到让作者死去的极端。

漱石在论述读者欣赏理论时，提出了"除去法"，也可译为"排除法"的概念。他写道："读者欣赏之际采取的排除法是个重要问题，应该论述清楚。"② 关于除去法，他分为三种情况来论述，即：排除自己；排除善恶观念；排除知识。在具体论述"排除法"时，他又提出"非人情"的概念。因此，我们不妨把漱石的读者欣赏理论称为"排除法"或"非人情"的审美观。可见，他的创作论和读者欣赏理论里都包含所谓"非人情"成分。

---

① 《漱石全集》第 11 卷，岩波书店 1936 年版，第 191 页。
② 同上书，第 192 页。

第一,排除与自己的关系。

第一种除去法就是排除与自己的关系,漱石指欣赏一部文学作品时会排除利害得失观念 f。特别是他注意到"当我们部分或全部地排除自己的观念时,会产生和事实完全相反的情绪 f 的这种现象"。

夏目漱石以莎士比亚的《理查三世》第一幕里葛罗斯特公爵感慨不已为例进行分析。公爵首先感叹天下太平马放南山,英雄已经无用武之地,觉得自己的丑陋容貌不能与女人孩子玩耍,和太平盛世无法取得调和。于是他想挑起一次大动乱,闹他个天翻地覆。漱石问道:"对这个人,对他的感慨,对这怪物的容貌、意志和情绪有什么感受?"他自己回答说:"有些读者也许会认为他是个坏蛋、讨厌的人。不少人看到这种人以为他是毫无意义的愚蠢的、不能感动人的。"漱石一方面对于这个不能麻痹大意的怪物感到不快,同时又觉得这个刚强不屈的小人物能如此大胆行动值得赞赏,因而先前的不愉快感觉也随之大减,被推到背景里去了。漱石还十分坦白地说:"我读后与其说讨厌,毋宁说赞赏他的念头要大好几倍。然而当我们的友人里有这等人物时,肯定就觉得毛骨悚然了。"为什么会有如此差异呢?原因在于"我们对于莎士比亚写在纸上的葛罗斯特,与朋友中的同类人物,在情绪上是有差异的。作品里的奸人并没有把我们当成敌人,所以不必敬而远之。换言之,这个人和我们无任何利害关系,因而就可以排除利害得失念头。这样阅读才会产生赞赏的快感"[1]。

第二,排除善恶观念。

漱石以明治时代东京大学学生藤村操跳进华严瀑布,古希腊哲学家恩培多克勒跳进埃特纳火山口自杀的故事为例,说如果我们在一边看到后可以有两种态度:一种是旁观;另一种是出来阻止。如果出来救他们那就受道德感情的支配,那样就欣赏不到壮

---

[1] 《漱石全集》第 11 卷,岩波书店 1936 年版,第 192 页。

烈之美了。漱石由此入手联系到对一部文学作品的欣赏也会有两种不同的态度。

漱石断定："排除善恶观念是欣赏某些文学作品的不可或缺的条件。"这里，漱石分为两种情况来说明。首先是指所谓"非人情"作品，关于"非人情"，他是这样解释的："所谓非人情作品，就是指抽去道德的文学作品，此类作品是没有道德分子插足余地的。"① 如"李白一斗诗百篇，长安市上酒家眠"，虽然有些消极成分，但不能说不道德。他又以李白饮酒诗《山中与幽人对酌》中的"我醉欲眠卿且去，明朝有意抱琴来"两句为例，说"也许有些失礼，然而也不能说不道德。就是说，诗人一开始就处在善恶的界外"②。

在他看来，上述作品本身就不包含善恶成分。另外，英国诗人威廉·库珀和彭斯等人的一些作品虽然有关人事的内容，但都有所谓"非人情"的成分，因此远离人事不带有人情，只是歌咏自然的作品里，包含许多"非人情"的与道德无关的趣味也就不足为奇了。他认为，在东方文学中这种趣味是根深蒂固的，日本俳文学中尤其明显。

其次，作品虽然包含道德成分，但读者欣赏时把这一方面忘掉了，漱石称为"不道德文学欣赏法"③。在他看来，这种欣赏法自世界上存在文学以来就有了，而且文学只要存在下去它就不会消失。就是说，他认为我们实际上是讲道德的，只在欣赏文学作品时才是"不道德"的，至少是在面对道德问题时会忘记其道德成分。如果没有这个特性，他就是个不懂文学的人。

为什么出现这种阅读现象，漱石从几个方面做了分析，这里只谈两个理由。

---

① 《漱石全集》第11卷，岩波书店1936年版，第198页。
② 同上。
③ 同上书，第199页。

首先，读者被作家的表现方法所迷惑，颠倒了善恶标准，同情了不该同情的人或者只同情一方而冷落了另一方。而读者在道德上不能公平地对待作品里的人物是屡见不鲜的。例如英国著名女作家夏洛蒂·勃朗特的《简·爱》中，罗契司特和女主人翁简的相思描写，作为浪漫主义一流作品是很离谱的，然而我们对此却无任何异议，对他们的相爱反而越来越同情，越来越感兴趣。随着他们的相爱越来越深，我们对他们的同情也与日俱增。似乎不见到他们洞房花烛的热闹场面，心里便不满足。可是教堂里婚礼刚开始，突然有人出来揭发：罗契司特结过婚，妻子虽然是疯子但仍活着，要是避免重婚罪，他就必须离开简。我们读到这里反而更加同情不道德的一方面。最后读到疯子放火烧死了自己的一段，心中不由得拍手称快，这时是不道德情绪达到了顶点。我们被作者的笔法所迷，颠倒了应该同情与应该批判的对象。葬身火海的女子虽然是疯子，但她毕竟是正妻，对她采取冷淡态度是完全不应该的。漱石认为，我们在欣赏作品时，常犯这类不道德的错误，难免不偏向一方。所以他认为只有当支配作品的道德观念堕落到一定程度以下时方可作为有害作品加以排斥，而未超过限度即使多少有不道德的成分也误认为是健康的作品而不予追究。

这里应该指出，漱石的上述论证方法，是有假定成分的，他省略了不同的人或不同时代的读者，对同一部作品的不同态度，而只论某个人对某部作品的看法。据说，现在就有很多人认为罗契司特对待妻子的方式是不够道德的。可见，漱石的"非人情"作品欣赏法难免给人以简单化、一刀切的印象。由于社会生活是复杂的，作为社会生活反映的文艺就更加复杂了。再加上读者兴趣又是各种各样的，对同一部文学作品的理解也不会一致，所以西方才有"一千个读者就有一千个哈姆莱特"之说。鲁迅也说过大致相同的话，指出阅读《红楼梦》时，"单是命意，就因读者的眼光而有种种：经学家看见《易》，道学家看见淫，才子看见缠绵，革命家看见排满，流言家看见宫闱秘事"①。说明读者总是各取所需的。

其次，排除知识的问题。在第一章里，我们已经介绍过，漱石把文学内容分为四类，第四类内容就是以理智为内容的，主要是有关人世问题的种种概念或成语、格言等。漱石说他的所谓知识 F，"与阿诺尔德所说的 moral idea（道德观念）没有多大区别。但这里用的知识材料这个术语是从广义上说的，是指能够满足我们知识需求的一切材料，属于判断力的问题，即判断某一事物是否存在、是否符合逻辑等"②。漱石以日本俳句为例进行分析，指出俗人从知识上看以为俳句难懂，就觉得没有意思。他反驳说正是由于不懂俳句才具有文学价值。再如，《圣经·创世纪》第一章开头部分，只有在抛弃知识的情况下，才能感觉到这段叙述的庄严。漱石表示他尽管不信教、不信神，仍感觉到这一段叙述了神力的伟大。

第三，排除道德观念。

文艺作品是现实生活的反映，但是文艺作品并不等于现实生活。在现实生活中，人们可以以自己的真理观、道德观介入社会矛盾，站在正义一边，与邪恶势力斗争。但不能介入一部由文艺家创作完成了的文艺作品，这是一个常识问题。据说，解放区演出《白毛女》时，有的战士怀着无比仇恨，欲举枪打死戏里欺压百姓的地主。无独有偶。据漱石说，19世纪初在法国上演《奥赛罗》的杀妻一场戏时，观众中突然有人大喊："绝不允许黑奴杀害这样的美人！"一边举起手枪，瞄准主人翁就要射击。③

因此可以说，漱石有关读者面对一部文学作品时，完全抛弃

---

① 鲁迅：《〈绛洞花主〉小引》，载《鲁迅全集》卷7，人民文学出版社1981年版，第419页。

② 《漱石全集》第11卷，岩波书店1936年版，第217、219页。

③ 同上。

道德观念进行欣赏的理论并不是毫无意义的面壁虚构。

第二节 论崇高、滑稽、悲剧及纯美感

关于排除道德观念的问题，漱石分别论述了评论家们通常所说的崇高、滑稽和纯美感问题。关于悲剧，漱石没有专章论述，而他的悲剧论的核心问题也是"非人情"。为了叙述方便，我们打破原有章节，把这四种审美感情，归纳在一起，以便读者更好地了解其所谓"非人情"的审美理论。这些实际上都是属于审美心理学的范畴，对于这个领域的探讨，既反映了漱石对西方文艺理论的学习、借鉴，也有其独创，形成与众不同的特色。

一 论崇高

在漱石看来，所谓崇高就是"对于在精神和肉体上都超过自己的势力产生的一种感情。这种势力如果处于潜伏状态倒是并不可怕，一旦成为现实时，一方面是创造性的，另一方面则是破坏性的"[①]。创造性的例子，是密尔顿的《失乐园》中，天使应亚当要求讲解天地创造的由来一段故事。关于潜在状态的崇高美，他以古希腊的雕刻和英国诗人济慈的史诗《许佩里翁》（Hyperion）为例。至于活动的破坏性崇高的例子，以日本历史上有名的三陆地方海啸以及江户时代安政年间（1855—1860）地震和天明年间京都火灾（1788）为例。他认为这些作为直接经验时人们会参加募捐表示同情的。但是一旦作为间接经验而排除善恶观念时，这种道德的 f 就被消灭，只留下庄严和猛烈的情感。

关于崇高的论述，我们有理由责备他没有交代清楚其崇高定义的来源，也有理由要求他讲清楚其崇高理论，与以往的崇高论

[①] 《漱石全集》第 11 卷，岩波书店 1936 年版，第 203 页。

的区别和联系。其实，关于这个问题西方早有论述，如与夏目漱石同庚的德国著名美学家玛克斯·德索（Max Dessoir，1867—1947）早就指出：

> 关于崇高的最著名的文学作品是希腊无名氏的《论崇高》和博克的《求索》（Inquiry《论崇高与美两种观念的根源》）。无名氏的书……其一般的思考没有什么特殊价值。而另一方面，我们应将那最重要的洞悉归功于博克，他的观点是，崇高的情感总包含着惊讶与恐惧，因而也就包含有痛苦，而且这些情感能够升华为崇高。崇高即意味着对象中有一种压倒一切的力量，它大得能使一个人的许多恐惧情感都在灵魂中消失掉。①

不过，被视为无名氏所作的《论崇高》，也并不是无"特殊价值"的，至少作者较早地向人们指出自然界中存在着崇高美，要人们从那里寻找美和人生目的。作者在第三十五章中谈及"天之生人，不是要我们做卑鄙下流的动物；它带我们到生活中来，到森罗万象的宇宙中来……它一开始便在我们的心灵中植下一种不可抵抗的热情——对一切伟大的、比我们更神圣的事物的渴望……你试环视你四围的生活，看见万物的丰富、雄伟、美丽是多么惊人，你便立刻明白人生的目的究竟何在"。其中除了天，即上帝创造人的思想不可取外，还是有些启迪人智的内容的。作者——也有人说，学者们一向认为作者是3世纪时的政治家、叙利亚女王的谏议大臣卡修斯·朗格诺斯（Cassius Longinus，213—273）②，——把一切伟大的、比我们更神圣的事物，以及万物的丰

---

① ［德］玛克斯·德索：《美学与艺术理论》，兰金仁译，中国社会科学出版社1987年版，第147页。

② 缪朗山：《西方文艺理论史纲》，中国人民大学出版社1987年版，第138页。

富、雄伟和美丽都视为崇高的,都能激发人们对生活的热爱。尽管还未提出人类应该去创造更崇高的美,但他那么早就从自然界里发现了内容如此丰富、森罗万象的崇高美,实属难能可贵。而玛克斯·德索所推崇的博克的崇高理论反而显得内容过于狭窄。

我们再看看客观唯心主义哲学家黑格尔的崇高论。他说"整个现象世界不管多么丰富,多么雄伟庄严,就它对实体的关系来说,毕竟是明确地摆在否定方面的,由神创造,隶属于神和为神服务的"。又说正是"这种关系被艺术用作内容和形式的基础,才使艺术类型具有真正的崇高性格"。他断言"神是宇宙的创造者。这就是崇高本身的最纯粹的表现"[1]。看来,黑格尔的崇高论,所指的范围更狭窄了。

从上述内容可以看出,漱石关于崇高的定义,汲取了卡修斯·朗格诺斯和博克的一些观点,而摒弃了黑格尔只有颂神才崇高的理论,表明了他的非神论的思想。另外,漱石的理论以人的真实体验和大量文学作品为基础进行概括,具有实证的特点。在上面关于崇高的论述中,他也主要以作品说话。

接着,漱石又大段引用文学评论家德·昆西在长篇评论《谋杀,对一种纯艺术的思考》中,有关柯尔律治观看失火场面的叙述:"不,我可以断言,如果他认为有必要,他一定会挺身而出以肥胖的身体操起灭火器的。然而这种场合,无论怎么样看,道德是不必要的。因为随着灭火器的到达,道德已经落到保险公司的身上。所以,满足其趣味上需要就成了他当然的权利……"然后,夏目漱石写道:"读了这段记录就会知道,我们在破坏性崇高面前,我们的道德f怎么样被埋没,哪怕只有很短的时间,也要一睹这种伟观为快,就是说,这种场合可以如此解释,即本来应该

---

[1] [德]黑格尔著:《美学》第二卷,朱光潜译,商务印书馆1991年版,第92页。

由道德 f 占据的位置，却被审美的 f 给抢占去了。"①

二　论滑稽趣味

漱石指出："不道德分子与滑稽趣味常常是相结合的。"② 他认为日本近似我国单口相声的落语之类，都是靠排除道德的方法才有趣味价值。即使是花街柳巷故事，这个表达方法只要用得恰当，也能产生滑稽趣味。名著《唐·吉诃德》的主人翁从窗口窥视日夜思慕的女子，甚至还用麻绳把手捆在窗户上，整夜吊在那里，就是一例。

夏目漱石认为莎士比亚塑造的众多戏剧人物，最富有滑稽趣味，而又兼有不道德的成分。他详细分析了莎士比亚的《亨利四世》中胆小如鼠而气壮如牛、纵情酒色而幽默机智的福尔斯塔夫骑士的性格，认为人们陷入困境的原因虽然迥异，有时因智慧不足，有时因意志薄弱，但大多数不外是由于想维持体面。如果把什么体面、品德、廉耻、礼节都视若破屦，那么横在人生道路上的一切穷愁困苦大多会烟消云散。福尔斯塔夫就能抛弃这一切而毫不吝惜。要是在现实生活中看到这种人时因道义心的作用，终究是不能宽容他的。但是，读者由于滑稽美感的作用，始终不能从道义方面憎恨他、斥责他并且只是希望他在舞台上多表演一会儿。我们面对莎士比亚刻画的这个人物时，谁都会暂时摆脱生硬的道德情绪，而被天真的滑稽情绪所支配，这是排除善恶观念的最好例子。③

三　论纯美感

漱石论述所谓纯美感时，以绘画为例，说明他探讨的问题是

---

① 《漱石全集》第 11 卷，岩波书店 1936 年版，第 205 页。
② 同上书，第 207 页。
③ 同上书，第 215 页。

非常广泛的，而不限于诗歌、小说和戏剧。他以对裸体画的欣赏为例进一步证明生活与艺术有别，西洋各国是不许在妇女面前光脚的，然而裸体画至今仍很发达，虽然有各式各样原因但这是极矛盾的现象。尽管在现实中风纪的制裁是相当严厉的，但无论哪个美术馆或是哪个展览会都展出了大量的裸体画。特别是所谓上流社会的绅士淑女，不仅仅出入其间，而且毫无羞涩地加以热烈评论。这是很明显的矛盾。他说矛盾不是产生于伦理道德，而是对于同一个F所产生的f在本质上的差异。在现实社会中，把裸体看成一个道德的F，认为这是丑恶的行为加以排斥。反之，当在画上看到裸体时单是当作感觉的F看待的，可以放心大胆地作为一种艺术品欣赏。因此他说，对裸体画的欣赏也是一种排除道德分子的鉴赏法。

夏目漱石接着说，西洋民众一走进美术馆就能排除这种道德情绪，虽说是一种习惯，但也是不可思议的现象。究其原因是由于他们把道德心和审美感截然分开，从一个世界进入另一个世界时，能够毫不留恋地把它忘掉。如果一个社会处在对此不能一刀两断的状态下，那么，那里的人面对裸体画时就不禁会产生一种不安的念头。并指出日本当时情况多少与此相似，旁敲侧击地批评了日本的后进性。在谈这个问题时，他又未论及西方对裸体画的态度也是有一个演变过程的，并非一下子就能够接受的，据说英国在20世纪初仍禁止一些裸体画展出。这一点，他不会不知道，恐怕醉翁之意在于借机批判日本社会的落后性而已。

四　论悲剧

关于悲剧的最早论述是亚里士多德的"净化说"，他在《诗学》第六章中指出："悲剧激发怜悯与恐惧以促使此类情绪的净化。"在这个悲剧定义里，包含了作者、作品与观众三者。因为"激发"和"促使"两词就是指作者的创作目的；所谓"情绪的净化",显然是指净化观众的情绪;而"悲剧"两字无疑是指作品了。西方近代关于悲剧的经典论述属于黑格尔。黑格尔的悲剧论似乎更重视作品的内容方面。黑格尔批评净化论是"最肤浅的一种看法",强调"艺术作品的任务只是把精神的理性和真理表现出来"。"所以悲剧人物的灾祸如果要引起同情,他就必须本身具有丰富内容意蕴和美好品质,正如他的遭到破坏的伦理理想的力量使我们感到恐惧一样,只有真实的内容意蕴才能打动高尚心灵的深处。"①

漱石在《文学论》第二编第四章中虽然也对戏剧和悲剧下了定义,但主要是从观众方面讲的,以着重分析观众的审美心理为其明显特点。他主要探讨观众喜欢悲剧的原因,也即观众对于舞台上出现的痛苦的表演所产生的感情 f 的特点是什么的问题。

他指出,自古以来悲剧在舞台上占绝对优势,在日本甚至一说剧就必然是指悲剧。人们在现实中竭力回避的悲剧,为什么一移到舞台上或书本中就喜欢看呢?在漱石看来,除了所谓直接经验与间接经验之差、排除自己观念外,还有其他原因。

他首先考察了有时人是不是喜欢痛苦的问题。他说人是活动的动物,因此人再没有比不能活动更痛苦的了。夏目漱石假设一个人处在与囚犯一样的地位,那么他必然想使自己保持明确的意识,只要能证明自己还活着,即使是痛苦的也都在所不惜,这是人之常情。当人们生存的感觉降至一定水平以下时,他就不得不去寻求某种活动,不可思议的是他往往选择痛苦多的活动。痛苦虽是人最忌讳的,但由此而产生了存在的自觉,他觉得这就好像是奇谈怪论。然而,正如莱辛所说,热情虽然带来痛苦,但正因为热情才有愉快。

漱石的戏剧理论基础也属于反映论。他认为"戏剧是人生的

---

① [德]黑格尔著:《美学》第三卷下册,朱光潜译,商务印书馆1991年版,第288页。

再现，而且是比人生更强烈的再现"。尤其是悲剧，效果就更加明显，因为"悲剧所关心的是生死大问题。这生死问题比我们的实际生活更强烈地反射到我们的头脑中。生死的大问题无不是痛苦的，但这种痛苦是假的痛苦，不是我们内心体会到的痛苦，也不是自己亲友的痛苦，而只是演员假装的痛苦。由于是假装的痛苦，所以我们很安心。既是假装的，又有以假乱真的技巧，能够燃起我们存在的意识，这是我们喜欢悲剧的第一个原因"[1]。

在上一节里曾经指出，夏目漱石有关直接经验与间接经验的差异性的论述不太好懂的问题。显然，这里所说的"生死问题比我们的实际生活更强烈地反射到我们的头脑中"，"悲剧关心生死的大问题"的观点，也可称经典之论。

其次，"人是喜欢冒险的动物"，他引用莎士比亚的一句话说，"唤醒狮子是危险的，一旦出错就有丧命之虑"。这里，他从人的心理的复杂性论述人们喜欢悲剧的又一个原因：生存是人生的目的，然而又抛弃平安的生活，甘心冒险。这是由于"越是危险，快感也越大，是我们日常屡见不鲜的经验"。因此，他认为"生存和冒险的矛盾只是表面的。我们不是喜欢危险，危险本身并非我们的目的。而是要通过战胜危险，克服困难，发现自己的力量，得到最大的愉快"。因此，结论是："痛苦与愉快成正比例。我们获得最大快乐的必要条件就是求得最大限度的痛苦，这是心理上的必然结果。"他进一步指出："人在生死关头是最痛苦之时，因此面临生死问题之际，也是神经最紧张之时，也就必然要竭尽全力闯过痛苦的难关。"[2]

漱石认为"我们是为了逃避痛苦才爱上痛苦的"。"从某种意义上说，悲剧是痛苦的发展。我们不但注意主人翁如何解决痛苦问题，也无时间去考虑其痛苦是否能给与我们以愉快，只是目不

---

[1] 《漱石全集》第11卷，岩波书店1936年版，第228页。
[2] 同上书，第229页。

转睛地盯着眼前的痛苦。悲剧正是由于能够唤起观众强烈的注意力，故能在戏剧中占有优势地位。"①

一个富于独创的文艺理论家，应该有其独特的思想、理论及解决问题的独特方法，也必然有其独创性的叙述语言。例如漱石论悲剧时，不但指出了人们普遍的心理特点，看到了人们喜欢悲剧的客观规律，他还特别论述了中上层阶级中的没落分子喜爱悲剧的原因。他对不同观众进行了具体分析，给中上层阶级里的这些悲剧爱好者命名为酒色之徒或者不幸的人，并且指出他们的趣味在匹夫匹妇中间是找不到的。主要原因是，这些人的修养一般都高于下层民众或者他们自认为高人一等。因而他们的观念中多少都混入了崇拜英雄或者古人的成分，觉得某某虽然德高望重，但困苦而终；某某学识盖世却尝尽穷愁。在他们的头脑中，这种历史的 F 必然与敬仰崇拜的感情 f 相联系起来。进而他们甚至于去追求古人苦恼的一面，当然，这种苦恼不是必然的，只是他们任意的选择。世上正是由于存在这样的痛苦分子，才能与古人相联系。他们明显地自觉到这一点，因而不喜欢切断这种联系，并且越来越耽于悲观和沉思。他们是玩弄无限痛苦的奢侈分子。②

再次，在漱石看来，悲剧存在的又一个原因是，世界上还有不少富有同情心、爱流泪的奢侈分子。他们又可分为两类：一类是如叔本华那样的理智主义者；另一类是如诗人、画家和小说家等所谓重道德的人。漱石用评论家库诺·费舍尔（Kuno fisc‐her）评叔本华的话说，他的悲观毕竟只是一种光景、一幅画。如果舞台上演出浮世悲剧，那么，他会细心地选择一副合适的眼镜，舒舒服服地坐在皮椅里当起一名观众来。此时此景，普通观众会被这纷杂如麻的故事弄得眼花缭乱，甚至忽略了这个世上真正的悲剧。

---

① 《漱石全集》第 11 卷，岩波书店 1936 年版，第 233 页。
② 同上书，第 234 页。

而他却能全神贯注地看戏，决不漏了一举一动。他深受感动，同时心满意足地回家，把看到的东西写进作品。

漱石以丁尼生作为后一种人的典型。他写道："当我们朗读《悼念集》时，从丁尼生的悲哀、悔恨和慰藉中感觉到的只有对亡友哈勒姆的怀念，不得不认为作者随心所欲地把悲哀和忧伤戏剧化……凡此种种无非是花花公子的悲哀，没有真正断肠的哀思。"①

至于拜伦，他说："拜伦只以自己的放荡、高傲、犯罪和苦肉计当作自己奢侈的材料逸出了普通的道德平面，用白眼睨视世界，把他不满的人都视为敌人。完全够得上是个壮士诗人。"因而，漱石得出结论："大多数文学家和诗人，从这个意义上说都包含了某些不诚实的成分。"他最后说，如上的奢侈分子是为了满足其奢侈的痛苦才去看悲剧的。而且"我们绝大多数人都有喜欢奢侈的痛苦的倾向，所以也喜欢看悲剧"②。

从以上叙述可以看出，夏目漱石的审美心理学属于"无关功利说"或"旁观者美学"。这里特别需要指出的是，漱石在阐述自己的审美心理学时，曾经强调过这是指欣赏一部分文学作品。因此不应该把他的排除利害得失念头、排除善恶观念和排除知识的所谓"非人情"的作品欣赏方法，扩大到对一切作品的欣赏。从完整的理论体系看，由于他没有论述另外的需要以功利主义来分析的作品，就不能不说是有其缺憾，易被误解的。事实上在阶级社会中，许多作家总是受一定阶级的观点的制约而不能不带着功利主义目的创作。许多读者也不能不带着本阶级的烙印来阅读这些作品，故对"非人情"论的应用范围进行限制是很必要的。

五 所谓"非人情"的本质

怎么样欣赏一部文学作品的美，应该采取什么态度，是东西

---

① 《漱石全集》第 11 卷，岩波书店 1936 年版，第 235 页。
② 同上书，第 239 页。

方古今文艺理论家都有所论述且见智见仁众说纷纭的重要问题。《庄子·至乐》有"吾以无为诚乐矣",以区别于天下普通人"所乐者,身安厚味,美服,好色,音声";轻视"身不得安逸,口不得厚味,形不得美服,目不得好色,耳不得音声"为苦的苦乐观念。庄子主张清心寡欲,无思无为,强调"天有大美而不言"等超功利、无为自然的审美理想。我国古代另一个大圣人孔子则怀着修身养性齐家治国平天下的实用功利目的教学生读诗的,《论语·阳货》里,就有"诗,可以兴,可以观,可以群,可以怨。迩之事父,远之事君,多识于鸟兽草木之名"之说,很显然,庄子和孔子正代表我国完全不同的审美理想。

庄子的无为至乐审美观和孔子的功利主义审美理想并非东方特产,西洋也有类似观点。古希腊哲学家毕达哥拉斯就曾提出无为至乐审美观,长期盛行于西洋的所谓"旁观者"论就出自他之口。他说:"生活就像是一场体育竞赛,有些人充当角力士,还有些人成为调停者,而最好的位置却是旁观者。"而亚里士多德就倾向于功利主义观点。在《政治学》卷八中,他认为音乐的效用第一是教育,第二是净化,第三是精神的消遣。他在《诗学》第四章中又提出了求知说:"我们所以乐以观赏画像,是因为我们一边看画,一边在求知……"综观西方美学,"旁观者"说似乎更受青睐,毕达哥拉斯有一群追随者,尽管说法不一,实际上是一样的。如夏夫兹博里(1671—1713)的"无关功利性"、康德的"无关功利说"以及到20世纪初布洛提出的"心理距离说"等。1912年,瑞士、英国心理学家、美学家爱德华·布洛,发表《作为一个艺术因素与审美原则的"心理距离说"》,指出:"无论是在艺术欣赏的领域,还是在艺术生产之中,最受欢迎的境界乃是把距离最大限度地缩小,而又不至于使其消失的境界,……只要使距离丧失,都意味着审美鉴赏力的丧失。"

我国学者陈超南认为,"心理距离说"等美学流派属于早期审美心理学。① 那么，更早问世的《文学论》中所论述的读者欣赏理论，更是属于早期审美心理学范畴了。事实上，布洛的"心理距离说"与漱石的"非人情""排除法"等主张非常相似。布洛曾经分析过船航行在浓雾里时旅客的心态，并认为如果此时你被大雾弥漫的雄伟景象所吸引，把旅途的疲惫和沉船的危险、大难临头都抛到一边，就会得到愉快的审美经验。断定这是审美经验与现实的功利态度保持了一段距离的结果。

客观的事实是：近似漱石的"非人情"和布洛的"心理距离说"的美学概念，在西方现代文论中也并不鲜见。奥尔德里奇在1963年出版的《艺术哲学》中，还在讨论"超然"的审美概念。他写道："为了审美目的的超然这个古老的概念，从根本上说就是要同某些利害关系相脱离，因此，它是与'无利害关系'的概念相联系的。"并且提出："反对幻觉说和主观主义的最好方法是摒弃超然这个概念，并强调其对立面。"②

漱石的读者欣赏理论，与上述各家理论在本质方面有许多共同点，但我们很难说他究竟学习、继承了哪家理论。虽然他认为他的思想是从西方进口的，是继承了外国的东西，但他自己都说不清向谁学习，受到谁的影响。漱石谢世那年的一次谈话中，说没有什么特别爱读的书，要是把堆积在书斋里的全部英文书籍当作爱读的书也许是公平的。对于受到谁的影响问题，他回答受到谁的影响很难说，因为"余的知识来自余周围堆积如山的书籍。这样坦白地说是最适当的"。因此可以说，漱石的读者欣赏理论，是在其对东西方的文艺现象进行考察，又结合自己的生活体验，经过长期的积累，逐渐形成他独特的理论观点和体系。因此他的

---

① 蒋孔阳主编：《二十世纪西方美学名著选》，复旦大学出版社1987年版，第238页。

② V. C. 奥尔德里奇著：《艺术哲学》，程孟辉译，中国社会科学出版社1986年版，第24页。

成就和弱点,也不能不与一定历史时代的文艺理论背景有着密切联系。

综上所述,漱石的所谓"非人情"这一术语,虽然是他的独创,但其基本内容或者说它的核心、本质,就是影响深远的"无关功利论""旁观者论"之类的审美理论。它有着悠久历史,它不是从漱石开始出现,也不是到漱石为止结束。首先,从世界美学史看,漱石并不是这个理论的始作俑者。但在日本似乎还没有人能够以自己的语言全面阐述这一理论。其次,如果把它作为读者欣赏理论看,在20世纪世界文论史上,则毫无疑问,肯定应该排在前列。最后,漱石从理论上阐述文学作品与现实生活的区别,这对于认识文学艺术作品的特性是有一定意义的。

漱石的所谓"非人情"审美态度,是建立在抽象的人性论的基础上的,他的读者欣赏理论只适用于有闲阶级,只适合于漱石所说的有余裕的人。

恩格斯说得好:"费尔巴哈的道德是以每一个人无疑地都有这些满足欲望的手段和对象为前提,或者它只向每一个人提供无法应用的忠告,因而它对于没有这些手段的人是一文不值的。"连费尔巴哈自己都说得很清楚:"皇宫中的人所想的,和茅屋中的人所想的是不同的。""如果你因为饥饿、贫困而身体内没有营养物,那末你的头脑中、你的感觉中,以及你的心中便没有供道德用的食物了。"[①]

当然,如果要说漱石始终没有看到这样的事实也不够客观、公正。因为,他在论悲剧时,就把中上层的悲剧爱好者命名为酒色之徒或者不幸的人,并且指出他们的趣味在匹夫匹妇中间是找不到的。然而其所谓"非人情"原理,也正是适合这批人的,因而作为文学欣赏的普遍原理是有局限性的。再则,作为精神产品

---

① 恩格斯:《路德维希·费尔巴哈和德国古典哲学的终结》,载《马克思恩格斯选集》第4卷,人民出版社1972年版,第234页。

的文学作品,对人的精神面貌发生潜移默化的审美教育作用是主要特点,所以,对读者不可能直接发生功利作用。从这个意义看无关功利说有一定的道理。但是绝对不能过分夸大这个原理,忽视阅读文学作品会产生比个人眼前的直接功利更加深刻的社会意义、道德意义。这种作用虽然是间接的,由于对读者的精神发挥作用,而按辩证唯物主义看,精神又可以变物质,结果所产生的功利很可能都要超过直接的功利。因此,从本质看,绝对的无功利性是不存在的。

从总体上看,漱石并非唯美主义者。漱石在 1906 年对记者谈了他的文学观:"作者对于所写的事件必须作出黑白判断,对作品中的人物的善恶作出评论。作者应该以自己的作品引导平凡的人,他有义务去教育平凡的人。作者比世上的人理想更高,学问更广博,判断力更高一点是理所当然的。……文学还是一种劝善惩恶。"[①]

总而言之,从理论到创作实践,功利论是漱石文学观的主流而非功利说并非主流,但由于"非人情"审美观,得到中篇小说《旅宿》的艺术渲染,在日本是个影响大、争论较多的理论。

第三节 《旅宿》:"非人情"的代表作

漱石的代表作、长篇小说《我是猫》和《哥儿》等现实主义作品显然不能用上述的所谓"非人情"欣赏方法。漱石在同期创作的中篇小说《旅宿》,则是充分渲染了"非人情"。他花两周时间完成的这部作品,1907 年 8 月 27 日上市,连广告都没有发,29 日即宣告洛阳纸贵。

[①] [日]夏目漱石:《文学谈》,载《漱石全集》第 18 卷,岩波书店 1937 年版,第 585 页。

一 《旅宿》的主题及其独创性

《旅宿》描写一个青年画家离开东京后的一段经历和见闻。这个画家由于讨厌无耻之徒派侦探跟踪,便毅然离开他讨厌的大城市,以便寻找无利害得失的、所谓"非人情"的纯美的艺术天地。他在风景如画的山村温泉,与才气焕发、因丈夫破产而返回娘家的少妇那美萍水相逢。那美托画家创作一幅她投水自尽的画以后,画家多方了解那美的身世经历,又不动感情地如看戏似的仔细观察她的举动,苦心研究精心构思,却总是胸无成竹,一事无成。直到与那美一起送她堂弟出征送死之际,发现那美在突然见到丈夫也在车上时脸上顿时显现出可怜的表情后,画家才顿悟,终于形成腹稿。

当时就有人称赞《旅宿》是"明治文坛最大的杰作",漱石在给高滨虚子和小宫丰隆的信中透露,他觉得"最大杰作不敢当,毋宁说是最珍奇之作更适当",又说"这样的小说是开天辟地以来无与类比之作"[①]。

漱石自称这篇小说在写作手法上有三个独创:第一,中心人物那美采取静态,只有画家围绕她转;第二,有意识地插进议论;第三,只显示美的感觉并不注重故事情节,不太讲究事件的发展。他认为这是西洋和日本都从未有过的小说,是他的独创。他还自豪地说:"小说界的新运动,将从日本发起。"[②]

这是部主题思想比较隐晦、费解的以小说形式叙述作者的所谓"非人情"审美观的作品。就是说,现实世界苦难重重,但人们又不能离开这个世界,于是就要想法使人生活得好一些,文艺就起这个作用。为此就得放弃同情、爱情、正义和自由等俗念,站在有余裕的第三者立场上旁观现实。让画中人物在画中活动,

---

① 《漱石全集》第 16 卷,岩波书店 1936 年版,第 410—411 页。
② 《漱石全集》第 18 卷,岩波书店 1937 年版,第 612 页。

他不能越出画面，也就不会与人发生利害关系的冲突。读者、观众也就可以欣赏到超越现世烦恼的美的艺术境界，这就是"非人情"的艺术观，或者可以理解为不动感情的艺术观。这样，作品就不能不描绘两种画面：一方面是充满悲哀、苦恼的现实世界；另一方面则是让主人翁以看戏心情观察俗世。而且这两方面又是互相联系，互为因果的关系。正是由于现实太苦才想到以所谓"非人情"的态度对待，也就是说现实的苦是画家追求"非人情"的原因，而这种"非人情"的态度，在客观上又构成对现实的冷嘲热讽。结果"非人情"本身又成了对"非人情"的一种否定。这就是为什么我们会觉得这个画家的艺术观好像十分矛盾：有时，他要艺术肩负"斥妄显真、扶弱抑强、避邪就正"的重任，有时又追求所谓"无心和稚气"，向往"采菊东篱下，悠然见南山"，"独坐幽篁里，弹琴复长啸"之类中国士大夫的情趣，过那种有余裕的生活。对东方艺术表示由衷地倾倒，对盲目崇拜西方文化艺术流露出哀叹和无比愤慨。画家每当看到20世纪法国画家精心制作的裸体画时，他总觉得那些画过分露骨地描绘肉体美，走上了极端而缺少余韵。他认为，"无心和稚气就是余裕。这是诗、画和文章中不可缺少的条件。而现代艺术的一大弊病，就在于所谓文明潮流驱使艺术家随时随地尽干些肮脏的勾当。裸体画就是最典型的例子"。城市里有艺伎，靠卖色取悦于人。他每年在美展上看到的尽是如艺伎的裸体美人。他讽刺日本艺术家以扒手的态度作画，强调应该研究日本的特色，写出日本的色彩来。法国的画虽然好，但不能照搬法国的色彩，硬说这就是日本的色彩。这些言论显然又是有的放矢，而不是在象牙塔里说胡话。

二 "非人情"，还是非"非人情"？

中篇小说《旅宿》，人物不多，故事情节也并不复杂，但人们对它的理解却是众说纷纭。评论也是智者见智，仁者见仁，莫衷一是。

荒正人认为《旅宿》证明了漱石的艺术观，即"站在第三者立场上看待现实才能创造出美的世界，使人生艺术化，展现非人情的境地"。而更多的人，较早的如小宫丰隆，当代的如著名评论家江藤淳，九州大学教授、文学博士重松泰雄等，则认为是非"非人情"的，因为"非人情"论被女主人翁脸上出现可怜相，画家终于画成画的情节所否定。

我认为"非人情"，还是非"非人情"，应该当作两个问题看，而不能混为一谈。从男主人翁画家看肯定是"非人情"的。而从作者对这画家的态度看，又应该说这部作品又有不少非"非人情"的成分。因此就不能用"是"还是"非"这样绝对肯定和绝对否定的口气回答。

在漱石的中、长篇小说中，《旅宿》是最值得玩味的，这不但有作品本身的原因，还由于作者对这部作品的期望也特别大，对这部作品所发表的谈话也特别多，给评论家们提供了比其他作品多得多的话头。

首先，如果根据漱石自己的创作意图："我的《旅宿》写成了与这个世上通常所说的完全相反的小说，目的是只要在读者的头脑里留下一种感觉——美的感觉就行。此外就没有特别目的。"[1] 那么说来，《旅宿》确实是一部"非人情"的小说。而且，从画家对这个不幸的少妇，对于将赴战场送死的那美的丈夫和堂弟以及不知革命为何物的农民等，始终采取"非人情"的冷眼旁观，或者以揶揄的笔墨涂抹他们的言行举止看，这个画家无疑属于"非人情"的艺术典型形象。

其次，从漱石给森田草平的信看，说明当时他的学生对《旅宿》的理解不是没有异议的，因此，他才会写信加以说明。信里

---

[1] [日] 夏目漱石：《余之〈旅宿〉》，载《漱石全集》第 18 卷，岩波书店 1937 年版，第 612 页。

他特别强调:"如同作家有作家的想法,评论家也有评论家的见识。你根本不必因我的想法而改变你的观点,你只要把自己的观点如实写出就行。"这封信虽然在某种程度上可证明画家的"非人情"性,但也不无含糊之处。信中他还写道:"《旅宿》的主张,第一是在于感觉美,正如你所说的。感觉美不包含人情。""(一)自然天然是没有人情的。观察的人也是没有人情的。双方都是非人情的,只是想到美……(三)当人产生情绪时,这个人便大有人情。但观察的人则有三种态度:(a)完全抛弃人情来观察如同欣赏松和梅一样的态度;(b)不抛弃人情,产生同情或者产生反感但与现实社会中同情或反感不同,即和自己毫无利害关系的纯粹的同情或反感,如同我们平常看戏;(c)和现实社会中产生的同情与反感一样地观看人的活动(这种场合,戏一开场,观众就登上戏台,痛打演员。法国发生过看戏的士兵枪打奥赛罗的事)关于《旅宿》里画家的态度产生异议的地方是第三,因此,只要看看他的态度属于 a、b、c 的哪一个就可以了。c 显然不是。画家是想以 a 的态度观察的,即使不能以 a 的态度观察,他也不想以 b 的态度观看。因此就退一步,脱离 a,但又没有到达 b,处在 a 与 b 的中间位置上。"①

什么叫中间位置?就是既不在 a 位,也不在 b 位,是在 a 与 b 这两种态度之间。就是既非纯"非人情"的,也非纯非"非人情"的。漱石接着以那美的可怜表情为例进行分析。如果画家只看这表情从感觉上说与画题是否调和,即从美不美观察,这态度是纯"非人情"的。如果那美的可怜相是因为丈夫,那么她是值得同情、值得敬佩的,因而,"这时的画家也产生了可怜的感情,这就是平常看戏的心情。至此画家大概就有了人情味"。由此看来,画家的态度也是有发展、变化,而并非始终如一。但从总的

---

① 《漱石全集》第 16 卷,岩波书店 1936 年版,第 426 页。

倾向看画家的态度还是"非人情"的。信里还说道，画家是"非人情"的，莎翁是纯人情的，我们日夜为面包而争吵而生活的人是俗人情的。并且在非人情的、纯人情的和俗人情的旁边画了重点号，让对方注意，真是用心良苦。

再从文本看，也还是有非"非人情"的叙述，如"我是人类的一分子，所以即使何等爱好'非人情'，当然也是不能长久维持下去的，陶渊明也不是一年到头望着南山的"。那画家因自然绝无因人而异的势利态度而热爱自然，"并希望每天杀死一千个小贼，以他们的尸体培养满园花草"。字里行间颇有些血腥味，倘若对社会没有极端不满，甚至势不两立，这种话是难以说出口的。画家躲在花丛里偷看那美见丈夫后，谎称在那里作诗、睡觉还问她前夫去干什么等，都不能说是毫无人情味的描写。最后明确写到他又回到现实世界，他认为看得见火车的地方就是现实世界，因为火车象征文明，是最能够扼杀人们个性的工具，预言法国式的革命一定会出现。

三 作者身上的"非人情"因素

鲁迅说："不过我总以为倘要论文，最好是顾及全篇，并且顾及作者的全人，以及他所处的社会状态，这才较为确凿。要不然，是很容易近乎说梦的。"①

用鲁迅的方法分析，可以说，漱石的思想是十分复杂的，这种复杂的思想也不能不反映到作品中。

漱石在青年时代曾经把户口迁至北海道，而逃避了服兵役。

这是由于他从思想上讨厌军人，他给子规的信里说过，有人曾经给他介绍对象，他拒绝的唯一理由就是因为这姑娘是军人的女儿。在《旅宿》里，当那美谈到前夫说什么也得去满洲时，画

---

① 《且介亭杂文二集·"题未定"草七》，载《鲁迅全集》卷6，人民文学出版社1987年版，第344页。

家与她以下一段对话和描写。画家问："去干什么呀？""你问去干什么吗？不知是去拾钱还是去送死。"接着写道："这时，我抬眼扫了一下她的脸。刚才还挂在嘴边的微笑，开始慢慢地逐渐消失。内中原因说不清楚。"

漱石没有投笔从戎，为日本帝国主义扩张卖命，对社会怀疑不满，显然与他改良世界的理想未能实现，现实使他失望有关。冰冻三尺非一日之寒，他用漱石做笔名就不是偶然的。当时就已有消极避世思想的萌芽。漱石的诗文里一再出现的守拙和持顽两个词反映出相同的思想，证明他有不与恶势力同流合污而采取回避等消极方法的一面。1895年12月，给正冈子规的信里又写道："是非如云烟，善恶亦一时，唯守拙持顽，永远贯彻之。"两年后给正冈子规的俳句又说："木瓜一开花，漱石必守拙。"在小说《旅宿》中，关于原产于中国的木瓜，漱石赞美道："木瓜是一种很有趣的花，枝条顽强从未弯曲过……在花的世界中，木瓜是一种既愚又彻悟的花。世上有所谓守拙的人，此人来世一定会投胎为木瓜。我也想成为木瓜。"

《旅宿》的主人公所向往的守拙之人就完全具有木瓜的品格，这里木瓜就是守拙一类人的象征。

《旅宿》里的画家的思想，正好是漱石的思想。这个画家所写的一首汉诗，就是漱石在1898年写的汉诗《春兴》里的部分诗句，例如：

孤愁高云际/大空断鸿归/寸心何窈窕/缥缈忘是非/三十我欲老/韶光犹依依/逍遥随物化/悠然对芬菲。[①]

其实，漱石写《旅宿》时已认识到离开东京是一种消极的逃

[①]《漱石全集》第14卷，岩波书店1936年版，第457页。

避行为，这一点在介绍他生平时已经谈过。

其后，漱石敏锐地感觉到日本不自量力地侵略扩张，很可能彻底失败。在《三四郎》里，他通过广田先生之口说，即使日俄战争打赢了，日本成了一流强国也无济于事，还会亡国。在《后来的事》里，漱石引用《伊索寓言》中青蛙与牛比赛饮水，撑破肚子的故事，讽刺日本参与帝国主义之间的竞争会失败，显示他的远见卓识。他的预见已经被日本帝国主义侵略战争的历史所证明。另外，在《后来的事》的主人翁身上，也存在与画家相同的言行，就是他们对社会都是不满的批判的，但在行动上他们又都是逃避的。他们都是说话的巨人，行动的矮子。在《门》《心》和《行人》的主人翁身上，何尝没有与画家相同的厌世、避世、追求世外桃源的人生态度呢？"非人情"思想，最后演化为"则天去私"审美观和人生观也绝不是偶然的。

第七章

意识推移：文学演变一解

意识的推移受暗示法支配；受习惯、经验约束；通过斗争，是逐渐的有反复的。气质不同意识推移方式和创作手法不同。传统意识有局限性和保守性；天才是不幸的；意识推移与流派、评论及文学价值密切相关。

第一节 论意识的焦点——核

我们说意识是《文学论》的核心问题，是由于漱石在论述文学作品的内容、文学批评和鉴赏、文学流派的演变规律等问题时，虽然揭示了多种原因，但谈的比较多的还是人的意识问题，或者说主要是围绕意识进行论证。他在《文学论》开篇中，就提出了意识流即他所说的意识波的概念，在第五编论述文学流派的兴衰交替以及批评原则等问题时，也是用意识来说明的。所以，意识论是他文艺理论的一个重要组成部分。漱石把一个时代的集体意识分为：模拟的意识、才能的意识和天才的意识。

一 模拟的意识 F

所谓模拟的意识，"就是我们的意识焦点极容易受他人支配。所谓受支配是指当意识由甲向乙转移时，自然地和别人步调一致，取舍相同。总而言之，人们在嗜好、主义和经验方面都有模仿别人的特性"①。他认为这类人在数量上是占多数，是只会跟着别人学的凡夫俗子。

二 才能的意识 F

这是被模仿者的意识，这种 F 具有积极特征。人的意识是从朦胧的识末开始，到达明晰的顶点，然后又从识末起开始又一轮的意识活动，好比存在一个连续不断的曲线 a、b、c……才能的意识 F 必然先于大众的意识到达 a、b、c……的顶点。

三 天才的意识 F

天才绝不随波逐流，有时还与时代的好尚背道而驰，不为俗流所容，不受社会欢迎。但凡人与天才的区别是非本质的，因为他们的意识只是迟早的问题。由 F 发展到 F′、F″直到无穷数，无论是天才还是凡人，F 都是不断推移的，构成所谓波动。

但是，上述三类人的意识并非在所有方面都相同。漱石指出不同之处在于天才的意识焦点中存在一个核，这是焦点 F 的主脑，是其他凡人身上所找不到的。这样，漱石从意识论中又推导出他独特的天才论。然而他只是说明了存在着这样的核而回避解说这主脑是如何发现，又怎么样处于现在这样的状态的问题。他没有说明天才的核究竟是先天存在的还是后来产生的。使人觉得这个理论尚不完整。但无论怎么说，以一个"核"字来阐明天才与众如此不同，似乎还无人这样说过。

他指出在检验焦点后还会发现特殊的现象，即此焦点是由此核的识素来确保其地位的，因此，能呈现与常人的焦点不同的奇观。这核就是数学上的恒数，其量和质始终影响众多的焦点。在漱石看来，每个人的核都有所不同，孝子的核是亲，乞丐的核是

---

① 《漱石全集》第 11 卷，岩波书店 1936 年版，第 460 页。

钱。因为前者有糖给父亲吃，后者有糖想拿去换钱。浮士德有滑稽的核，唐·吉诃德有骑士的核，达尔文有进化的核，芜村有写作俳句的核，他们的意识都以自己的核为主脑。

再如，日俄战争时，有人就预感到战后日本工业将会蓬勃发展，便大量收购股票，终于赚了大钱。显然，他们有自己的F，而且做买卖除了会经营外，还必然有许多冒险精神，这与作诗写文章是大异其趣的。"作家是站在趣味之上创作的，但兴趣不等于思索，当他与时尚、与流行的趣味接触后，胸中便酿成一樽芳醇，应机而吐出馥郁。而且许多事连他自己都不知道。如果不经过内心发酵，无论怎么样处心积虑，周密计划，终于还是会失败的。"[①] 这段话是很有独创性的，就是说作家的创作要靠趣味，而趣味又产生于与时尚和当时流行的趣味的接触，再经过作家内心的加工、发酵，待时机成熟便自然而然地创作出来。在这里，时代环境起着重要的作用，因为这是作家产生所谓艺术趣味的外部条件。没有这样的条件，作家就只能闭门造车了。因此我以为，这个观点，比弗洛伊德的"性力论"或"力必多论"更客观一些。弗洛伊德认为，艺术家都是被过分的性欲所驱使的人。艺术作品是潜意识的象征表现，是作家性欲的升华。而文艺的作用也就在于使作者和读者受到压抑的本能欲望得到变相的满足，文艺也就成了一种补偿品。虽然弗洛伊德也曾把作家的创作说成放弃性欲目标，而"转向他种较高尚的社会的目标"，给创作穿上了高尚的外衣。但我们还是不知弗洛伊德究竟是怎么样使作家高尚起来的，再者，弗洛伊德是否认为作家因写性欲而不高尚？而且一旦转向文艺创作是否所有的作家都变得高尚起来呢？看来弗洛伊德的理论还是以基督教禁欲主义为基础的，或者深受这种思想的影响。而且，他的"力必多论"并不能解释不同作家为什么创作方法迥异的谜。

---

① 《漱石全集》第11卷，岩波书店1936年版，第466页。

夏目漱石关于有才能的作家具有特殊的核的观点，与弗洛伊德认为艺术家通过创作，实现他的幻想从而得到快乐是有先决条件的观点，比较接近。弗洛伊德指出"这种方式的弱点是不能普遍适用：它只为少数人所用。它以特殊的气质和天赋为其先决条件，而这种气质和天赋在实践上是远不够普遍的"[1]。弗洛伊德讲气质和天赋，夏目漱石则说特殊的核，都是与众不同的，都是指艺术家的先天条件。而夏目漱石还注意到了后天条件的问题，他所说的接触时尚和流行趣味，就包含了后天的努力问题。因此在天才、天赋问题上，漱石的思路似乎更全面一些。

一个时代的集体意识变化的特点是漱石意识论的重要方面。他指出意识推移有以下的法则。

第一，一个时代的集体意识的传布，受暗示法的支配。"所谓暗示，既不是感觉、观念，也不是意志，而是由甲向乙传达复杂情操，从而影响乙的一种方法。"[2] 他以被催眠者为例，如果对他们说水很热，那么，他们即使手拿冰袋，也会觉得仿佛拿着盛满开水的热水袋那样难受。羽毛拿在手上虽轻，但要是向他暗示很重的话，他就会感到好像支撑着九鼎那样的沉重。

上面我们已经指出，与弗洛伊德相比，漱石关于作家创作的理论比较客观，这还可以以其意识波的理论来证明。他用焦点意识波动的理论描绘意识由 F 向 F′ 推移的状况。他假设以 F 作为意识的焦点，并假设与之相适应的脑的状态处在 C 的条件下时，焦点意识 F 向 F′ 转移之后，毫无疑问，C 也会相应地转移至 C′。于是脑的状态 C′ 是与新的焦点意识 F′ 相适应的，因而可以说 C 是产生 F′ 的一个条件。如果脑子不受到任何 S 的刺激，那么也就不会由 C 转移到 C′。由此可见，他有关人的意识活动的观点还是唯物

---

[1] 《论升华》，张唤民译，载蒋孔阳主编《二十世纪西方美学名著选》，复旦大学出版社 1987 年版。

[2] 《漱石全集》第 11 卷，岩波书店 1936 年版，第 479 页。

主义的。

夏目漱石进一步指出，焦点意识 F 向 F′ 转移，取决于这 S 的性质和强弱程度的差异。S 并不强烈时，焦点意识 F 按自己独有的自然倾向向 F′ 转移，普通人的意识是居于这自然倾向转移的，因此，他们的意识大多属于所谓模拟的意识。

第二，他认为意识的变化受习惯、经验的约束，是按习惯依次排列的。例如一辆人力车进入我们意识的焦点后，按习惯，下一个意识焦点必定由车夫所占据。

第三，意识的转移是通过竞争来实现的。即在多种暗示中只选择无害于自己倾向的，并不很强烈的 F′ 转移。而且从某种意义上看，F′ 与 F 必然有些类似之处，对 F 的倾向的反抗也必定最小。夏目漱石以这个理论来解释作家的脑子里会浮现某种创作方法，为什么会使读者产生快感的问题。

第四，当 F′ 无视 F 的倾向时，S 必然是很强烈的。这也反映了各个人的不同的气质，精力旺盛的人与老弱病残者相比，必然会选择此种转移方式。夏目漱石认为这就是不同作家会采用不同创作手法的理论根据。他指出，在第四编中所说的假对法就属于第三种意识转移法。而所谓加强法和不对法，属于强刺激的类型。加强法的主意，目的在于将 F′ 置于 F 之后，依靠对照，提高 F′ 的价值。之所以能提高其价值，F′ 压倒 F，主要由于加强了刺激的程度。不对法大体上原因相同。只是缓和法是在 F 之后，通过加上 F′ 来削弱 F。这里，他又分两种情况：当 F 过重时，与之对照的 F′，迅速地又有秩序地逼近焦点意识；焦点意识 F 达到极度时，与之对照的 F′ 将根据其程度逐渐逼近焦点。但结果相同，都使 F 自我消耗。因此，缓和法不仅仅起着缓和的效果，而且也是 F 推移上最便利的组织之一。

第五，意识的转移是"逐渐发生，徐徐变化的"。就是说，当 F 处在焦点意识上依然不动时，F′ 徐徐从识域以下升到识末，然后再从识末逐渐上升到焦点意识。漱石以禅宗的顿悟做比喻,据说,顿悟是自然而然地又是不知不觉地接近悟的,经过长期修养,一旦机缘成熟,乾坤便突然一新。他还说这种现象不仅仅限于禅悟,在日常生活中,我们是经常遇得到的。

另外,漱石还发现了意识的推移还有反复的情况。例如英国一些文人曾经全力赞美法国革命,但后来又逐渐接近旧状态。起劲地讴歌西洋的日本文学家,在稍许冷静的时候,又去扶持日本式的东西。谣曲的流行、茶道的复活、弓术和柔道的再兴、日本画和古董等因西洋货的输入而被抛弃的东西又时兴起来,西洋主义和日本主义在精神上取得了平衡。关于意识,漱石还指出:"我们一方面有求新的观念,另一方面又兼有守旧的观念一面。当这两种倾向同时影响意识波动时焦点意识就既不是全新的也不是全旧的。由于这两种意识的互相制约,所以,意识推移是逐渐发生的。"[①] 他得出这个结论,是以大量事实为基础的。他说,意识推移是逐渐发生的例子比比皆是。无论尘世间,还是文坛、学术界到处可见。"一朝出现一项发明,使人耳目一新,天下震惊,好像光辉的太阳突然出现在天际。但是,只要深究其传统,察其继承之所,便可知渊源深远。这类事屡见不鲜,出人意外。"[②] 从而得出世上一切事物都有继承传统的规律。达尔文的进化论的发展过程是如此,政治演变也有典型例子,庇西特拉图坐上雅典王的宝座时,表面上还得维持梭伦法规,不敢废除;恺撒也未改共和政体。连一世豪杰拿破仑当初似乎也无意蹂躏革命时代盛行的主义和形式。就是说这些历史人物都是逐渐走上独裁道路的,漱石以此证明,在政治上暗示也是逐渐发生的。

漱石认为以上理论虽然建立在假定之上,但已经被历史事实所证明。因此,他表示一生一世都要毫无顾忌地应用这个原则,

[①] 《漱石全集》第 11 卷,岩波书店 1936 年版,第 510 页。
[②] 同上。

去说明一代接一代地重复着的不可思议地运动着的过去的历史,去说明所谓天命,即亿万民众既是单独地活动,又是结成一团地活动着,转移着意识,卷进恐怖的又是势不可遏的旋涡之中。

这一段自述清楚地证明,夏目漱石的文学论,不仅仅要揭示文学的创作规律,还想展示人类意识活动的规律,从而更清楚地认识人类历史变迁的奥妙。这是他在留学英国时就确定好了的目标,因而《文学论》中,随处可见对社会的尖锐批评。在接着的四章中,夏目漱石又分别应用上述原则论述文学流派演变规律,文学批评原则以及各式各样的暗示。他虽然主要论述文学问题,但又有意识地不时也要涉及人类发现的一切方面。

第二节　论文学演变的原因——厌倦

一　文学特色演变论——环论

在漱石看来,暗示在一个时代的集体意识和个人意识的推移中占有重要地位。他认为暗示是自然的又是必要的,人类历史和文学史都可以证明。在第五编第三章中,他主要讲这个问题。

如上所述,由于作家气质或受到的暗示不同,作品便大相径庭。感觉材料比较丰富的作家把发扬自然美视为文学的生命;而有的则靠人事材料优势压倒其他一切,或者以超自然材料来争夺人心;而不喜欢神奇鬼怪者则不承认其为文艺,等等,不胜枚举。因此,文学现象错综复杂,光怪陆离,读者和评论家都难以简明扼要地彻底叙述出来,以至于胡乱地找言辞搪塞。但这并非因时代毫无特色,罪全在于评论家和读者身上。

漱石一再指出,日本文学有其不同于西方的特色,东方文学也有不同于西方文学的特色。可是事实上在日本文学现代化过程中,日本不少文艺理论家不能正确对待这种差异,全盘否定日本传统文学和东方文学。因此,夏目漱石在《文学论》中再三论述这个文艺理论的重要领域，决不是心血来潮，偶然为之。

　　这里他又一次以东西方文学的不同为例，说拿汉诗和西洋诗比较时，谁都不得不承认其风韵之差异，只是要你清楚地指出这种差异时，就会支吾其词，张口结舌而已。如果万一有人不承认这种差异，那是不会评诗的人，是从来不读诗的人。夏目漱石尖锐地讽刺他们的眼疾超过了患失盲症的人，差不多就要到失明的境地了。他认为这种特色虽然不在于明暗不一，不在于繁简之差，不在于难易不同，但这种差异确实是必然存在的，清楚地意识到这种特色是批评家最重要的义务。只有这样，才能与前后期的特色进行对比，确定其价值、意义和地位以及文学特色的推移变化，这是评论家的第二个义务。①

　　夏目漱石把文学特色演变的复杂的原因，以通俗的厌倦两字概括出来。不过，实事求是地说，这个观点并非他的独创。这里我们可以看到夏目漱石对美国最新心理学的借鉴、吸收。他引证美国心理学家亨利·拉特格斯·马歇尔（1852—1927）《痛苦、快乐和美学》里的观点说，痛苦和快乐的区别与时间有关。他解释说，所谓与时间有关，就是说这两种感觉在性质上并非不同，经过一定时间之后，这一种感觉便自动地变化为另一种感觉。痛苦和快乐一开始就没有相异的客观性，而是取决于我们的感觉器官。虽然往往能看到与此法则相矛盾的现象，可是仔细观察就不难发现，在一定的环或者说圈子中，这种心理现象是在不断循环的。夏目漱石以他英国房东老太太每天过着单调的生活为例说，老人生活在这单调的环内，我们从外面观察到她在自己的生活圈里过得如此单调，觉得不可思议。但是实际上老人在环里是在不断地变化着的。虽然她在同一时刻、同一地点读着同一份报纸，但报纸的内容是每天不同的。

---

① 《漱石全集》第 11 卷，岩波书店 1936 年版，第 490 页。

不过在我们看来，以这位老太太的生活为例，似乎不能得出人的意识在一定的环内循环的结论。因为首先，正如夏目漱石自己所说，报纸的内容每天不同，不可能有返回原来内容的一天。其次，随着她身心的日益衰老，她不能回到原有意识，正如她不可能返老还童一样。不过漱石从人的意识在一定的环内不断求新的观点，推导出人的文学趣味也决不停留于一处，必定发展推移的观点，倒是符合人们不断进取，不断求新的思维特点的。漱石把意识推移的原因只归于厌倦，并且指出此时的 F′ 与原先的 F 相比较未必优越，因为以趣味为生命的文学，更倾向于摆脱前期的文学趣味。这和科学的发展是不同的，科学上 F′ 需利用以前成就，F 是在以前的基础上加入新成分，所以科学越来越发达。文学虽想竭力摆脱以前的影响，但总是不能完全摆脱的，所以往往仍保持前期的一些特色，因而他说 F′ 未必是 F 的发展。只有在同一环里即同一理想的情况下，F 推移时才能说是个进步。他批评一些庸俗的观点"一见时代趣味有变，不以为单是受好恶支配的结果，误以为趣味每一次变化是一种进步。换言之，就是误以为自己现在的趣味是最完全的，视之为唯一的批评标准"。他认为现在的趣味只能作为批评过去同性质趣味的标准，要是用来断定过去异质的趣味，那是幼稚的做法，即使只在自己的意识里对之进行批判，那也是一种越权行为。[①]

夏目漱石特别推崇 W. M. 康韦（Conway）爵士的观点："伟大的艺术家在今后拿出的东西必须是新式样的伟大，未来的大流派不是比以前更巧妙地表现旧理想，而是必须用新式样去表现新理想。各种艺术风格发展又凋落，但各种艺术风格单是相袭的关系相互之间并无优劣之分。一个时期的理想只是表现这个时期国民的欢喜，而且欢喜是不会有变化的。情绪长期一样，只是受到

[①]《漱石全集》第 11 卷，岩波书店 1936 年版，第 897 页。

各式各样的刺激而发挥出来而已……"①

漱石特别指出，在多数场合，我们现在的理想是一种束缚，但我们也有自由，站在任何一个环里进行评论。然而如果以为现代的趣味是过去趣味的发展，而企图用一个标准来批评一切作品，那是不知趣味和意识推移的原则。他把作为文学内容的材料分为四类，把文学理想也分为四类，因此，批评标准也可分四种。所以，他批评把发挥人生的真实作为唯一理想，用此标准来衡量反映其他理想的作品乃是"犯了侵入罪"。

在夏目漱石看来，现在的趣味具有限于同一环里的性质，同时，人们也可以把不同的环置于意识中，并且可以把各个环中最高的思维、趣味作为标准进行批评。凡是能够把多种多样的环置于意识焦点的人，被他称为意识广阔的作家、评论家，相反的人被称为意识狭窄的作家、评论家。他还说前者要求有推移意识的自由和范围，而意识推移的自由则来自天赋，他把意识推移的范围归于多读、多思、多闻和多见。

上述意识推移理论我们也可以称为环论，可以视为漱石的文学批评理论的核心。他以此来要求作家、评论家应该具备多方面的艺术趣味，不应该用一个批评标准衡量所有作品。从而有力地批评了那些以西洋文学的标准来否定日本和东方文学的错误观点。可见，上述理论具有明显的时代性和针对性的特色。这是他不同于明治、大正文学史上出现的大小文艺理论家的主要标志之一。

二 文学风格的演变规律

在《原则的应用》之二中，夏目漱石论述了"意识具有局限性与保守性的特点"。如在德川幕府时代，武士可带双刀横行霸道，自以为理所当然。而农民工匠也甘心与禽兽为伍，泰然处之。

---

① 《漱石全集》第 11 卷，岩波书店 1936 年版，第 497 页。

柏拉图、亚里士多德等希腊哲人，虽然认识到奴隶制的弊病，却无人起来反抗。他们的意识在黑暗的习惯的圈子里循环。

他又以文学为例，说18世纪的诗，不仅仅形式千篇一律，用语都是引经据典避免用新词句，似乎超出人们意料，就失去诗人的资格。把意识的车轮约束在铁轨上，只能沿着陈规陋习行驶，当圈外人指出后反而嗤之以鼻。他明确指出了旧的审美意识的弊端："陷入停滞、流于固陋、容不得新生命、千篇一律鹦鹉学舌、屋上架屋。"[①] 漱石指出了摆脱旧的艺术趣味的重要途径就是必须获得新的暗示，而想要获得新的暗示就有两种方法：必须等待强烈的刺激，或者是期待按原来的圈循环运动的推动力自动消耗殆尽，然后发展推移到外圈。旧趣味的地盘每缩小一点，其正当的资格也随之丧失一点。值得注意的是在这章中，漱石又一次强调，意识推移是自然的观点。他认为假如以不自然的推移方式代替自然的方式，那是拙劣的方法。而且，统治者对于被统治者、严父对于逆子、老师对于学生以及官员警察对于人民，都无所顾忌地采用此法。

另外，他也提倡集体主义，坚决反对个人主义。他的理由如下："社会制度、秩序、组织虽然一再变迁，但有史以来反抗、破坏社会的事还未曾见过，因此学者们从社会本能看，视人类为集体的动物。所以，由本能产生巩固社会的愿望，这是我们人的共性。一个社会不能巩固时，就不能与其他社会竞争。"于是，社会就会毁灭，自己也就会不能生存。个人主义从某一点看能超出想象地发达起来，然而与个人主义并行的是维持社会意识的稳固。这既是我们对其他人的义务，也是对自己的义务。因此他得出结论，我们都是墨守成规陋习，满足于社会现状的人。如果个人主义发展到极点，各个人的意识在一切方面都不一致，这社会便不能存在。文艺也就不能存在，甲写的小说没有读者，乙作的新体

[①] 《漱石全集》第11卷，岩波书店1936年版，第506页。

诗无人知晓，也就没有必要印刷、发行，文学界便永远寂寞下去了。所以他十分通俗形象地比喻说，应该觉悟到，我们的一部分意识必须处在同一盏走马灯里，围绕同一束烛光循环。

日本著名文学评论家吉田精一认为，"《文学论》偏重于心理学的立场，而不是从社会的观点看文学"，而把社会的政治的经济的动因只在《补遗》部分叙述。[①]

诚然，漱石在探讨文学规律时，引用西方不少心理学著作，趣味、意识、感觉，以及喜怒、哀乐等术语，大多与心理学有关或者比较接近。然而，漱石在论述这些问题时又往往与社会、宗教、伦理和道德等问题穿插、结合起来的，这是他的文艺思想的明显特色。这章里就糅进了社会稳定、个人主义和集体主义等政治性的、社会学的内容，又清楚地证明漱石对伦理道德的重视，证明他的文学理论又一个重要特色。另外他关于意识推移的环论或者说圈论、厌恶论以及刺激论、暗示法则等，虽然都是用来阐述意识推移问题，但从暗示和刺激论上，我们仍可以感觉到外界、客观世界的气息来。因此可以说他的文艺观基本上是唯物主义的。但在叙述中，用一个环做比喻，也是有局限性的，显得过于机械。另外，他也不会做阶级分析，只是抽象地论人。

三 继承与发展规律

漱石从"意识推移是逐渐发生的"演变规律，又得出世上一切事物对待传统都有继承与变革的规律。他认为达尔文的进化论的发展过程是如此，政治演变也有典型例子，文学艺术的演变当然也是如此。

漱石还以英国民族学家哈登（Haddon，1855—1940）的《艺术里的进化》里的理论来证明。哈登写道："所谓暗示与预期，是

[①] ［日］吉田精一：《近代文艺评论史·明治篇》，至文堂1975年版，第829页。

说艺术创造受到动和静这两种力量的作用。前者意味着发端并且变样；后者具有保持既存东西的倾向。在艺术表现里，我们的所谓截然的生活史（a distinctive 'life-history'），就产生于这两种力的作用。生活史由三期构成，即生、长和死。通常中期所包含的变形都可以用所谓进化两字来概括……我们把艺术的发展程序，分为原始、进化和衰退三个时期兴许方便一些。"①

在《原则的应用》之三中，漱石进一步指出，哈登的说法不仅符合图案模样，推而广之也可适用于普遍的发展、推移。漱石从下述插图得出结论："其进化也不是偶然的"，"暗示是逐渐发生的"（见图7—1、图7—2）。

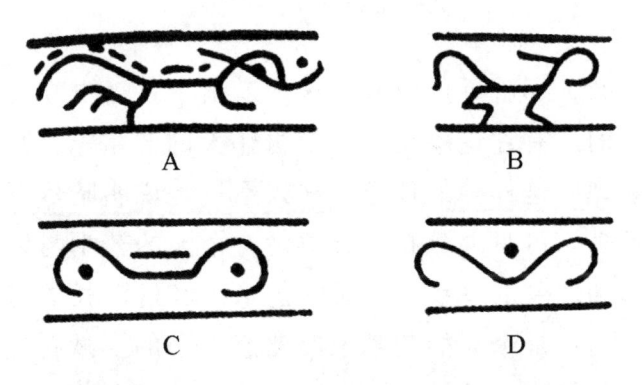

图7—1 显示鳄鱼模样的变化是由繁到简的过程

漱石引用英国哲学家米尔赫德一段话说，世上号称写书的人往往把自己的名字印在卷头，而把参考书目放在序里或者篇末，毫无顾忌。在他看来，在卷头印上参考书目，把自己名字放在篇末，在多数场合更符合事实。作者所写的，他所能做到的，只不过是把经过无数年月的劳动提供给他的材料，重铸成新型而已。从这个意义上说，正如爱默生说的，每个人都是剽窃者，各种东西都是剽窃来的，连住的房子也等于是剽窃。他们把不可能有的

---

① 《漱石全集》第11卷，岩波书店1936年版，第511页。

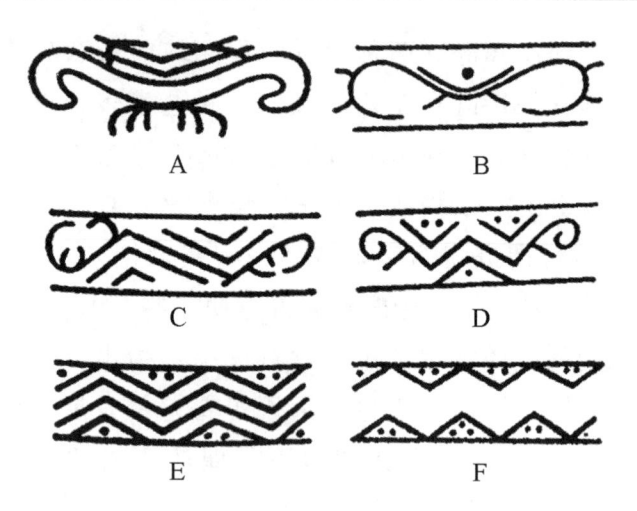

图7—2 显示鳄鱼模样由写生图案变化为
几何图形并非突然变化的

崭新说成崭新，那就近似讽刺。这话道出了在著书立说方面暗示是逐渐发生的。有评论家说，即使再伟大的艺术家，都根本不可能想出和表现出这样美的理想。这只不过是说明暗示不可能从天上突然掉下来。可见，漱石十分清楚，今天的艺术与以往一切艺术，是继承和发展的关系。今天的艺术是经过漫长的道路逐渐发展起来的，而不是今天的艺术家突然想出来的。漱石进一步探讨了文学流派必然更迭的原因，他以十七八世纪在英国文学中出现的浪漫派和典型派的兴衰更替为证。所谓典型派他是指埃德蒙·沃勒（Edmund Waller，1606—1687）和约翰·德纳姆爵士（Sir John Denham，1615—1669），18世纪的亚历山大·蒲柏是集其大成者。这一派为什么会出现，漱石引用英国文学评论家埃德蒙·戈斯（Edmund Gosse）的评论说："17世纪的文学，为什么固守在一个圈里？为什么以人造的法则自缚？为什么用陈旧的毫无意义的题目束缚自己？就是由于写诗时，采用了变态的怪异的形式，选择了莫明其妙的荒唐的辞句之故。"另外，"十七世纪的英国人，对于自由放纵已经感到厌倦，讨厌剧作家的粗暴，看腻了抒情诗人的接吻、玫瑰和香料，厌恶跟随无拘无束的文人墨客游弋于历史的海洋里，奔走于广阔的宇宙中"。

漱石把文学流派演变、趣味变化的主要原因归于厌恶。他进一步以诗人剧作家威廉·达夫诺特（William D'Avenant）为例，证明"所谓暗示必然是逐渐发生的"观点。达夫诺特原来是属于所谓旧派，后来到他觉悟大约经过二十年，天下大势都讴歌埃德蒙·沃勒和约翰·德纳姆爵士时，便幡然悔悟，易迹更步，抛弃浪漫主义衣冠，直奔典型派的营垒。漱石认为这个诗人是在不知不觉之中，感受到暗示的刺激，逐渐摆脱浪漫主义的窠臼，进入典型派新天地的。

漱石还以19世纪的英国文学评论家对"千古大家、全欧的天才"莎士比亚的否定性批评为例，证明意识推移的原理，证明在18世纪，由于上一代的惰性，把莎士比亚视为大家。但要改变对他的绝对敬意，则经过了很长时间。在漱石看来，这个"意识推移在一百年以前就开始了，是逐渐达到新的认识的"[①]。

但是，漱石也并不排除艺术趣味的转变存在突然性的情况。当意识"受到猛烈的压迫时，我们就希望在比较短的时间里，改变意识"。"尽管我们对于当前的意识已经厌倦，然而由于因袭习惯，觉悟不到自己已经厌倦……仍满足于现状，而不愿变动。这时，突然受到强烈的刺激，便马上急转为新的意识。"[②]

漱石谈到当委婉的恋爱小说盛行之际，世上对之还没有产生厌倦情绪时，要让人毫不留恋地抛弃其爱好，就必须给予相应的强烈刺激，攻击其波动的顶点。能给予强烈刺激的，无非反对当前意识的刚健雄伟的趣味或者是滑稽诙谐的作品。从严密的意义上说，此种意识推移，可称为反动，而这是不能放进逐渐推移原

[①] 《漱石全集》第11卷，岩波书店1936年版，第520、534、531页。
[②] 同上。

则的。① 所以他还提出："自然法则只有服从自然才能驾驭，然而，人的法则比自然法则更加顽强。只因为是人，而违反自然推移的大法则，这就好比是让桀纣再生，让枯竹再生。"但有些"权威和傲慢的人、狂妄的人"，就是"不知意识推移是难以逆转的，而要小聪明，想在瞬刻之间欺骗天下耳目，而且误认为这就是自然"。这里，我们可以联想他始终提倡的要写得自然的创作方法和他晚年所主张的"则天去私"来。

第三节　文学的发展与批评和斗争

《原则的应用》之四主要解剖意识推移要经过斗争的原则。可以说是这一编的总结，也是最清楚地反映漱石的艺术观点、爱憎感情的精彩段落之一。

漱石把生理解剖原理应用于对意识的解剖，这里也有借鉴和创新的意义。他写道："当取某人某时的意识解剖，便可以清晰地发现各种意识竞争的真相。当有一个意识 F 正处于意识的顶峰上时，就有许多 F′成群结队地欲取而代之。有时受到内脏器官的刺激，如胃痛、饥饿等突然压倒其他一切意识，冲到顶点称王称霸；有时是周围环境，炭火的热气、墨水的颜色、树梢上的风以及天上的阳光、地壳的波纹等一齐向我们逼来，强迫我们去注意。正在专心读书之际，突然被跳蚤咬了一口而惊奇不已，此时关于跳蚤的意识无疑已经占领天下……我们的意识界犹如不断的修罗场，争霸永远无止境。时代风潮如此，文学流派也如此来去匆匆。"②

夏目漱石以伊丽莎白·盖斯凯尔夫人最著名的幽默小说《克兰福德》为例，对作品里两个人物围绕狄更斯的小说《匹克威克外传》争论不休的情节进行分析。认为这两人对话的焦点是个人

---

① 《漱石全集》第 11 卷，岩波书店 1936 年版，第 520、534、531 页。
② 同上书，第 538 页。

的好恶,他们的对话不如说是战争更合适,并且断定:这是当时"一个时代的集体意识的战争"。

由于《匹克威克外传》具有当时英国文坛从未有过的特色,所以新旧两种趣味的激烈斗争是必然要发生的。虽然斗争的成败是一清二楚的,但身处旋涡里的旧派人物总是不知大势所趋,过后虽然觉悟而感慨不已,但仍然不知推移变迁规则,原因就在于趣味不一定是合理的。

漱石认为:"趣味只是一种好恶,从某种意义上说,好恶趣味不是人的一部分而是人的全体,并非由是非曲直来左右,改变其趣味就等于是改变其人。也有人在世事转变之际,仍不知与众人一起转变其趣味,往往墨守成规,抵抗新事物,是所谓不知悔改之辈。"①

夏目漱石尽管未能以阶级分析的观点看待意识形态问题,但是已经很清楚地阐明不同意识的斗争。他说,由于年纪、天赋、受教育程度以及生活习惯等不同,其意识推移也各不相同。而且在获得一种暗示时,个人意识的波线上就已经呈现出斗争;当这种意识波及一个时代的集体意识时通常都会唤起剧烈反抗。例如萨克雷《纽可姆一家》的主人翁纽可姆,从印度回到伦敦后发现,他与儿子的朋友们艺术趣味迥异,心情竟然不能平静。

夏目漱石提出:"如果想标新立异,不寄人篱下,毅然自成一家,就必须具有与世界为敌的决心,必须具有压倒敌人的气魄和精力。"②

夏目漱石十分欣赏华兹华斯的"任何人想成为伟大的富有独创的作家,他就必须创造出使人爱读的趣味"一段话,并且解释说,所谓独创只不过是崭新的暗示,创造就意味着打倒 F,使 F′崛起。天才是"不顾成败得失,一往无前的人,称为狂也好,愚

---

① 《漱石全集》第 11 卷,岩波书店 1936 年版,第 544、548 页。
② 同上。

也好，是天性如此，是无法阻止的"。因此，他们又是最不幸最可怜的人。漱石对天才人物充满同情与赞扬，同时又不得不说，这只是一种思慕的感情，而如果"自己想成为天才，或者因思慕欲得到其位置而讴歌天才，则被认为大错特错。从历史看，现在受到承认的天才人物，无不遭受过迫害，无不留下孤愤、穷愁和奋斗的痕迹……天才生前无名，能在死后成名者只有十分之二三。天才人物是最有执着心的人，因此，其所经历的斗争必然极其激烈，而且总是寡不敌众，仍勇猛斗争，死而后已"[①]。

值得注意的是，漱石的理论是建立在坚实的历史事实的基础上，而并不是只靠解剖和思辨。他在做出上述结论后，就大量论述了英国和法国的许多天才的艺术家的遭遇。例如华兹华斯和柯尔律治合著的《抒情歌谣集》（1798）是轰动当时诗坛的创新之作，但反映当时集体意识的《评论月刊》(*The Monthly Review*)，1799 年 5 月号却抨击作者"不仅仅使诗歌堕落，也使英语堕落"，讥讽诗集是"巧妙的赝作"。该刊还指责出自柯尔律治之手的《老水手之歌》"荒唐无稽、支离破碎、莫明其妙"。弗郎西斯·吉弗雷则批评罗伯特·骚塞的《毁灭者萨拉伯》"都不足以供儿童娱乐"，因为，"还未满足好奇心就已经觉得疲劳不堪"。夏目漱石认为这是在攻击所有的浪漫主义作家，与现代评论比较时，弗郎西斯·吉弗雷的批评"难免使人有隔世之感"。对于劳德·布劳汉姆说拜伦的诗"神与人都不能允许"的一段评论，夏目漱石愤愤地批评说，这"哪里像评论全欧闻名的大诗人的话"。

守旧派评论家无理指责济慈的《恩底弥翁》，也使漱石极端愤慨。他说强加给这位"可怜的天才诗人"的"混话，因其无知无识、傲慢、残酷，而使后代对这位久病的诗人无比同情"。因为论者甚至都未读原诗就评头品足，硬说济慈模仿亨特，"而其难懂又

[①] 《漱石全集》第 11 卷，岩波书店 1936 年版，第 538 页。

超过亨特,其散漫、冗长、不合理又超过亨特十倍",竟然还说济慈是"耍酒疯,为写诗而写诗"等。夏目漱石十分激动地写道:"这个评论家的态度恶劣透顶,他的真正用意不在于启发作家,也不在于直率地叙述自己的嗜好,而只以毒害别人的感觉、压迫新进的弱者为快……文学界出现这样的无赖是最大的不祥之兆。消灭他,不仅仅为一个济慈,也是为了我们大家,为了全社会、全人类!"[①]

上面说过,《文学论》出版时,漱石对这部分做了较大的修改、补充,以上的激烈言辞,很可能加进了他成名后的个人遭遇和体会,所以有着如此鲜明的爱憎色彩。然而,漱石并非只靠感情说话,而是根据大量历史事实,进行分析、概括,总结出文学发展的经验,构成其评论的理论基础。夏目漱石指出,文学从内容到形式都是不断发展的,新生作家往往由于采用新形式,反映出新思想、新观念,而遭到守旧派的围攻,因此,斗争是不可避免的。这是文学发展的规律,也是文学发展的动力。夏目漱石的理论具有重要的实践意义。首先,对于立志创新的作家来说,就应该不怕打击,勇于实践,敢为天下先;对于评论家来说,就应该大力支持创新,而不应该站在对立面上,扮演扼杀新生事物的刽子手。然而不幸的是,有些天才作家、评论家在其成名后竟然忘掉自己登上文坛之初所受的嘲讽和压制,又转而去嘲笑、压制新一代晚辈作家。

漱石以柯尔律治对丁尼生的批评为典型例子,活龙活现地描绘出柯尔律治大言不惭地对待丁尼生的态度。"丁尼生的诗我还未来得及通读",他一上来就傲慢地坦白,接着又写道,"但只要溜一眼便可以毫无疑问地说,诗有许多优点。但不幸得很,他似乎是在不懂何为音律的情况下作诗的……不考虑何为律诗的要领,

---

[①] 《漱石全集》第11卷,岩波书店1936年版,第556页。

一味妄想标新立异，就只能算胡闹。我真诚希望他成功，所以特别想忠告他：不懂音律，终究是成不了诗人的！"①

但是不幸得很，柯尔律治的狂妄的预言，只能作为后来人评论的笑料。丁尼生还是成了颇有影响的诗人。夏目漱石是靠事实说话的，据他说，丁尼生作古后有个中年商人投书《发言人报》（*Speaker*），称丁尼生是他的忠实朋友和导师，40年来从未离开过他。正是丁尼生，给了他在社会上站立起来的勇气。他和妻子一起读着丁尼生的诗集，在诗人引导下，携手走上鲜花盛开的大道。夏目漱石所选择的这个资料是很有说服力的，既说明了丁尼生的影响，也证明柯尔律治成名后，如何看待后起之秀的。新老两代作家、诗人的关系，无论古今中外都是个普遍性的问题。老作家对待晚辈怎么样既要严格批评，又能热情支持、爱护，都有一个如何平衡的问题，处理不好就很有可能堕落为守旧的扼杀新生力量的评论家。在这方面，漱石堪称为老作家之楷模。关于这个问题，下一编做详细论述。另外，应该说年轻作家既要创新又要学习老作家的成功经验也绝非易事。

夏目漱石关于这个问题的论述，还显示出他学识渊博，论证充分，逻辑严密，滴水不漏的特点。本来，他已经以许多英国诗人和小说家的例子充分地证明了自己的论点，至此完全可以鸣金收兵。可他把笔锋一转，进入艺术领域，以英国和法国一些画家的艰难经历，证明新旧艺术趣味之争。

据他说，英国拉斐尔前派的威廉·霍尔曼·亨特、罗塞蒂和密莱司三人，曾经被评论家视为毒蛇猛兽，竟然要求从画展上取走他们的画，不让展出。为此，著名评论家罗斯金曾三次撰文，批评那些评论家无知、偏狭和嫉妒，使拉斐尔前派赢得了公众的同情。漱石特别推崇密莱司在四面楚歌声中巍然屹立，毫不动摇

---

① 《漱石全集》第11卷，岩波书店1936年版，第557页。

的气概。还说在法国，米勒的写实主义风格一直得不到知音，逝世以后，他的《祈祷》才得以24万元的高价售出。莫奈等印象派画家被学院派视为疯子，他们的作品只能在"废物沙龙"中展出。

关于暗示与斗争的问题，夏目漱石总结出以下特征。

第一，暗示常常与斗争并存，不经斗争新的暗示便不能普及。新的暗示离旧意识越远，斗争越激烈。结果要么新暗示战胜旧意识，要么旧意识扼杀新暗示。新暗示大都受一个时代通俗的集体意识的迫害，直到被剿灭。天才意识大多以远离普通人为特色，所以往往是失败者而不是成功者。

第二，意识的波浪运动永无止境。到达波峰顶点的成功者，是在成功地排斥其他暗示之后才成功，但他们不能永远停留在顶峰，终究要被新的暗示推下来，所以，无论是个人意识还是一个时代的集体意识，都是不断推移变化的。

第三，成功与才能未必成正比例。天才意识常常富有独创的内容，带有强烈的个人色彩，因此，他们未必预知现代意识将来的倾向，而去推动这种倾向的发展，甚至往往与之背道而驰，遭到普通人的嗤笑。有些人虽然一时轰动，但不久便被人遗忘。例如A. M. 本纳特夫人的处女作《安娜》发行当天就被抢购一空，但现在却无人问津。丁尼生的剧本曾经受到艾略特等人赞赏，而后来的评论家只推崇他的诗歌，等等，不一而足。

接着，夏目漱石又用数学模式对暗示的种类进行分析。他问道：当文学上的F连续变化为F一次方、F二次方、F三次方……直到F^n时，$F^{(n+1)}$后的F具有什么性质？他认为从理论上分析将有六种不同的情况。一是复活古代的F；二是与古代的F相结合；三是加上F^n后变成某种全新的东西；四是全新的东西；五是成为F^n与古代的F相连的东西；六是全新与全旧的东西的结合。

另外，夏目漱石认为现在的意识突然之间变化为古代的F，或者突然变为全新的F是一种例外，几乎是不可能出现的。那么，就只有四种情况，即第一，（现在）+（古）；第二，（现在）+（古+古）；第三，（现在）+（新）；第四，（现在）+（新+古）。他着重解释带（古）意识的第一、二种情况。第一种情况的最明显的例子是意大利文艺复兴。小的复兴如18世纪哥特式艺术的复兴，复兴的是与希腊、罗马古典无关的中世纪的意识。荷拉斯·华尔普尔（1717—1797）所建宅邸被视为先驱。他称第二种情况为"连接复兴"，是把现在的意识与古代两个相异的意识或者潮流融合起来的情况。如密尔顿的《失乐园》，就错综复杂地包含了许多过去与现在的意识。说密尔顿根据时势的变化，毫无顾忌地同时使两种以常识看很难调和的意识，如希腊和希伯来、《奥维德》和《圣经》复活，真是得心应手，左右逢源。

最后，夏目漱石利用意识推移的原理论述了文学作品的价值和生命力的问题。他指出，在得到新暗示的某个时期，发现这种新暗示的书籍将会大量涌现，带有类似的特色。应该怎么样决定它们的优劣呢？他提出，对待作品的善恶标准，不外是我们的趣味。尽管我们的趣味是常常推移的，但未必意味着越来越发达。被认为最有价值的作品，只意味着在趣味尚未推移的今天还有价值，严格地说将来未必都通用。

他还指出，除了作品本身的价值以外，决定作品生命力的还有三种原因。第一是首先发现新暗示的作品最有生命力。第二是由于发现同一暗示的作品优劣差不多而导致全部消失，好比美女选婿，二三十个都差不多，结果一个也选不上。第三是最先或最后发现同一暗示的作品都消失，只有中间出现的作品能够流传下来。原因在于，最先出现的作品由于过于稀奇等原因而得不到公认。又由于某种原因，终于到达一般意识的顶点，恰在此时问世的作品就走运，受到欢迎。嗣后的作品由于意识走上了下坡路，而成了不幸的牺牲品。

第 八 章

交口赞誉:空前巨著

《文学论》是日本现代文学史上罕见的文学概论,在一些重要的文艺理论问题上,漱石比西方人更早或几乎同时进行了阐述。他对比分析了东西方不同的审美习惯和审美趣味,回答了日本文学怎么样实现现代化的问题,其独创性和现实性受到极高评价。

第一节 《文学论》的突出贡献

日本现代文学理论的形成是几代人努力的结果。在日本明治维新以后的启蒙时期,日本就大量翻译介绍西洋近代文艺理论,如1879年菊池大麓翻译的《修辞及华文》、东京大学美籍讲师芬诺洛萨(又译菲诺罗莎,Ernest Francisco Fenollosa,1853—1908)在1878年开始教授的《美术真说》和中江兆民翻译的《维氏美学》等。此外,西周的《知说》对西洋文学的本质和类型做了分析。这些主要还是属于引进性质,不是他们自己的创造,更不知如何应用这些理论对本国文学进行批评、概括、区分良莠,以利汲取精华,抛弃糟粕。

夏目漱石虽然不是翻译介绍西洋文艺理论的先驱,他的特殊贡献在于他更完整地创立了自己的文艺理论体系,他的理论来源于创作实践,他以客观、冷静的科学态度,以具体作品为基础对比分析东西方不同的审美习惯和审美趣味，肯定各自的优点与不足，纠正不少片面观点。

夏目漱石能以如此客观冷静的态度，以具体事实为基础对比分析东西方文学的异同，态度公允，方法正确，具有重要的理论意义。因为在夏目漱石登上文坛以前，日本一些著名思想家、文艺理论家，如坪内逍遥（1859—1935）和中江兆民等人，都未能正确评价俳句等传统诗歌。坪内逍遥1885年在其传世之作《小说神髓》中，就断然认为日本的长歌、短歌极单纯，仅仅限于一时感情，只是"未开化时代的诗歌，决不能当作文化发达以后的现代诗歌"①。当然，日本明治维新后，首先出来否定和歌俳句的不是坪内逍遥。在他的书出版三年前，《新体诗抄》三作者之一的哲学家井上哲次郎，在提倡创作新体诗的同时，主张"明治诗歌应该明治化，不要古体诗"。显然，这是带历史虚无主义倾向的偏激观点。诗歌要现代化，这没有错。但是，应该在什么基础上现代化，传统的形式是否都要彻底抛弃才能实现现代化呢？应该说，当时抛弃论者不是少数，而且存在时间也不短。连进步思想家中江兆民在1901年还认为和歌是"世界小品文章中的小品，已经有《万叶集》和《古今和歌集》，后人只不过是把陈腐的文字罗列在一起罢了。这和七绝到了唐朝以后不值得一读一样，因为体裁太小，无法充分发挥之故"②，甚至到第二次世界大战以后，桑原武夫还在《第二艺术论》（1946）中，批评俳句已经落后于时代，只是一种游戏，是老弱病残者的余技、消闲解闷的工具。

日本明治维新以后，尤其是明治二十年（1887）以前的所谓启蒙时期，否定传统文化的思潮是很普遍的，在美术界也有表现。1882年，即《新体诗抄》问世的同一年，1879年成立的保护和发

---

① 《现代日本文学大系》第1卷，筑摩书房1970年版，第184页。
② [日] 中江兆民：《一年有半、续一年有半》，吴藻溪译，商务印书馆1991年版，第36页。

展日本传统美术的协会日本龙池会，为美国学者欧·弗·芬诺洛萨的讲演稿《美术真说》写的前言，还把日本画家说成了"不知美术为何物的无知的人"。同年5月14日，应龙池会的邀请在上野公园教育博物馆观书室的讲演中，芬诺洛萨叹道："呜呼！日本人见识何其如此之浅耶？其固有画法之最良特美既已被证明，且欧人争相利用之。然日本人对之不闻不问，却欲袭欧人已全部废弃或欲加更改之旧套、弊端……"① 芬诺洛萨教授是在1878年哈佛大学毕业的同一年，应日本文部省之聘到东京大学文学系当教员的，至1886年，先后教过哲学、政治学、美学等。这天临场听他讲演的有当时的文部大臣等几十个达官贵人。这种场合除了傻瓜恐怕谁都不会胡说八道的吧，而且龙池会的前言也承认他讲得"事理明晰精确，切中时弊，足以使世人惊醒"。

更有甚者，如为日本现代化立过汗马功劳的明六社，它的一个头面人物、曾任文部大臣的森有礼，就主张废弃日本语，用英语代替国语。可以说，在这样的时代里，漱石是较早的觉醒者。抛弃自己的长处，去学习别人的短处，看来有点可笑，而现在看来，这正是日本现代文学艺术发展历史的事实。把漱石的《文学论》放在这样的历史背景下考察，并把夏目漱石与同代的思想家作个比较，就越是能更清楚地看出他的出众之处。把漱石与日本在明治维新以后涌现的文艺理论家进行比较，也是川端康成和吉田精一等作家、评论家所采取的方法。这里，先把漱石与中江兆民和坪内逍遥的理论做个比较。

与漱石一样，中江兆民和坪内逍遥都有深厚的汉学基础，然后学习西学，都是学识渊博，积极引进西方文化的先驱者。而且在方法上似乎难分伯仲，因为他们都采取分析比较的科学方法，都可以算日本第一代比较文学家，为日本文学的现代化做出了杰

---

① 《明治文学全集》第79卷，筑摩书房1983年版，第45页。

出贡献。而且中江兆民是日本杰出的唯物主义哲学家、自由民权运动理论家和政治活动家，在哲学思想和政治倾向方面，比夏目漱石更进步。那么，他们为什么会对日本和歌、俳句和汉诗等传统的民族文学的态度正好相反呢？

这里必须具体问题具体分析，不能形而上学地看，不要以为哲学和政治思想进步对所有问题的看法就一定比别人正确。我以为这既与他们的创作实践有关，也因穿衣戴帽各有所好，艺术趣味不同。还因生不同时，学有先后且时代思潮迥异。

中江兆民生于1847年11月1日，年长漱石整整二十年，1871—1874年，作为司法省留学生在法国攻读哲学、文学和历史，1883—1884年翻译出版了《维氏美学》。他对于日本明治维新以后的日本文学也有非常精辟的见解，对于日本传统文学，他也是具体分析的，既有厚今薄古，也有厚古薄今。他否定俳句，又说观世派的谣曲与幸田露伴、尾崎红叶相比，就像乞丐与华族相比。还认为当时的作家，专门在修辞上下功夫，而不注重构思，所以远远不如近松门左卫门和竹田出云。他没有盲目迷信西洋文学，说义太夫派的脚本并不比欧洲的悲剧和戏曲差些。所以，总的说来，他的文学观也不算太离谱。他擅长哲学的逻辑的思考，主要从事政治斗争，与具有日本俳句创作经验的夏目漱石相比，对俳句有误解也是可想而知的。

从方法论看，中江兆民的方法也是无懈可击的。因为他也是通过今古的比较、东西方文学的比较得出结论的。因此，我觉得在文学批评中，除了方法外，个人的兴趣和爱好也是不可忽视的因素。而结论是否正确必须经过历史的检验。一百多年来，日本俳句诗人活跃的创作实践也为人们提供了判断是非的根据。

漱石与坪内逍遥可比性要更多些。坪内逍遥生于1859年，比夏目漱石只大八岁，可以说是同时代的人。但也有不太好比之处，坪内逍遥在东京大学文学系学习期间就阅读过大量英国文学作品，对莎士比亚作品颇有研究，非常推崇，并把莎士比亚的全部作品译成日文。坪内逍遥也是明治文坛的大文豪，中江兆民称赞其文极其接近自然，纵横挥洒，能做到苏东坡所说的"行乎其所不得不行，止乎其所不得不止"。坪内逍遥在1886年完成的《小说神髓》，比《文学论》早了近二十年，对日本现代文学理论的影响也大于后者，日本对于这部名著研究的深透更是后者所不及的。这样，《小说神髓》的知名度就大大超过后者，又由于问世比《文学论》早，对其文学理论上的不足，似乎情有可原。加之，漱石成名又主要靠小说。评论家对其评论，也看重小说，而非文论。所以，日本对《文学论》的评论，几乎无不感叹以往研究之不足。尽管存在上述一些不可比因素，但由于都是讲文学原理，讲到现实主义和浪漫主义等创作手法，讲到日本和歌、俳句和汉诗等传统的民族文学与当时的文学创作手法的关系等问题，这就为人们对之进行对比提供了客观的依据。这里对他俩进行比较研究，主要目的在于通过比较他们理论上的异同，找到哪些结论和基本原理经受了历史的检验，可以作为我们的参考。但这也并不排除对他们各自的理论做出价值判断，特别是对于我们过去从未触及的漱石的《文学论》定价，而要对它做价值判断，以坪内逍遥的《小说神髓》这样的名著作为参照，是再好不过的了。

  事实上，在日本文学评论家吉田精一、生田长江以及川端康成等人眼里，能与漱石做比较者也只有坪内逍遥和森鸥外。而且结论基本相同：漱石优于他们俩。还未见相反的观点，我觉得他们的说法不无道理。

  众所周知，《小说神髓》为日本现代文学理论的形成开了先河，坪内逍遥在日本较早地明确提倡写实主义，肯定小说在近代文学中的重要地位；批判旧小说宣扬封建道德等弊病，都有极重要意义，这是毋庸置疑的。但同样毫无疑问的是作为现实主义的文艺理论还是不成熟的，有许多致命弱点。

首先，关于小说的目的和作用，坪内逍遥的论述含糊不清，对其后的日本现代文学理论造成很大不良影响。他说艺术的美妙之处在于出神入化，使欣赏者在不知不觉之中感觉到幽趣佳境，达到神魂飞越的地步，这才是艺术的本来目的。他把提高人的品质视为偶然的作用，而排除在艺术目的之外，竭力主张艺术的定义应该除去目的二字，只要说艺术在于悦人心目并使人品行高尚就可以了。我们分析这段话发现，幽趣佳境和神魂飞越的内容具体指什么是很空泛很难界定的。而接下去说的悦人心目和使人品行高尚具体指什么也不够明确。是否它就包含了艺术的娱乐作用和教育作用呢？这不是艺术的作用和目的吗？又怎么能排除？

其次，在《小说的裨益》一章中，坪内逍遥又把品行即品味解释成人应该怎么样对待情欲。那么，如果作者在作品中告诫人们正确处理情欲，又为何不可以把它列入文艺的目的之中？他在论述第二个裨益时，又明确指出使人得到劝善、惩戒。这倒是更接近对人的教育作用。在论述《小说的种类》一章的开头部分，他又清楚地把小说分为两类：一是劝善惩恶，二是所谓模写。还说即使以模写为主要用意的小说也具有对人们进行教化的力量。显然，他是十分清楚小说是具有劝善惩恶作用的。坪内逍遥并没有完全否定小说的劝惩作用，但在表达上前后矛盾，容易引起误解。除了上面的例子外还有绪言。他说根据日本过去的习惯，总认为小说是一种教育手段，不断提倡劝善惩恶为小说的目的，而实际上却一味欣赏那种杀伐残忍的或非常猥亵的故事。由于他把人们提倡什么与实际如何执行两个问题混为一谈，使人觉得他对这两个问题都是否定的了。

长期以来，包括日本一些著名文艺理论家，几乎异口同声地说坪内逍遥是反对小说具有劝善惩恶作用的。如文学评论家吉田精一在《日本现代文学史》里就说，坪内逍遥"从艺术中排除道德意识，排除功利主义"。事实也是反对功利主义竟然成了日本现代文学理论的一个主要口号。漱石则既看到了文艺作品的娱乐性，又很重视其社会教育作用,从理论上阐述了文学艺术家必须注意作品的伦理道德。

在小说的内容上,坪内逍遥提出了"小说的主脑是人情,世态风俗次之"的主张,并且把人情只限于人的情欲,所谓人的一百零八种烦恼。这就限制了作家的取材范围;漱石所论述到的文艺作品的内容则包罗万象,涉及人类生活的各个方面,也并不排斥浪漫主义想象。而且对于情欲描写,漱石又明确地提出了不能为所欲为的主张。

坪内逍遥还推崇纯客观描写,说"欲穷尽人情奥秘,获得世态之真实……就唯有客观描写",而忽视作者的主观能动性,排除浪漫主义的想象和任何虚构。他也未能讲清现实主义和自然主义的区别,未能如漱石那样明确地提倡艺术真实问题。坪内逍遥虽然把心理描写提高到创作手法头等重要的地位,但又主张作家应该像心理学者那样,根据心理学的规律来塑造人物,如果虚构出有悖于心理学规律的人物形象就不能算小说了。显然,这是自然主义的理论观点,20世纪初自然主义思潮在日本盛行起来,并且长期影响着一代代日本作家,与坪内逍遥的上述理论不无关系。漱石在《文学论》中则针锋相对地明确指出:"文学家应该重视的是文艺上的真,而不是科学上的真。"[1]

另外,在如何对待日本俳句等传统文学形式上,坪内逍遥也未能把握东方文学艺术的特点,因而其主张也和中江兆民一样显得太偏激。他认为和歌是未开化社会的诗歌,不能和西方诗歌同立于艺术殿堂上,还说由于古时的人都是质朴的,感情也是单纯的,只用三十一个音节就可以表达出他们的情怀。而现在用同样多的音节就不能述尽其感情了。一百多年来的日本文学史可以证明,坪内逍遥的上述看法是很片面的幼稚的。

---

[1] 《漱石全集》第11卷,岩波书店1936年版,第281页。

相反，夏目漱石比较全面、系统地分析了日本和中国传统文学以及西方文学各自的特点、长处与不足，纠正日本在明治维新以后所形成的否定东方文学的许多片面观点。他明确指出拿汉诗与西诗相比较，谁都不得不承认它们的风韵之差别。如果有谁不承认这两者的差别，谁就是不会评诗，也不会欣赏诗的人。他把区别各自的特色及其各自的意义和价值视为评论家的义务。他也精辟地指出了日本俳句的主要特点："俳句虽然受到只有十七个假名的限制而能生存下来，主要是由于在描写方面发挥了文学效果。常用的手法是用'美人'、'丽人'等极单纯的词汇，而不作细致的科学分析。"① 他还说，以其简单、实质内容少而定其文学价值如何是过早地下结论。②

实践是检验真理的标准，历史是最公证的见证。首先，漱石所留下的大量汉诗和俳句，是日本近代文学的精品，也是研究他的思想和创作手法的不可缺少的重要资料。其次，日本人民至今仍十分喜爱俳句的事实也充分证明，上述那些全盘否定东方文学的种种论调已经被历史淘汰、否定，是一种偏激的观点。现在，日本国内从事俳句创作的人就有三百多万，几乎所有的报纸杂志都设有和歌俳句专栏，经常进行评选佳作的活动，是日本人民高雅健康又有一定的群众基础的文学样式。

尽管夏目漱石曾经指出，由于东西方文化的不同，俳句很难移植到西方去。西方也有人认为"俳句的形式过于简炼，而且与日本国的文化背景有着千丝万缕的关系，因此无法作为一个整体移植到西方语言里来"。但"在英语、法语、德语、西班牙语、意大利语及其他欧洲语言中都曾进行过大量对俳句的模仿"③。

---

① 《漱石全集》第11卷，岩波书店1936年版，第259、248页。
② 同上。
③ 《诗与诗学百科全书》，载彭恩华《日本俳句史》，学林出版社1983年版，第142页。

在我国，1982年，中日邦交正常化十周年之际，赵朴初先生就模仿日本俳句，创作了汉俳十首，以示纪念。① 近年来我国还翻译出版了多种日本俳句选集，一批批日本俳句诗人访华，以文会友，俳句已经成为中日文化交流的重要内容。由此可见，凡是优秀的民族文学形式，是不朽的，是属于全人类的。

最后，坪内逍遥把什么是小说与什么是内容健康的小说这两个不同的问题混为一谈，认为《金瓶梅》和《肉蒲团》等都"不能算真正的小说"，因为"这类小说都含有艺术中最忌讳的猥亵下流的因素"。小说应该杜绝猥亵、下流因素，这没有错，但决不能因为一部作品有些不好成分，就以点代面地全盘否定，断定它不是小说，显然不是严密的科学的叙述方法。

相比之下，《文学论》虽然也不是十全十美的，但是在上述许多问题上，其理论经受住了历史的检验。日本文学评论家对于《小说神髓》的历史意义和它的不足已经早有定论。如日本现代著名文学理论家吉田精一就说，"它是在欧洲小说理论和小说学还不多见的时期的产物"，是"日本最初的成体系的小说论"。因此，"一方面主张从小说、文学中排除功利主义，消除劝善惩恶，另一方面又大谈'裨益'，可见启蒙时期特有的尊重事实的思想"②。长谷川泉也说："在确立日本近代文学理论方面，《小说神髓》所完成的业绩具有划时代的意义，是一个重要的里程碑。但是从根本上说，坪内逍遥在本书中还未能触及近代现实主义的本质，仍然停留在改良主义的界限上，这是不能否认的。"③

稍后，在日本现代文学理论史上值得一提的是，曾经翻译过别林斯基的《美术之本义》的二叶亭四迷，在题为"小说总论"（1886）的文章中，他提出了"凡有形必有意"的命题，揭示内

---

① 《日本文学》杂志，吉林人民出版社1982年第2期。
② [日] 吉田精一：《近代文艺评论史·明治篇》，至文堂1975年版，第121页。
③ 《近代日本文学评论史》，有精堂1977年版，第9页。

容与形式的关系问题。他认为意要靠形来表现，而形得靠意方能存在。二叶亭四迷还对模写问题做了分析，指出"所谓模写就是根据实相模写出虚相来"。二叶亭四迷主张应根据作者的思想，从现实中抽象出典型，而不是只模写现实。这个论点虽比坪内逍遥有所进步，但他的文章篇幅较短，涉及面小，构不成系统理论，其意义和影响似乎都不及坪内逍遥的《小说神髓》。

总而言之，日本明治维新以后的早期有影响的文艺理论中，中江兆民和坪内逍遥的主张都存在不少片面性。森鸥外也是个有影响的美学家，他的功劳主要在于引进霍普特曼的美学，并在宣传浪漫主义文艺理论方面做出重要贡献。所以，高桥新吉把森鸥外誉为日本近代文学之父，夏目漱石为母。[①] 不过日本对他们的理论的研究，似乎还很不充分。在日本现代文学史上，明治二十年代（1887—1896）被称为批评的时代，涌现了一批文艺理论家，如德富苏峰、石桥忍月、大西祝和内田鲁庵等人，在不同的问题上虽然都有所建树，但这些大小文艺理论家的学识和影响均无法与夏目漱石相比。在所论述的问题的广泛性、深刻性方面，都无法与《文学论》相提并论。

第一，夏目漱石找到了"F + f"这样的公式，即以一定的符号来代表文学的各种内容，分析它们之间错综复杂的关系；从文学内部和文学与社会各方面的关系上探讨文学演变的客观规律；他注意作家创作的能动性，同时又充分考察了读者的艺术欣赏规律。他的文艺观倾向于不断革新，而不是死守现成的规律。他解决了艺术真实问题。他把追求艺术真实视为文艺家的首要任务，说根据情况，为了达到文艺真实，可以牺牲科学上的真实。有力地批判了自然主义理论。

第二，夏目漱石较早地探讨了诸如意识流、创作方法和文学

---

① 《禅和文学》，宝文馆1970年版，第45页。

流派的演变规律以及读者欣赏文艺作品时的主观能动性问题。他从分析构成文学作品的基本因素语言入手，进行文学研究，反对从概念到概念的研究方法。这种心理学社会学的文学研究方法在日本现代文学史上也具有开拓性意义，极大地丰富了日本文学理论。他的理论也具有明显的针对性和现实性，如对自然主义、对所谓"美的生活"的批评等，都是有的放矢，切中时弊。

日本文学现代化的历史经验值得我们注意、借鉴，日本著名文学评论家尾崎秀树直到20世纪60年代还十分感慨地写道："日本的现代文学在它刚起步的时候，就忽视了如何继承民族传统这一难题，而只想迅速地从西欧现代化的进程中寻求规范，这样，在近代向现代的转换期所遗留下来的诸问题仍然没有得到解决，仍然是摆在我们面前的艰巨任务。"①

前车之覆，后车之鉴。日本文学现代化过程中在理论上的成败得失，值得借鉴。这样看来，夏目漱石能够从理论上解决把继承传统与向西方学习有机地结合起来的问题，就不能不说他是具有超前意识的奇才。

第二节 "唯一、最高和独创"

毫无疑问，《文学论》可以说是日本现代文学史上罕见的杰出的文学概论，一出版就受到一些评论家的注目。但由于《文学论》内容庞杂，思想深邃，比较费解，而且日本人不长于理论思维，所以它未能受到普遍的关注、研究，而未能产生广泛影响。尽管如此，也仍然受到一些著名作家、文艺理论家的极高评价。

第一，赞扬漱石的独创精神。

1907年5月，《文学论》由大仓书店刚发行就受到评论家的

---

① [日] 尾崎秀树：《大众文学》，徐萍飞等译，中国社会出版社1994年版。

高度赞扬。6月,《帝国文学》杂志就载文介绍说:"主要从心理学及社会学方面入手论述,是部分析性的研究著作。作者综合了丰富的材料,加以系统组合。以一家之见,下批评判断,若无独创力之人断不能写出……如此合乎逻辑的编排,开拓出文学科学研究新路子,是吾人所不能忘却的。"同年9月1日发行的《杜鹃》杂志的推荐文章评论说:"长达六百七十二页的滔滔议论,从其组织的崭新看,从其议论的科学性看,以及从其取材的广博看,在我们读到的此种书中,真可以说都是空前的巨著。"①《文学论》刚出版两个月,德国文学研究家登张竹风就盛赞"这种文学论其实是破天荒的鸿篇巨制","虽然不能说,历来的美学诗学和修辞学等书中没有阐述过理论,但是有的只是泛泛地谈谈一般的艺术,有的囿于文学的一部分的狭窄的圈子里。如本书那样综合全体文学,给予严密批判者,余至今未闻也"②。

登张竹风在八十多年前所定下的评论调子,与今天日本评论家的赞扬完全一致。不少现当代的日本评论家几乎一致认为像这样的文学论著连当时的英国都是没有的。三好行雄和竹盛天雄所编《近代文学》第3卷(有斐阁双书)所载大量资料也可以证明这一点。例如,矢木贞干就说,与漱石同期或前后的英国学者和批评家的著作中,还找不到一部能像夏目漱石那样进行系统论述的书。理查德比《文学论》晚十七年出版的《文学批评原理》兴许可以与之匹敌。但理查德是以鉴赏者身份,从文学欣赏的一面来探讨、考察文学的。由于作者应用格式塔心理学进行系统论述,在20世纪的批评中被视为划时代的著作。但在探索文学的魅力方面,《文学论》则更优于它。③

长崎勇一也认为,《文学论》比理查德(I. A. Richards)的意

---

① 《国文学》杂志,学灯社1980年冬季号。
② 《评漱石君的文学论》,《新小说》1907年7月号。
③ 《夏目漱石》,日本研究社1971年版。

味论及心理价值理论早问世十几年,这在日本的英国文学研究界已经达成共识。① 还有福原麟太郎也用与英国文学比较的方法得出大致相同的结论:"如这样的科学的演绎的文学理论,连英国都没有。因为英国人的嗜好主要在于对具体作品的鉴赏和作家批评,对于什么是美,文学给人快乐的原因何在之类抽象的理论不感兴趣。夏目漱石一反这种英国文学传统而行之……应该说这是日本的英学历史上一个本质性的异变,同时在英国的英文学史上也值得大书特书。"②

上述评论主要以英国文学为基准进行对比,异口同声地赞扬漱石在确立文艺学方面的独创精神。其实,《文学论》刚面世时登张竹风写的评论就以德国冯凯特的《美学》与《文学论》比较的,并认为前者的美学是成系统体系的,而《文学论》还只是未定稿,存在把读者的眼光与作者的眼光相混淆的遗憾。在他看来《文学论》与《美学》的"角力"中,《文学论》处于劣势。到1936年夏目漱石全集出版时,由小宫丰隆为《文学论》写的《解说》中,又把《文学论》与这个哲学王国的"精神科学"做了对比:"德意志学者创立了不同于自然科学的精神科学,并创立了作为其精神科学的一部分的文艺科学(或文艺学)。漱石在《文学论》中所要尝试的,也无非是要树立漱石式的文艺科学(或文艺学)。德意志的学者们虽然高唱科学,但动不动就把科学歪曲成形而上学的逻辑的主观的方法,企图硬是以点盖面。但是漱石在《文学论》中则试图以纯科学的客观的归纳的方法自下而上地研究文艺。"③ 不用说这段话是倾向于夏目漱石的。

日本文艺理论家把夏目漱石与英国、德国的理论家比较时,结论虽然不一,然而我以为夏目漱石取得与西方文艺理论家进行

---

① 《英国小说的思想和技法》,日本朝日出版社1976年版。
② 《文学和文明》,文艺春秋新社1965年版。
③ 《漱石全集》第11卷,岩波书店1936年版,第593页。

比较的资格本身就很有意义。在不太擅长理论思维的日本，文学评论界有充分理由可为《文学论》的问世感到骄傲。因为在一些重要的文学理论问题上，漱石比西洋人更早或几乎同时进行了阐述。

总之，日本除了因《文学论》比较费解而避而不谈者外，凡是对之有所研究的人，几乎无不交口称赞，他们所指出的缺点也大小不一，但还未见否定其意义的观点。这也有其必然性，因为西方虽然从18世纪起就开始美学研究，出现大小众多的艺术哲学家，但还无人能够以一个公式来概括文学艺术的。意大利著名文论家克罗齐，1928年在回答艺术或诗是什么的问题时，才指出了判断艺术和诗的标准是："即一系列形象和使这些形象得以变得栩栩如生的情感。"他认为这是两个经常存在的、必不可少的因素。①

虽然用词不一样，但精神实质还是比较接近的。因为他们都明确指出文学艺术必须由两部分构成。都把印象、观念、形象以及情感等视为必不可少的内容。然而，漱石对这个问题的阐述比克罗齐更系统、广泛、深刻。更可贵的是，漱石通过"F + f"的文学公式，探讨东西方文学各自不同特点和不足，对于克服日本文学在现代化过程中出现的全盘否定东方传统文学，盲目崇拜西方文学的倾向；对于批判地学习吸收西方文艺理论，并在总结西方作家正反两个方面的创作经验的基础上创立东方式的文艺学，都是史无前例的创举。

第二，赞扬《文学论》的现实意义和创新意识。

日本评论《文学论》的一个重要方面是充分肯定其创新精神和现实意义。他们认为漱石在《文学论》中，指望通过心理学和社会学方法，创造出世界各国都能理解的标准。他以为只要用公

---

① ［意］克罗齐著：《美学或艺术和语言哲学》，黄文捷译，中国社会科学出版社1992年版，第1页。

认的客观真理的科学方法，就可以比英国人更能理解英国文学。日本学者指出从这个意义上说这观点是很有独创性的，他们认为与新批评理论相仿的理论，日本早在明治三十年代就已经出现，这在日本近代文学理论史上具有重要意义。还指出夏目漱石不满当时传记式的批评方法而确立了完全不同的文学研究方法，而且这决不是印象式的批评，而是以分析构成作品要素的语言为基础的方法。所以《文学论》的目标是与"新批评"如出一辙的。夏目漱石提倡的要以日本人的立场观察的主张，既表明其对19世纪实证主义的不满，也是预告20世纪新潮流的一声春雷。①

日本文学评论界充分肯定《文学论》的丰富内容及超时代的意义。例如哥本哈根大学讲师长岛要一在题为"'一元描写论'与'间隔论'"中就说，《文学论》是日本文学史上罕见的成果。夏目漱石力图分析、解剖文学作品的形式本身。至少这个出发点是远远超越时代走在时代前面的。他使文学摆脱"文学是难以测定的"这种单纯、幼稚、满是偏见的束缚，能够对某部作品做出说明，它究竟有什么不同成分，各起什么作用，即进行所谓数量的分析，这是夏目漱石的《文学论》的本领。夏目漱石不是把所谓修辞、技巧当作简单的形式问题提出来，而是考察了它们与作品内容的关系。他研究了如何把读者引入作品世界的方法，特别是把作者与作品中人物的关系作为考察的焦点。②

这里他所说的把作者与作品中人物的关系作为考察的焦点，是指夏目漱石的所谓间隔论，可参考本书第五章第五节。

第三，夸奖《文学论》是日本现代文学史上理论高峰。

这里首先看看诺贝尔文学奖得主川端康成的评论。早在1925年，川端康成就带着有些遗憾、失望，但又非常自信、毫不含糊地指出："在明治四十年代，根据心理学美学撰写了出色的文学概

---

① [日] 三好行雄等编：《近代文学》第3卷，有斐阁1977年版，第161页。
② 日本《国文学》杂志，学灯社1984年10月号。

论的夏目漱石的见识,可以说是出类拔萃的……然而在夏目漱石以后,我们已经找不到一本值得信赖的文学概论,这样说毫不夸张。有文学史家,但没有文学理论家。也有文艺批评家就是没有文学理论家。"他还认为日本由于缺乏文学理论家,所以文坛上多次论战,都暧昧地不了了之。①

川端康成的话耐人寻味。首先,他以十分明确的语言肯定了漱石作为文学理论家的地位,而且是"出类拔萃"的,因为写出了"杰出的"文学概论;其次,他又断定其后日本没有出现一个文学理论家;最后,他的话里包含了文学史家、文艺批评家和文学理论家是三个层次不同的概念。就是说直到20年代只有漱石才可算文学理论家,值得一提,其他的人都不在话下。在他看来,漱石是第一流文豪,他以《文学论》为例评论说:"总览明治大正的文学家和大文章家就数藤冈作太郎(1870—1910,日本国文学家,东京大学副教授,号东圃)和夏目漱石了吧。"又说《东圃遗稿》中,后人根据藤冈作太郎的授课笔记加工的部分价值一落千丈。而漱石的《文学论》经过他亲自修改的部分,作为文章则更胜一筹。行文如大河流水,滔滔不绝,把读者都迷住了。"森鸥外的文章里没有自由畅达的壮观景象,不如上述两人丰富多彩而又能自然涌出。"②

毫无疑问,在这个日本新感觉派作家心目中,漱石是日本近现代文学史上屈指可数的文学理论家、第一流的文豪。但遗憾的是川端康成当时也未能进一步探讨漱石文艺理论的精神实质,而未能学习漱石的现实主义创作理论,倒是热衷于现代主义。尽管主义不同,还是对《文学论》,对夏目漱石做了极高评价,这不能不说是由于漱石在理论上的贡献之卓著。

---

① [日]川端康成:《文学理论家》,载《川端康成全集》第16卷,新潮社1977年版,第262、258页。

② 同上。

在当代，对漱石的文艺理论研究得较深较透的是日本现代著名评论家吉田精一（1908—1984）。在1975年出版的《近代文艺评论史·明治篇》（至文堂）第九章《经验论的文学论》中，有关漱石的文艺理论，就占了七十六页，吉田精一为漱石提供的篇幅大大多于坪内逍遥，后者只占三十九页。而比起所有作者论述到的大小评论家来，分量就不知重多少了。关键是吉田精一在系统研究了日本近代文学史上许多有名的文艺理论家的基础上得出结论，指出漱石在东京大学的讲义，富有个性，其中之一的《文学论》，是"整个明治和大正时代唯一的最高的独创的"著作。吉田精一的评价，比"最高峰"还高。因为要说最高峰，那还有其他各种各样大大小小的山峰。而在吉田精一看来，《文学论》是整个明治和大正时代唯一的独创性著作！这个结论好像很夸张，其实他是经过周密考察、比较得出的，因为他说漱石把"理论与实例紧密地结合起来，从实例归纳出理论，可以说其学识和才能是非凡的。森鸥外在美学上的成就都只限于翻译介绍和摘要。而高山樗牛、岛村抱月没有他们自己特有的学术著作。考虑到所有这些因素，不能不说，在近代日本文学论史上，漱石的《文学论》占有重要地位"[①]。另外，他还说《文艺的哲学基础》以及《作家的态度》等长篇评论文章，论述了文学的根本问题；在趣味和鉴赏方面，也有一家之言；至于有关文明问题的批评，有《现代日本的开化》以及其后诸论，"作为明治时代的作家，他作出了最深刻的考察。在思想的深刻性这点上，作家和文学家之中无人能及漱石"[②]。

从上述叙述看，夏目漱石在日本现代文学理论发展史上的地位是无可争辩，不可动摇的。因此，吉田精一才会说"漱石论数量众多，而不谈他的文学论和文艺批评的则是极少数"。

[①] ［日］吉田精一：《近代文艺评论史·明治篇》，至文堂1975年版，第836、816页。
[②] 同上。

吉田精一的这部鸿篇巨制问世之际，我国正处于"文化大革命"时期，恐怕很少有人知道它的存在。所以，《中国大百科全书》有关吉田精一的条目没有提到它有客观原因，是情有可原的。重要的是现在我们应该承认这样的客观事实，尽一切所能，想尽一切办法，从资料和认识两个方面，尽快弥补我们的不足。理论是实践的总结，实践一旦上升为理论，又应该对实践起指导作用，并通过实践来检验其正确与否。漱石讲文学论时，刚开始创作小说《我是猫》，还没有多少实践经验。因此，他的理论主要是对以往的东西方作家创作实践的理论概括。他成为作家前就已经奠定好深厚的理论基础，积累了丰富多彩的文史知识，能够做到厚积薄发。因此，他的长篇小说《我是猫》才会一鸣惊人，轰动文坛。

所以，日本研究《文学论》的一个重要方面，就是密切结合漱石的创作实践，把它作为研究其作品的重要线索，成为进入他的艺术大厦的金钥匙。日本《思想》杂志纪念夏目漱石逝世20周年专刊（1935年11月）发表了大和资雄的文章《漱石的〈文学论〉和〈明暗〉》，认为《文学论》是日本文学理论的古典，是日本最初成体系的文学理论，是研究者所必须熟读的书。并指出夏目漱石在他所有的作品中实践了自己的理论。无独有偶，也在30年代，石山彻郎在题为"夏目漱石的文艺理论及作为其实践的创作方法"中①，从题材、结构、形式及表现方法四个方面，分析了《文学论》《文学评论》《文艺的哲学基础》的理论和其作品的对应关系。这个事实告诉我们，漱石的《文学论》等著作，并非形而上学的理论空谈，而是可用来指导创作实践的理论，可以说是《文学论》的一个重要意义。日本对《文学论》的研究都很有参考意义，但不能说已经到顶。评论家井上百合子在总结各家评论后指出："还很难说夏目漱石的《文学论》的核心问题已经得

---

① 《日本文学论考》，雄山阁1938年版。

到十分充分的论述。在内容的介绍方面几乎只停留在修辞学的层次和所谓间隔论上。"

但是，文学既然是语言的艺术，文学论就应该以语言问题为轴心。在今天，以三浦勉、吉本隆明为先驱的文体论、语言美学引人注目。然而漱石在近七十年以前早就注意到了这个问题，说明他的认识是怎样的超前出众。因而，《文学论》"给今后进行文学研究的人们提出了许多问题"[①]。井上先生所提出的问题值得研究。西方的所谓说不尽的莎士比亚，意思是说对一个作家的研究是不可能到头的。同理，漱石也是说不尽的。

那么，《文学论》的核心是什么呢？我以为漱石所要解决的核心问题，是日本文学的创作方向问题，或者说日本文学怎样实现现代化的问题。为此，就必须解决好继承日本和歌、俳句和汉诗等传统的民族文学，又要解决好正确地评价和学习西方文学这样的大问题。所以他从文学内容入手，探讨、比较各种创作手法的优劣，以大量作品为例，总结东西方文学各自的特点和长短。因而我觉得日本学者的主要缺点是只从某一方面论述，不够全面系统。尤其是没有把《文学论》放到日本明治维新以后，日本文学评论界摸索日本文学现代化之路的大背景中考察其意义。

上一节里的事实已经充分证明，怎么样评价西方文学，又如何对待日本传统的民族文学问题，一些颇有名气的思想家、文艺评论家都发表了不少谬论。夏目漱石在《文学论》中，以大量例子很清楚地阐明他的正确观点，具有重要理论意义和实践意义。

我以为这是至今都具有世界意义的重大理论，因为对于我们东方民族来说是怎么样正确对待传统文艺与西方文艺理论，而对于西方评论家来说，也存在应该怎么样对待异质的东方文化的问题。这些不正是常议常新的课题吗？

---

① [日] 三好行雄等编：《近代文学》第3卷，有斐阁1977年版，第162页。

第 九 章

漱石：评论家的楷模

漱石有其独特的评论思想和方法：从心理学入手，外行伟大，内行渺小等。尤其评论态度也可称楷模，他提倡说真话；重视人格；评论要公平；要发现风格独特的作品；甘当人梯。"余裕"、讽刺、要写得易懂、内容不必实有其事、内容与技巧并重、要冲破一切传统思想和手法的束缚以及民族化等理论与鲁迅的理论相似。

第一节 评论概述

漱石根据东西方作家的创作经验，探讨文学的基本原理，始有《文学论》问世；又应用这些原理进行创作、评论西方和日本作家的作品。其创作和评论实践既是对其基本理论的检验，又使他的理论不断丰富与发展。漱石在理论探索、小说创作和评论领域都留下了空前绝后的巨人足迹。漱石的评论观点、方法和态度在日本现代文学评论史上都是独一无二的。

一 漱石对日本文艺批评的清醒认识

漱石介入文艺批评是出于对当时日本批评界的不满。1907年8月15日，给小宫丰隆的信里，他写道："今日之文坛一个批评家都没有，有批评素养的人不站到评坛上来。只有二三个人，罗列二三行文字，就自鸣得意起来。"指名批评当时已很有名气的评论家高山樗牛，"竖子一味玩弄霸气，满足于一时之名气"。后来在1911年他述怀说："我既写小说，也写批评。"①

心想事成，并不是人人都能达到的。漱石想写日本文学评论并取得成功，是他长期刻苦学习的结果。漱石具有"批评家的天才和修养"，早受到了日本文学评论家生田长江的注意。1908年生田长江在《中央公论》上撰文说，漱石作为作家，他的天才更优于坪内逍遥、森鸥外，和他俩相比"批评眼光也毫不逊色"，"在创作上也决不会不利用其批评家的天分"，精辟地指出了在漱石身上批评与创作的密切关系。

人们观察一个事物，总是首先看其最闪光的部分、色彩最鲜艳最光彩夺目的部分。人们在惊奇、激动，达到叹为观止之际，往往就忽略了对其余部分的观察。再则，当观察者站的位置或者因心情或者对于观察对象的多面性复杂性了解不够等原因，在同一个人身上所发现的闪光点也会迥异。日本文学评论家对夏目漱石的评论也符合人们的这一认识习惯。

夏目漱石，"不仅代表明治文学，而且也代表整个近代日本文学的巨人"②，既是文艺理论家、英国文学专家，又是大学教授和著名小说家，其中某一方面的成就都足以使他闻名于世。不过，我认为漱石作为一个"巨人"，其文艺理论、作家论和作品论方面的闪光点，更需我们系统研究。

漱石的文艺理论和文学批评，从批评思想，到批评标准和批评态度，更值得注意，值得学习、借鉴。因为，夏目漱石非常重视文艺理论和批评，视之为提高一个国家的文艺创作水平的重要方面，这一点，我们在介绍他的《文学论》时已经谈及，这里需

---

① ［日］夏目漱石：《文艺和道德》，载《漱石全集》第13卷，岩波书店1936年版，第405页。
② 《夏目漱石小传》，新潮社1979年版。

要指出的是他的重视文艺批评的观点，与俄国大文豪高尔基在许多文章中反复论述过的观点完全一致。高尔基认为，批评家要比作家更加伟大重要。这是因为，"批评家要有权引起作家的注意，就必须比作家更有才华，他对于本国的历史和生活比作家知道得多，总之，他在智力方面要高于作家"。又说，"文学家的评论应该象火星一样放出光芒，燃起思想的熊熊巨火"[①]。

如果说《文学论》是漱石的文艺理论的代表作，那么他的文学评论代表作应该算《文学评论》。此外，不少散见于其他各种文章中的理论和评论观点，虽然各自为阵，比较零碎，但不能说不是漱石整个理论体系的一部分，要论漱石的文艺理论则是不可不谈的。其中有些观点即使在《文学论》和《文学评论》中也没有见过。

夏目漱石的读书面非常广泛，他通过英译本，读过法国、德国和俄国许多著名作家、哲学家、历史学家甚至自然科学家的作品。这可以以《漱石山房藏书目录》来证明。这些书的扉页上的评论或者批注，是他读后或者读书时感受，全是据于文本而写的批评，是《文学论》和《文学评论》最基本的原始材料。这些闪烁着作者智慧、思想火花的资料，有些已写进了《文学论》和《文学评论》，但大部分还没有用过。

夏目漱石在《文学评论》中，还提出并解释了一些新的理论问题，例如文学史和文学评论的性质。漱石关于日本文学艺术的评论，形式多种多样，既有文章、讲演和书评、序言，还有许多散见于他的书信、日记及小品之中。他涉及的范围很广泛，除小说、俳句外，还有戏剧和美术等。有的文章具有文学评论概论的性质，例如：1907年发表在《读卖新闻》上的《作品的批评》和《写生文》，同年在东京美术学校讲演《文艺的哲学基础》，翌年

[①] 林焕平编：《高尔基论文学》，广西人民出版社1980年版，第123、125页。

在东京青年会馆的讲演《作家的态度》，1911年分别在和歌山和大阪等地的讲演《现代日本的开化》《内容和形式》以及《文艺和道德》。1911年8月在明石市的讲演《娱乐和职业》，1914年，发表了《外行和内行》等。除小说和俳句外，漱石对日本艺术的评论，集中表现在对日本美术和戏剧的评论，主要文章大都收入1936年版《漱石全集》第13卷中。

一个成熟的文学评论家，应该提出他独特的文学研究方法、文学评论标准等；应该对本国文学做出估价，指明发展方向，提出建设性的建议，批评错误倾向及肯定优秀作家和作品。总之他应该是同时代作家的代言人，他要比同代人看得更远，看得更清楚。他是一面旗帜，是后起之秀的良师益友。漱石都是当之无愧的。针对性强是夏目漱石文学批评的最显著的特色，这一点读者只要读读下面介绍的漱石与日本自然派的争论便可一目了然。

二 外行伟大，内行渺小

夏目漱石的评论思想包含不少进步、革新的成分，如在《外行和内行》中，他就认为外行伟大，内行渺小。他指出内行值得骄傲的只是技巧两字而已。但是，技巧并不是艺术的一切。毋宁说，在艺术界占有低级位置的就是技巧。在多数场合正是由于技巧，内行反而破坏了艺术，使其堕落，阻碍其发展。他要内行们懂得，即使是外行，也应该受到尊敬。[①]

夏目漱石是从人的认识论出发来阐述外行伟大，内行渺小这一命题的。他指出人们观察某一事物时，首先看到的是其轮廓，其次是局部，最后是局部的局部。观察、研究的时间越长，就越来越深入，越来越细。这个原理可以应用于对广阔的自然界的观察、研究，无不例外。对于艺术的研究也是按照这个次序进行的。

---

① 《漱石全集》第13卷，岩波书店1936年版，第190页。

而所谓内行，比外行先进入此道，这是他们的自负之处，也是他们轻视外行的原因。但是，他们的途径是错误的，只是由大到小的转移，既不是由浅入深，也不是从表面深入内部。他们觉得自己仿佛从低的平面上升到高的平面，然而这只是错觉，他们还为这种错觉所陶醉。他们一旦过于热心于局部，就越是把整体轮廓的观念抛到九霄云外。因此他们所做的改良、加工都只是局部的，在大多数情况下，对整体都毫无影响。所以从更高的立场看，这不是进步而是堕落。①

他接着指出，外行对局部的观察、研究虽然欠缺一些，但对大的轮廓的第一印象，比起像金鱼一样在这轮廓之中游弋的内行来要更加清楚。所以他精辟地说"欲想看清富士山，惟有远离富士山"。他认为要想看清楚富士山的全貌，只有离开富士山之际才能一目了然。如果只是承认既定的轮廓，不能加以打破，那么他的工作自由是非常有限的。以历来的形式、法则为基础的保守的艺术，将会彻底抹杀个人的自由，无论是日本能乐、舞蹈，还是守旧派的绘画，概莫能外。因而他得出结论，外行和内行的位置自然应该颠倒过来。自古以来，大艺术家都是创业者，而不是守成者。既然是创业者，他必定是外行而不是内行。他不是进入别人建成的门，而是要立起自己的新门户，他一定是个纯粹的外行。② 这些辩证观点，现在看来也还有其现实意义。我们特别敬佩他对待青年作家既严格要求，又热情支持、关怀的长者之风。他把培养青年作家视为自己的光荣使命。

三　评论家的责任：发现和支持特殊趣味的作品

在评论《长冢节氏的小说〈土〉》中，夏目漱石批评了一种习惯的思维模式和评论方法。他们心里早藏好了已经受到世人公

---

① 《漱石全集》第 13 卷，岩波书店 1936 年版，第 472、476 页。
② 同上。

认的诸作家好的特色，一旦以此标准面对新作品时，往往连作品都没有读，就已经有成见了。而且摆出自己的评论是诚实的，自己的态度是独立的，自己所说的内容是妥当的架子，拿着早就定好的尺度去衡量不该用这种尺寸量的作品。结果就陷入了毫无生气的死的批评之中。并指出这样的弊病是屡见不鲜的。

漱石认为，发现并向公众推荐文坛所不承认的具有特殊趣味的新作品，对评论家而言是件很痛快的事，也是常有的事。尤其是挺身为那些不易为多数人所接受的特殊趣味的作品鸣锣开道，应该是评论家的得意之举。因为这样可以使文坛不断扩大新的领域。他的这些革新观点无异于在一向比较保守的带封建性帮会色彩的日本明治文坛上投下了一颗重型炸弹。他表示只要有时间和机会，他就要出来纠正这种弊端。他在《朝日新闻》上发表当时在小说界还无名的长冢节（1879—1915）的小说《土》，就表明他是这样说的也是这样做的，他是言行一致的。

漱石特别赞赏长冢节虽然年轻，但他很稳重老练，走自己的路，而决不随波逐流。他只是根据自己本来的艺术性情进行创作，而无暇顾及其他。夏目漱石又以英国文学史上的故事进一步说，英国著名的硕学之士穆勒青年时代，曾在伦敦的一家报纸上介绍丁尼生后，又想再介绍一下布朗宁，而主编回答说，有关布朗宁的评论上一期已经刊载过了。他过去一看发现那篇文章的最后一行写的是："《玻琳》是一篇梦话。"布朗宁后来对人说，由于这一篇评论，使他出名的机会往后推迟了二十年。夏目漱石略带幽默地说，他并不想在介绍新作家方面以穆勒自许，只是想从那些不负责的评论家手上救出有希望的年轻人而已。这个观点与鲁迅的有关批评家的职务的论述何其相似。

长冢节生于茨城县一个地主兼县议员家庭，因病中学辍学后习作短歌，后成长为日本著名短歌作家。他是个地主，又有下地耕种，栽培竹林，研究堆肥，以及推广烧炭等经历。长篇小说

《土》，以他的故乡鬼怒川畔的自然风光为背景，描写一家贫农的穷困生活，被日本文学评论家臼井吉见誉为日本"农民文学的纪念碑式作品，也是日本近代文学史上屈指可数的名著"①。

可见这部作品是经得起时间的考验的，从而也证明夏目漱石积极支持、培养青年作家方面功不可没。而最最可贵的还是他决心大力培养晚辈作家的态度，把它提到评论家重要任务的高度。岛崎藤村的《破戒》，曾经使夏目漱石惊喜不已的事实，也说明漱石的确十分推崇一切具有创新意义的作品。其次，值得一提的是他对晚辈作家一丝不苟，认真严肃的批评态度。还以《土》为例。1912年春，即这部长篇小说在东京《朝日新闻》上连载两年后准备出版单行本时，作者突然找到漱石，诚请代为作序，漱石尽管手上有活，仍然欣然答应，并热情地让作者带着他的名片，请《朝日新闻》主编池边吉太郎也作一篇序。

在题为"论《土》"的序里，夏目漱石仍然念念不忘他推荐连载时，有人竟然说"我们没有阅读《土》之类作品的义务"一事，对于那人如此侮辱无罪的作者表示极大的不快。批评那人只看作者有无名气而不顾作品的具体内容。指出即使对于无名氏的作品也应该给予同情和尊敬。令人感动的是夏目漱石的那种宽阔的胸怀，原来在《朝日新闻》连载后，这个匿名的S某从遥远的北方致信夏目漱石，密告作者在他那里读了《满韩见闻》后，愤慨地大骂漱石把人当傻瓜，还说不仅仅是夏目漱石，《朝日新闻》所有记者的写法都是把人当阿斗的。尽管漱石知道作者曾经指责过他，还是答应为其作序。并且在百忙之中，认真阅读作品，按时写出序言。在这篇序言里，夏目漱石称赞作品"一笔一画都富有地方特色，这种独创性，是普通作家手下那种平凡的自然描写所无法比的，是谁也写不出来的"，还说他自己写不出来，他

---

① 《新潮日本文学小辞典》，新潮社1968年版，第847页。

也想不出来当时的日本文坛上究竟还有谁能够写得出来。他认为作者的写法"处处沉着老练，人物都栩栩如生，故事情节也都很自然"①。

另一点值得注意的是，在这篇文章中他把作品的内容，即作品的教育作用提到了首位。如上所述，夏目漱石在评论一部文学作品时，非常注意趣味性和艺术性，把是否有趣和写得自然与否放在重要位置上。但在这篇序里，除了上述两点外，他主要看中了这部作品内容的特色和价值。夏目漱石先设想，也许有人会问长冢君为什么要写如此难读的作品呢？然后反问道："哪怕只有一次是以沉痛的心情观察一下这样悲惨的事实：过着如此悲惨生活的人们，是与我们同时代的人，而且就住在离帝国首都不远乡下！那么对于诸公今后的人生观方面或者说对于诸公日常行动方面，作为参考会不会有所补益呢？"他希望憧憬于欢乐的青年男女鼓起勇气，耐心读读这部苦涩的作品。他让女儿读，也不是因为有趣，而是由于人间有痛苦才让她读的，是为了让女儿了解社会……②

四 为晚辈作家开道：鞠躬尽瘁，死而后已

如上所述，夏目漱石在《文学论》和《文学评论》中，对英国文学史上一再出现的名家压制新生力量，阻碍文学创新的现象进行了尖锐的批评。夏目漱石成名以后，则像个严师益友，亲切关怀，热情帮助青年作家迅速成长。他主要通过评论和书信或者利用刊物尽可能地多发表新人作品等方法，促进新生力量的成长。他对长冢节的做法就是最典型的例子。这里，我们需要特别提一下他对其他青年作家的教诲。

他在1906年10月10日给若杉三郎的信里语重心长地说：

---

① 《漱石全集》第13卷，岩波书店1936年版，第645页。
② 同上。

"明治文学要看今后,眼下正是毫无眉目的时代。今后,一批又一批的年轻人走出大学校门,成为文学生力军,明治文学将会前途无量。我有幸生活在这愉快时期,我将为后进者披荆斩棘地开道,鞠躬尽瘁,死而后已,为建立供更多的天才大显身手的舞台奠定基础……还要让日本人知道,文学家的事比国务大臣做的事都要高尚有益。"①

漱石对于他的门生森田草平、小宫丰隆以及久米正雄、芥川龙之介等新思潮派作家尤其关心,写了大量的书信,从怎么样做人到怎么样作小说都给予谆谆告诫。

例如,森田草平描写自己与女评论家平冢雷鸟情死事件的长篇小说《煤烟》,虽然受到坂本四方太等人的好评,漱石还是写信给他,指出其中的不足。认为从第七部分神部这个人物出现后的对话,尽唱高调;在医院的对话似乎专门为读者而写,要他注意会话的场合。又说:"警句活之时,就是小说灭亡之际。"他批评森田草平未能客观地描写男主人翁要吉。例如要吉每当对妻子说些有损其身份的话后,刚过五六行,要吉又自我辩解起来。②

漱石并非只批评自然主义的理论,对于他的门生的一切错误理论,他也无例外地进行批评。例如1910年3月18日发表在《朝日新闻》上的文章《关于草平氏的论文》,就是对森田草平同月9日发表在该报上的文章的批评。尽管森田草平本意是想赞扬漱石的《作家的态度》一文的,可是由于使用了一些不恰当的用语而受到批评。夏目漱石指出:"凡是主义或者学说,它置于科学基础上时,大抵是毫无疑问的。"这句概括性的话,很难懂。事实是被认为建立在科学基础上的主义或者学说,始终成为争论的焦点的问题多得很。又指出,"只有把主义和学说移到哲学上才能进行议

---

① 《漱石全集》第13卷,岩波书店1936年版,第645页。
② 《漱石全集》第16卷,岩波书店1936年版,第702页。

论的说法,更是莫明其妙"①。

夏目漱石对森田草平的批评,当然与他对日本自然派的批评不能同日而语。这里举这个例子,只是想说明,夏目漱石对一切违反艺术科学的言论都会给予实事求是的批评。而不管这种错误言论出自谁之口,决不搞党同伐异,不搞小圈子。这是漱石作为文艺评论家的又一个可贵之处。

1908年12月20日给小宫丰隆的信里,漱石非常情真意切地要求他确立起独立精神,"不要过分依靠我,应该把自己的想法写出来,而不要去想漱石如何如何……一时依赖于高滨虚子而偶然出现了思想火花,也难以摆脱附和别人思想的印象的"。还说:"如果为日本早稻田文学派的某些人写的东西而赞叹的话,那是愚蠢的。因为这些东西是由于生活困难,只好接受先辈的指导,是没有余裕的结果。你不同,你有幸福的生活,有余裕而什么都让我看了以后才定案的话,那你就失去了独立性了。"可见,他在培养年轻人方面更加自由、开放,坚决抛弃带有封建主义色彩的师徒关系,鼓励他们去闯自己的路,去开拓新天地。漱石对于久米正雄、芥川龙之介等较晚地接近他的门生也一视同仁地采取严格要求、热情鼓励的态度。在1916年逝世前短短几个月里,漱石就写了五六封信,在8月21日的信里写道:"你们是打算当新时代的作家的吧?我也是这样看待你们的将来的。好吧,就请你们成为伟大的作家吧。但是你们不要太着急,你们最最重要的,是应该像老黄牛一般地孜孜不倦地前进。我也想给文坛输入令人心情愉快的空气。我希望你们今后改掉过于崇拜片假名的毛病。"早在同年2月19日给芥川龙之介的信里,夏目漱石就称赞过《鼻子》写得很有趣、自然,材料非常新。要是写出二三十篇这样的作品,就能成为文坛上无以类比的作家。并且鼓励他不断前进切勿瞻前

---

① 《漱石全集》第16卷,岩波书店1936年版,第255页。

顾后。夏目漱石特别喜欢芥川龙之介是不言而喻的，然而应该看到他是把希望寄托在一代人身上的。他的目光关注着新思潮派的所有作家，《新思潮》杂志一到手他就马上仔细阅读，并且很快写出评论。在这封信里，他还提到久米正雄、成濑正一的作品，认为成濑的作品较差。

同年9月1日给芥川龙之介和久米正雄的信里评论了他俩的作品外，还说这一号上，松冈让和菊池宽的作品也很有趣，只是觉得他们俩的作品写法和形式雷同。并且说，他俩的特点在于一个"真"，而久米正雄、芥川龙之介的作品都有一种伦理观，也很有意思。除了对他们的作品提出具体改进意见外，还对他们的人生观、待人接物，甚至字体都提出批评。例如对于芥川龙之介在信里说"接到像我这样的人的信也许觉得很讨厌吧"，夏目漱石特别指出不可这样说，过分夸大了正当的感觉。又批评久米正雄的信里有"我是混蛋"的话，并且说那四四方方好像发怒似的字体还是不要用的好。

在9月1日写了上面的长信后，第二天晚上，夏目漱石又专门就小说《芋粥》给芥川龙之介写信，说他知道对方正在担心，所以谈一点感想。他觉得这篇作品写得比哪一篇都认真，但叙述太细。他进一步指出叙述细腻并不是坏事，然而如果没有抓住应该精雕细刻的地方而精雕细刻，就反而显得软弱无力。同时，他充分肯定这篇小说技巧非常出色，和谁比都用不着惭愧。还告诫他说："干什么事都是毕生的事业，需要不断修炼。所以，要是不习惯于此道的话，只会有损于你自己。"

夏目漱石对于青年作家身上的毛病看得清清楚楚，他们急于求成，害怕失败、挫折。所以反复强调要有老黄牛的精神，他得知芥川龙之介为写作的事而极苦恼后，在8月24日的信里安慰说，他可以保证，芥川龙之介的写作技巧已经相当稳定，想写水平再低的作品也写不出来了。但是，"当老黄牛无论如何还是必要的。我们动不动就想当马,而绝不想成为牛"。又告诉他们:万万不要着急,万万不要想坏了脑子。你们应该有耐心,我只知道世界在耐性人面前低头,火花只能给予人一瞬间的记忆。

但芥川龙之介终究未能如老黄牛一般到老方休,在时代的巨变中选择了自尽这条悲剧之路。我甚至想,那时夏目漱石要是还健在的话,芥川龙之介也许在严师的注视下,驾着文艺之车,顶风冒雨,在崎岖的道路上,颠簸着时而迅速时而缓慢地向前走去呢!

第二节 方法和态度

论述一个作家的文艺观当然要注意其主要观点,这是毫无疑问的。但这样还不够,还应该探讨其得出这样的结论的方法。我认为可以说,夏目漱石基本的评论方法是倾向于社会的心理学的方法。他以其深厚的东西方文史知识,对所论对象进行广泛深入的比较分析,反对片面的简单的印象式批评。这一点不是他自己说的,而是我们给他总结出来的。夏目漱石的评论包含了许多进步、革新因素。例如,他反对把一个批评标准绝对化,主张从本质上看问题,具体作品具体分析;他提出了外行伟大,内行渺小;批评必须全面等观点,不用说在日本,就是在全世界的资产阶级文艺理论家的著作中,都是罕见的。

一 从心理现象入手,从根本上分析

在《作家的态度》中,夏目漱石明确宣布,他所要使用的方法,是单从心理现象入手来说明作家的态度问题,而不是从文学的历史发展来看这个问题,也不是根据通俗的分类方法来谈论叙事诗、抒情诗等问题。因为在他看来,与其说根据有角就断定是牛,长鳞就断定是鱼,倒不如从发生学出发,究竟在什么条件下产生牛的,又是在什么条件下生长出鱼来的?也就是说他是从根

本上来探讨文学创作问题的。关于作家的创作问题，他归结为作家站在什么立场上，以什么方法观察这个世界。同时，他假定可以检查作家态度的有两个方面，一个是作家自己，夏目漱石名之为"我"；另一个是作家所要观察的世界，他称为"非我"。他还把"我"分为过去的"我"和现在的"我"两种。他认为离现在的"我"越远，就越是可以像观察别人的经验那样地观察起"我"的经验。于是他得出结论，在"我"身上，存在着可以用"非我"同样的趣味进行观察。换言之，"过去的我身上存在着与非我同样的价值，因此，也就可以列入非我的一类"[①]。

漱石把人们的经验中最单纯的成分称为 Sensation（感觉）。关于这个词，他说西方心理学家附加了限定的意义，只是指全部单纯经验的一部分，而他则是作为全部经验的意义用的。这里，夏目漱石为了便于说明，使听众易于理解，而把同一个人对待同一事物的态度简单地分为客观的态度和主观的态度两种。他以酒店老板白天在酒店尝酒和晚上在家喝酒为例来说明。尝酒是为了解酒的好坏，以便确定售价，具有客观态度的性质；晚上喝酒，只关系到自己幸与不幸的问题，是带个人情绪的。他把客观的态度称为主知主义，把主观的态度称为主感主义。漱石在这里所说的一些创作方法与《文学论》里阐述的文学原理是完全一致的。例如关于所谓"我"与"非我"的论述，实际上就是《文学论》里所说的间隔论，即视点的问题。他所阐述的文学特性中，把对真、善、美和庄严的追求视为作家创作的四大目标，分析了这四个目标之间的区别与联系。其实，这也是根据文学四方面的内容，针对日本自然派不要理想的主张提出的，是有的放矢。

这里，他又指出，追求真实的文学，他暗指自然主义文学，

[①]《漱石全集》第13卷，岩波书店1936年版，第130页。

由于只要真实,结果即使与其他情操发生冲突都无所谓。因此,真实就是对事实采取无所取舍的公平的描写,是脱离了好恶观念的描写方法,他称之为客观描写法。而善、美和庄严的文学则具有维护和发扬情操的特点。因此,其叙述方法是评论式的叙述方法,也是主观的叙述法。

尽管夏目漱石认为以上两种文学具有微妙的差别,但肯定双方都是非常重要的文学。决不应该以一种文学代替另一种文学,把对方从文坛上驱逐出去。由于名称是两种,所以日本自然派和浪漫派好像是壁垒分明,虎视眈眈,互相对立。实际上互相敌对的只是名称而已,在内容上则是互相渗透的,你中有我,我中有你,杂居一处。有些作品由于读法或者看法不同,既可列入这派也可列入那派。因此如果更详细地分,不仅在纯客观态度和纯主观态度之间还会有无数变种,各种变种互相结合又会产生无数杂种。根据以上理由,夏目漱石又提出了对具体作品进行具体分析的批评原则,而不应该机械地把谁的作品列入自然派,把另一人的作品列入浪漫派。而要说谁的作品的某一部分从某种意义上看具有浪漫派趣味,而另一个人的这部分某种意义上说属于自然派趣味,等等。还说不仅要解剖作品,一一指出各种成分,是属于浪漫派的还是自然派的,而且要说明究竟有多少浪漫派的或者自然派的成分糅合在一起。他认为只有这样才能克服当时日本评论界的弊病。他觉得当时日本批评界,存在着好像只会说山县有朋是长州人,大山岩是萨州人的简单化倾向。他以为适当的方法应该是具体地分析、解剖,得出山县有朋是这样的人,大山岩是那样的人的结论,然后再进行综合,对这两个日本元帅做出总的评价。因此,在评论作品时,如果不是以作品为本位而以什么主义为本的话,就会首先确定这个主义的含义,然后按照这种定义来排列作品,找出符合这个主义的具体作品,似乎不把一部作品与某个主义等同起来就决不罢休。他以十分肯定的口气说,这样的思维方式非改不可。①

　　这里，我们还可以看到，漱石对于不同流派的作品采取宽容态度的主张。尽管他不同意日本自然派的文学主张，但他还是认为各种文学可以并存，可以互相吸收。在《作家的态度》中，漱石把文学描写方法，分为客观描写和主观描写两种，把客观描写的作品称为"挥真文学"，把主观描写法创作的作品称作"情操文学"。他以为在日本，这两种文学都不够发达。从以往出版的文学书刊统计数字，他认为"情操文学"占多数，而且从作品的价值看，也是这个系统的作品价值比较高些。在漱石看来这是理所当然的，因为，客观的叙述产生于观察力，而观察力则依靠科学的发达，是间接地受到科学空气感染的结果。可是遗憾的是日本人艺术精神虽然多得很，而科学精神则与此成反比例，缺乏得实在可怜。所以，在文学方面，如痴似癫地观察非我之事物的能力，似乎一点也不发达。②

　　日本在明治维新以后，虽然从西方引进了科学精神，以受到科学精神训练过的观察人和自己也盛行起来；但是即使经过了40年，科学精神也没有传布到广大民众中，所以夏目漱石认为包括他自己和妻子在内，都是得过且过，自满自足地生活着。因此，他以为客观态度的文学还是必要的。

　　夏目漱石进一步展望了日本文学的未来，他根据西方的经验说，18世纪西方启蒙主义盛行，作为其反动，19世纪前半期浪漫主义趣味又盛行起来。嗣后，趣味又发生变化，恢复了客观的态度。20世纪前途如何他还难以预测，但他总结出如下的规律：即这两种潮流是互相推动，不断发展的。而且在发展过程中双方又互相渗透吸收，产生各种新的杂种。这里，夏目漱石总结出这两种文学交叉发展，交替地领先的规律。他说："当社会上一般的科

---

① 《漱石全集》第13卷，岩波书店1936年版，第189页。
② 同上书，第191页。

学精神比情操势力强大而一旦失去平衡时,情操文学就会在文坛上崛起,当情操文学强大到足以压迫科学精神时,客观文学就必然会发展起来。文坛的这两种势力,是彼此消长,恢复起平衡。接着又失去平衡,不断地发展的。"① 他指出当时日本之所以还需要客观文学,是由于它符合当时日本的教育状况的。他认为日本在明治维新以后,情操文学得到了长足发展,四十年后开始走上了下坡路,所以认为当时把重点放在客观描写方面也是恰当的。同时他预言,在不久之后,情操文学还必然会兴隆起来。

在对情操文学的评价方面,夏目漱石也显示出其历史唯物主义倾向。他指出情操文学的目的是:维持和培养情操。而一定的情操是依附于一定的事物的。例如,孝是依附于父子关系的。但父子关系是个复杂的社会问题,在日本已经发生明显的变化,因此,对孝的评价也应该逐渐变化。要是以绝对化的评价方法来叙述,就一定会落后于时代,也就达不到培养情操的目的。②

二 批评方法:必须全面

在20世纪初的日本文坛上,夏目漱石的批评理论和批评实践是独树一帜的,很值得我们总结、学习。他主张对一部文学作品的评论应该从各个角度全面评价,反对许多文学评论家只见树木不见森林,攻其一点不及其余的印象式的批评方法。他在那个时候就已经采取了综合性的研究方法。上面提到,他自称他的批评方法是要从心理学入手来说明作家的态度的评论方法。其实从其理论和实践看,我认为应该把他的批评方法称为综合研究法比较合适。因为他既不是只论作家和作品,也不是只谈社会背景和读者反应,而是早已把20世纪后来流行的各种评论方法,诸如文本批评、读者接受美学以及社会心理学批评等方法综合起来使用,

---

① 《漱石全集》第13卷,岩波书店1936年版,第205页。
② 同上书,第190页。

从社会背景、作者生平，从作品的内容到形式，甚至读者感受都有所论述。尤其是他站在东方这个特殊的立场上来处理东西方的文化关系，更有其特殊的意义和价值。

1905年5月15日，日本《新潮》杂志刊载的漱石谈话《批评家的立场》，主要是批评日本评论界的一些不良倾向的。其中最主要倾向就是攻其一点，不及其余的批评方法。他开门见山地说："一读小说批评，我就觉得作者实在是可怜。因为批评有倾向，大多数评论家并不是从各个方面列举应该评论的内容，而是只看局部又局部的内容，大谈特谈。"他认为正确的批评方法应该是看构成小说的一切因素，从所有方面进行详细的论述。作家总是竭力想发挥自己的特色，所以评论家应该从各个方面进行评论，而决不要以一个规则、标准去硬套作品。①

夏目漱石尤其反对以西方某个著名作家为标准，来评论日本作家的作品。因为日本有日本自己的特色，而一个作家也有其自己的特色，如果拿外国的或者是别人的标准来衡量，就必然会抹杀自己的特色。

夏目漱石对日本同代作家的批评，最集中最典型的当然表现在他与日本自然派的论争之中。但他所批评的日本文坛的倾向，并非都表现在日本自然派身上，在对其他一些文学作品评论中，也有值得注意的思想火花。如《读〈男人的额头〉》（1909）、《读〈如梦〉》（1909）、《文艺和英雄》（1910）、《艇长的遗书和中佐的诗》（1910）等。

三 评论家即使得罪作者，也要说真话

《读〈男人的额头〉》，是漱石对日本文学评论家长谷川如是闲（1875—1969）1909年发表在《大阪朝日新闻》的一部中篇小

---

① 《漱石全集》第18卷，岩波书店1937年版，第514页。

说的评论。

据说，这部小说连载时题目是《?》，翌年由政教社出版单行本时才改成现题的。关于为什么起名《男人的额头》，有资料说，小说的主人翁羽仁正雄的整个脸，看上去就像是一个人的额头，根据主人翁的长相特征，便起了这样的书名。作品以主人翁及其两个妹妹妙子和小夜子为中心，描写一群脱离社会、超尘脱俗的青年，高谈阔论，咄咄逼人的唇枪舌剑的故事，被誉为不可思议的评论小说。[1]

夏目漱石的评论文章也抓住了小说的这个特点，指出一般小说以趣味为中心，揭示人物关系如何从甲到乙的过程。于是如何转移得出色、自然，如何对读者有所启发，使读者惊奇、心服口服，这些便是产生趣味的条件。而《男人的额头》的趣味在于人物所发表的意见。他一方面对作者的才能表示敬仰，另一方面也坦率地指出有些意见对社会采取旁观的态度，近似头脑游戏，不能算真正的真理、真实的观察的概括。他觉得这些人物的意见都很平常，毫无惊人之处。[2]

夏目漱石特别强调了文学评论家应该采取的正确态度："我们评论家与其说些无关痛痒的事来讨好作者，倒不如如实向作者披露自己的想法，即使得罪作者，也要如此。"[3] 他把这种做法视为评论家的义务。他这样说，也是这样做的。这种言行一致的做法足以成为评论家的典范。在评论杜鹃派的同人坂本四方太的《如梦》时，漱石说，他喜欢色彩艳丽，所以批评过坂本四方太的作品是"白纸文学"。又说他现在必须承认"白纸文学"的价值。因为他认为《如梦》写得毫无人工雕琢的痕迹，如实叙述孩提时代的故事，虽然平平淡淡、质朴、单纯，仍能使漱石那样在东京

---

[1] 《新潮日本文学小辞典》，新潮社1968年版，第931页。
[2] 《漱石全集》第13卷，岩波书店1936年版，第237—238页。
[3] 同上。

长大的人很感兴趣。

上面已经指出，作为一个时代的评论家，他应该总揽全局，抓住当时一些带倾向性的问题，旗帜鲜明地给予批评。他在《读〈如梦〉》中，一面赞扬"白纸文学"，一面又批评当时文坛上以下倾向：文学家的回忆录之类，一般都是摆出我是文学家的架子来执笔写的。因此每一页上尽是文学家的面孔，令人讨厌，不应该哭的时候也泪流满面，可以不写性欲时，也要硬插入流行的故事。不必要沉湎于风景时也独自赏景，"甚至以为非得写进屠格涅夫的名字才能算文章。或者说要尽力避免技巧，而穿上从西洋人那里借来的服装，硬说这就是他的本来面目。他就没有发现穿上从西洋人那里借来的服装，硬说这就是他的东西这事本身，就是借助技巧的力量"①。

夏目漱石的评论观点总是非常鲜明、突出，一个重要的写作方法就是把两种创作手法进行对比。所以这篇文章既肯定了坂本四方太的作品，又批评了自我吹嘘，无病呻吟，借洋人洋服壮胆的创作倾向。起着一箭双雕、一石数鸟的作用。在一篇短文里包含了十分丰富的内容，尤其是要说真话的主张很值得注意。

四 把人格放在首位

《文艺和英雄》及《艇长的遗书和中佐的诗》这两篇评论，漱石都作于病床，相继发表于 1910 年 7 月 19 日和 20 日的《朝日新闻》。前者显然是批评自然主义否定存在英雄这种观点的。当时日本有一艘潜水艇沉没，全体官兵遇难。艇长佐久间临死前写下遗书，向上级报告失事情况，作为经验教训以防后人重蹈覆辙。漱石认为这是英雄主义行为。他还以英国一艘潜艇失事后，发现官兵们都死于窗口之下，显出曾经争先恐后地逃命的狼狈相

---

① 《漱石全集》第 13 卷，岩波书店 1936 年版，第 241 页。

的事实做对比。他讽刺说，这就是有力地证明本能如何比义务心更加强烈，是以本能的权威自居的日本自然派作家创作的好材料。①

读者从后者的题目也可以看出，评论对象是两个：一篇是《文艺和英雄》中已经评论过的潜艇艇长的遗书；另一篇是评论以在日俄战争中丧命而被捧为"军神"的海军中佐广濑武夫的名字发表的诗。虽然都是军人的作品，但所得到的评价则有天壤之别。尽管当时日本发生了所谓"大逆事件"，作家的言论自由受到严重威胁，漱石根本不看当局的脸色，把广濑的诗批得一无是处。他说遗书是"名文"，而中佐的诗"就显得太平凡"。中佐的诗"与其说是拙劣，还不如说极端的陈词滥调"。

漱石进一步分析说，艇长写了许多事实，他不需要说谎；他不是为自己而写，而是忍着痛苦，为了别人而写。相反，中佐是一个军人他没有必要写诗，说他是在可以不作诗时硬是作诗。而且他的诗毫无个性，是谁都写得出来的。写出这样的诗的人，是决不会作出什么英雄举动的，因为有许多人只是为了自我吹嘘而写诗的。②

我们从字里行间可以看出夏目漱石对大肆宣传日俄战争中的"军神"的反感，而对之大泼凉水。显示出夏目漱石作为一个日本文学评论家的非常独特的可贵的个性。他对这两个军人的作品评价迥异是由于作品所反映的精神、情操不同。前者是利他的，而后者是利己的。这一方面证明漱石敢于说真话，决不随波逐流的品格。另外，也说明他评论时坚持把人格作为重要的一个标准。

---

① 《漱石全集》第 13 卷，岩波书店 1936 年版，第 263 页。
② 同上书，第 267 页。

第三节 标准及其他

一 文学评论标准：真、善、美和庄严

漱石学贯东西，他向西方学习又决不什么什么都照抄，而是加以消化吸收，创造出他自己的理论来，真、善、美和雄壮或庄严四个理想可以为证。从《文学论》到《文艺的哲学基础》，以及其他各次讲话，无论是讲理想，还是讲批评的标准和态度，他都会触及这个问题，可以充分证明他对此问题的重视。因此，笔者也不能不从各个角度多次论述到它。关于这四个理想，我们准备在夏目漱石与日本自然派的争论一章里谈。

在漱石的文艺理论体系中，文学艺术的目的、创作方法、批评标准占有十分重要的地位。他从创作题材、方法，从内容到形式，进行全面的考察。他的评论文章中出现频率较高的术语就是自然、有趣等。

漱石关于内容和形式关系的论述也很精辟："形式是为了内容的形式，并不是为了形式才产生内容的。"他认为要是内容有变化，外形也就要自然而然地跟着发生变化。① 不能随内容变化的形式，总归是要炸毁的。他指出，社会生活是最活跃的因素，说日本社会以飞快的速度变化着，我们的精神生活也要随之迅速变化。② 应该说，他的这些观点是属于辩证的、唯物主义的。

二 日本文学发展方向：走自己的路

怎么样评价东西方各自的文学艺术，怎么样估计日本文学状况以及怎么样发展日本文学，也是夏目漱石始终关注的一些重要问题。我们一再指出，他对这些问题的许多观点非常精辟，富有

---

① 《漱石全集》第 13 卷，岩波书店 1936 年版，第 398、402 页。
② 同上。

独创性，在明治文坛上是具有开拓性意义的，而且对我们东方国家都有极大的借鉴意义。

在对东西方文学的评价方面，漱石的一个基本观点就是认为东西方文学艺术都有其长处和不足。例如在《作家的态度》中，他谈到日本有派画家的画传到西方后，受到西方画家的极端珍视，而日本则派出留学生到西方学习绘画，这就是互相敬仰对方艺术的表现。换言之，对方都有自己所达不到的成分，具有各自的优点和长处。① 他在题为"批评家的立场"的谈话中指出，近来有些人以西洋名人的作品为标准，一味鼓吹西洋化。西洋作品中也有不怎么好的。太崇拜西洋就会埋没自己的和本国的特色，是很遗憾的事。日本有日本固有的特色，发挥日本的特色比什么都伟大，发挥自己的特色比什么都伟大。② 漱石非常强调各国文学都有各自的特点，并对日本文学的未来充满信心。他在《作家的态度》中写道："许多人说日本文学幼稚，严格地说我也是这样想的。但是，坦白地说，我国文学幼稚，并不意味着要以今天西洋文学的标准来衡量。我深信，今天尚幼稚的日本文学一旦发展起来，一定会不次于现代俄国文学。同时，我们也没有理由承认必须经过由雨果到巴尔扎克，再由巴尔扎克到爱弥尔·左拉这样的顺序，发展成与今天的法国文学具有一样性质的文学。"

漱石是这样看的，一国文学的发展道路是多种多样的并非只有一条。因此就不能说现代西洋文学的倾向就应该成为幼稚的日本文学的倾向。西洋文学的新潮流，对于日本人来说未必就是正确的。他说只要看看当代各国文学尤其是进步文学，就可以知道各国文学的发展道路是不同的。即使在今天交通十分发达的时代里，俄国文学依然带有俄国风，法国文学还是属于法国式的，德国、英国文学亦还是具有德国和英国的特点。所以文学和火车、

---

① 《漱石全集》第 13 卷第 120 页、第 18 卷第 515 页。
② 同上。

汽车不同，即使想模仿现在的西方文学，也是不会那样痛痛快快地实现的。倒不如根据自己的心理状态，自然地而不是做作地表现自己的心理现象。也许这样的作品才更像我们自己，也更有生命力。

另外，夏目漱石也十分强调研究西洋现代文学，了解其发展的历史，了解西方科学的进步，如何深刻地影响到文学的各个方面的情况。由于科学思想不够发达的日本人，一味固守自己的倾向，而不了解西方，结果很可能出现以祖传的宝刀对付速射炮的奇观来。

夏目漱石十分清醒地认识到日本文学艺术史的贫乏，并且以既自觉而又很不情愿的复杂心情，接受西方思想的影响。在《文艺的哲学基础》中，他指出从古代的《竹取物语》《太平记》直到井原西鹤的作品，虽然出现了许多人物，但都是相同类型的人，因为在这些作者看来，人大体上是一模一样的。在分化和发展了的今天，再如此笼统地看人是不行的。他在《东洋美术图谱》中又说，以新的眼光回顾日本的过去，他感到有些担心。因为在与他关系密切的文学领域里，他为"从过去所得灵感之贫乏而苦恼不堪"。他曾经以非常遗憾的心情写道："支配余现在的头脑和影响余将来工作的思想，并非是祖先遗留下来的，而是异种人隔海带来的。"[①] 他形象地把自己比喻为养子，所继承的不是祖宗的遗产，而是陌生人的财产，自己利用的是养子的权利。

很明显，漱石对日本文学历史和现实的估计，应该根据本民族的心理特点进行创作，又要研究西方现代文学的创作经验等观点都是十分正确的，都经受了历史的检验。日本现代文学史就是不断学习、模仿西方文学的历史，也是经过不断摸索，确立起本民族现代文学的历史。许多成功的作家都或多或少地受到西方文

[①] 《漱石全集》第13卷，岩波书店1936年版，第248页。

学的熏陶，又继承本民族文学的优秀传统，创作出符合本民族审美理想、审美心理、审美习惯和审美趣味的作品。除夏目漱石外，尚有岛崎藤村、志贺直哉和川端康成等名家，都是较典型的例子。

三　艺术家创作目的：为了自我

对于夏目漱石来说，为谁写作问题，具有根本的性质。应该说他对这个问题的表述，不是很精确，不但令人费解，也容易引起误解。从以上所说他很重视作品的教育作用看，作家创作目的应该说是为读者而写。但他在《文展和艺术》等文章和讲演中却一再说："艺术始于自己的表现，又终于自己的表现。""从纯粹的意义出发，艺术家不应该考虑自己的作品对别人的影响，无论从道义上说还是审美上说都是如此。他们应该觉悟到，一旦顾虑这些，而在某一方面取得艺术家以外的资格之际，他作为艺术家就堕落到不纯的地位之时。"所以，"对自己来说，空虚的艺术就是不能彻头彻尾为自己的艺术"①。这是1911年10月写的一篇美术评论文章里说的话。从字面看，谁都明白，夏目漱石这里主张艺术家只为自己而作，不能有其他目的。这究竟应该怎样理解呢？我以为完全可以而且必须结合他所生活的时代进行分析。我们从他以养子自喻说起。当养子固然不幸，但有财产，不管是谁的可以继承，倒也算是不幸之中的万幸吧。尤其是他所继承的这批遗产的性质，使夏目漱石又陷入幸与不幸的矛盾之中。这是由他所继承的"遗产"的特点决定了他必然处于这样的境地。在《文艺的哲学基础》中，漱石曾经要求"文艺家同时应该是个哲学家，同时还是一个实行的人"。

由于支配他的头脑并影响他将来工作的思想，正是西方现代资产阶级的自由、平等和博爱的思想。这种世界观就是夏目漱石

---

① 《漱石全集》第13卷，岩波书店1936年版，第433页。

从事文学评论的最基本的指导思想。历史地看，这种思想在当时的日本是有其进步的积极意义的，与封建主义、军国主义不能不发生矛盾、冲突。何况即使在资产阶级自由主义思想占统治地位的国家，他所向往的完全独立完全自由的文学艺术也是根本不可能存在的。马克思列宁主义告诉我们，"资产阶级抹去了一切向来受人尊崇和令人敬畏的职业的灵光。它把医生、律师、教士、诗人和学者变成了它出钱招雇的雇佣劳动者"①。

漱石也感觉到了相似的问题，对科学家、哲学家或者艺术家之类作为一种职业是否能够悠然自得地存在下去表示怀疑。另一方面他还是认为，他们如果不能以自己为本位，即要是不能以我为主，终究是不会成功的。因为这些人如果是为了别人而干，那就丧失了自我。特别是艺术家，要是一个无我的艺术家，那就同脱了壳的蝉一模一样，几乎不起作用了。②

夏目漱石明确宣布他是以文学为职业的人，但是他不是为别人即不是舍己地去讨好世间的，只是为自己的结果，即发现了自然的艺术良心的结果，偶然地与为他人相一致，合乎人的口味才取得报酬，物质上才得到补偿。他又说这样看才符合事实，如果这只是为别人的职业，从根本上要委曲求全才能存在下去的话，他会断然停止文学创作的。于是要忠实于自己，要自然地进行创作是他最基本的审美理想，成了他评论的基本原则。他之所以坚决拒绝接受博士称号，反对建立博士制度，反对成立艺术院，就是担心作家的自由创作原则遇到践踏、玷污，作家不能凭所谓艺术良心自然地进行创作。对资本主义社会中作为一个纯粹的艺术家的人格的执着追求，漱石精神确实是难能可贵的，但是包含了不可能实现的悲剧成分。日本评论家桑原武夫在《现代社会的艺术》（1969）一文中，谈及阿兰喜欢引康德的一个设想：鸽子要

---

① 马克思、恩格斯：《共产党宣言》，人民出版社1970年版，第26页。
② 《漱石全集》第13卷，岩波书店1936年版，第348页。

是到了真空中会更加自由地飞翔。然而空气既是鸽子飞行的阻力，又是其飞行的条件，不理解这一点的鸽子是愚蠢的。艺术家不是鸽子，而是面对商业化的力量，面对政治权力，始终追求自由，追求不可能实现的自由的人。看来，桑原武夫对现代作家的人格和处境的看法，与夏目漱石基本一致，但比夏目漱石稍稍清醒一些，明确认识到在资本主义社会中，作家所追求的真正的创作自由，是不可能实现的。

值得注意的是，漱石提出为自己创作还根据以下的看法，他在题目为"点头录"的文章中说，在日本发生的历史事实的背景里，几乎没有一件是以思想家的思想为基点的，在现代日本，政治始终是政治，思想又始终是思想。这两者虽然同处一个社会里却是互不相关地孤立地存在着。两者没有任何理解和交涉，偶然看到两者之间连锁关系，那也尽是一些以禁书形式出现的压迫。夏目漱石还说赖山阳（1780—1831）的《日本外史》，虽然成了日本明治维新发生的酵母，然而这是例外的例子，而且也只是明治大正以前的事实。[①] 显然，在夏目漱石看来，明治大正时代的政治压迫，甚至都超过了江户时代。所以，他对维护作家真正的创作自由的执着追求，就显得格外可贵。应该指出，夏目漱石所说的为自己而创作，主要是指要按照艺术创作规律进行创作，而决不受外在因素，如受到人为的或者金钱、名誉和地位的诱惑、干扰。在1909年6月刊载于《太阳》杂志的文章《关于太阳杂志募集读者投票选举名家》中，他阐明了他之所以拒绝接受该杂志的名家金杯的理由，就是社会上存在以不正当手段获得金钱、名誉地位的恶习，并且人为地抬高某些人，而贬低另一些人，造成不平等现象。他尖锐批评这一活动充满了铜臭味，用钱买票和为了钱而投票，其中夹杂了生活问题、名誉问题和营业问题。从道义

[①]《漱石全集》第13卷，岩波书店1936年版，第533页。

看都是彻底的堕落，都不可信。都是把别人当成傻瓜，都运用了欺诈手段，都是不公平的。他一针见血地指出，以为议会的投票是公平的想法是完全错误的。投票是最容易凭借多数人的声音，而成为间接地压迫自由的手段。另外从文艺家这方面看，他说文艺家都是只凭虚荣心进行活动的。而这一切与他平生的主张都是背道而驰的，所以他决心不要这金杯。他还说，虽然他也接受过别人的馈赠，但这是在对方只是喜欢他的作品，而并不包含贬低别人之意的情况下才接受的。[①] 桑原武夫在另一篇文章中，称诗人们近似的态度是对于不理解艺术、只追求实利的庸俗资产者的反抗。又说，今天在资本主义国家，资本家已经支配了社会，一向爱好艺术的诗人也不能不和此种庸俗的东西相联系了，例如，瓦莱里极热心地追求科学院院士的头衔，艾略特在出版社当了经理等。从这个事实看，我认为漱石比起西方的这两个名家来，似乎更清高，离名利更远些。

看来，夏目漱石不仅仅笃信西方的自由、平等和博爱思想，而且尽力实行之。他对东西方不同流派、不同创作风格的作家和作品，在艺术上虽然挑剔极严，但都采取宽容的态度，在批评缺点后，总是肯定其存在价值。这与其根本的人生观、文艺观是密不可分的。

第四节　漱石与鲁迅的相似

漱石与鲁迅，国籍不同，生活环境迥异。当 1902 年 2 月 26 日，22 岁的鲁迅由上海到达横滨时，漱石还在伦敦留学。但鲁迅与漱石，也有缘。据说鲁迅从仙台医专退学，1908 年搬到东京本乡西片町居住的房子，正是漱石因房东不断提高房租而愤然搬走

---

① 《漱石全集》第 13 卷，岩波书店 1936 年版，第 231 页。

的地方。当时，日本正是自然主义盛行之时，但鲁迅爱读的不是自然主义作品，而是夏目漱石的作品。鲁迅学习的是日语和德语，并通过德语翻译不少被压迫民族的文学作品。因此，在日本时他未必读过引用了大量英文原著的《文学论》和《文学评论》这两部理论著作。尽管如此，当我们把漱石与鲁迅的理论比较时，仍惊喜地发现许多论点竟是如此相似。例如所谓"余裕"以及关于讽刺、要写得易懂、内容不必实有其事、内容与技巧并重、要冲破一切传统思想和手法束缚、批评要全面和民族化等。

一 关于"余裕"

众所周知，漱石被认为是所谓"余裕派"的代表。关于"余裕"，本书在介绍漱石的"写生文""非人情"以及他与日本自然派的分歧中，都有所论述。这里主要看看鲁迅的观点。

在《华盖集》和《忽然想到》中，鲁迅针对当时的出版物，大多不留副页，上下不留空白，翻译的书随意删节等情况，指出这些书使人产生一种压迫和窘促之感，觉得仿佛人生已经没有"余裕"，"不留余地"，从而很少"读书之乐"；"外国的平易地讲述学术文艺的书，往往夹杂些闲话或笑谈，使文章增添活气，读者感到格外的兴趣，不易于疲倦"。批评"中国的有些译本，却将这些删去，单留下艰难的讲学语……"[①]

二 讽刺

漱石和鲁迅虽然都论述并看重"余裕"趣味，但都没有片面地突出"余裕"，片面地强调文艺的娱乐作用。他们更重视文艺的教育、批判作用，社会意义，所以尤其看重讽刺手段、讽刺语言。漱石在1906年10月26日给铃木三重吉的信里表示："前后左右

---

① 《华盖集》、《忽然想到》，人民文学出版社1973年版，第10页。

尚有敌人。如果视文学为自己的生命，只局限于美是不能满足的。"他要"一面出入于俳谐文学，一面要如同维新志士那样，以生命为代价，以不是生就是死的斗争精神从事文学"。他认为"讽刺语言正是由于其讽刺性，所以比正面语言更深刻、更猛烈有力"。但"要是无见识，也写不出讽刺。随便用恶语伤人、讽刺挖苦，是谁都会的。而真正讽刺必须依靠正确的道理，有一双批评的眼睛观察世界"[1]。

鲁迅写道："同一事件，在拉杂的非艺术的记录中，是不成为讽刺，谁也不会受感动的。"又说："如果貌似讽刺的作品，而毫无善意，也毫无热情，只使读者觉得一切世事，一无足取，也一无可为，那就并非讽刺了，这便是所谓冷嘲。"[2] 漱石和鲁迅肯定讽刺的重要作用，同时都告诫人们切不可乱用讽刺。用讽刺也需要与人为善、满腔热情、要以理服人。从中不难看出他们对待创作的认真、严谨的作风和高度的文学修养。

三 艺术真实

漱石与鲁迅，都主张艺术真实是创造典型的结果，因此所写不必实有其事。漱石认为，"现实性并不意味着要写世上的真人真事"[3]，漱石在《文学论》里早就明确提出："文学家重视的真实是文艺之真，而决非科学之真。"在《答田山花袋君》里，他谈了他对于虚构的看法："与其煞费苦心地责备虚构的作品，倒不如煞费苦心地去虚构出看上去是活生生的人和使人觉得很自然的角色。"[4]

鲁迅说"艺术的真实非即历史上的真实"，创作完全"可以

---

[1] 《漱石全集》第12卷，岩波书店1936年版，第368页。
[2] 《鲁迅全集》卷6，人民文学出版社1981年版，第259—260页。
[3] 《漱石全集》第18卷，岩波书店1936年版，第596页。
[4] 《漱石全集》第13卷，岩波书店1936年版，第207页。

缀合，抒写，只要逼真，不必实有其事也"①。鲁迅谈创作经验时曾说，人物的模特儿"没有专用过一个人，往往嘴在浙江，脸在北京，衣服在山西，是一个拼凑起来的脚色"②。可见在这个典型化创作方法方面，他们的观点也完全一致。

四　内容与技巧并重

漱石在《文艺的哲学基础》中曾提出："只有在崇高理想与尽善尽美的技巧结合起来时文艺才能达到极致。"他很重视思想内容，要求作家应该有高尚的人格，甚至说"人格即技巧"。

鲁迅也说过："美术家固然须有精熟的技工，但尤须有进步的思想与高尚的人格。"③

五　要写得易懂，要写得简洁

漱石1908年12月20日给小宫丰隆的信谆谆告诫说："登上文坛的第一步必须实际一些。必须使现在尚愚昧的人易懂、易读、要成为其朋友，而不要让他们觉得好像受到侮辱。论旨要短一些，应该用时事问题增加趣味性。"他表示喜欢简洁的作品。

鲁迅也说："有种种难易不同的文艺，以应各种程度的读者之需。不过应该多有为大众设想的作家，竭力来作浅显易解的作品，使大家能懂，爱看，以挤掉一些陈腐的劳什子。"④

六　冲破一切传统思想和手法

漱石关于外行和内行的观点，是很辩证的。他认为，自古以来，伟大的艺术家都不是守成者，而是创业者。既然是创业者，

---

① 《鲁迅全集》卷10，人民文学出版社1981年版，第198页。
② 《鲁迅全集》卷4，人民文学出版社1981年版，第394页。
③ 《鲁迅全集》卷1，人民文学出版社1981年版，第404页。
④ 《鲁迅全集》卷3，人民文学出版社1981年版，第579页；卷1第332页；卷6第344页。

那么其人就不是内行，而是外行。

鲁迅也尖锐指出："没有冲破一切传统思想和手法的闯将，中国是不会有真的新文艺的。"①

七　要善意地从爱护出发进行批评

漱石在《文学论》和许多文章中都说过这类话，本书已经做了介绍。鲁迅指出"恶意的批评家在嫩苗的地上驰马"，使得嫩苗遭殃。他特别不满"坐在没落的营盘里"的评论家，认为"独有老衰和腐败，倒是无药可救的事！"提出批评的职务一是"剪除恶草"，二是"灌溉佳花"。

八　批评要全面

漱石主张评论家应该从各个方面进行评论，而决不要以一个规则、标准去硬套作品。

漱石所说的各个方面，当然包括作者的生平、思想和所处的社会环境，尤其应该全面分析作品内容。所以，他是不赞成那种印象式地抓住一点不及其余的批评方法的。

鲁迅说："……倘要论文，最好是顾及全篇，并且顾及作者的全人，以及他所处的社会状态，这才较为确凿。要不然，是很容易近乎说梦的。"②

九　强调民族特色

夏目漱石尤其反对以西方某个著名作家为标准，来评论日本作家的作品。因为日本有日本自己的特色，而一个作家也有其自己的特色，如果拿外国的或者是别人的标准来衡量，就必然会抹

---

① 《鲁迅全集》卷3，人民文学出版社1981年版，第579页；卷1第332页；卷6第344页。

② 同上书。

杀自己的特色。漱石在题为"批评家的立场"的谈话中警告说："太崇拜西洋就会埋没自己的和本国的特色，是很遗憾的事"，竭力提倡发扬日本固有的特色，发挥作者自己的特色，认为这比什么都伟大。①

漱石非常强调各国文学都有各自的特点，俄国文学依然带有俄国风，法国文学还是属于法国流，德国、英国文学亦还是具有德国和英国的特点。②

上述观点与鲁迅说的"风格和情绪，倾向之类，不但因人而异，而且因事而异，因时而异"③。鲁迅还说"有地方色彩的，倒容易成为世界的，即为别国所注意"的观点，虽然说法不一，基本精神还是一致的。

另外，漱石也十分强调研究、学习西方，说"尤其是日本并不是独立地存在于世界上的国家，而是与西洋有密切联系，深受其影响。在这种时候就应该研究西洋现代文学，了解其发展的历史……了解西方科学的进步，如何深刻地影响到文学的各个方面的情况"④。

鲁迅说："采用外国的良规，加以发挥，使我们的作品更加丰满是一条路；择取中国的遗产，融合新机，使将来的作品别开生面也是一条路。"⑤

以上事实说明，只要从科学的文学创作规律出发，就会有共同的批评语言。但鲁迅是中国文化革命的主将，不但是伟大的文学家，而且是伟大的思想家和伟大的革命家。他提倡文学是战斗的，认识到文学有阶级性，认识到"无产文学，是无产阶级解放

---

① 《漱石全集》第 18 卷，岩波书店 1936 年版，第 515 页。
② 《漱石全集》第 13 卷，岩波书店 1936 年版，第 116 页。
③ 《鲁迅全集》卷 5，人民文学出版社 1981 年版，第 299 页。
④ 《漱石全集》第 13 卷，岩波书店 1936 年版，第 116 页。
⑤ 《且介亭杂文·〈木刻纪程〉小引》，载《鲁迅全集》卷 6，人民文学出版社 1981 年版，第 39 页。

斗争的一翼"，是"最高的政治斗争的一翼"；特别强调根本问题"是在作者可是一个革命人"。所有这些思想在漱石的文章里是找不到的，这是不容否认的事实。无产阶级作家和资产阶级作家的本质区别也就在这里。尽管漱石未能从资产阶级自由主义再前进一步，然而在一些文学基本问题上，漱石与鲁迅的观点是完全一致的，显然，漱石倘若不是个功底深厚、富有独创的文论家，我们是很难解说如此巧合的。

第十章

《文学评论》:日本比较文学的滥觞

趣味具有其普遍性、特殊性、可变性和地方性;强调作品的社会背景;比较方法:一是同一时期同一类型的两个作家之间的比较;二是同一时期不同类型的作家之间的比较;三是不同时期作家的比较;四是不同国家的作家、作品的比较。

第一节 论趣味的普遍性和特殊性

漱石作为东方人,在文艺理论及评论方面的一个突出贡献在于反复强调要以东方人、日本人的眼睛观察西方文学。他提出了"欲想看清富士山,惟有远离富士山"的论断。在这里,漱石所发现的是一个具有重要意义的认识规律。即在考察问题时,人们的立足点和视点或观察点应该离开一段距离的规律。他的这一观点与苏东坡所说的"不识庐山真面目,只缘身在此山中"的哲理完全一致。所以我们认为,漱石的审美思想的形成,也与他学习我国古典文学和汉学密切相关。因此,我们对于吉田精一评《文学论》时,认为漱石是站在英国立场上,从英国文学中取例的论断,不能首肯。我还想指出,吉田精一的这个结论,与漱石一再主张的应该以自己的东方人的眼光对待西方文学的事实不符合。这里,我想再以《文学评论》中的例子做些分析。

《文学评论》是漱石的仅次于《文学论》的重要文艺理论著作，原是漱石1905年至1907年在东京大学的文学讲义，原题是"十八世纪的英国文学"。从内容看，"十八世纪的英国文学"这个题目似乎更加一目了然。因为，除了序言中所说明的评论和欣赏方法，具有文学概论的性质外，其余各编，无论是文学背景还是所评论的作家，都属于18世纪的英国。

在漱石看来，所谓18世纪或19世纪的英国文学这样的说法是毫无意义的通俗的说法，因为文学的发展变化是自然的天然的，今天与昨天不能截然区别开来。18世纪的英国文学是从17世纪中自然流出，又流进了19世纪，但不知怎样划分各自的起止点。所以，说18世纪的英国文学，这不是哲学的科学的说法。这里，漱石又提出了文学与科学的关系问题。他认为要讲一百年的事，那就是历史，那么这个历史应属于文学还是属于科学？由于视点不同，可以做不同的回答。从分析社会现象入手，进行综合，努力使错综复杂的事变得一清二楚，找出原因与结果的关系，这就是科学。然而文学史和其他一般历史不同，因为具体内容还是文学，所以就不能说是科学的。

上述论述说明，在研究文学史时，夏目漱石已经清楚地意识到可以用多种多样的方法。这里所说的科学的方法实际上就是社会学的方法；而所谓非科学的方法则接近于现在通常说的文本分析方法或者说文学的内部规律。从《文学评论》的目录结构我们可以断定，漱石坚持了他在《文学论》中所确立的社会心理学研究法。

从目录看，第一编是序言；第二编"十八世纪的英国一般概况"里，叙述了英国哲学、政治、艺术，直到咖啡店、酒店、俱乐部等伦敦城市面貌以及伦敦以外的社会状况；第三编至第六编分别论述了约瑟夫·艾迪生、理查德·斯梯尔爵士、乔纳森·斯威夫特、亚历山大·蒲柏和人工派诗歌及丹尼尔·笛福等人。

总而言之，《文学评论》主要论述 18 世纪的英国文学，我们可以当作 18 世纪的英国文学史来读。不过实际上还不能说是文学史，这是由于他论述的作家数量不多。像菲尔丁、斯特恩等小说家，彭斯那样的著名诗人，由于在《文学论》中已经做过论述，为避免重复而未做介绍，因此作为 18 世纪的英国文学史又有不够完整的缺憾。所以出版时才改成《文学评论》的吧！

在这部著作里，漱石提出并解释了一些新的理论问题，例如文学史和文学评论的性质；对 18 世纪英国文学批评的评论；文学趣味的普遍性与特殊性问题。"文学史和文学评论是科学"问题，在第四章里已经论述，这里从略。

一 对 18 世纪英国文学批评的评论

漱石由于通过学习汉学积累了丰富的文史哲知识，为其以东方人的眼光指点西方文学奠定了坚实的基础。这就使漱石可以以更高的批判的眼光鸟瞰英国文学，而不是以顶礼膜拜的朝圣的心情对待英国等西方文学。在《文学评论》中，漱石的口气很大。

漱石十分坦白地说，由于英国对 18 世纪的英国文学的研究尚很不充分，只有一些大事记式的著作，研究方法也很杂乱，一会儿是鉴赏式的，一会儿又是批评式的，再下去则用批评鉴赏式了。如果视时间和地点而改变倒是还算可以，但他们似乎是没有一定原则，也无什么材料的情况下自由变化的。更使漱石失望的是，英国文学评论家未做价值判断，不能对两部或几部作品进行比较，说不出谁好谁坏。他说英国学者只是漫无边际地进行文学评论，是由于他们头脑思维混乱所致。由于英国的研究水平尚且如此，他觉得自己不会有多大的超越，也避免不了要借用英国的一些评论方法。[1]

---

[1] 《漱石全集》第 12 卷，岩波书店 1936 年版，第 38 页。

漱石的估计没有错。据日本上智大学教授渡部升一说，漱石留学英国时期，英国人认为英国文学都是读得懂的，而文学课上只讲古希腊和拉丁文及其文学，大学开设英国文学课，比日本还晚。剑桥大学首任英国文学教授古朗茨1896年走马上任时教的还是古英语。直到1904年，牛津大学才首先设英国文学课。[①] 可见，《文学论》和《文学评论》中的论述独创多于借鉴。

二 文学趣味的普遍性与特殊性问题

《文学评论》序里，漱石触及的一个重要理论问题，是关于文学趣味的普遍性与特殊性的关系。在这里，夏目漱石提出了所谓立足点的问题。他表示要坚持日本人的立场，坚持以自己现在的标准进行评论。漱石把批评态度分为三种：一是鉴赏的态度，以自己的好恶为标准，看是否有趣；二是非鉴赏式的或者说是批评的态度，虽然也有自己的好恶，但重点要了解一部文学作品的结构形式等，因此是非常冷静的态度；三是不单单是感情的也不单单是理论的批评鉴赏态度。

他又进一步指出，介绍外国文学时前两种态度是可以客观地贩卖英国人的观点的，唯有批评的鉴赏方式应该有自己的好恶，以自己的艺术趣味为标准，否则就会产生矛盾。换言之，他在讲18世纪的英国文学时，是以他当时"一家独特的好恶为标准"进行批评的。

夏目漱石还谈到自己的观点有可能与英国文学评论家的观点偶然暗合问题。他认为在此情况下虽然在别人看来是一种贩卖行为，但他本人觉得，他的评论既是贩卖又是一个独创。他把暗合现象分为纯偶然的暗合和必然的暗合，指出有时对一部文学作品，无论是东方人还是西洋人都受到感动，是自然的一致，这样的暗

---

① 《论教养之传统》，讲谈社1994年版，第18页。

合就属于必然的暗合,和上一种暗合是大异其趣的。漱石如是说的理论基础,就是趣味的普遍性与特殊性原理。漱石认为,"如果不存在着趣味的普遍性原理,那么,就无法认识存在必然的暗合这个事实"[①]。

漱石指出,认为趣味的普遍性原理可以适用于一切趣味,那是愚蠢的想法。这是由于有的人喜欢城市生活,而有些人则喜欢乡村生活。城乡之间虽然存在雅俗高低之别,而事实上人们并不是一致喜欢高雅的,也有人喜欢低俗的。另外,他又说人们的趣味虽然并不完全一致,但在某些方面必然存在着普遍性。例如人无论古今东西都是一样的,而且哪儿都有男人和女人,女人能生育。所以他认为趣味虽然不能指望在一切方面都一致,但在某些方面必然存在着一致性。由于在某些方面人们的趣味存在着一致,对一部文学作品批评时,就可能存在相同的好恶标准,在这一点上就出现了必然的暗合。

漱石还认为,对于外国文学艺术也必然产生暗合的趣味,这样,不同国家的文学才有可能交流。所以漱石得出结论:"对于一部文学作品,在某一点上肯定会产生必然的暗合,因而趣味是有普遍性的。同时趣味的普遍性不能适用于全部趣味,普遍的部分也不是很广的,而且在普遍性这一点上,又因时代和国民的不同而有强弱程度不同的差异。"[②] 趣味这种东西虽然有一部分具有普遍性,但从总体上说,它具有地方性。漱石解释说,所谓地方性就是指趣味产生于一个社会固有的历史、传说、特别的制度和风俗习惯。这些东西古今都是不一样的,因此由此产生的趣味也是迥异的。同时,他也看到随着世界交通的发达,人们相互交流的增加,趣味也出现了统一化普遍化的倾向。他特别强调在当时情况下,日本和西洋之间存在很大的一条鸿沟。以接吻为例,西洋

[①] 《漱石全集》第 12 卷,岩波书店 1936 年版,第 40 页。

[②] 同上。

人在亲朋好友夫妻之间见面、别离，接吻是必不可少的礼节。可是日本在明治维新以前，女人也只是和男人同衾而已，在公开场合，甚至到现在男女都不能接吻的。然而新体诗人在西洋诗中发现了接吻两字后，便在普通人的趣味完全不同的日本也无所顾忌地用起来。但普通人就不能像新体诗人那样理解它的含义，因而感到腻味，认为是胡说八道信口开河。但外国人看到我们的这种评论就觉得非常奇怪，他们真是想不到世界上竟然还有这样的国家。

三 趣味变化的原理

漱石的趣味变化的理论根据是他的反映论。如上所述，他认为文学是社会的一部分。由于"构成文学素材的社会以及人的头脑是不断变化，日益发达、复杂，因此，未来的文学也就更加复杂，同时，离根本的普遍的趣味也越来越远，于是就要求趣味也发生变化"。例如对于男女相爱是人们普遍感兴趣的，要是在相爱以外加上别的条件，如一个人爱上了有夫之妇时，事情就复杂一些了。一复杂就离开了普遍性。另外，还可能因国家不同而不同。甲国的人对此感兴趣，乙国人对此习以为常，丙国却禁止写这样的事。如果再加上发生战争的条件，故事就更加复杂了。①

漱石以研究外国文学为例进一步探讨这个问题，认为研究外国文学的首要障碍是语言。主要原因不在于日本语和英语的语言结构、语法的区别，而在于语感、语调的微妙区别。他以日本俳句为例，说用相同的题目、材料、结构和趣味作的两首俳句，一个人读后感到愉快，而另一个人则并不感到愉快或者感到讨厌。而在理发师和小酒店主这样的普通人看来却觉得毫无区别。即使一天到晚都在讲日本语、读日本文的日本人，对于俳句的感受，

---

① 《漱石全集》第12卷，岩波书店1936年版，第46页。

区别就有如此之大。原因就在于懂不懂日本俳句语言的微妙。有的就不懂"明月や（呀）"与"明月よ（唷）"语感的不同。再如，"你真是美"，根据前后语的情况和语感，可以理解为讽刺、玩笑或出于礼貌的说法等。

趣味变化原理对于研究外国文学具有重要意义。漱石批评日本人总觉得英国人评英国文学不会错，于是错误地认为评论外国文学的标准是在外国，而不在我们手上。所以就必须听外国人的而不管是否正确，都得改变自己的看法。有的研究者还不懂装懂一味跟着外国人跑。漱石主张不管有没有语言障碍，不要顾虑与外国人的意见是否一致，把自己对作品的感想如实写出来。他称这种方法是大胆、自然又认真的毫无虚假成分的批评。尽管与外国人的看法不一致也并不表明自己知识浅薄。他认为自己觉得浅薄是当时日本外国文学研究界的通病，一定要加以克服。既然是文学，就应该以自己的趣味为标准进行判断，而绝对不能抛弃自己的标准，绝没有服从别人的道理。趣味一旦消失，非但外国文学就连本国文学的批评资格都会丧失。

漱石坚持认为，评论外国文学应该用东方人自己的标准，这是有充分理由的，西洋人也没有理由加以反对的。尽管他清楚，要是滥用此法，会产生不去仔细阅读作品、胡乱批评的弊病。他仍然认为在日本当时的情况下，也要冒险采用这个方法。显然，密切结合当时的日本社会情况，以自己的文学评论标准来评论外国文学，是夏目漱石研究英国文学的主要方法。而且在他看来英国人文学趣味也是在不断发展变化的。例如蒲柏一派的诗歌在当时是非常走红的，但是现在的英国人无不异口同声地说，蒲柏的诗太不自然，过于人工雕琢，而不感兴趣。日本人决不能因为英国人这样看，也跟着这样说。蒲柏的诗在18世纪得到好评，是符合18世纪的英国人的趣味的。但背离了19世纪的时尚。

再如18世纪末问世的《欧迅》（*Ossian*），虽然有人说是马克佛森胡编的，却是歌德和拿破仑所爱读的，是符合当时的时尚的。而现在的英国人，只把它看成历史，不太感兴趣了。所以，日本人现在读时，既不能以当时的英国人的标准为标准，也不能以现在的英国人的标准为标准，而只能以日本人现在的标准进行评论。夏目漱石十分肯切地对学生们说："希望你们研究外国文学时，要尽可能地忠实于自己的良心，同时我也要尽力认真地这样做。尽管这是很费事的，也一定要精读作品，然后充分分析自己的感觉。"①

漱石提倡独立思考，但也并不排斥学习、借鉴。他还说，批评的鉴赏态度的另一个方法，是集中、概括西洋人对西洋作品的感觉和分析，提供给诸位作为参考。这虽然不是自己的感觉，但这些别人的感觉也可以培养我们自己的感觉，或者进行比较都有重要的参考意义。而且从扩大自己的知识面看，也是很有兴趣的事。这里可以证明漱石的文学观是倾向于唯物主义反映论的，他认为在一定的社会状态下产生一定的文学，我们可以通过当时的人对作品的感想，怎样分析作品，与我们对作品的感想和分析进行比较，看出差异在哪里，从而可以发现我们的趣味和彼地当时的趣味的矛盾以及矛盾产生的社会状态。这对于扩大我们的见闻极为有益。

漱石认为趣味的变化、推移，是上一代趣味的自然的进化。产生现在的趣味的必要条件，就是上一代的趣味。而上一代的趣味也不是只有一种，所以这代的趣味也就不可能只是一种。而日本的趣味是从上一代自然地流传下来的，因而日本现代人的趣味也就不可能和英国现代人的趣味相一致。即使不一致也没有什么惭愧的。他进一步批评了日本在外国文学研究方面的错误观点，即以为只是概括介绍外国人的观点就太平凡、太没有才气等，是

---

① 《漱石全集》第12卷，岩波书店1936年版，第54页。

大错特错的观点。夏目漱石告诫学生们说,通过大量阅读作品,把内容通俗易懂地介绍出来,乃是一种技巧。有时看来是很平凡的讲义,往往正是很有价值的讲义。

漱石有关趣味的地方性、特殊性、趣味的普遍性不能适用于一切方面,以及趣味的变化规律等理论,也是他的独特创造,是他坚持以东方人的眼光、自己的趣味评论西方文学的基本理论。这对于我们外国文学研究者,现在仍有很大的启发。

第二节 社会:文学的背景

漱石谈历史小说时指出,要让读者从文学中看到真实的社会,不仅仅小说的事件要写得自然,人物性格的发展也必须自然,同时,还必须要有背景描写。在夏目漱石看来,背景是小说中人物出场活动的舞台。换言之,背景就是围绕人物的四周环境。因为,小说就是要描写人与人之间的矛盾,人与人的感情纠葛,是写有形无形的事件。但这些事件不是发生在云雾之中,也不是发生在空旷虚无的世界上,而是发生在大地上苍天下,是人间社会现象的一部分。他强调要把社会当成活生生的整体来描写,比如看一条鱼,如果只取鱼骨头,对动物学家了解鱼的骨骼结构有益。但要想知道活生生的整鱼,就不能剥去鱼肉只留下骨头让人看了。

夏目漱石一再强调文学是社会现象之一,18世纪的英国社会,就不是只靠文学而存在的。除了文学,还有哲学、美术、社会风俗,如果把文学史从整个错综复杂的社会现象中割裂出来,对于了解文学脉络虽然是比较容易的,然而就看不到文学与其他社会诸因素的关系,也就看不出它的生动活泼的景象来。也就是只能见到鱼骨头,而看不到整条活鱼了。其他如哲学史、科学史也有相同的情况,但文学尤其需要注意这一点。因为文学与其他社会诸因素具有更密切的关系,它是当时最普遍的社会风气,即当时趣味的结晶。

他以这样具体生动的语言,深入浅出地阐述了文学与社会关系的基本理论。从这个意义上说,漱石与社会派批评方法比较接近。漱石就是以这样的基本观点来展开《文学评论》的,他在阐明自己的基本评论观点后,就大量介绍18世纪英国社会概况,尤其重视对当时的社会风俗的描述,然后再进入文学世界。他非常清楚只取鱼骨头与描绘整条活鱼这两种方法的优缺点,并尽可能地把这两种方法结合起来,以便取长补短,更清楚地揭示18世纪的英国文学的发展规律。

在论述18世纪的英国社会概况时,漱石把哲学放在首位,反映他对哲学的格外重视。漱石对哲学的看法基本上是唯物主义的。他认为哲学家也和普通人一样都生活在社会上,穿着一样的服装,吃着同样的食物,所以他们的思想正是社会的反映。坚持唯物主义的反映论是他哲学思想的主流。关于他的哲学思想,已在第四章"文艺家同时应是哲学家"一节里谈及。他对18世纪英国哲学家的评论,也集中在那一节谈了,这里从略。

一 18世纪的英国:政党的世纪

漱石在《文学论》里曾提出当选择知识作为文学内容时,如果"不触及人世间的重大事件,其趣味将会大减"。所谓重大事件自然应该算政治斗争之类事件以及涉及个人生死存亡的大事。因此在《文学评论》中,他在哲学之后就论述了政治。认为18世纪的英国是政党的世纪,王党托利党和民党辉格党互相声援又互相排斥、争斗。本来,漱石对政治是不太关心的。他自称因对政治比较冷淡,所以对英国政党斗争感到难以想象。如在剧场看戏,观众听到带政治或者以为与政治有关,就会热烈鼓掌,以表示对某一政党的支持或反对。以至议会还通过剧本必须经过审查才能上演的法案。当时,几乎在所有的事情上都带有政党气味,报刊上满是诽谤、攻击的文章。甚至服装上都有象征支持某政党的颜色或饰物。政治癖，不仅仅是政治家也包括关心政治的人，聚在酒店、咖啡店里议论着政治和政府的方针、政策。他们中不仅仅包括有文化教养的富人，也包括伦敦一些商店的小伙计、鞋匠、屠夫和面包师傅等普通百姓。他们也组织俱乐部，议论政府方针大计。在漱石看来，前一类人议政是理所当然，毫不奇怪的。但后一类人也那样热衷于政治，他就感到很不可思议，无意中流露出对劳动人民的轻视。似乎搞政治是上等人的专利，普通人就无权过问。

另外，夏目漱石对资产阶级议会民主的虚伪性看得较透彻。他写道，听说日本眼下选举是非常腐败的，当时的英国则腐败得更加惊人，是无主义无节操的选举。平生发誓不说谎不欺骗的人，一到选举时就成了无赖，好像变了一个人似的。只要能够战胜对手，也就不顾名誉脸面。为了扩大本党势力，下至邮差上至总理大臣，一律收买。这些现象在艺术中得到充分的反映。漱石以英国著名画家贺加斯的讽刺组画《议会贿选》为例，说明当时英国选举的腐败状况。组画之一是候选人宴请画；组画之二是竞选运动画；组画之三是投票情景。他认为最精彩的是第一幅，有四十多人围着桌子或者左一堆右一伙地站在屋子里；反对派则从屋外向屋里投掷石头、瓦片。屋里，坐在椅子上的一人被击中，摇摇欲倒。另一人愤怒地举起椅子正向窗外掷去……有的头受了伤，旁边的人拿起酒瓶往他伤口上倒酒。最滑稽的是坐在桌子边上的一个人，由于吃多了而眼睛圆睁，手里的肉叉上，还满满地叉着牡蛎肉，医生正在给他放血……夏目漱石评论说，看到这画就可以充分地想象到选举是多么腐败了。

英国的议会选举实际上是对选民的愚弄，有时得三十七票的候选人当选，而得八十七票的候选人却反而落选了。在乔治一世到乔治三世时期，为保持自己的执政地位，辉格党曾经采用行贿等各种手段。夏目漱石特别指出："总之，一言以蔽之，收买全体议员和现在完全一样。"①

二 艺术

夏目漱石谈到 18 世纪的英国音乐界诞生了韩德尔，他把鸟鸣、流水等自然界的声音，都用音乐语言表现出来。他用音乐暗示太阳停止转动，暗示红海的巨浪奇迹一般地炸裂的情景。尽管韩德尔原是德国人，但英国人由于对他特别倾倒，甚至不再称他的德国名亨德尔了。看来，音乐并不是英国的强项，漱石只介绍了这半个音乐家后，就很快转入美术领域。

18 世纪的英国美术家除了上面提到的贺加斯外，还有乔舒亚·雷诺兹和庚斯博罗。夏目漱石对贺加斯特别偏爱，称他为奇才，不仅仅超过同时代的画家，也是古今独步的画家。他摒弃那种表面看来像高尚的画风。他是乔治时代的人，也主要画乔治时代的人。他选择的题材也与众不同，专门描绘满是俗气的穷街陋巷情景，人物都带有一种滑稽相，暗含强烈的讽刺精神。他画什么都很大胆毫无顾忌，因此他有两幅画《前》（*Before*）和《后》（*After*）被禁止出卖。他以连环画形式反映一个故事或某青楼女子的一生遭遇。著名组画《时髦婚姻》由六幅画组成，反映一个贵族从结婚至被杀的故事，是最典型的风俗画。第一幅画是结婚场面；第二幅是吃早饭场面，两人冷淡地坐着，根本看不出是夫妻，男的仿佛还未睡醒，女的打着哈欠；第三幅是丈夫荡尽财产后，正让医生看病；第四幅画了妻子在家里大宴宾客；第五幅画了丈夫捉奸，反被奸夫所杀；第六幅画了妻子服毒自杀后，父亲从女儿手上脱下钻戒的场面，以示讽刺。漱石觉得贺加斯的画有些卑猥，给人以残忍的感觉。又因过于露骨，从某种意义上看是理想

---

① 《漱石全集》第 12 卷，岩波书店 1936 年版，第 91 页。

画,是又一个意义上的写实画、风俗画。从这个意义上说,和当时的文学肯定有着十分密切的关系。他的滑稽、讽刺、无所顾忌和伦理倾向,与亨利·菲尔丁的小说极其相似。从这里我们也可以看出,漱石的一个重要的评论倾向,就是他对伦理性的内容、滑稽讽刺风格以及现实主义的创作手法的大力推崇。这些不但是其创作的主要基调,也是其后他写日本美术评论的基础理论。而对艺术的广泛的兴趣,相当高的鉴赏能力,正是文艺理论家必须具备的条件。在这方面,他的基础无疑是很深厚的。

在夏目漱石看来,英国皇家美术学院的创始人和第一任院长乔舒亚·雷诺兹,是18世纪英国肖像画的革新者。在此以前的肖像画,无论肌肉、服装、性格和态度都按照旧规则来画,作品毫无生气。乔舒亚·雷诺兹出来一扫旧风,他的画风格沉静,观察细致、严密,他善于巧妙地捕捉稍纵即逝的表情,使肖像栩栩如生,无论儿童的天真无邪、慈母的温情笑容、年轻人的青春狂热都能跃然纸上。

夏目漱石认为18世纪的英国,著名肖像画家还有庚斯博罗等人,并从经济基础上来解说肖像画发达的原因。当时不管男女老幼都争先恐后地请画家作画,使画家应接不暇,作画技巧的发展固然是重要原因,但根本上的原因在于经济的发达。他指出,英国农业和畜牧业经过大规模的改良,结果农牧民获益匪浅,进入他们的所谓黄金时代。于是,他们便不约而同地请画家作画,把自己的肖像画挂在室内。

这里,夏目漱石只是客观地叙述了18世纪的英国肖像画的发达与经济发展的关系。他并没有从英国的这个例子得出普遍性结论,即在一定条件下经济的繁荣发达将促进艺术的发展。另外,我们也应该指出,夏目漱石对资本主义社会颇多批评,但他还是未能看到资本主义社会有时也会扼杀、破坏艺术创作的一面,这正是漱石的文艺理论与马克思主义文艺理论的本质区别。

漱石在论述肖像画时，也曾力图把肖像画和小说理论联系起来，并且指出肖像画与小说创作中的性格描写（Character sketches）相似。他也看到，当时的性格描写不是现在意义上的性格描写，从前有其特殊的意义。他认为，性格描写是17世纪出现的东西，开始时是在僧侣、教师之类笼统题目下作的短小的记叙文。至18世纪渐渐发展起来。但还不像小说那样有故事情节，在一篇短小的文章中注重人物性格的描写。18世纪的英国艺术的特点之一是仍有古典主义的倾向。例如乔舒亚·雷诺兹画的当时的人物，穿上古装或者把他们画成上一代的神，那个有名的西顿斯夫人就被他画成了悲剧女神。从而把古典主义倾向与现代巧妙地结合起来。夏目漱石还注意到英国艺术与大陆国家的联系。他认为，英国风景画的鼻祖理查德·威尔逊就曾经游历过法国和意大利，深受大陆诸家的感化。

三 18世纪的英国社会概况

需要说明，这个题目系笔者所加。在原文里，夏目漱石论述哲学、政治和艺术后，第四节标题是"咖啡店、酒吧、俱乐部"接着是"伦敦""伦敦的居民""娱乐""文学者地位"和"伦敦以外地方的状况"五节，内容虽然丰富，作为分析文学的背景也是不可或缺的，但由于比较杂乱，条理不清，又不够精炼，笔者只好另起题目概述。

正如漱石自己所说，酒吧、俱乐部之类都大同小异，既是伦敦居民休息娱乐、社交场所，也是他们读书看报、议论政治的场所。约翰逊、乔舒亚·雷诺兹等文人还组织了"文学俱乐部"，每个星期天必定共进晚餐，谈论文学、科学和美术，直到夜深人静方才散去。漱石回国后参加的"山之会"、与他的门生结成的"星期四之会"的活动内容也颇似英国的"文学俱乐部"。

据漱石介绍，18世纪的伦敦还是个盗贼出没、混乱落后的城市。夜间非有冒死的决心才敢出门。上层居民已经开化，生活富裕。不分男女都无所事事地尽情玩乐。商人次之，下层社会仍很野蛮、粗暴、酗酒、赌博成性，以决斗为荣，打架斗殴司空见惯。而且，当时的大多数男子，夜间都把妻子留在家里，独自出去玩乐。上述材料也可以证明，漱石作为日本在明治维新以后成长起来的高级知识分子，对下层人民的看法还是比较肤浅、表面，未能看到他们的本质和前途。这个弱点在他分析伦敦居民状况时也十分明显。

另外，漱石还指出，伦敦各个地区之间差别也极大，18 世纪的伦敦娱乐场所和项目相当多，与现在大同小异，但有些后来失传，如斗鸡、斗牛、斗熊，以及 18 世纪的英国文学作品里经常出现的吃茶园等。据说，当时的所谓吃茶园，就是设在公园里的茶馆，不同之处是可以边喝茶边听音乐，欣赏文艺节目，用我们中国人易懂的说法，就是建在公园里的茶馆。斯时的剧场尚很不规范，戏一般都从晚六点开始，于是有地位的人就在下午三点派人去占位置，而这些人都狗仗人势，在剧场里大声喧哗，或者带着帽子看戏。更有甚者竟在剧场里大打出手，有一次使二三十人受伤。此外，小贩可以随便进进出出高声叫卖。有的人还拿起橘子、苹果向演员扔去。这种时候，就有两个卫兵上台保护演员。有些卫兵上台后捧腹大笑，甚至笑倒在台上。英国剧场到 19 世纪才走上规范，到夏目漱石去留学时已经秩序井然。

18 世纪初，即英国安妮女王在位时期，文学家的地位相当高。艾迪生曾任国务次官、议员等职。乔纳森·斯威夫特则成了都柏林圣帕特立克大教堂的主持牧师。其他作家也都过着不愁吃穿的日子。所以，那个时代被称为作家受保护的时代，文学与政治的关系相当密切。只要有才能，就能得到官职。只要能写，政府就乐于给予荣华富贵的地位。

但到 1714 年安妮女王逝世，乔治一世接位后，作家的过去则成了一场春梦，一去不复返。原来，英国贵族和日本幕府时代的贵族一样都得会写诗，谁要是不会，那就仿佛比人矮一头似的。由于时局一变，生活无着的作家便只好去投靠有钱有势的贵族。

所谓保护就是有钱人多订购书，以保证作品能够出版。约翰逊的《莎翁注解》就是这样出版的，初版得了375英镑，而第二版只得了100英镑。大多数文人墨客则如丧家之犬，来到不认识的贵族家门口，得低三下四地先行贿守卫，以便能在那里等候贵族偶然出来，见上一面，提出要求。作家哥尔德斯密斯在其《世界公民》中，对此做了入木三分的讽刺："小矮个怪腔怪调地大声说了这样一段话：什么贵族老爷，统统都该死，越早越好！前些儿，他们竟然待人如此无理。是真的，我什么时候说过谎呢？"他所说的真实故事，就是某个公爵出访外国回来，那个讲故事的诗人，写了全国人民都在热烈欢迎公爵归国，法国、意大利的艺术，皆因失去了公爵而黯然失色等颂诗，把他最后的一元钱买通看门人，托人送了进去。在他指望能换得几个小钱时，看门人给带回更大的一个包。他打开一看竟然是六篇题目都相同的颂诗，而且每一篇都比他的长得多。

对这段描写，夏目漱石评论说，人的生命是最重要的，而饥饿又是最痛苦的。如果真是那样，那么，诗人、文人为了衣食，而说起轻薄的话来也是理所当然的。看来，漱石对当时英国文人的处境和作为，还是比较同情的。

第三节　比较：批评的主要方法

如上所述，漱石在总结以往的英国文学评论时，曾经指出英国文学评论家的主要缺点是缺乏比较研究，没有做价值判断。因此，在《文学评论》中，他特别注意比较研究。比较，是《文学评论》的又一个重要方法，又一个显著特色。

比较是人类思维的最基本的方法，是区别真善美与假恶丑的必要前提。孟德斯鸠在《试论影响精神和性格的诸因素》中说过："持片面观念的人，几乎总要在所有判断上碰壁。众多的观念都是各自同其他观念相互结合在一起的。精神的主要作用在于比较。"

看来，比较是避免片面性的重要思想方法，夏目漱石一定是深知其中奥妙，所以在《文学评论》中能够自觉地应用此法。要想得心应手地应用比较方法也是需要一定条件的。《文学评论》告诉我们，这个前提条件就是必须掌握丰富的材料，必须具有广博的文史知识。尤其需要掌握第一手资料，这就非得下苦功夫钻研原著不可。

在《文学评论》中，漱石采用了以下一些比较方法。
（1）同一时期同一类型的两个作家之间的比较；
（2）同一时期不同类型的作家之间的比较；
（3）不同时期作家的比较；
（4）不同国家的作家、作品的比较。

（1）夏目漱石把约瑟夫·艾迪生和理查德·斯梯尔爵士都置于第三编里论述，其用意显而易见。首先，他们都生于1672年，前者1719年去世，后者比前者只多活了十年，理所当然属于同代人。其次，他们的政见和经历也大致相同。这里，我们不妨学学夏目漱石的比较方法，把英国当代文学史家哈里·布拉迈尔斯的《英国文学简史》以及梁实秋的《英国文学史》与《文学评论》做些比较。

夏目漱石在《文学评论》中，叙述这两个作家时，首先考虑的是政治与哲学背景。他指出资产阶级与专制君主斗争获胜后，英国成了言论自由的国家、自由的国土。他引用莱斯利·斯蒂芬的话说，在洛克等人的眼中，英国是"自由、哲学、常识、宽容和能力卓越的国家"。从而使新闻报道、散文文体得到了迅速发展。文学上讨厌玄学，而选择一般人常识能够理解的文体。夏目漱石认为约瑟夫·艾迪生和理查德·斯梯尔爵士主办的刊物《闲谈者》和《旁观者》，就是以这样的态度观察社会的。说约瑟夫·艾迪生在文章里经常引用洛克的哲学，并以受过教育的人普遍使用的语言表达出来。夏目漱石还指出，18世纪的英国最引人注目的，一是日报的问世；二是丹尼尔·笛福主办的《评论》。

接着，夏目漱石以对比的方式评论与报刊关系密切的作家，说丹尼尔·笛福既是小说家，又是个政客，他办刊物纯粹是为了政治的目的；约瑟夫·艾迪生和理查德·斯梯尔爵士无疑也是政治家，但他们决不在自己的刊物上发表政治意见。漱石认为他们办报目的根本不同。此外，还有的作家由于政见不同，而支持不同的报刊。乔纳森·斯威夫特就支持王党（托利党）机关报《审查员》。约瑟夫·艾迪生则被推选为民党（辉格党）机关刊物《辉格党审查员》的主笔。

有趣的是，哈里·布拉迈尔斯和梁实秋也写了大致相同的内容。布拉迈尔斯说约瑟夫·艾迪生和理查德·斯梯尔爵士密不可分；丹尼尔·笛福的进取心，使他的刊物与《闲谈者》和《旁观者》风格迥异。[①] 但布拉迈尔斯没有把约瑟夫·艾迪生和理查德·斯梯尔爵士做对比。在这一点上，夏目漱石和梁实秋就分析得更细一些。

梁实秋指出他俩是好朋友、老同学、同党派、同年龄，都善诗文戏剧并合办刊物，接着又评论到他俩作风不同，各有千秋：艾迪生善说理，学识较渊博，文笔简练而体面。斯梯尔喜欢诉诸感情，富独创性，有自然流露的幽默感等。[②]

和上述两个文学史家相比，夏目漱石更有其独特的耐人寻味

[①] ［英］哈里·布拉迈尔斯：《英国文学简史》，王义国等译，四川人民出版社1987年版。

[②] 《英国文学史》，台湾协志工业丛书1955年版。

的成分。他在对作家进行对比之前，先声夺人地醒目地提出了一个非常重要的命题："文学作品既是时代的反映，同时也是人格的表现。"然后以对比的材料来做深入的论证，应该说这在理论的层次上是要高一些的。他在对比叙述艾迪生和斯梯尔时，介绍他俩从大学时代起就是挚友后，尽可能用材料说话。漱石引用斯梯尔在艾迪生死后回忆说，他俩从未分道扬镳但做事方法各异。一个稳重扎实；一个一往无前。夏目漱石进一步分析道，他们的性格很不同。前者感情敏锐，寡言少语，沉着冷静；后者直率豪爽，亲切热情，不拘小节，曾经向前者借了一千元钱逾期不还而被告到法院。前者的忌妒心特别强，只因蒲柏诗人名气比他大，他都感到十分气恼，竟然以阴险手段来损害其名誉。但在政治上他又竭力避免树敌过多，对乔纳森·斯威夫特也尽量采取调和态度，办事缜密，失误较少；而后者有些粗暴，故失误较多。反映在作品里也就大异其趣，在讽刺的程度上，斯梯尔爵士确实不如艾迪生深刻。当然，漱石下结论之前，都以具体作品或者英国评论家的论述为证，言之有物。

（2）不同流派作家之间的比较，可以以第四编中乔纳森·斯威夫特与约瑟夫·艾迪生和理查德·斯梯尔爵士进行的比较为例。夏目漱石首先指出，从年龄看乔纳森·斯威夫特比后两个人年长四五岁，活的时间也长得多。虽然他是英国文学史上第一流大作家，《一只澡盆的故事》和《书战》都在1704年就问世了，都先于《闲谈者》等刊物，但他的一代名著《格利佛游记》则晚了十几年，因此，把他摆在约瑟夫·艾迪生等人后面叙述。

在夏目漱石看来，乔纳森·斯威夫特的名字是与讽刺联系在一起的，但漱石所要证明的并不是他是不是讽刺家，而是他的讽刺和18世纪的英国社会风气、和他本人的人格是否调和。在这里，夏目漱石又提出了一个重要文学观点，即"文学是我们趣味的表现，即在一定意义上说，是我们好恶的表现"。"从广义上看，所有的文学作品，都是给读者予以训诫的。"更值得注意的是在这段文章中，漱石对趣味两字有其特别的解释。他认为，作家写的是从自然中得来的活的影响。所谓活的影响，就是它有机地构成我们生命的一部分，与枯死的孤立的片断知识是不同的。即它带有的倾向，多少都能够支配我们未来的言行。从这段解释看，其含义和我们通常所说的世界观比较接近，而与通常所说的趣味相距较远。他接着说，"趣味必然产生好恶，好恶又生出选择。选择的结果终于发现什么而变成行为动作，变成语言表现出来"。他认为，作家所表现的材料可以分为四大类，即真假、善恶、美丑以及雄壮。这四点最后成为其文评的四个标准。

在评论斯威夫特的厌世文学之前，夏目漱石先对滑稽与讽刺做对比分析，认为滑稽对读者的影响是，读者带有想重现滑稽的倾向；而讽刺对读者的影响是，读者将尽量避免再被讽刺。而且无论何人，一旦走投无路，讽刺便会变成绝望，构成厌世文学。因此，可以说夏目漱石把斯威夫特写出厌世文学的原因，归于作者的厌世。他进一步以对比方法分析道，尽管狄更斯、萨克雷、艾迪生、斯梯尔以及其后的艾略特等作家，从各个方面评价人们的行为等，在某些方面也表现出他们的不满，可是他们决不厌世，也决不悲观。而且艾迪生和理查德·斯梯尔爵士对于他们所生活的时代，还有些得意。从而自然而然地得出结论，普通的不满，总带有满足的一面，而乔纳森·斯威夫特的不满中则没有这样的对立。夏目漱石称他的讽刺是从火山口里喷出的冰块，非常猛烈，但冷得刺骨。而他自己则泰然处之，他好像一块巨石屹立于英国。

与英国当代文学史家哈里·布拉迈尔斯和梁实秋的乔纳森·斯威夫特论比较，夏目漱石的独创性在于，他认为，对资本主义文明的失望所产生的厌世思想，是斯威夫特写讽刺小说的根本原因。他写道："厌世，产生于觉悟到我们生活上千万不可缺少所谓文明开化，同时又彻底觉悟所谓开化也不能满足我们之际。"也就是看破文明的价值极低，终究不足以挽救这个社会之后，才产生厌世哲学，才产生厌世文学。夏目漱石明确指出，斯威夫特所发出的是绝望的声音，不能认为这是时代思潮的表现。这并非时代所使然，而是他本身的原因。第一，他是一个孤儿，确切地说，他未出世就丧父，母亲靠人资助才把他养大，十四岁进都柏林三一学院学习后，屡受处分；第二，他又是个自尊心特别强的人；第三，他不是一个利欲熏心的自私自利者；第四，对于很严肃的问题，他也喜欢以半开玩笑的语言表现；第五，他自称患有胃病，一生为病所苦；第六，与斯特拉和范尼莎这两个女子的三角恋爱；第七，政治上的失意。

接着，夏目漱石对这七个可能造成其厌世思想的原因逐条进行分析、反证，并得出结论。认为"可以说他的厌世观完全是不可思议的，不能说他的一生经历必然会产生这样的厌世观的。虽然找不到一条决定性的原因，但每一条都可供参考，其中最有力的证据是他身体有病这一条"。不管夏目漱石的结论如何，以厌世思想作为乔纳森·斯威夫特创作讽刺小说的原因，是他的一个独特的视角。无论是梁实秋还是英国当代文学史家布拉迈尔斯都未触及这一点。梁实秋把斯威夫特视为一个"恨世者"，"厌恨人类"的人，但未与资本主义文明联系起来，基本上没有什么具体分析。还有一点值得注意，是在这段文章中，夏目漱石高度赞扬乔纳森·斯威夫特是爱尔兰的爱国者。梁实秋也谈到斯威夫特成了爱尔兰的英雄，他在街上行走，人民脱帽肃立。布拉迈尔斯虽然多次提及斯威夫特批评了英国政府的爱尔兰政策，但总的来说不如前两人评价高。

夏目漱石把乔纳森·斯威夫特与约瑟夫·艾迪生做对比后，更显示出他对乔纳森·斯威夫特的理解。指出他俩的讽刺在题目的深、广方面大相径庭。约瑟夫·艾迪生攻击的只是人的恶习而非罪恶，是琐碎的社会题目，因此，只是人生中的局部问题，是肤浅的讽刺；而乔纳森·斯威夫特所关心的问题却涉及人类的根本，政治、社会风俗、父子夫妇关系等什么都讽刺，所以是广泛的深刻的痛切的。他的作品给人以恶感，而艾迪生的作品则能给人快感，好像在温暖的地方晒太阳，这种快感出于善恶、美丑的内容，而不是出于真伪。

　　夏目漱石分析了《格利佛游记》中有关人不如马的故事，说乔纳森·斯威夫特的讽刺是冷淡刻薄的犬儒主义。从人生观、社会观的不同可以区别各种各样的讽刺。这里，他从目的上看，把讽刺分成三类：第一是好意的讽刺，目的是使受到讽刺的人改恶从善，如理查德·斯梯尔爵士的做法；第二是恶意的讽刺，单是为了损害人的感情，如约瑟夫·艾迪生的讽刺往往有此倾向；第三是既无善意也无恶意，只是因为讽刺有趣才讽刺的，没有其他目的，就如小孩追赶小狗感到高兴一般。他说乔纳森·斯威夫特是个天生的讽刺家，是无目的的讽刺。并进一步指出这是由于乔纳森·斯威夫特对现实极端不满，然而又觉得无法改变，产生绝望，因此才采取无所谓的态度。

　　漱石还把《格利佛游记》与《一只澡盆的故事》做比较，认为前者优于后者，更富有文学性。作者"能够自由地构造文学故事；其次，故事的主题包含了普通人共同的利害得失"[1]。

　　前面我们说过，漱石的研究方法，属于综合研究法，即既重视社会背景的衬托又不放过对文本的细致分析，往往能够得出与众不同的结论。

　　夏目漱石对《一只澡盆的故事》的分析就是独树一帜的。他通过文本研究，指出若以批评的眼光来读，就可以看出其苦心经营之处。西洋人以前都是赞不绝口，没有人出来挑过其毛病的。但是在夏目漱石看来，这部作品的败笔不胜枚举。例如，第六章

---

[1]《漱石全集》第12卷，岩波书店1936年版，第322页。

中，彼得对继承父亲的一套衣服根据当时的时髦来装饰一番。这一段故事，如果不作为讽喻来读，就什么趣味也没有了，既不算幽默，更不能算机智，只觉得这是很不合理很不自然的杜撰。若是理解为对教会只保存能搜刮钱财的教义的讽刺，倒是多少有些趣味。但这只有唯智的理解才能得到，这种趣味就好比是猜到谜底后产生的快乐，然而只是如此的快乐还是比较低级的肤浅的。

如上所述，漱石是基于自己的一定理论进行批评的，理论层次比较高。这里还可以以他对《一只澡盆的故事》的批评为例子。

漱石首先对讽喻问题进行阐述。他说，即使修辞学者也难以对讽喻下定义。他觉得所谓讽喻，就是采取比喻方法，以其他事物来表现某一个事物。这是一个重要的文学表现手法。他又分为三种情况：第一，以乙来表现甲时，感觉良好的情况。如以落花形容美人的憔悴，是由于两者之间在感情上有一致性。极端的例子就好比是以颜色比喻声音，除了感情以外，两者之间就没有相似之处。第二，不是靠感情，而是靠智力的比喻。比如说人像蒸汽机车，尽管在感情上无相似之点，但两者都要靠热能来做动力，这是靠知识来发现两者的相似之处。第三，是武断的比较，如以时间比喻人，以女人比喻日本等。这就好像代数中以 a 代表 10，以 b 代表 20 一样，只是任意约定。没有什么理由，也不是感觉上有相似之处。在《一只澡盆的故事》里，以彼得一个人比喻天主教，以马丁代表英国教会，杰克代表其他非国教徒，就是属于这第三种情况。只不过是彼得与圣彼得同名，马丁与路德、杰克与约翰及卡尔文的名字相似。除此以外，就没有什么可以靠感情或理智而想象出原物来。

（3）交叉比较或者综合比较法。和前面两种比较不同，在第五编《蒲柏和所谓人工派诗》以及第六编《丹尼尔·笛福和小说结构》中，夏目漱石进行了范围广泛的比较，不但有英国作家之间的比较，而且也有英国与日本在审美意识等方面的比较。因篇幅有限，这里无法详细介绍漱石有关亚历山大·蒲柏、丹尼尔·笛福的所有精彩论点，以及漱石怎么样把他们与莎士比亚、密尔顿等人做的比较，而着重分析他如何从英国与日本的比较中发现蒲柏和笛福的特点的。

夏目漱石首先介绍了蒲柏的《批评论》《人论》《温泽森林》和《群愚史诗》等十二部作品的内容，认为这对于了解一个作家的全貌非常重要。这就好像从高处研究一个国家的地理，是高山还是平原，河流多少，四周有无大海环绕，只要从远处看去，就能一目了然。

漱石阐述了趣味的特点并把它应用到对外国文学的研究和欣赏中，这里又提出了日本人怎样借鉴英国评论家的观点的问题。他指出，英国评论家往往说亚历山大·蒲柏的诗都靠人工修饰，而非直接体会自然后写出来的。然而我们日本人判断外国作品的时候，是绝对不能把这些评论家的论断当作唯一的证据的。当然这样说的人都是斯道的大评论家，受到广泛的推崇，所以，我们在研究时也应该注意倾听他们的意见，决不能轻视。但是，西洋人写的是给西洋人看的，即使在交往频繁的今天，也是没有一个人会把日本的读书界放在眼里，为了日本人进行议论的。因此，我们读后常常感觉到非常生硬，怎么也接受不了。由于英国人从亚历山大·蒲柏，经过华兹华斯、丁尼生直到现在，都是很清楚的，因此，不必说明怎么样由过去发展到现在，互相都能联想到过去，所以才能直截了当地抓住蒲柏，断定他只擅长人工雕琢，也没有必要说明理由。显出一副这些是众所周知的脸色，而谁也不觉得奇怪。其次，漱石认为，英国文学评论家的文学评论，与说明科学原理很不同，大都只是阐明结论，至于为什么，程度如何，以及过去趣味是怎么样变化的，则只字不提。是由于不能，还是不愿意，或是怕麻烦？不管什么原因，反正没有讲是事实。

《文学评论》是夏目漱石在《文学论》中所阐述的理论的具

体应用,这在他对亚历山大·蒲柏的作品进行分类时表现得最明显。他根据在《文学论》中提出的文学四要素理论,把亚历山大·蒲柏的作品也分为四类,即:感觉的、人事的、超自然的和理智的四类。这样,他就抓住了蒲柏论的纲,纲举而目张,此后他便可以有条不紊地进行分析比较了。

根据所谓四要素理论,夏目漱石认为亚历山大·蒲柏的诗最显著的特点是,理智因素占主要地位。《批评论》《人论》和《道德论》等都以议论为主。在《文学论》中,他曾经指出与其他因素比较,理智因素的文学效果最差,最薄弱,于是他提出以理智因素为基础写作会不会失败的问题。在夏目漱石看来,这是个见智见仁的问题。他分析道,自古以来脍炙人口的诗句、格言等,由这样理智的因素构成的作品是屡见不鲜的,如哈姆莱特的独白等。如果从文学书中抽出这样的因素,肯定会大受损失。然而尽管《人论》和《批评论》提出的问题无疑是大的,但如果认为越是写大问题,诗也越伟大的想法则未必正确。这里,漱石进一步提出了将各种因素加以综合的问题。他写道:"单纯感觉到的事物是不够的,所以要通过理智因素来表现哲理,诉说人情以及宗教热情等等。其中,单纯的哲理或者思索,如果单独叙述就显得很薄弱,因此就需要感觉的援助,这是取得成功的方法之一。可是亚历山大·蒲柏却竭力抬高自己的哲理思索,并依靠自己的表现技巧,而轻视这种感觉的援助。"[①] 他还说,以这个观点看,亚历山大·蒲柏的诗是成功的还是失败的也就不言而喻了。又说日本人按照祖传的审美理想,历来认为诗与自然,自然与诗,是不可分地结合在一起的。因此,他说"以我们的眼光看,议论亚历山大·蒲柏的成败得失甚至是毫无价值的"。

但漱石还是说:"在我们看来,写《人论》,写《批评论》

[①]《漱石全集》第12卷,岩波书店1936年版,第391页。

有什么必要呢？对此感到迷惑不解。这些诗作为议论看，颇为散漫、毫无秩序、段落不明。虽然传说，康德曾经引用过《人论》里的话，拉斯金很赞赏这部诗作，但这些都不能作为它有价值的证据。"又说日本人尽管很喜欢诗，但要是谈论人生观、世界观，则就很浅薄了。以这样的内容为主的作品，无论戏剧、小说还是诗歌，几乎全无。他们把从儒教、佛教中学到的哲学只当作一种装饰，并非作者内心里涌出的感受。日本人最喜欢的是短小的抒情诗、歌谣之类极简单的文学形式。读起来根本没有抒情要素的、和歌谣正相反的《批评论》《人论》，也就完全体会不出诗味来了。

另外，夏目漱石也注意到亚历山大·蒲柏为什么要以韵文来写一些原理、格言，一是为了加深读者的印象，二是为了使读者容易记忆。所以他有许多诗句留在人们的记忆中，而且流传下来的十之八九是带理智要素的诗句，大多也是很通俗易懂的诗句。

这里，我们可以看出夏目漱石是较辩证地对待文学材料的思维特点，他首先肯定理智因素在文学上感人力量是最弱的，另外又指出了，理智因素又受到大众的欢迎的复杂现象。他说，俗人，特别是稍有些学问，而觉得有学问是很难得的人，大抵都喜欢理智性强的诗句。其原因在于他们不是凭感觉而是靠思考来对待文学的。世上一般的人，即俗人，理智比感觉更发达，比起细致的感受性来，对于实际的判断更感兴趣。因此，对于充满感情的抒情诗，或者仅描写满是色彩感觉的光景，就不如倾向教训、格言的诗句能打动他们。甚至像日本人那样富于感情色彩的民族也不例外。日本脍炙人口的诗句，有许多是那些理智并不太高的。例如松尾芭蕉的"路边木槿易喂马"，备受珍重，单是由于其中包含了一种伦理的判断而构成讽刺，体现出一种概括性真理，并且受到公认。而"吾泣声似起秋风，新坟旧冢也摇动"，作为十七个字的俳句，可谓悲壮至极，但其价值就不如木槿一句轰动。一般人之所以不知道这首俳句，无非是因为缺少理智性因素之故。①

在这里，夏目漱石发现了非常重要的文学原理。第一，同一作品在不同的读者眼里有着不同的反映，或者说，不同的读者对作品有其不同的要求。

第二，日本和西洋尽管审美理想不同，但也并不是绝对没有共同点。这也是我说夏目漱石文学评论的理论层次比较高的又一个证明。

再如，夏目漱石对于丹尼尔·笛福被誉为写实主义的泰斗也有其独特的见地。首先，他认为笛福的作品枯燥无味，这和18世纪的英国作家写的作品都一样，对人很冷淡，把人当成钟表的机器，对于这机器的运转感觉非常迟钝，以其毫无感觉的笔，好像描写野兽似的描写人，他的目的只是写写干巴巴的事实，所以味同嚼蜡。其次，从取材方面看，有许多极浪漫主义的成分。而且这种浪漫是属于下等的，如杀鳄鱼，当海盗，和野蛮人打架等，都是一些粗暴的事。他对丹尼尔·笛福的创作方法也颇多非议，并且与日本的"写生文"手法进行对比。批评他把"可以不写的事、写上反而有副作用的事、多余的事、重复的事，毫无顾忌地都写了出来。如果说这就是写实的话，那么这种写实是毫无意义的，只能说还不是真正的小说。如果把还称不上小说的东西当作写实而无比骄傲，那么即使写出一页小说来都是错误的，都称不上小说，可以称之为日记、备忘录或者报告书什么的"。又说，日本"写生文"作家经常排列不必要的事，这与丹尼尔·笛福相似，只是动机大不一样而已。"写生文"作家只是漫不经心地排列，但是，丹尼尔·笛福则万事讲究实用，以损益为标准。

---

① 《漱石全集》第 12 卷，岩波书店 1936 年版，第 399 页。

第四节 "比较文学"与"影响文学"

  日本著名文学评论家长谷川泉曾说，在森鸥外和夏目漱石研究领域里都有处女地。可见日本文学评论家对漱石的文艺理论的研究尚不够全面系统也是事实。日本评论家对《文学评论》的研究，大部分写于20世纪六七十年代，大多数只限于介绍漱石对个别作家的评论。如铃木善三的《漱石的蒲柏论》和《漱石的蒲柏像》，斋藤惠子的《论夏目漱石的斯威夫特论》，冢本利明的《〈文学评论〉诸问题——以斯威夫特论和序言为中心》，以及《论〈文学评论〉——以蒲柏论为中心》。他们都侧重于一两个问题或一两个作家，主要对亚历山大·蒲柏和乔纳森·斯威夫特感兴趣。

  另外，村冈勇的《英美作家和漱石——十八世纪的英国作家》，论述的作家比较多。日本文学评论家虽然觉得《文学评论》对政治、经济的分析尚有欠缺，造成对笛福的评价失当，如认为笛福"除了日常的事实外，什么都没有写"。但瑕不掩瑜，其学术价值已有定评。早在1909年户川秋骨就指出："对一个个作家的论述有独创性的见识，大放异彩，其中斯威夫特论是最杰出的。"亚历山大·蒲柏论连当时的英国也没有人写得如此深刻。对其他作家的评论，其后的日本人都无人能出其右。[①] 正宗白鸟也认为漱石的斯威夫特论，连在英国也不多见。[②]

  我认为，《文学评论》的主要意义，是夏目漱石以他具体的评论实践，向人们展示了利用比较的方法将会取得怎样的成果及其巨大的可能性。我说他是日本比较文学的先驱者，是从广义上说的。因为，佩特尔扎不是说"所有外国文学研究就等于是比较文

[①] 《英语青年》1966年7月号。
[②] [日] 吉田精一：《近代文艺评论史·明治篇》，至文堂1975年版，第840页。

学研究"① 吗？

我这样说的另一个理论根据是波尔多大学埃斯卡庇教授《文学史的历史》中的观点。他认为比较文学的首要课题，是研究文学间的具体关系，具有语言学的严密性，并从形式、内容及作家这三者入手来加以比较研究的。又说它致力于总体研究，而总体研究的一大课题便是对思想和感情倾向的研究。②就在《文学评论》中，夏目漱石不但对所论作家与作品的思想和感情倾向进行了研究，还对该作家所生活的时代进行深入系统的研究，可以说是名副其实的总体研究。因此，完全可以把它列入比较文学研究的范畴。

但是，从狭义的比较文学定义看，以日本福冈大学教授大冢幸男的定义，比较文学"是一门以国际的文学交流为研究对象的学问"来衡量，夏目漱石在《文学评论》中所使用之方法，还不能算比较文学的研究方法。然而大冢幸男还说，比较文学最初诞生于约八十年前的法国，它几经周折，逐渐扩大其研究范畴，成为一个极为复杂多歧的研究领域。《比较文学原理》第五章《比较文学的法国学派和美国学派》中③，大冢幸男说，美国学派的特征在于除了法国学派的实证研究之外，尚采用对比的方法。并且引用雷马克的一个观点说，现代学者们似乎忘却了我们学科的名称是"比较文学"（Comparative literature），而并非"影响文学"（Influen－tial literature）。大冢幸男还指出，除了一国文学同另一国以及几国文学加以比较之外，美国学派还把文学同其他部门（绘画、雕刻、建筑、音乐、哲学、历史及其他社会科学）的关系研究包括在比较文学范畴之中。这是美国学派和法国学派的

---

① 《日本现代文学全集》第 65 卷，讲谈社 1962 年版，第 420 页。
② 《国文学》杂志，1989 年 5 月号，第 55 页。
③ ［日］大冢幸男：《比较文学原理》，陈秋峰、杨国华译，上海师范学院中文系教研室，1983 年，第 52 页。

分水岭。我很赞赏大冢幸男的以下观点,即对比研究同比较文学,理应是相辅相成的两个方面,对比研究同比较文学也未必能截然分开。

所以,如果不是把比较文学研究只限于影响研究的话,完全可以把漱石的《文学评论》视为日本比较文学的滥觞。其次,《文学评论》为东方人应该怎么样评价西方文学树立了榜样。漱石批评笛福等18世纪的英国作家把人视若机械,态度冷淡;他批评笛福的作品不够凝练,等等,都体现出我们东方人喜欢留有空白、余韵,又富有人情味的这种独特的审美观点。

第十一章

以我为主地评论：漱石的立足点

漱石对英国等西方文学评论的重要贡献之一，首先是提出了以我为主地评论西方作家的批评理论并身体力行；其次值得注意的是"自然法则"的提出。

第一节 "自我本位"就是以我为主

作为一个文艺理论家，他总应该留下一些经得起历史检验，能够启迪人智的评论思想和术语。例如鲁迅的"拿来主义"，在我国就是深入人心、意义深远的术语。漱石的"自我本位"的思想内涵和"拿来主义"有些类似。因为都是针对西方文化，都有如何评价和学习西方文学的问题。

漱石的"自我本位"，也可译为"以我为主"吧。1914 年 11 月 25 日，他在学习院辅仁会上做了题为"我的个人主义"的著名讲演，提出由于风俗、习惯、人情以及国民性格等原因，他的想法和英国的批评家发生了矛盾。为解决这一矛盾，他就提出了以我为主地评论西方作家的思路。他说发现上述矛盾后，"为了巩固自己对文艺的立足点，与其说巩固倒不如说为了确立新的立足点，开始阅读与文艺无关的书籍。逐渐考虑自我本位这四个字。为了证明自我本位，开始科学研究，沉湎于哲学的思索"①。

如何对待西方作家和作品，犹如一条鲜明的红线，贯穿《文学论》和《文学评论》以及其他的评论文章中。还有一些散见于其他各种文章的理论和评论，对于了解漱石的文艺理论也是不可或缺的。例如他在《余爱读之书》中，说他最爱读的书是汉文书，西方作家中，他最喜欢读罗伯特·路易斯·斯蒂文森的文章，主要是有力、简洁，毫不冗长、噜苏，毫无懦弱的女人气。②不但阐明他对斯蒂文森的看法，也讲清了文章好坏的一个标准。这样的短评，在《漱石全集》中真可谓比比皆是，屡见不鲜。尤其是一些写在扉页上的评论或者批注都是他读后或者读书时的感受，倾向于文本批评，也接近所谓印象式的随感，与《文学论》和《文学评论》中成系统的社会学心理学批评大异其趣。

漱石青年时代就深知读书的重要性，在《木屑录》里曾写道："读万卷书，又为万里游，故其文雄峻博大，卓然有奇气。"因此，漱石兴趣广泛，读书面非常广。他通过英译本，读过法国、德国和俄国许多著名作家、哲学家、历史学家甚至自然科学家的作品。从《漱石山房藏书目录》看，他的藏书可分中文、日文和英文三种。编者把英文书分为文学、历史、哲学、科学、艺术、语言、杂类和期刊八大类，约1400种。小宫丰隆在《漱石全集》第18卷《解说》中特别指出："漱石的藏书未必意味着漱石读过的书都包括在内了，他还从图书馆借书读；漱石不是一个藏书家，而是一个读书家，他是为读而买书，所购买之书，大体上他都读过。"③其藏书上的大量批注，证明他不但读得仔细认真，而且边读边想，反复进行比较，如拿日本作品与西方作品进行对比，还能够指出西方国家之间或者同一国不同作家之间的异同来。每读

---

① 《漱石全集》第13卷，岩波书店1936年版，第492页。
② 《漱石全集》第18卷，岩波书店1936年版，第559页。
③ 同上书，第844页。

一本书都有十分精彩、简明的短评。可见他不是一般泛泛地读，而总是以批判的眼光仔细研读，有时还与他自己的创作联系起来。由于夏目漱石早就靠汉学奠定了一定的文学欣赏基础，嗣后又博览西方最新文史哲书籍，真是如虎添翼势不可当，使他游刃有余地解剖西方文学，并汇成他的系统理论。

下面分评论、英国文学、法国文学和其他国家的文学，择要做些述评。

一　对西方现代文学评论的批评

漱石对于西方著名作家的评论文章，总是以批判的态度阅读的，决不迷信。如在《十九世纪文学主潮》第121页上，他写了以下的批注："法、德、英文学的特征是这样的吗？"又在第139页上指出："不限于法国，天下皆然。"又在141页上写着："记得泰纳也如此讲过。果真如此吗？和日本人作个比较又当如何？"

漱石在1908年做的长篇讲演《作家的态度》中，也谈及读勃兰兑斯的《十九世纪文学主潮》的感想，指出在德国浪漫派和英国自然派之类标题下，论述了不少作家。他又说，这样写虽很有趣，但认为被塞进这种标题的作家本人好像就动弹不得了。因为这样写来，英国的自然派和德国的浪漫派就不许有一致之处，一点共同点都没有！仿佛这些作家之间先天就存在着如此区别，以后执笔写作的人，也必然属于某一派的了。[①] 就在这次讲演中，漱石批评了各种批评方法的弊病，他认为这些方法都不能算作纯粹的历史研究。例如，一味地弃旧图新的弊病；对于偶然出现的某个人的某部作品，就冠之以什么什么主义，把它视为这种主义的代表作，始终视之为推不倒的理论；或者由于时过境迁，这种主义的意义已经发生变化而造成意思混杂的弊病；等等。上述观点

---

① 《漱石全集》第13卷，岩波书店1936年版，第118页。

并非毫无道理的，但他提出不是以某个时代、某个作家的个人特性为根本确定什么主义，而要以古往今来、东西各国都能通用的，脱离作家、也脱离时代进行考察的方法，这种方法就是只从作品本身所表现出来的特色，进行研究。他进一步说，"既然要看作品中所表现出来的特色，那就必须研究作品的形式和题目"①。这就是现在人们常说的文本研究的方法，他在20世纪初就指出来了。要重视文本分析，在当时这确实是新观点。然而脱离作家和脱离时代的考察方法是否科学则是值得怀疑的，而且与他历来的研究方法也是不一致的。

再如对于雨果的文章《莎士比亚》，漱石也曾经毫不留情地责问："雨果是否知道自己说了什么吗？"还说听说雨果的文章了不得，然而我不明白。②

他读了法国布伦蒂埃的《巴尔扎克》之后，虽然也有"原型论是今天颇有趣的事实"，"赞成"的批语，但同时，他批评说："没有说明为什么能够无视题目。倒是余之文学论触及了根本。论述自然派甚佳。但在说明自然主义与浪漫主义的区别时，未能从表现和取材两方面论述。而且也未论及为什么双方作为艺术手法都可以成立，因此是不彻底的。"③

对于易卜生的《社会支柱》，他在"一个模范公民不能成为社会的支柱"之后用英文批道："这是毫无意义的话，易卜生先生！"④

他对爱尔兰评论家、诗人道顿的《法国革命和英国文学》的批评带政治性。他说道顿"亦属于改革派，因为他把理置于情之上"。他进一步解释："改革就是以道理来反抗传统、习惯和威

---

① 《漱石全集》第13卷，岩波书店1936年版，第128页。
② 《漱石全集》第18卷，岩波书店1936年版，第177页。
③ 同上书，第178页。
④ 同上书，第174页。

严。"① 这段话说明，漱石仍不忘从社会革命和社会进步方面看问题。换言之，他能够从更广阔的社会政治方面看待文学。

二 对英国戏剧和小说的评论

从夏目漱石的藏书看，他对西方戏剧的评论，数量最多的当然要算对莎士比亚的评论，有关观点在论述《文学论》和《文学评论》等章节中已经做过介绍，这里避免重复。

他对英国现代戏剧奠基人之一的亨利·阿瑟·琼斯的评论，最能体现出他强烈的批判精神，并且提出了一些比较新的现代文学评论术语。他指出《琼的计谋》没有真正的滑稽，没有一丝光明，没有半点自然气，"是都市文学，是世纪末文学，是轻薄的文学"。这里的"都市文学"和"世纪末文学"，很值得我们注意，这种文学的特征，就是这之前所说的没有一丝光明，没有半点自然气。换言之，夏目漱石是日本现代文学理论家中较早地发现资产阶级文学的弱点，并且以十分简洁的语言表现出来。他在评论琼斯的《骗子》时，进一步指出了这种文学的弱点是："所谓（英国）社会剧，尽写些欺骗的爱情故事，或是妻子背弃丈夫，吵架、欺骗、虚荣心之类，越看越觉得讨厌。"他又旗帜鲜明地表明对这种文学的批判立场。不过，在这一段评论中最精彩的还是："日本人开口就是英国如何如何，以为英国人生来就是高尚的。岂知他们大部分是由蠢货、骗子、俗物构成的国民，在这个世界上学习这种蠢、骗、俗的只有日本人。"② 在简短的读后记中，如此尖锐、一箭双雕地批评英国人和日本人，还是鲜见的。这是一种自然的流露，显示出他的文艺理论与对社会的批评密切结合的主要特色。

夏目漱石的文艺理论是比较成熟的理论，表现在对英国文学

---

① 《漱石全集》第18卷，岩波书店1936年版，第182页。
② 同上书，第110页。

的评论，没有半点成见或者偏激情绪，他并没有因看到英国世纪末文学的弱点而全面否定英国现代文学。他一旦发现优秀作品，就会加以肯定，要日本人学习之。他在英国剧作家亚瑟·温·平内罗的代表作《坦克瑞的续弦夫人》的读后记中写道："结构自然，作者使事件自由发展，颇巧妙。日本现代的剧作家应该研究他……现在在本乡座陆续上演的作品都不及他的十分之一。"漱石还说平内罗的《时间》，发挥了欺骗在世界上终究是不能长久的这个主题，这一点很有趣。要痛打这些骗子就应该写出这样的剧本。正因为具有这样的打击力量，这个剧本才令人痛快。[①] 尽管只是一般的读后感，他已经很注意从内容和形式两个方面进行批评，因而丝毫没有一点片面性的感觉。虽然这些判断所依据的主要是他个人的审美习惯和审美趣味，因而难免有与众不同或失误之处。但从一般批评方法和原则看，还是无懈可击的。

夏目漱石的这些短评，包含了两点论，是以理服人的，也有东方人特点。这一点在他对原籍波兰的英国作家约瑟夫·康拉德的长篇小说《水仙号上的黑家伙》的评论中，就十分明显地表现出来了。他首先肯定，作为航海的记录和船员生活的描写是一部出色的作品，特别是对暴风骤雨的描绘，决非外行所能写得出来的。另外，他又认为不应该把尼格尔（Nigger）当作主人翁来写，而应该把他与其他水手置于同一平面上，从而可使读者的注意力集中到海的描写上。这样才堪称写航海和暴风雨的小说，书中所写的是自然现象和人的意志，意志本身是很美的。"然而只以英国人为例，似乎唯有英国人伟大，是意志的化身，给人以唯有自己国家伟大或者唯有自己伟大的印象，使读者的快感减去一半。"[②] 应该说，这最后的话也只有我们东方人能说出来，是漱石作为东方人的独特感受。这也是符合他怎么样评价外国文学的原则立场

---

① 《漱石全集》第18卷，岩波书店1936年版，第113、120页。
② 同上。

的。英国人是决不会这样说的,对于这样的描写,大多数人只会拍手称快。

夏目漱石对于英国小说近似挑剔的批评态度,使得英国当代文学史家哈里·布拉迈尔斯视为维多利亚时代小说中心人物的狄更斯,在他的心目中成了一个媚俗的作家。漱石说《双城记》有些情节表现了西洋小说陈腐的手法。三个男人迷上一个女人的趣味愚蠢至极。而且,那个女人的诱人手法颇为拙劣,是《读卖新闻》连载小说的诱人手法。不过,在他看来也有写得颇不错的地方,例如父亲出去当小偷时,孩子因好奇而偷偷跟着,是有趣的构思。① 由于漱石在《文学论》和《文学评论》中已经大量论述过英国小说家,这里不再重复。

三 对法国等国作家的评论

漱石读完巴尔扎克的《高老头》以后,用英文写了大量的眉批。如"不,在一个人成功后,每个女人都会妒忌的"。"呸!人都不知道你自己。""一个为了恋爱而结婚的女人!这的确是法国式的。""这些都是废话";等等。他对《不为人知的杰作》评论说:"此篇结局,是余不解之处也,是否只是描写一个画狂呢?"在《海滨惨剧》读后感中说,"都德的《当间谍的小孩》、梅里美的《猎鹰》和这一篇都采取同一创作方法,又都发挥了各自的特色,愉快极了"②。

在他的书评中,还有一些值得注意的新概念。如在评论亚历山大·大仲马的《黑郁金香》时,他论述了所谓旧小说的概念。他说:"写得万事如意是旧式小说,所谓旧式小说就是为小说而小说,而不是为人生的小说。"他进一步解释说,这种小说,尽管作者的天地与实际的天地是隔离的,然而作者强词夺理地向读者说,

---

① 《漱石全集》第 18 卷,岩波书店 1937 年版,第 85、125 页。

② 同上。

这是实际的天地。亚历山大·大仲马创造了《黑郁金香》的世界，其结构之巧妙都超过了自然。于是作者伪称这就是自然。这真是巧妙而成拙劣，老练成幼稚。最后，他说："以更高的眼光看，越是巧妙就越是拙劣，越是老练越是幼稚。推出这样的作品而集全欧文名于一身，作者真是幸运。"①

他对福楼拜的评论因作品而迥异，对《纯朴的心》颇不满，说"如余一般好刺激者，觉得如此写法和如此事实过于平板，读后总觉得不足"。他对《希罗狄王》则称赞有加，认为作者写得"瑰丽琦华，光彩陆离，夺人耳目，可谓名篇，具有与诗同样的价值，应该一字一句地仔细阅读"。又批评历史小说《萨朗波》里战争场面描写过多，又说"英国作家的此种作品都不及《萨朗波》，只是有些地方过于诗化令人不可思议"②。

夏目漱石对梅里美的评价不太高，但当他把梅里美与日本作家进行比较时，则又显得十分客观公正，毫无偏见。漱石说《嘉尔曼》虽然是部名著，但从结构看毋宁说是松散的。主要篇幅是（三），（四）根本没有必要。（一）和（二）虽不能说与主题无关，但从它们搞乱了话题的中心看，没有反而更好。从故事性质看，只不过是日本通俗读物"草纸"故事包上19世纪的宝气而已。只是如日本的鬼神御松的吉卜赛人卡门的性格刻画得精彩，是日本的"草纸"故事所不及的。对于小说《角面堡的营业收入》评论说，在梅里美时代，没有一个英国人会用散文形式写如此单纯的事件。在《马特奥·法尔戈纳》的读后记中说，主人翁摆脱因果关系，突然做出义烈举动和悲壮行为，也是日本古代作家常用的手法。这一篇在这点上彼我相似。进一步说来，日本人只喜欢诗一般地表现眼前的事实，喜欢戏剧性表现，悲壮的表现。但不懂得用逐渐揭示原因，自然地发展，以达到高潮的技巧，也

---

① 《漱石全集》第18卷，岩波书店1936年版，第137、128页。
② 同上。

没有这样的见识,好像是随心所欲地写的。还说日本现代作家多少还有这种倾向。漱石认为梅里美的《伊尔的维纳斯铜像》,思想近似泉镜花的作品,但技巧比泉镜花好几十倍。[①]

夏目漱石在评论法国唯美主义诗人泰奥菲尔·戈蒂耶时,称赞小说《阿里亚·马盖拉》叙景绝妙,结构、思想和措辞皆绝。还说"这位作家的写法明快有力,而英国人写法迟钝"。又与日本的泉镜花做比较说:"这诗人所想的是诗的思想,而泉镜花所想的则是狂想。"又说"日本现代小说家都是短篇小说家,还没有一个人能够达到这位作者的如此程度"[②]。

夏目漱石把《老福克斯》与日本的"写生义"作品进行比较,说都德的作品与杜鹃派的"写生文"往往有相似之处,这一篇尤其近似普通的"写生文"而离普通的小说较远,但又比一般的"写生文"更近小说几分。杜鹃派的"写生文"多数场合如画画一般地描绘人的一只手一条腿,技巧虽然发挥得够充分的,可是我们从中所受的感受,从艺术性看却并不是完全充分的。[③] 可见通过汲取西方文艺理论和研读具体作品,使他站在更高的位置上分析批判日本文学。他对"写生文理论"的看法,又有了新的提高。

阿纳托尔·法朗士在夏目漱石那里所得到的评价,与都德相差无几。他说《红百合花》从某种意义上说是非常精练的,而从另一个角度看则是很粗糙。而这种粗糙之处,法国人是看不出来的。例如第60页上的对话,似乎是为了证明两人的交情后来发生突然变化而故意设计的,反而留有痕迹。更重要的是应该以事实证明两人的交情并非出于真正的爱,所以说写得字数不足。夏目漱石一面说此篇甚佳,一面又说有些地方似乎太突然。前半部分

[①] 《漱石全集》第18卷,岩波书店1936年版,第128页。
[②] 同上书,第131页。
[③] 同上书,第139页。

写得不够鲜明，觉得全靠对话推动故事发展。他在《伊壁鸠鲁的花园》一书的扉页上写着：好久没有读到此种作品了，是愉快的读物。同时他觉得有些地方还应该多多推敲。

而最不幸的还应该算法国短篇小说之王莫泊桑了，他的《海拉》《小战士》和《一个懦夫》三篇作品，被他判为"愚作"而没有讲任何理由。夏目漱石虽然说莫泊桑的《漂亮朋友》"有趣"，但仍然被判为"愚作"。还说"莫泊桑肯定是个笨蛋，持有如此愚蠢想法的人，必然是生活在轻薄的法国现代社会里的文学家，毫无真挚之处，也毫无滑稽可言。……毫不触及人生的大问题。西洋夫妇嘴上都说些甜言蜜语，而话音未落，到处都导演出如此轻薄的事来。英国亦如此，而法国尤甚。若在日本，只有滑稽故事演员才演这样的东西……文学至此，是一种堕落，英国贵妇人之辈读后才会连连拍手称快。总之，都是些丝毫不懂高尚趣味的人"。对著名短篇小说《项链》的结尾，漱石也持否定态度："这样的结尾令人讨厌之至，上面的好感全被打消了。"他认为，倘若没有这一节，夫妇的辛苦全出于义理和坚实的美德，妻子也因此事而成为真正的人。读者也以同情的心情读它的。然而由于加上这最后一节，夫妇倒完全成了大傻瓜。他问道："莫泊桑何苦非要扼杀这对夫妇的美德？"并且进一步指出原因在于莫泊桑生息在现代法国社会中，受到冷酷、讽刺空气的熏陶。换言之，在漱石看来，莫泊桑并未摆脱社会的俗气。他还说《灵魂》也不是完全的艺术品。虽有事件的连续，但事件没有中心，仿佛河水只是从平面上逶迤流过而已。毫不间断就难辨主次，从这点看趣味散漫；有些地方写得过细。只有长篇小说《皮埃尔与若望》得到漱石的青睐，说它是部名作，富有独创性。

夏目漱石评论到的作家尚有法国的布尔热、巴赞等人，西班牙剧作家卡尔德隆和意大利作家邓南遮、德国作家苏德尔曼和霍普特曼，俄国作家除高尔基外，还有屠格涅夫、契诃夫和梅列日科夫斯基。在评论梅列日科夫斯基的《先驱者》时，认为温奇与基孔达的故事，应该贯穿全篇，然而可惜的是他们的故事只占最后一部分。接着，他指出了一个很重要的小说创作方法，说作者只写温奇的生涯，而没有写一生中发生的某个故事的始终。与其说它是小说，毋宁说是传记。作者主要写当时的文艺复兴，所以与其说传记，倒不如说文艺复兴的全景画卷。这里，他坚持了反自然主义的一贯原则，小说不应该只是客观地记录人的一生经历，而是要写出人与人之间的矛盾，即要写出一个故事的始末。所以，夏目漱石称赞《彼得和阿列克谢》的结构是"最卓越的，有中心，有发展，有归结"。白璧微瑕的结局如大团圆，这样写来阻碍了艺术技巧的发挥。[①]

第二节 "自我本位"就是为我所用

夏目漱石评论西方作品的显著特点，就是始终站在东方人的尤其是日本人的立场上，采取以我为主的态度进行批评。这是他在《文学论》和《文学评论》中反复强调的一个最基本的文学评论方法。他在阅读西方文学作品和文艺论著，抑或在评论实践中都坚持了这个原则立场。上一节里，我们之所以列举大量事实，就是为了证明这一点。由于怎么样对待西方文学艺术及其各种理论，今天仍是一个十分重要的理论问题，因此有必要对夏目漱石的经验做更详细的分析。

正如小宫丰隆所说，夏目漱石运用自己的一切教养和一切经验，对于西方所写的每一件事，都进行严密的分析，给予精确的批评，或者联系自己做深切的反省。他尤其不满西方人对东方文化的无知或者歪曲，每当看到西洋人对日本或者东洋有固执、片

[①] 《漱石全集》第18卷，岩波书店1937年版，第172页。

面的观察和论述,或者读到无视日本及东洋的存在,而做出自以为是的论断,他都给予尖锐的批评,坚决驳斥。①

首先,需要进一步指出的是,夏目漱石之所以能做到这一点,是基于他比较丰富的文史知识,能够比较自觉地看到东西方文化的差异及其各自的特点、长处及其不足。例如,他在华斯沃德(W. B. Worsfold)的《批评的诸原则》上批道:"日本人应该以日本人的身份来读这些诗。日本人若想表现此想法时,十分之八九必定采取散文的形式。从根本上说,我们和西洋人关于诗的观念就如此不同。遗憾的是还无人充分论述到此。"②

夏目漱石对于基德(B. Kidd)的《西方文明原理》的批评尤甚:"总的说此人文章冗长,使人不得要领……论旨宏大,但欠要领;反复同一形式,而无一处能论述彻底。看看和日本及东洋如何不同,西洋以自己为主,东洋以他人为主。"③漱石读了法国哲学家居伊约的《从社会学观点看艺术》后,认为作者"不可能了解中国和日本诗的。而且他也不知自己之无知"④。漱石在英国近世文艺批评名家罗斯金的《近代画家》第 80 页上批评道:"他不知东洋美术,故有此言论。"

其次,夏目漱石坚持了为我所用的原则,这里有必要对此做进一步的说明。他一方面以自己的感受、观点评论西方文学的优劣,并以此为参照,创作自己独特的作品。他与众不同之处就在于一般人读书,是要从中找到新的灵感新的创作方法,而他则是要竭力回避与外国作家类同,因与外国作家类同而感到最大的遗憾。漱石十分推崇德国剧作家、小说家苏德尔曼的小说技巧,认为长篇小说《不朽的过去》,写得不凡,事件层出不穷,跌宕起

---

① 《漱石全集》第 18 卷,岩波书店 1937 年版,第 172 页。
② 同上书,第 266、229、238 页。
③ 同上。
④ 同上。

伏，每一章都有一章的要点，一章的趣味。每个事件互相联系，推动故事的发展，构成全篇。同时，人物性格随情景变化，人物集散离合，都由各人的内心深处的精神面貌所决定。观察细致，解剖绵密。活动面多种多样，故事错综复杂，又有条不紊地构成整体，使人一目了然，叹为观止。乃是大作，乃是杰作也。具有如此丰富的想象和丰富的理性，真让人羡慕不已。万事贫弱的吾辈应该视之为榜样。又说："我一生中只要有一次能写出这样性格的人物，终身无憾。"①

夏目漱石在提倡向苏德尔曼学习的同时，又不忘自己的独创精神。从某种意义上说，他把独创精神置于创作的首位。他在评论《猫径》时认为，这部作品具有惊人的独创性。能够写出这样的作品，作者是个天才。男女主人翁莱奇娜（Reginat）和波勒斯拉夫（Boleslav）感情逐渐亲密，作者层层深入地描绘出他们感情发展的过程，确实是叙述的名手。日本还没有一个人能够如此叙述感情的顺序变化的。夏目漱石还写道："结尾点出道德难以抵抗自然，这是一篇的主题。"他特别注意到把自然的爱与受形式束缚的爱相对照起来描写方法，例如莱奇娜与海伦的故事。因为他那时也曾想对照着描写这样的恋爱故事。所以当他读了这篇小说以后，"觉得好象被人抢了先似的，不知是放弃好还是干着瞧好"②。由于他认识到这篇小说的优点，同时也指出了其中的缺点，例如他觉得最后部分完全可以割爱。夏目漱石最后还是完成了描写自然的爱与不自然的爱的矛盾的小说，这就是他的中期三部曲之一《后来的事》（1909）。

漱石在评论屠格涅夫的《罗亭》时，也流露出相似的心情。他在读到第 111 页前后时发表感想说："这二三页读后，我感到也许有人会以为我的《虞美人草》是从这里得到启发的。真令人惊

---

① 《漱石全集》第 18 卷，岩波书店 1937 年版，第 163、165 页。
② 同上。

讶！在写《虞美人草》前读一读《罗亭》就好了。我就会写得不让人产生这样的怀疑了。至少列兹尧夫批评罗亭的话，与宗近看小野君的眼光相同。"①

漱石对苏德尔曼和屠格涅夫的评论充分说明，在他看来，向外国优秀作品学习与竭力避免和外国作品类同是并不矛盾的，构成其创作原则的两个重要方面。联系他的《答田山花袋君》愤愤驳斥《三四郎》仿佛是部仿作一事，也可以看出他如何坚决反对模仿外国作品。以上评论不仅仅反映了漱石的创作态度，也说明他已经触及如何对待西方文学的重要课题。那么，究竟应该怎么样做，才能既学习了外国优秀的创作方法，又避免与外国作品类同呢？

这里可以以他对曾经有"英国文化的伟人"之称的乔治·梅瑞狄斯的评论为例，漱石几乎读过他的所有作品，并都有所评论。如说《包尚的事业》的"结尾不易，所谓余韵，就是指此而言的吧"；在《悲惨的喜剧演员》读后记里，说有些场面"日本人也是感兴趣的，可资研究比较的材料"；评《惊人的婚姻》时说，"梅瑞狄斯的书里，总是有这样的篇章，情中写景，景中叙情，颇有诗趣"②。

梅瑞狄斯逝世以后，夏目漱石答记者问"是否受到梅瑞狄斯的感化"时，说了以下的一段话："当然，受到感化。以往读过的书，几乎没有不受感化的。"接着他又谈了人们读书的三种情况：有的以批评为目的；有的为了弄清故事情节；而有的既不是为了批评，也不是为了解故事，这些都不管，只要消化读过的东西，变成无形的成分，有意无意地贮存在头脑里，就满足了。他就是属于第三种情况，不是为了批评，也不是为了记故事梗概。所以故事梗概大体都忘记了，但是其实质在不知不觉之中，已经成了

---

① 《漱石全集》第 18 卷，岩波书店 1936 年版，第 168 页。
② 同上书，第 97、734 页。

自己组织的一部分,这样的情况是不少的。① 在夏目漱石看来,乔治·梅瑞狄斯的小说是独特的,这种小说由他开始又由他终结。他不是见到什么就如实写下的人,也不是只写见到什么时的感想的人,而是见到什么后,就以他作家的眼光进行批判描写的人。他在叙事之间,就能无所顾忌做出判断,进行讲解,这正是他作为人、作为批评家的伟大之处。夏目漱石还肯定地说:"想模仿也模仿不了,而且我也不想模仿。"②

这里,夏目漱石从理论上阐明一个伟大的作家都有其独特性的规律。这种独特性是别人所无法模仿的,要是谁硬是想模仿,写出来的也肯定是一些不伦不类的东西,那就只能以失败告终。所以,他是决不去模仿别人的。

夏目漱石表示决不模仿外国作品,不等于不必总结、学习外国优秀作家、优秀作品的创作经验。相反,夏目漱石以其带东方特色的审美习惯和审美趣味,批判地学习西方作家的创作方法。最典型的就是对自然美的审美追求。

在这一章开始时我们指出,夏目漱石的这些评论是零碎的不成体系的,因而也容易被忽视。但是,当我们把这些评论加以集中、排列时,我们发现他在写这些短评时是有一个很重要的美学原则作为指导的。这个美学原则就是所谓自然的法则。

读了上一节的内容,细心的读者一定会注意到,作者写得自不自然是夏目漱石非常注意的一个写作技巧。例如在评论屠格涅夫的《罗亭》时,他说:"在开头罗亭与毕加梭夫的问答中,毕始终语无伦次。这样写总觉得有些幼稚,因为第一,普通人在这种场合不会如此议论;第二,一旦辩论起来,罗必胜,而毕必败,毕不会如此傻;第三,辩论明显地分出胜负,作者似乎有意把罗

---

① 《漱石全集》第18卷,岩波书店1936年版,第97、734页。
② 同上书,第735、168页。

亭塑造成伟人，这也是不自然的。"①

在上一节里，我们已经谈到，夏目漱石认为英国剧作家亚瑟·温·平内罗的代表作《坦克瑞的续弦夫人》的"结构自然，作者使事件自由发展，颇巧妙"。如上所述，漱石还说过，亚历山大·大仲马的《黑郁金香》，"是旧式小说"，是为小说而写的小说，而不是为人生的小说。他进一步解释说，这种小说，尽管作者的天地与实际的天地是隔离的，然而作者强词夺理地向读者说，这是实际的天地。大仲马创造了《黑郁金香》的世界，其结构之巧妙都超过了自然。于是作者伪称这就是自然。夏目漱石又说莫泊桑的《羊脂球》虽然是篇出色的作品，但后来写到在马车里大吃大嚼的人们，竟然都忘记了娼妓的恩情，连一片肉都不给她吃的情节，尽管是作者的得意之笔，但却是不自然的，其实，在这之前停住，故事已很充分了。再如，夏目漱石对于阿尔封斯·都德的赞扬，也同样以其是否写得自然为标准。所以，他特别称赞《萨芙》"结构巧妙"，尤其是末段的结构"显示了大手笔，尽量综合描写人物及他们之间的利害关系，毫无不自然的感觉"。另外，他也指出其中有不自然的缺点："结构和人物性格有一种人工雕琢的韵味"，从而使他感到十分可惜。

很显然，漱石这里所说的自然，决非指对自然界的描写，而是指对人物性格的刻画和整个故事情节的安排是否真实自然的问题。这是对艺术真实的追求，与自然主义的如实描写论是根本不同的两种创作方法。这一创作方法他是在批判、总结东西方创作实践的基础上提出来的，成为他遵循的重要创作原则。1907年，他在创作《虞美人草》时就提出了自然法则的概念。同年，他给铃木三重吉的信里说："那部小说可能要写一百回以上，虽然很容易切断它。但是这样就违背了自然，不成调子。漱石再骄傲，也

---

① 《漱石全集》第18卷，岩波书店1936年版，第735、168页。

决不能违背自然的法则……无论怎么样也得执行自然的命令写完《虞美人草》。"① 晚年，他最终悟出"则天去私"四个字，成了夏目漱石研究的一个热点、难点。他在解释"则天去私"时往往要谈及"自然法则"问题。足以证明"自然法则"在他心目中的地位。

关于读书与创作，杜甫有"读书破万卷，下笔如有神"的经验之谈，这里，漱石又解决了应该如何读书的问题。就是说，对所读之书，不要迷信，要批判地吸收，取其精华，去其糟粕，为我所用。

---

① 《漱石全集》第16卷，岩波书店1936年版，第579页。

第十二章

评日本戏剧和美术：现实性和针对性

漱石主张戏剧应该紧跟时代的步伐。还要注意三个方面：首先是看结构如何，其次要看由冲突、高潮造成的因果关系，最后看这一因果与那一个因果之间的联系。在美术评论中，赞赏富于个性的艺术品，为争取平等、自由的创作权利而呐喊。

第一节 戏剧应该紧跟时代

夏目漱石成名以后，很少进戏院，自称他对戏剧一无所知，是个门外汉。他对日本戏剧的评论文章也只有两三篇，且大都写于1909年5、6月间被高滨虚子拉去看戏以后，主要文章有：1909年5、6月间发表在《国民新闻》上的《答虚子君问明治座看戏所感》和《致虚子君》两篇，以及对日本上演《哈姆莱特》的评论《坪内逍遥博士和〈哈姆莱特〉》（1911）。文章虽然不多，但见地非常精辟，切中日本戏剧要害。

在第二章论述夏目漱石的早期评论时，我们已经介绍过他在学生时代写的评论英国戏剧的文章。夏目漱石在留学英国时，又曾经接受过英国莎士比亚研究家的辅导，所以对于英国戏剧的了解在当时的日本恐怕也是数得着的。日本缺幽默,漱石却以幽默见长。故他自认是门外汉既是自谦,也不无幽默。但他成名后看戏不多,剧评很少是事实。

夏目漱石在熊本任教时期就曾经练习过日本宝生派谣曲,此后一度中断。他对戏剧又产生兴趣大概始于与高滨虚子等人恢复练习谣曲时期。从他的日记可知,1909年3月13日晚,他曾经冒着大风,去松根东洋城家和东洋城等人一起唱谣曲,虽然都唱得不成调子,但似乎都很感兴趣。同月18日晚,高滨虚子和松根东洋城等人又在他家聚会,商讨成立谣曲会的事宜。此后,他们每次相聚都唱。他在3月25日的日记中兴奋地写道:"明天在神田有谣曲会,让我唱主角清经。"翌日的日记又生动地记录了这次聚会,说大家都是外行,高野先生唱得如念经,菅能先生像接待客人似的说话。天下再也找不到如此幼稚的谣曲会了。[①]

此后,他接连看了几场戏,如5月11、12日的日记就有记载:"虚子来,问明天去不去明治座看戏。一直没有看戏。问还有谁去?答还有中村不折、坂本四方太、鼓手川崎以及国民新闻社的凡鸟。于是约好去看看。"第二天的日记接着写道:"……冒雨离开虚子家,前往明治座。演出的舞蹈题目都出人意料,如什么《丸桥忠弥》、《御俊传兵卫》,什么《油店阿绢》和《佑天和尚的生涯》等等。从下午一点开始,一直演到晚上十一点。票价非常低廉。难怪看戏人那么多,是值得一看。《御俊传兵卫》和最后的舞蹈都非常有趣。不过其余的节目都愚蠢得很,甚至不由得想起过去很幼稚的心情,觉得演出这样的东西真是有损于日本的名誉。首先,这是野蛮人的艺术,或者说只是未见过世面的小和尚由徒劳无益而形成的世界观的发挥而已。德川幕府的天下那样太平地、幼稚愚昧又碌碌无为地延缓到明治维新,多半是靠消遣解闷的

[①] 《漱石全集》第15卷,岩波书店1936年版,第371、393页。

吧?"① 他看出这种戏麻痹人民的作用。

此后，在同年6月11日的日记里，写有他和高滨虚子看歌舞伎《大功记》、《被斩的与三郎》和《鹭娘》的事。12日的日记里说，他看了歌舞伎，又用一个上午给虚子写信。又在14日的日记里，夏目漱石记下了他与高滨虚子观看相扑和金刚谨之助的能乐《邯郸》的事。② 看了几次戏，写了两篇文章，可以说是根据亲身体验，是有感而发，并非无的放矢。他的评论文章和日记里的观点基本一致，但涉及面更广，内容更加丰富，切中时弊。

一 戏剧应该紧跟时代的步伐才能吸引人

在《答虚子君问明治座看戏所感》一文中，漱石谈到自从记事起很少看戏，不过他的兄长都喜欢看戏，并且在家里常常模仿演员唱戏，使他对戏道也略知一二。嗣后他只看过一次戏。留学回国以后，也只看过三四回，而且每次都是高滨虚子拉他去的，去了之后，也总是觉得格格不入。看来漱石不是真正的戏迷。

夏目漱石不喜欢日本戏剧，在于戏本身不吸引人，剧中人物的命运不能使他产生同情心。他觉得，所有的情节仿佛都是多余的。他产生了非常奇怪的心情，他形容他的心情就好像是西方人初次看日本戏似的，又像鱼游到了陆地上。他认为日本戏落后于时代，"戏的故事未能紧跟今天开明的时代"，从而使他产生了十分可怜的心情。他认为这些戏是"头脑极低级的人"，为"头脑同样低级的人演出的"。例如，丸桥忠弥喝得酩酊大醉后，还往河里扔石头，来测量河水的深浅的故事，演得好像是什么了不起的大事件，了不起的英雄似的，好像唯有他才是天下最最聪明的人。看到这里，观众竟然热烈地喝彩。可是从常识来判断，这是谁都能想得到，谁都能做得到的。因此艺术上再怎样夸张，演得多么

---

① 《漱石全集》第15卷，岩波书店1936年版，第371、393页。
② 同上书，第404页。

出色，就越是使人觉得幼稚可笑。所以，他批评这"简直是野蛮人的艺术"①。

这里，我们不难发现，西方的审美习惯和审美趣味，已经对他产生了很大影响。正如我们在论述漱石对日本小说的评论中所说，他喜欢艳丽的色彩，而不是日本传统的淡雅颜色了。在内容上要求有较深刻的心理分析，那种表面的直观的表现手法已经不能满足其审美需要，所以他与普通观众之间存在很大的距离，与整个剧场里的气氛不能协调，他身处剧场，却如热锅上的蚂蚁，只想尽快回家。所以，夏目漱石评论《油店阿绀》时，说偷偷换刀、抢夺信件等情节，简直像恶作剧，却都演得煞有介事似的。又批评《佑天和尚的生涯》的内容"与开明的今天甚不符合"，因为把佛教的守护神不动明王演成卑劣的小人。倘若要想尊重佑天明王的话，就应该挖掘更加深刻一些的事情。再则，佑天这个人物一点也不愚蠢，倒像是个讨厌的色鬼，讲话像猫叫春。突然又莫明其妙地哭诉起来。上山的情节既夸张又虚伪。好几杯凉水浇头的情节，也不能赢得丝毫同情。还批评观众说："出神地看着这样的节目的人，都是囿于虚伪传统的愚蠢的观众。"②

另外，夏目漱石批评武打之类动作好像是孤立的体操或者滑稽舞蹈，和前后的情节毫无联系。从故事的发展及迫在眉睫的危机来看，都是缺少常识的无忧无虑的行动。在那天的众多节目中只有御俊传兵卫和最后的舞蹈，他觉得有趣，称赞说"最后的舞蹈很美，看了非常愉快，也不用动感情，不必头脑思考，十分单纯，只让人在艺术上得到享受"。

二 剧评的三个主要方面

他的《致虚子君》以书信体形式写成。夏目漱石以很大的

---

① 《漱石全集》第13卷，岩波书店1936年版，第214页。
② 同上书，第215页。

篇幅叙述他看戏时与剧场气氛极不合拍的心情，最后点出他产生如此情绪的原因归于戏的质量。这是篇文字非常生动活泼的评论文章，我们可以从中领会到夏目漱石擅长以多种文体阐述其美学思想的特点。这种富于变化的评论，恐怕主要是适应报刊的需要。这两篇文章都刊载于一家报纸，两次看戏都和高滨虚子有关，对戏的看法也大同小异，因此避免类同，即使是文体类同都应该注意。但在落笔时，对措辞、结构有所忽视，好像是一篇急就章。值得注意的是在这篇文章中，他提出了戏剧评论的三个重要标准的问题，即：结构、内容和色彩。其中色彩论是他独创性见地。

他首先说，如此接二连三地看戏，在其一生中都是未曾有过的。其实只不过两三次，而且都是被虚子拉去看的。但由于戏不怎么样，所以又讽趣地说："你是伟大的。实际上是好是坏就不知道了。"这是由于他一进剧场，就产生了一种荒凉的感觉。他看到男男女女都很得意的样子，他想到自己所生活的社会就是这个样子，便马上不安起来，想立即回到自己的窝里。他明确指出他看不下去，主要原因是舞台上演出的戏和他的生活天地根本不同，而且也不是什么上等的货色。

他又具体阐明他的戏剧评论标准，批驳帝国座的二宫君的欣赏戏可以不管故事情节的观点。他认为，他虽然不懂戏，但懂小说，并把小说欣赏理论推广到戏剧欣赏方面：首先是看结构如何，其次要看由冲突、高潮造成的因果关系，最后看这一因果与那一个因果之间的联系。他觉得所有的戏结构都不怎么好，有的好像是专门创作来愚弄他的理性的，如《大功记》就是这样的；有的写得平平淡淡，如楠正成这个人物谁看了都会觉得平淡无奇；有的故意写得极端残酷，使他觉得仿佛要有意伤害他的感情。

不过对于小宫君说的好比一个人不管一生如何，只要一天一天地过得有趣就行一样，戏也没有必要把整体的结构放在眼里，只要欣赏局部的片断就行了的观点他并未进行反驳，还假定以这种方法欣赏戏剧，就可以有三种情况：第一，欣赏局部的内容；第二，欣赏演员为使观众了解内容所做的表演；第三，欣赏演员脱离内容的并非为了观众了解内容所做的表演。也就是说，他基本上肯定观众可以从各种角度欣赏戏剧。

夏目漱石只是批评："喜欢看戏的人，似乎不是把重点摆在内容之上的，不是吗？从内容看，阿富跳海的情节，不堪一看，讨厌得很，以至于艺术上演得究竟好不好都无心欣赏了。听到坐在我旁边的中村不折从艺术上对戏进行批评时，我的确感到很意外。可是对于我觉得讨厌的地方，那些戏迷们却是毫无反应。对此你有何看法？"①

后面他又补充说："在了解局部内容的艺术中，最好的是蝙蝠安这个角色。一个强盗出身的人，改邪归正后当了听差，他的长相也很像盗贼。当他留起胡子，穿上狩衣（江户时代当礼服用的），当上了楠正成的家臣后，着实叫我吃了一惊。"

光秀接过妹妹手上的刀，独自杀进敌阵的情节，从内容看没有什么不妥之处。所以具有谈论其艺术上好坏的余地。因此，这地方的艺术，是为了观众了解内容的艺术。夏目漱石和高滨虚子等人都认为是好的表演。

至于与内容关系并不很密切的情况，究竟是欣赏内容好还是欣赏表演艺术好，夏目漱石觉得很难说。此外，他还承认存在着独立于内容，或者说存在没有内容的艺术。例如鹭娘发疯似的跳舞，其后又到了吉原仲町，分别扮演男性、中性和女性三个角色都发挥了不同的特色。说他尤其喜欢女性的一段戏，动作恰到好处，而且色彩也很好。

---

① 《漱石全集》第13卷，岩波书店1936年版，第220页。

最后，他又进一步论述了舞台色彩的重要性。批评了《大功记》的色彩太不协调，加藤清正穿着金色纽扣的衬衫，显得可笑极了。光秀的家是在一个大杂院里，那种地方，妻子怎么会穿着如此漂亮的衣服呢？真是胡编。光秀怎么又像老百姓一样做起竹枪来了？接着，他列举了色彩配合得好与坏的两种典型。

漱石批评木更津海岸退潮场面的色彩乱七八糟，一看就使人讨厌。你看那御成街道吧！不是有一家油漆店，挂着很长的门牌吗？他又对比地说，楠一家人的色彩非常出色，首先是很调和。楠正成的妻子，干净利落，人品显得很高雅，那个孩子也好，大家都很好。

三　外国戏应该日本化

《坪内逍遥博士和〈哈姆莱特〉》，是夏目漱石对于在日本上演由坪内逍遥翻译的《哈姆莱特》的评论。这是夏目漱石出名以后不多见的一篇外国戏剧评论，也可作为他一篇少有的翻译评论。1911 年 6 月 5、6 日连载于《朝日新闻》。

漱石承认，一周演出，《哈姆莱特》在文学艺术界引起很大轰动。同时，他认为必须以批判的态度来研究是否真的那样吸引人的问题。他认为《哈姆莱特》与观众之间存在着时间、空间以及观众与诗的语言艺术这三种隔阂。漱石认为坪内逍遥似乎面临二择一的难题。因为翻译虽然堪称为忠实的模范，但是坪内逍遥由于过于忠实于莎士比亚，终于造成他对于观众就太不忠实了，对此，漱石又深表遗憾。在夏目漱石看来，从莎士比亚戏剧的本质看，是不允许翻译成日本语的。如果一定要翻译的话那就要么放弃公开演出，要么就当个莎士比亚不忠实的翻译者。这两者又是很难两全的。

夏目漱石坚持了他一贯的主张，即不应该原封不动地接受西方人的观点，而把自己的味觉置于一边。把莎士比亚当成写实的泰斗,虽然有其真实性,但这又是一个大骗局。因为戏里"具有难以表现的喜怒哀乐,是不自然的而且又是难以想象的成分。无论是今天的日本人还是现代的英国人,即使英国伊丽莎白时代的人,也决不会用这样的思想作为疏通意志的工具的"[1]。

他进一步从理论上做了分析,说莎士比亚是个诗人。既然允许诗人的语言可以天马行空似的超出普通常识,那么,以口来表达时,当然也应该允许用超出常识的声调来吸引观众。总之,莎士比亚戏剧的台词,也应该以如同日本的能剧和谣曲那样的特别声调朗读才能产生趣味来。

这里,有两个观点值得注意,一是艺术应该高于生活,不能自然主义地表演;二是把西方的作品搬上日本舞台时,应该注意使之日本化,以适宜日本观众的审美习惯和审美趣味。

漱石最后指出,在西方,莎士比亚的戏现在还经常上演。每次演出都让评论家们哭笑不得,因为现在的演员不去体会诗的意思,像念普通的散文那样地念台词,彻底破坏了诗的韵律美。坪内逍遥的《哈姆莱特》试图弥补写实的不足,可是鞭长莫及,即使在声调上都无法表现莎士比亚所提供的诗歌美来。因此,丝毫都不能使我们产生高雅的幻境,又不能像看普通人那样地看戏,所以也产生不出趣味来。

漱石触及了翻译家的痛处:翻译确实难做。

第二节　美术论:为创作自由呐喊

漱石对日本现代美学的重要贡献也表现在他的美术评论中。主要评论是《文展和艺术》(1912年10月15日至28日)。其他文章还有《日英博览会的美术品》(1909年12月16日)、《东洋

---

[1]《漱石全集》第13卷,岩波书店1936年版,第318页。

美术图谱》（1910年1月5日）、《津田青枫君的画》（1915年10月11日）、中村不折的《不折俳画》上序（1910）、《新日本画谱》序《不离自然的艺术》（1910）、冈本一平著并画《探访画趣》序（1914）等。其数量不但更多于剧评，而且，对社会现实的介入程度，也要深于他的剧评。

据日本学者考证，漱石从1903年10月28日起习作水彩画。翌年，经常和桥口贡交换绘画明信片。① 另外，他的门生之一的小宫丰隆则说得比较含糊："不知漱石什么时候开始画水彩画的。不过今天保存的漱石的水彩画，最早的日期是1903年10月。"他也说1904年以后，和夏目漱石最频繁地互赠水彩画明信片的是桥口贡，并且断定夏目漱石学水彩画大约是受到桥口贡的影响。② 还有，在1904年前后，夏目漱石在《片断》中写道："近日来，K君不时练习水彩画。不过只要看一眼他的画，给不给他天才画家的称号，是谁都会犹豫不决的。"又说，K随随便便地画了一条粗线表示那只猫逃走的围墙，既无浓淡也无远近的感觉。另外在他的长篇小说《我是猫》第一章中也写了与此差不多的情节。因此可以说，在他的艺术修养中，早就具备美术创作实践和评论知识，尽管他的作画技巧并不高明。

但他的美术评论文章却很有特色，富有独创性见地，更主要的是针对性、批判性令人惊奇。在同时代评论家中，在那样的政治气候下，只有他才敢于写出如此尖锐泼辣、惊世绝俗的评论文章来。主要有以下一些特征。

一 为争取平等、自由的创作权利呐喊

在《文展和艺术》中，夏目漱石开门见山地指出"艺术始于自己的表现，又终于自己的表现"。他又说，"最近每当拿起笔写

---

① ［日］荒正人：《漱石研究年表》，集英社1984年版，第345页。
② 《夏目漱石》，岩波书店1938年版，第495页。

作的时候，就想找个机会，把经常缠绕在自己脑子里的这个信条的意义，延伸、概括成理论，以便和具有相同看法的艺术家切磋商量"①。他还进一步解释说，这个命题的意思就是艺术最初和最终的大目的，是与别人没有任何交涉的。关于我的作品对别人会产生什么影响，无论是在道义上还是在美学上艺术家都是不应该去考虑的。如果考虑这些问题，"就应该自觉到作为一个艺术家已经堕落到不纯的地步了"②。漱石甚至把别人的权威性评论称为把艺术家"引诱出至醇境界的魔鬼"，把考虑名誉利害的艺术家称为"堕落了的艺术家"。他认为要是把别人的评价当作艺术家创作的动力，那是"本末倒置的门外汉的观察"。

应该说这些观点也不是他的最新的发现，早在《文学评论》谈论乔纳森·斯威夫特和厌世文学时，就说过"文学是吾人趣味的表现，是吾人好恶的表现"。他曾经一再强调他是为自己而创作，如果能对别人有所作用，那只是客观上起的作用，并非有意如此等。

那么为什么在1912年前后，即在日本发生所谓"大逆事件"之后的"闭塞的时代"，又特别强调起他的信条呢？这个问题是理解这个命题的关键。显然这是一篇针对性很强的文章。题目里"文展"两字实际上就是指"美展"。文章谈道，倘若把是否能够通过美展的审查视为具有重要意义的事，那么，这就是本末倒置。③漱石十分明确地把矛头对准政府当局和美展的审查委员，要求艺术家和整个社会都要对这次美展端正自己的态度。否则，只能贻误艺术，甚至贻误自己。他还听说，有的画家由于作品落选，发生了妻子要求离婚的悲剧。因而他指责这次画展，带有特别"粗暴的威力"，已经直接或间接地对画家和雕刻家构成了威胁和

---

① 《漱石全集》第13卷，岩波书店1936年版，第431页。
② 同上书，第432页。
③ 同上书，第436页。

压迫。为此他才写了这篇文章，不仅要和作家和公众一起探讨艺术的根本意义，也要和当局以及审查委员们郑重商量艺术家自力和他力的影响问题。[①]

漱石进而阐述他提倡这一理论的思想基础是他的个人主义，并对其个人主义的具体内容做了解释。他说："总而言之，我自己的发言里，从个人主义的立场出发看问题的倾向很严重，这是由自己爱好自由的天性所决定的。"[②] 因此，我们认为，漱石所说的个人主义，实际上就是自由主义。他又从自由主义立场出发，提出了"具有慧眼的批评家"的概念。所谓"具有慧眼的批评家，无非就是在鉴赏自己的作品时，能够感到毫无遗憾"，也就是说，他应该是自己作品的最高明的批评家。[③]

漱石还明确地宣布了他的目的："要让团体瓦解，只让个人存在；要破坏文学流派，只让个性发出光辉。只有到那时才能谈得上艺术。"应该看到在那个时代，这个口号是具有挑战性的，他的矛头是直指那些审查委员的。请看他下面的说明：今天的世界是个人主义的世界，至少向个人主义倾向发展是文明的大势所趋。因此，生活在这样的社会里，交朋友都是只选和自己气味相同的人，当批评应该发挥个性的艺术时，也只是在自己的小圈子里徘徊，只挑气味相同的作品。这样的精神是绝对审查不了的，如第六届美展审查通过的作品，都千篇一律，仿佛是一个模子里刻出来的。他要求在展厅的对面展出那些富有个性的落选作品。

总结漱石以上的所有观点，不能不认为这无异于说：你们还是停止审查了吧，把所有作品都展出来，让观众的慧眼来批评！

由于他并非只是为了自己才这样大声疾呼的，换言之，他不是为个人鸣不平，而是为了日本一切艺术家而郑重发言，所以

[①] 《漱石全集》第13卷，岩波书店1936年版，第437页。

[②] 同上书，第441页。

[③] 同上书，第442页。

说，他不是一个个人主义者，而是一个名副其实的彻底的自由主义者，资产阶级极权主义的反叛者。而且，漱石对美术的关心和对当局的批评不是偶然的，也并非始于《文展和艺术》。早在《日英博览会的美术品》（1909）中，漱石就开门见山又非常直爽地为博览会上展品之少而感叹不已，并批评当局未把美术作为重点。

夏目漱石文论可贵的重要表现之一，就是对于青年作家、画家以及一切富有独创性的作品的热情关怀和支持。在小说评论方面可以以他对长冢节的态度为最典型。在美术评论方面，表现在他对当时日本的新画种油画的大力支持。

《文展和艺术》中，他对于比日本画家生活更苦的油画家坚持创作的精神表示同情和敬佩。由于受到西洋潮流的刺激以及他们本身的努力，热心搞艺术都超过了对自己衣食住行的关心，从而使日本美术界面目一新。同时，他还批评了那些所谓已经成名的画家们，不能与这些新生力量步调一致地行动。显示他对美术界的后起之秀的支持和关怀，为他们争取生存空间而大声疾呼。我真不知道日本文学或美术评论家中，还有谁能够做到这一点。

相反，对于画坛权威，尤其是那些身居美展审查委员之位并得奖的画家和作品，做了无情的批评。这是漱石文论的又一个可贵之处。

漱石对于尾竹国观的《斗鸡》，表示特别的敬意，因为"尾竹国观先生在报纸上发表了署名文章，对于美展的作品不管是谁的，都不由解释地给予无情的攻击"，漱石的文章说对于这种男子汉的态度他十分佩服。由此也证明，漱石对于美展的批评并非外行毫无道理的批评，也不是孤立的，是反映了一部分美术家的观点、愿望。

《文展和艺术》对于上一年获奖的画家以及审查委员的作品的

批评更加尖锐、严厉。例如说："去年，木岛樱谷氏画了一群鹿而拿到了二等奖。那些鹿，无论是色调还是眼神，现在一想起来都叫人恶心。今年的《寒月》，在让人不愉快这一点上，比那些鹿来，只有过之而无不及。屏风画上画的是月、竹和一只似狐又不像狐的动物。那月亮说：冷吧？竹子说：是晚上吧？可是动物回答说：不对，是白天。总而言之，与其当屏风，还不如权作照相馆的背景画好呢！"①

在评论第十二展厅中审查委员们的作品时，以用词巧妙为主要特色。如对于首先进入眼帘的屏风画，他写道："那上面认真又一丝不苟地接二连三地画着的茄子叶子。我站在屏风前，考虑着它有什么趣味。当然，把茄子揪下腌成菜，倒是不愧为极妙的颜色。"寥寥数语，使人回味无穷。接着，漱石风趣地评论说，附近有今尾景年的鲤鱼在跳跃。漱石表示无论是吃，还是看都不怎么喜欢鲤鱼。山本春举则画了鲇鱼游动场面，真是不知他怎么会有如此大兴趣画的。友人说可能是受商店的委托作的广告画？

广业和大观两人画的都是潇湘八景。漱石对于前者的《洞庭明月》评价是：虽然画得比较机械，但取得了眼界非常开阔的效果。同时他又说，可是描绘水波这样的事，中国人不是早就做过了吗？因此，与后者相比个性就不那么突出。称赞明治时代画家横山大观画出了他的特有的八景。说他的画里"既有像是机灵也有像是痴呆的情趣，显示出非常巧妙的手法。同时，又具有无为的漫不经心的成分。"他还批评八景之中的雁好像是展翅高飞的鹤，不是太不合适了吗？又像是几只蚊子悠然而飞，而且飞的背景不知是云彩还是陆地，也看不清楚。

漱石对于安田韧彦的人物画《梦殿》很不感兴趣，觉得是件败作。他的友人站在画前也反复说没意思，没意思。但漱石后来

---

① 《漱石全集》第13卷，岩波书店1936年版，第451页。

听说这幅画受到高度评价，因为评委们认为圣德太子庄严的表情里包含了微笑的影子。他还看了各式各样的画，评审的结果出乎他意料。遭到他痛骂的日本画和他十分赞赏的油画都得到了二等奖。所以他最后冷嘲热讽地说："这样看来，自己是懂画的又好象是不懂画的。而且反过来也可以说，审查委员也好象是懂得画的，又好象是不懂得画的。"①

二 中日宗教画与古希腊的神像的比较及日本艺术特点

漱石认为，中日自古以来都没有出色的男神像，有的都是些奇形怪状的画。所以无论是画家还是雕刻家，想要表现神佛的伟人精神都感到很不方便。而希腊人是把神降到与人同等地位，然而又都是非常出色的人。"而我们则竭力塑造超过人的神像来，但又不得不借助人的眼鼻。他们又想去掉不纯的感觉，于是弄成脱离人的不可思议的相貌。"漱石觉得这是颇费思索要加以解决的问题，可见他已经看到了中日的神像画具有脱离和超越人类现实的特点，因而具有恐怖、神秘倾向。不过，从他对《梦殿》这幅宗教画的不满，也可以看出其反宗教、反神秘主义思想。从这一点以及下面其他评论都可以证明，漱石的文艺思想十分重视艺术要反映现实。

在《日英博览会的美术品》中，他高度概括了日本美术的特点是："只能拿在手里抚摸而不能站在一定的距离上鉴赏。"他还说日本人的服饰以及日光的寺庙都是"局部弄得精巧之至，但是退到适当远的距离观看，那些特意苦心加工的局部则如同狗屎毫不足奇"。漱石认为美术"要求头脑中具有一种精神，以这种精神来指挥手的动作"，实是《庄子·天道》篇所谓"得之于手而应于心"思想，但"日本美术家只会使用手的肌肉，进行纤细的加工"②。不过，若以我国丰富的画论对照之，恰如元代追求画家主

---

① 《漱石全集》第13卷，岩波书店1936年版，第465页。
② 同上书，第245页。

观心绪的表达，而不是自然景物是否描绘得精巧、逼真。强调"画者当以意写之"，"慎不可以形似求之"（《画鉴》）。若与黑格尔美学比较，漱石的上述理论也毫不逊色。黑格尔论绘画时说："这类艺术作品中形成内容核心的毕竟不是这些题材本身，而是艺术家主体方面的构思和创作所灌注的生气和灵魂，是反映在作品里的艺术家的心灵……"① 也强调绘画以画家的心灵为其应该表现的内容，用词虽然不一，但漱石所说的精神，与黑格尔的心灵或灵魂，意思是相近的。因此，可以说，漱石对日本绘画的评论，已经采用了世界上一流的美学观点。这是漱石以他山之石，攻日本之玉的一个典型例子。应该指出，漱石并没有停留在外国理论的学习、借鉴上，从他对日本绘画的评论中，我们可以看出，他已经有一套属于他自己的评论思想和话语，最突出的是所谓画的纵深问题以及对日本俳画的评论。

在《文展和艺术》中，他对比地论述白羊的《河边》和未醒的《豆之秋》，阐明了很重要的美学观点。漱石认为前者倾向于冷色，后者用的是暖色。但走到这两幅画面前，他感觉到仿佛从音乐会回家时，穿过山神庙门后所体会到的心情。因为构成这两幅画的基调是父母未生以前已经具有的沉着。他又详细分析由这沉着而产生的活动和常寂这人生的两面与艺术的关系，指出以活动为本位的画面是开朗的快活的。因为在活动时是没有什么纵深可言的；而在阴性的画里，则始终不显示任何活动，然而在寂静之中一定潜伏着某种东西，所以欣赏这样的画时，就不能只停留在画的表面现象上。在漱石看来，画的纵深问题，并不是着笔的浓淡，而完全是画家的精神作用问题，意蕴是否丰富的问题。所以他认为《河边》只画了一个农家妇女在石臼边梳头，背后的河面上浮着水鸟而已，总觉得有些不足。他觉得《豆之秋》画得大胆

---

① ［德］黑格尔著：《美学》第三卷上册，朱光潜译，商务印书馆1991年版，第229页。

而沉着，在四方的画面上矗立着树干，旁边悠闲地坐着一个人。树和人都画得特别大，画面似乎都装不下了。因此，他觉得这画的浓厚味道似乎来自作者的构图，如果画里暗含有什么意义的话，那是由作者的手腕所创造出来的。这幅画与《水乡》等画，都充满了画家的感情。漱石特别称赞画家未醒适应了自然的要求，以最适合于自己的方法，最切实而且又有意义地表现了自己。《豆之秋》的色彩也使漱石心情特别愉快，上述画论更有禅宗的深刻烙印。

在最后一节里，他继续以所谓纵深的理论分析了坂本繁次郎的《薄日》。这是一幅小画，以荒凉的沙地、青草为背景，画着枯松和一头黑白相间的牛。这头牛稳重地站在寂寞的原野上，仿佛在沉思，使漱石产生诗兴，所以他觉得这幅画也具有纵深感。使他感动的雕刻作品只有朝仓文夫的《昔日的影子》，雕的是背着手，低头站着，背靠在什么东西上的弱男子，从其眼神可以看透他的心，看出他在寂寞地思索着，令人同情。又证明他理论中总是包含丰富的感情色彩。在《津田青枫君的画》中，漱石特别指出这个画家很有个性，他不太讲究技巧，也决不迎合人或媚俗，而只服从自己的艺术良心作画。[①]

在评论中村不折的具有日本独特风格的俳画《不折俳画》上序中，夏目漱石谈及，中村不折的俳画，景物画是比较多的，但在这集的《不折俳画》里，多半是人物画。他进一步分析了俳画的特点，与西方的素描的区别及其存在价值。他认为，在所有的画里，俳画的描绘手法最简洁。它的特点，就在于既可以轻易省略，但又不是生硬勉强地省略。他对俳画的产生做了理论上的概括，指出在一部分日本人中，具有俳画的要素。因为，他们把简易的生活作为自己的理想。喜欢简易生活的日本和尚和俳句诗人

---

① 《漱石全集》第13卷，岩波书店1936年版，第515页。

一类人，他们的创作手法自然也包含了俳画的表现方法。

夏目漱石进一步指出俳画与西方的素描的不同之处在于，素描本来是为准备将来创作大作品的材料而记下的，以后还要仔细加工提高。俳画是已经完成了的作品，不必再精密加工，不必再使之复杂化了。他认为，俳画仿佛是对于复杂的文明生活的背弃。他写道："谁都感觉到我们文明人的生活，正日益变得复杂化，在如此复杂潮流的冲击之下，也有人感觉到太繁琐了，希望弄得更加简单一些，于是不知不觉地怀起旧来，这时，俳画便应运而生。"他说他每当看到俳画时，就感觉到回到了往日的单纯，并且产生一种亲近的感情。[①] 显然，他对于日本俳画这种艺术形式是充分肯定的。

漱石在《新日本画谱》序《不离自然的艺术》中，论述了日本画的另一个特点。他引用日本画家石井的话说，日本画是装饰画。装饰画的特色是脱离自然，是适应自我心理要求的一种艺术形式。漱石接着批评说，试图脱离自然的艺术，一变而为接近自然，是现时的弊病所使然，并非永恒的装饰画的必要条件。他还认为装饰画比普通画更加脱离自然，更富于独立性。当然，其独立的程度不像几何图形那样明显，也不像日本能乐离开自然那么远。然而，它既非自然的再现，也不是自然在我们头脑中反映的记录。毋宁说是对自然的一种解释，因此，既非全然是自然，也非全不是自然，而是处在其中间的东西。画的这一特色的论述，在其前人的评论中，我还未曾见过。

在上面有关日本文学流派和创作方法的论述中，我已经指出，漱石的一个基本观点，是主张各派并存，相互学习，反对排斥、打击不同流派和风格的作家与作品。这种批评态度在他的画论中也得到了充分的反映。他对日本画家中写生派和气韵派批评时，

[①] 《漱石全集》第13卷，岩波书店1936年版，第626页。

指出他们好像都有理由，但也都没有充足的理由来排斥对方。只是主张写生的人，把重点摆在自然上。而主张气韵的人，把重点放在人的头脑里。当然都能画出有趣的东西来。他批评气韵派的一个弊病是既轻视自然也轻视自己的头脑，只重视画了富有气韵的作品的画家的头脑，只是拘泥于粉彩，使花鸟草木好像都出于同一个模型。为克服这种弊病，画家们只好重新接近自然，对之进行新的解释。因此，现在日本画又获得了一种特别的意义。他还说，虽然不能断定石井的《新日本画谱》对于纠正这种弊病能够起多大的作用，但石井能够摆脱历来的旧弊，重新面向自然，对之做出自己的解释。漱石十分称赞这种勇气和努力，并评论说，收入集子里的七十余幅画构图各不相同，是直接研究自然，把亲近大自然作为自己的本道。所画的松树叶叶不同，枝枝不同。[①]

在这篇文章中，夏目漱石无论是对于写生派，还是对气韵派态度都比较客观，反对一派排挤另一派。他称赞富有独创性精神的画家和作品，批评只会模仿，使作品千篇一律的倾向。这是具有普遍意义的审美习惯和审美趣味，也是艺术家们必须注意的创作方法。今天看来，它仍是一个艺术真理。

如上所述，漱石在为文学艺术家争取真正的创作自由时，曾经提出"艺术始于自己的表现，又终于自己的表现"。我们不要把这个口号理解为他提倡艺术家只表现自我，而不去反映广阔的社会生活。关于这个问题，还可以以其《冈本一平著并画〈探访画趣〉序》一文为证。这是一篇评漫画的文章，他指出漫画通常有两种：一种是不关心社会，只是表现艺术家自己的爱好、趣味等；另一种是紧跟时事，把每天发生的事，如有意义的新闻报道一样地记载下来。漱石明确指出后一类更加重要，而冈本一平在这方面是一个成功者。漱石还曾经建议他把反映一年时事的漫画按时

[①] 《漱石全集》第13卷，岩波书店1936年版，第631页。

间次序编辑成一卷，使读者一看就回忆起何时发生何事。漱石称赞作者以其粗线条、大手笔以及变形的脸等特别的形式、简明的画面告诉我们过去所发生的事。他认为冈本一平的漫画的主要特点是观察中虽然有讽刺，但没有苦闷。另外，一般画家一见画画的素材就马上动笔，而冈本一平在每幅画上总是附有说明，解说文章都写得非常认真、很有趣味，有时甚至觉得文章比画更加有趣。称赞作者慧眼擅长选择画题，同时，能够画出与文章密切配合的画来。总之，漱石从冈本一平的《探访画趣》中，看到作者把时事性和趣味性较好地统一起来，使读者回味无穷。可见，漱石的评论，都能够以非常简练的语言勾勒出评论对象的特点。这篇文章再次证明，漱石文艺评论、文艺思想的主要倾向是现实主义的。他虽然在画论中提出要反映出画家本人的精神，但这种精神并非脱离现实生活的、无自然背景的、无根无本的。如上所述，漱石在小说论里，曾经提出要插入时事、政治问题，以此来增加作品的趣味性。在这里，他又鼓励画家要关心时事问题，显示出他的文论与画论都贯穿着关注现实的文艺主张。

三 作画的技巧

漱石虽然没有明确论述应该怎么样作画，但他的画论中，我们还是可以明显感觉到他对作画技巧的重视，成为判断优劣的主要标准。作画，首先要解决选材或模特儿的选择问题。上述茄叶画之所以受到漱石的讽刺批评，除了从中看不到作者的精神外，就是茄叶和茄子色本身并不能使人产生多少美的联想。

值得注意的是在《文展和艺术》中，对和田所作的石黑男爵和 H 夫人的两幅肖像画批得一无是处，然而所批评的并不是画家的技巧如何，而是原型的气质太差，所以人脸呈现令人讨厌的茄子色。首先，茄子色本来就不是讨人喜欢的颜色，而且又是人脸染上此种颜色，其美如何是不言而喻的。作为对照，漱石对于山下的一幅女子抱琴侧卧像赞不绝口，所画女子浑身上下充满了活力，她愉快而自然地卧着。以至于使漱石真想凑到她耳边，轻声叫她的名字。而对 H 夫人，他连打声招呼的勇气都没有。这实际上是漱石亲平民远富贵思想的反映。换个趋炎附势的小人，很可能就会做出美丑完全相反的评价。

其次，漱石十分重视色彩的选择、应用。在《文展和艺术》中，他评论《南海之竹》时说，"恶毒的色彩极大地刺激了"他的神经；对于今村紫红的《近江八景》，他觉得在色彩的应用方面手法甚新，但不合他的口味，它作为大正时代的近江八景是否能够流传后世还值得怀疑。再就是他多次对茄子色的批评，以及在剧评中也提到背景、服装的色彩，都可证明他对色彩的重视。

再次，画题的确定也是一种技巧。例如，他批评《火牛》文不对题，不知所云。他说《火牛》画的实际上是水牛，要不是水牛的话就是河马了，真是令人毛骨悚然的可怕动物。

最后，漱石特别不满谁也看不懂的过于抽象的画。他谈到第五展室里的一张风景画，斜刺地画了一片白色，形状像手臂。同去的朋友问："这是白云吗？"漱石觉得要是不是白云的话，又能像什么呢？但想了半天也没有想出别的什么来。漱石认为黑田清辉的《习作》，女人半身像的背景与人物的脸、衣服非常协调，有机地自然地构成了整体。可见，漱石心目中美的极致，还是从整体上看应该是自然的作品。而这样的作品，是离不开艺术技巧的。从其画论也可以证明，他的艺术观与自然主义的主张是根本不同的。下一章接着讲他与日本自然派的分歧。

第十三章

对日本自然派的批评：
漱石理论又一特色

漱石对日本自然派的态度是复杂的发展的变化的。开始不讨厌，后又提出各派既竞争又同化。公开场合取克制和解态度。私下里则对他们的人品、思想等都有所批判。分歧涉及理论和对具体作品的评价。他的真、善、美和庄严四个理想是批评自然主义的独创性理论。

第一节 日本自然派概述

对漱石来说，自然主义是个既新又旧的术语。在大学时代写的《评英国自然主义》里，曾经认为英国自然主义（Naturalism）含义暧昧，应用范围极广，既可以指自然也可以指天然，有时还可以指天地山川。由此可见，在第二章里所谈的自然主义，就是指18世纪英国诗人的自然观念，以及自然景象在诗歌中的表现等，与左拉的自然主义所指并不相同。这里所要论述的日本自然派主要指日本在明治维新以后，在爱弥尔·左拉等人影响下产生的自然主义文学流派。

日本最早把法国的自然主义引进国内的是杰出的唯物主义哲学家、自由民权运动政治活动家和理论家中江兆民。1883—1884

年，是他把法国新闻记者、编辑维隆的《美学》翻译成《维氏美学》出版。在这部著作的下册里，作者对爱弥尔·左拉的小说已有非议，认为他的毛病是描写过于琐碎，而关键的事不够鲜明突出。由于过于烦琐而使人不堪卒读。可是不知为什么，也许是自然主义更适合一些日本人的口味吧，其后日本自然主义思潮迅速发展起来。

森鸥外则是第一个批判爱弥尔·左拉的日本作家。1889年，他写的最初的论文《小说论》（《读卖新闻》）中，就旗帜鲜明地指出："我以为把分析和解剖的成果用于小说结构固然没有什么不可以的，但如左拉那样直接把分析和解剖的成果运用于小说，这是各家不以为是妥当的。所以，我以为实验的成绩是事实，我们医学家以为求事实便足矣，但小说家也可以如此吗？"他反对把科学真实与小说艺术的真实混淆起来。有的日本文学史家认为这篇文章是最初以正统的观点把左拉的理论介绍到日本来。[①]

同年，针对岩本善治以抚象子为笔名，在他创办的日本《女学杂志》上发表鼓吹自然主义的文章，森鸥外在《国民之友》上发表《读〈文学与自然〉》一文。后来，森鸥外又以这篇文章为基础，修改补充，改题为"文学与自然"，指出"那不厌其淫秽丑恶都写进小说的爱弥尔·左拉就是在欧洲倡导自然主义的主要人物之一，其著作和评论与抚象子之所好相去甚远。左拉以小说为事实，认为凡是事实，任何事都可以写入小说而不讨厌"。

然而有趣的是，这种自然主义的创作方法，尽管受到森鸥外等人的批评，却得到越来越多历来重视个人体验的日本作家和评论家的青睐。到1907年前后，日本自然主义终于以锐不可当之势，占据了日本文坛的主流地位。森鸥外给正在巴黎的唯美主义作家上田敏写信，做了以下的描述："这里的文坛形成了颇为偏颇的局

---

① ［日］三好行雄等编：《近代文学》第3卷，有斐阁1977年版，第34页。

面，批评除了国木田独步和田山花袋之外，似乎已无他人，连称述夏目漱石的声音都听不到。如果出现近似阿那托尔·法朗士的作品一定会被当作陈腐之作而受到排斥的。"①

日本自然主义理论家，主要有田山花袋（1871—1930）、岛村抱月（1871—1918）、小杉天外（1865—1952）、长谷川天溪（1876—1940）等人。值得注意的是，他们开始学的都是英语，也是英国文学专家，但最后接受的却是产于法国的自然主义，而不是如夏目漱石那样接受英国文学中发达的现实主义创作手法。他们的主要观点基本上是一致的，但用语和命题则各有特点。其中有的自然主义的评论家前后的主张也有些发展变化。

一　田山花袋

田山花袋是日本自然派的主要作家、理论家。他曾经说，自然主义无论怎么样解释都可以，是无目的，无理想的。"无理想、无目的、无解决"是日本自然派的理论，和其主张是完全一致的。不过，他最有代表性的理论则是"露骨描写论"和"平面描写论"。1904年，田山花袋就提倡"要大胆再大胆，露骨再露骨，甚至让读者感到战栗"，他以爱弥尔·左拉、托尔斯泰等人为例，主张"什么都不隐瞒地大胆描写"（《露骨的描写》）。而他的《棉被》就是写中年作家竹中时雄对他的一个女弟子横山芳子的爱欲情感。是田山花袋对自己的女弟子冈田美知代爱慕感情的如实写照，是真正的自然主义的代表作。

"平面描写论"，是田山花袋到1908年才提出来的，在《关于〈生〉的尝试》（《早稻田文学》）里说，他的所谓尝试就是毫无主观成分，不加以组织结构，把客观的材料只是当作一种材料表现出来而已。"不仅仅不能加进作者的主观成分，而且既不能介入客

---

① [日] 长谷川泉：《森鸥外论考》，明治书院1966年版。

观事物的内部,也不能踏进人物内心的精神世界,只是如实描写见闻和所接触到的现象,可名之为平面的描写。"不过需要指出的是,这一理论在日本自然派内部,并未得到普遍的认可。正宗白鸟当时就表示平面描写是不够的,应该加上主观。德田秋声到1911年还对"平面描写论"表示怀疑,提出立体描写法应该与"平面描写论"共存(《近来感想》)。到1918年,岩野泡鸣进而提出了强调需要主观成分的"一元描写论"。

二　长谷川天溪

长谷川天溪是日本自然派的重要评论家、被视为这派理论方面的领导者。他是早稻田大学坪内逍遥、大西祝的高足,曾批判过高山樗牛的所谓"美的生活论"。初期,他曾经提倡左拉的科学主义,批评小杉天外等人的写实小说只是表面的描写,认为科学研究是很必要的,在《科学精神的缺乏》(1904)和《文学的试验方面》(1905)等文章里,以接近左拉的口气说"文学家也是一种科学家"。嗣后他又转而对理性和科学表示怀疑,而对如实表现人生感兴趣,发表了《幻灭时代的艺术》(1906)、《暴露现实的悲哀》(1908)和《自然与不自然》(1908)等著名文章,提出了所谓"破理显实"的口号。写真实是日本自然派理论家共同的主张,他之所以反对理想,是由于他认为理想妨碍对生活现实的把握,把理想完全看成无用的点缀(《排除逻辑的游戏》)。他还说日本自然派,"并非毫无道理地描写丑陋的猥琐的非理想的反道德的肉感的性欲的东西,而是因为只有在这里才能发现毫无虚假的真实"(《暴露现实的悲哀》)。他还主张:"作为艺术家,对于道德看来即使是善美的东西,也不要有所偏袒;对于即使被人摒弃的丑恶也不要抱有恶感。"(《无解决和解决》)

三　岛村抱月

坪内逍遥的另一个高才生,评论家岛村抱月,也是自然派的理论名家。他的毕业论文《论审美意识的性质》得分创九十五分的纪录，但在日本《早稻田文学》上发表后，却受到斋藤绿雨的揶揄、批评。他也毫不示弱地在明信片上写了四行字来回敬。据说这位当时闻名遐迩的讽刺家，接到明信片后竟然惊奇得说不出话来。日本评论史家便把这事看成文艺理论更新换代的重要标志。日本自然派的一些主要理论，如真实论、忏悔论、观照论和无理想主义等，他都有所论述。

在《文艺上的自然主义》（1908）一文中，他提出文艺的目的在于描写真实，要"排除技巧，排除一切主观倾向"，把写真实视为"自然主义的生命和宗旨"；提出"真为主，美为副"的口号（《自然主义的价值》）。进而他又把真实论发展为自我表白、自我忏悔论。1909年，他在《代序·论人生观上的自然主义》中提出，要摒弃一切虚假，忘却一切矫饰，痛切地凝视自己的现实然后再真实地把它表白出来。他断言："当今社会再没有比这更恰当的题材了"，因此，"现在是忏悔的时代，人们也许永远不能超越忏悔的时代"。如果说，自我告白论是对田山花袋的《棉被》的理论概括，客观上为自然主义蜕变成"私小说"鸣锣开道的话，那么，岛村抱月的观照论则又无意识地包含了否定自然主义的成分。因为在他看来，所谓观照就是人生，是自然主义艺术的基础。这是他在《自然主义理论的最后考验》一文里的重要观点，他似乎已经感觉到自然主义到了最后关头。他在《关照就是人生》中又解释说，观照不是单纯的见闻，也不是单纯的实践，而是从局部现实出发，到达对整体存在意义冥思苦想的境界。显然，这里的观照具有强烈的主观倾向，那么我们就可以说，这是对他以往所提倡的排斥主观的否定。所以从客观效果看，岛村抱月的观照论，实际上起着批判某些自然主义理论的作用。

四　自然主义其他评论家

片上伸（天弦，1884—1928）的《人生观上的自然主义》（1907）

以及《未解决的人生和自然主义》和《为自己的文学》(1908)等文章,也很重视主观作用,1910年还写了《自然主义的主观要素》,实质就是对纯客观论的反拨。

其他影响较大、值得注意的自然主义理论是小杉天外在其代表作《流行歌》序(1902)里的观点。他认为,自然就是自然,既不善也不恶,既不美也不丑,所谓的善恶美丑是由于人们只抓住自然的一角,随便给加上的。因此,他主张"诗人描写空想时,不应加上一丝一毫自己的成分"。《〈流行歌〉序》对当时的日本以很大冲击,被誉为左拉主义的宣言。① 其次,值得一提的是日本自然主义早期的另一部代表作,永井荷风的《地狱之花》跋(1902)里的观点。他也是主张真实地描写性本能和人类的一切丑恶心理,表示要毫无顾忌地着力研究、描写由祖先遗传和环境影响而产生的情欲、暴力等事实。

我们应该看到,日本的自然主义也是一个可以做多种解释的术语。众所周知,日本的自然主义是从法国的爱弥尔·左拉那里学到的。而爱弥尔·左拉的作品和文学理论,就既有自然主义的消极面,也有现实主义的积极成分。他在《论小说》中,一方面承认巴尔扎克和司汤达尔伟大,原因是"描绘了他们的时代",而不是"杜撰了一些故事"。然而,左拉又不喜欢巴尔扎克的想象和夸张手法,他要求作品具有所谓的"最高品格""真实感",即"如实地感受自然,表现自然",努力"把想象藏在真实之下"。但是爱弥尔·左拉允许采取虚构手法,可以"虚构出一套情节,一个故事","使真实人物在真实的环境里活动,给读者提供人类生活的一个片断"。只是他给虚构手法附加了种种条件:第一,虚构的情节非常简单,是信手拈来的故事,是由日常生活提供给作家的。第二,虚构在整部作品里只占微不足道的地位。在虚构问

---

① 《新潮日本文学小辞典》,新潮社1968年版,第458页。

题上，日本自然主义文学评论家，在理论上是坚决反对采用虚构手法的。田山花袋就说过"痛感想象不行，以想象写成的作品，哪一部都没有激动人心的力量"。他特别强调描写自己，说"自然的、真的、接近规律的、近似旋律的，是自己个人，又是别人。因此，自然的东西，最容易和其他人产生共鸣"。但他觉得"写起别人，总感到不够逼真"。他终于把自然主义发展为"私小说"，他的《棉被》，就是日本近代文学史上"私小说"的滥觞。

另外，田山花袋也曾经说，自然主义文学必须是接触时代的作品，必须是描写这个国家和这个社会的作品。他在创作实践中，也写过一些倾向现实主义的创作手法的作品，这正好说明日本自然派的文艺理论并不是很单纯的纯粹的理论。这一派作家的作品也不能一律贴上自然主义的标签。

在日本现代文学的发展过程中，日本自然派作家也曾经写过不少批判现实主义的优秀作品，在暴露、批判社会的黑暗和封建残余势力，宣扬个性解放和自由主义思想方面，都有其积极的贡献。这正好是他们采取现实主义创作方法的成果。而当他们更倾向于自然主义时，其作品就大为逊色，最明显的例子是岛崎藤村的《新生》远远不如他早期的《破戒》。

所以，这里特别需要指出，日本文学评论家在使用自然主义这个术语时，有时指的是现实主义，有时就是指自然主义，有时还指写实主义。例如，中江兆民在其译作《维氏美学》中，就是把 Naturalism 译成"写实主义"的。然而《维氏美学》正是把爱弥尔·左拉当作写实主义者而不是自然主义者论述的。实际上只是由于译者当时没有找到自然主义这个术语而已。结果，日本现代文学理论中，有时又把写实主义当作现实主义用，也就是说，他们往往把自然主义、写实主义和现实主义这三个应该是不同的概念混淆起来，从一个方面反映日本现代文艺理论的不严密性。不过客观地说，这种情况也是难免的，具有不可避免性。首先，爱弥尔·左拉的作品和理论中就包含了自然主义的和现实主义的创作手法。他的创作实践与他的理论并不是完全一致的。其次，由日本文学评论家的特点所决定的，日本哲学很不发达，日本文学评论家很难以哲学为武器，对日本在明治维新以后引进的大量文艺思潮，进行科学的区别、概括。他们大多只以个人体验为基础，各取所需地进行消化、吸收。日本文学评论家虽创造了自然主义、写实主义、现实主义和"私小说"等术语，但很难找出一个文艺理论家或者一部文学论专著，对这些术语进行严格的科学的区别和概括。

以历史唯物主义观点看，自然主义在日本近代文学史上占有极重要的地位，日本早期的社会主义诗人石川啄木评论日本自然主义有句名言，说自然主义是"明治时代的日本人最初的哲学萌芽"（《一年回顾》，1910）。还有的日本文学史家认为自然主义"不仅仅是文学原理和写作技巧，它具有涉及作家的人生态度以及如何对待艺术和实际生活问题的性质"[①]。

由于日本自然派的主要方面是在于无理想、客观地描绘社会和个人的阴暗面，反映人生的悲哀，很快就丧失了它在日本文坛上的主流地位。可以说日本自然主义思潮流行不久，就先后受到夏目漱石及其门生森鸥外为首的浪漫主义，永井荷风为代表的唯美主义，武者小路实笃为主帅的白桦派，以及稍后出现的新思潮派各有侧重点的批评。浪漫主义和唯美主义不满自然主义缺乏美，白桦派不满他们无理想，新思潮派批评他们无技巧，等等。但是这些流派，对自然主义的批评是不彻底的，他们多少都自觉或不自觉地继承自然主义的一些东西，不约而同地创作起了"私小说"。因为正如伊藤整在《小说的方法》中所说，"把近代小说视为发自作者自我的心声，指望在文坛这个特殊社会中生活下去的

[①] [日] 三好行雄等编：《近代文学》第 3 卷，有斐阁 1977 年版，第 102 页。

日本作家，是不需要假面具和虚构的"。日本自然派的最彻底、最坚决的批判者还是夏目漱石。

第二节　漱石与自然派的分歧

一　漱石对自然派作品的称赞

夏目漱石对日本自然派的态度是复杂的发展的变化的。众所周知，当日本自然派的第一部代表作《破戒》问世时，他就给予很高的评价。从 1906 年 4 月 1 日至 4 日，他分别给高滨虚子和森田草平接连写信，向他们积极推荐就是证明。4 月 1 日，书刚读到三分之一，他就迫不及待地告诉高滨虚子，日本文坛"文风为之一变，句子毫无修饰，认真而没有脂粉气，我很喜欢"。同日给森田草平的信还讲了他买书经过，是因为作家佐藤红绿告诉他，作者为了这本书，在小胡同里租了个简陋的房间，埋头苦干了二三年，所以不管写得好不好，非买一本不可。还评论说："在以为小说仅仅是一些轻薄的东西的社会里，出现如此严肃作品，是很值得高兴的事。"4 月 3 日又写信给森田草平说："《破戒》已经读完。作为明治时代的小说，它是能流传后世的名作。如《金色夜叉》那样的作品，二三十年后必然被人忘却。而《破戒》则不会。"并且要森田草平在这个月的"艺苑"专栏中，要大力介绍岛崎藤村。第二天给高滨虚子的信又赞扬了一番，并要他也读一读。

在《关于近作二三篇小说》（1908 年 6 月《新小说》）的谈话中，他就认为田山花袋的《祖父母》、德田秋声的《二老婆》、小栗风叶的《游手好闲的女人》以及真山青果的《养鸭》都很有趣。除了指出当时的作品都比较忧郁外，并没有特别针对这些自然派作家说三道四。而在更早一次的谈话《〈矿工〉的意图和自然派传奇派的交涉》（1908 年 4 月《文章世界》）中，尽管他看到主张自然主义万能的人，把其他作品都视为毫无价值，而一律加以排斥，并且间接地攻击了漱石。漱石还是表示："我并不讨厌自然派，我认为这派的小说也很有意思。从某种意义上看，我的作品兴许和自然派不同，但我丝毫没有攻击自然派的意思。"[①] 当时，日本自然主义虽然已经占据文坛的主流地位，但在理论上仍然显得有些混乱。所以漱石说，究竟什么是自然主义，大都数人都说不清楚，只是一知半解；而且，自然主义的意思始终处于动摇之中。因此，他觉得必须对他和日本自然派的立场做对比研究。然而有一点是很清楚的，他主张应该改变自然主义和浪漫主义水火不容的思想。他的主张是调和的，而日本自然派明显地具有排他的性质。小宫丰隆指出："当时，文坛上提倡自然主义的人，只不过是把自然主义当作党同伐异的旗帜，在法国兴起的自然主义，一到日本就成了文坛进行政治运动的工具。因此，当时的多数作者，并不是深刻地反省自己的思想，而只是热衷于创作和左拉、莫泊桑类型相同的作品。而把不同类型的作品当作歪门邪道，竭力加于排斥。"[②]

夏目漱石在西方自由、民主和博爱思想指导下，在题为"文坛的趋势"（1909）的评论中，则提出了既竞争又同化的理论。在漱石看来，文学流派内部和不同文学流派之间的竞争能够推动文学的发展。他说："与圈外的竞争一方面意味着反拨，但是，在反拨之中就包含了同化的萌芽。因为反拨必须了解对手，要想了解对手就必须对对手进行研究。在其研究和反拨的过程中，就自然而然地承认了对方的立场和长处。这时，就一定会产生某种程度的同化。"[③]

这是漱石公开的评论文章的一个基本观点。此时，他对于自

---

① 《漱石全集》第18卷，岩波书店1936年版，第650页。
② 《夏目漱石》，岩波书店1938年版，第603页。
③ 《漱石全集》第18卷，岩波书店1937年版，第323页。

然派企图独霸天下的做法虽然反感,但持尚可研究吸收的态度。但 1908 年 12 月 20 日,夏目漱石给小宫丰隆的信中,反映出他对当时的日本文坛和自然主义还有更加严厉的看法。他在鼓励小宫丰隆应该培养自己独立思考精神后指出:"文坛诸公,并非都是贤惠的、正派的。而只是日夜思考着怎么样把自己打扮成又贤惠又正派的方法。你不必怒气冲冲,因为,这是和这个社会欺世盗名的程度相吻合的。但是不能旁观,不能期望社会自然进步……今天的所谓自然派,对于自然两字而言是毫无意义的团体,我只能说这团体认为只有田山花袋、岛崎藤村和正宗白鸟的作品才是可贵的。而且都是患有恐俄病的家伙:就人品而言都在你之下;要说通情达理多数人还不如你呢;在生活上,比你还要困难得多。因而他们能够干你不敢干的,说你不敢说的。你有勇气以这些人为对手斗争下去吗?我说这些话,是因为我不忍心把你拉进这个旋涡之中来。"[①]

以上事实说明,漱石对自然主义作家虽然有些不满,而且看来斗争非常激烈,但在公开的文章中,则采取克制和解的态度。只在私下里,对他们的人品、思想和待人接物等都进行了尖锐批评。由于是私人信件,就更可觅见其真实思想。然而夏目漱石并不是一开始就采取这种态度的。促使夏目漱石对日本自然派如此反感的根本原因,主要是田山花袋评《三四郎》的文章,以及其他一些人对夏目漱石的批评。

二 对具体作品评价的分歧

漱石与自然派的分歧公开化,首先表现在对具体作品的评价方面,例如对于所谓有余裕的小说或者说低徊趣味小说。

1907 年 12 月 23 日,夏目漱石在《东京新闻》上发表为高滨

[①] 《漱石全集》第 16 卷,岩波书店 1937 年版,第 691 页。

虚子的小说《鸡头》作的序,从作品的题材把小说分为有余裕的小说和无余裕的小说两类。他认为有没有余裕的区别就在于是否写了人生的重大事件,涉及人生重大事件的就是无余裕的小说;不涉及人生重大事件的就是有余裕的小说、有低徊趣味的小说。夏目漱石明确指出高滨虚子的小说属于有余裕的小说。但与无余裕的小说一样,都有其存在的价值,是与禅味一样的,所以世上常把俳味与禅味并列起来看。漱石分析了这种小说存在的原因,是由于"世界是广阔的,在这广阔的世界上的生活方式是各种各样的,随机应变地从这种生活方式中得到快乐,事件以及由这样的事件所产生的情绪,也依然属于人生,这就是余裕,从一旁观察、体会也是余裕。由此种余裕所产生的生动活泼的人生,既有描写它的价值,也有阅读的价值"。因此可以说,在夏目漱石看来,有余裕的小说产生的基础,是社会生活的多样性和丰富性。而且,余裕是多种多样的。品茶浇花是余裕,抽空作画雕刻是余裕,垂钓、入浴、避暑、看戏和唱谣曲等都是余裕,"只要日俄战争不打下去,余裕还多得很。而且除了不得意的情况以外,我们都喜欢余裕。余裕所产生的材料皆可成为小说"①。

除了题材,还有一个如何处理题材的问题。这里,夏目漱石又创造了一个新术语"低徊趣味"。他解释说,所谓低徊趣味,就是指人们遇到一事一物,产生独特的联想趣味,并从上下左右进行观察,流连而忘返的趣味。他又称之为依依不舍趣味或者恋恋不舍趣味。但是这种趣味,需要人久久地伫立一处才能产生,所以,是得来不易的趣味。因而也是只有有余裕的人才能得到的趣味。小说也是如此,若是把趣味放在人物的命运特别是生死命运上,自然就不会有余裕了。②

在《独步氏的作品里有低徊趣味》(1908)中,夏目漱石进

---

① 《漱石全集》第13卷,岩波书店1936年版,第604页。
② 同上。

一步阐明了所谓低徊趣味的特点是，没有故事情节，不讲究结构，而只是观察、描写一个人。如国木田独步的《巡警》就不是写一个巡警的命运如何，而只是写巡警的动作和行动，只是说明巡警就是这样的人。好比要写醉汉故事，听的人只要感到愉快就算成功，而不必考虑这个醉汉的明天早晨会怎么样。

对于一个作家、评论家的文学主张，必须做全面系统的考察才能看到其全貌，而不能攻其一点，不及其余。夏目漱石是以社会生活的丰富、多样，以及人们趣味的丰富多样为前提，并且根据高滨虚子、国木田独步等人已经创作了这类作品的事实，及时地提到理论的高度，客观地加以总结、概括，并得出这类作品也有存在价值的结论。上述两篇文章证明，关于有余裕的小说的理论，主要是通过对具体作品的分析而不断完善的。他在1906年还创作了低徊趣味的小说《旅宿》，并认为这样的小说世界上还没有，是日本的独创，为"文学界开拓了一个新的领域……小说界一场新运动将首先从日本开始"[1]。可见，夏目漱石是从开拓文学新领域的角度来肯定这一类作品的。另外，他在一封信里又明确指出，"以文学为生命的人是决不能只满足于美的"，应"如同维新志士那样，以生命为代价，以不是生就是死的斗争精神从事文学"[2]。从他一生创作和理论看，这后一种倾向是其主要方面。当时占文坛主流地位的自然主义作家、评论家都未能正确地评价他的作品和理论，未能看到他的主要方面。所以，森鸥外才不满地感叹"连称述夏目漱石的声音都听不到"，有的是对夏目漱石的非难，这正是夏目漱石的不幸之一。

例如，日本文学评论家长谷川天溪在《所谓余裕派小说的价值》中针锋相对地指出怎么样区别余裕与非余裕，是按主观判断还是按客观判断，即是否由作品的题材来决定，是非常暧昧的。

---

[1] 《漱石全集》第18卷，岩波书店1937年版，第612页。
[2] 《漱石全集》第17卷，岩波书店1937年版，第456页。

他认为从作者态度看,即使写生死问题,写人生的大问题,也有余裕与非余裕两种。他觉得夏目漱石的判断既有主观的也有客观的成分,因此他批评夏目漱石的论旨是"不明确的",毫无意义的。其次,关于价值问题,他说虽然谁都承认有余裕的小说有存在的权利,但必须承认余裕小说是"极无聊的小说"。

但是他在论及国木田独步的小说《竹篱笆》时说,作者从四面八方观察、描写一块炭的故事,实际上这是自然主义的态度,只因心中有余裕,站在旁观者立场上,才能描写好。他抱怨理想派非难自然主义派只会使用无意义的、微不足道的材料,说这正是理想派心中无余裕的证据。他还说自然主义派则拥有余裕,可以活用理想派所抛弃的材料。他又指名道姓地说,夏目氏把令人憋气的小说定为无余裕的小说,确实是指自然派想描写的地方,但这正是有余裕的小说。

从上述一大段话看,他丝毫没有否定余裕小说的意思,倒是可以看出他竭力赞扬自然主义派的有余裕的小说,无意中明显地反映了他有门户派别之见。相反,夏目漱石则主要看作品写得如何。同样是自然派作家国木田独步的作品,他认为《巡警》写得很有趣,而《酒中日记》和《竹篱笆》写得很不自然。尤其是在《竹篱笆》里,女主人翁阿源终于上吊自杀是不自然的,不让她死掉反而自然一些。如果要让她死掉,就应该使情节更紧张一些才好。[①]

夏目漱石评论作品从自己的个人感受出发,有什么感受就怎么样写,而决不受别人的观点的左右。例如对于《巡警》,高滨虚子就很讨厌。但是,夏目漱石没有为其观点所动摇,反而从中发现了新因素,做了肯定的评价。

[①] 《漱石全集》第18卷,岩波书店1937年版,第665页。

第三节　真、善、美和庄严

一　在斗争中形成反自然主义的系统理论

漱石和自然主义作家、评论家在理论上的分歧是深刻的很难调和的。在《文艺的哲学基础》《作家的态度》《答田山花袋君》《文艺和英雄》《主义的功过》等一系列文章中，他对日本自然主义理论进行了全面、系统又十分尖锐的批评。首先是关于文艺的目标或理想是什么的问题。

1907年4月20日，夏目漱石在东京美术学校文学会上发表了题目为"文艺的哲学基础"的讲演，明确提出："必须明确，文艺家永远不是闲人……他们必须解释清楚人应该怎样活的问题。无论谁，无论说什么，都要深信自己的理想更加崇高，而毫不动摇，毫不惊慌。必须坚定地回答：'不要说大话！你们根本不知道什么是人生的意义，什么是理想。'要是做不到这一点，那么，写作技巧即使再高，也不会写出高品位的作品的。"[①]

针对自然主义不要理想的主张，夏目漱石旗帜鲜明地提出："人只有最高大的理想才能感化别人，因此，文艺不仅仅是个写作技巧问题。一个没有人格的作家，他的作品也只能写些卑微的理想或者是无理想的内容，因此，是极难感动人的。"[②]

漱石还具体地提出："文艺的理想就是真、善、美和庄严四个。"漱石还认为，"这四个理想，正如各自的名称所显示的那样，都具有相当的意义，既然都是文艺理想，就绝对不会有甲理想必须隶属于乙理想的理由……四个理想互相都有平等的权利，都是相互不能替代的标准。因此，不能以固执美这个标准，来抨击真

[①]《漱石全集》第13卷，岩波书店1936年版，第106页。
[②] 同上书，第86页。

这个理想"。"也不能说缺乏真实就断定一部作品不行。"① "能够实现这四个理想的人，就能同等程度地触及人生……表现哪一个理想，同样能够触动人生。"②

从以上论述可以看出，漱石不但提出了四个理想，并且认为这四个理想具有同等重要意义，要是过分强调真，就会损害善、美和庄严。显然，漱石在《文艺的哲学基础》中，把真、善、美和庄严四个理想视为文艺的哲学基础，再三强调，是有他的用意的，而不是随便说说的。他的目的就是为反对自然主义提供理论武器。漱石介绍了莫泊桑、左拉的作品后，发表了以下一段评论："虽然不能断定现代文学都有如此弊病，但在各个方面都带有这种倾向，则是毫无疑问的。而且这种倾向，多少都有一些病态的现象，都是由于太偏重于一个真字才染上的。"他还说"如果只标榜一个真字，毫不顾及其他理想，以发表这样的作品而得意的话"，作为作家，"他必定是个有缺陷的人，有病的人"③。

除了真实、自然、内容健康外，漱石还非常强调写作技巧，把作品写得有趣，能够吸引读者。他在评论一部文学作品时，经常用的术语就是有趣没有趣。而要使作品有趣，除了内容外就是写作技巧。他说："既然是个文艺家，我深信技巧是绝对不能抛弃的，我相信以上说明在理论等方面是不会错的。"他认为，技巧是工具，是表现思想的重要手段，因此是不能离开思想只考虑手段，当然也不能离开手段只见思想的。"借助技巧的力量来实现理想，就是实现人格的一部分。"所以他说："只有发达的理想与完美的技巧结合时，文艺才能达到极致。"④

如上所述，日本的自然主义理论一味强调真实性，认为美不

---

① 《漱石全集》第13卷，岩波书店1936年版，第71页。
② 同上书，第99页。
③ 同上书，第84页。
④ 同上书，第100页。

美无所谓。漱石指出，莫泊桑、左拉的作品有其产生的土壤，即西洋社会已是如此腐败，文艺理想才会倾向于真的一面，他讽刺说，喜欢直接输入这种理论的人，就如同"从外国进口鼠疫而感到高兴一般"。在漱石看来，社会若是越腐败，道义观念就越淡薄，善之类的理想也就越是低下，文艺家的使命就是在于解说如何更好地生活，教给平民百姓生存的意义。

我们说漱石较正确地处理了伦理道德与写作技巧、内容与形式的关系，可以以他批评自然主义的技巧无用论为证。他深信技巧是绝对不能抛弃的，但并不赞同唯美主义。因为在处理内容与形式的关系时，他认为技巧是工具，是表现思想的手段。因此，作家创作时，应该考虑到两个方面：不能离开思想只考虑手段，也不能离开手段只见思想。这样，他就既批评了自然主义，又与唯美主义划清了界限。

与真实相联系的是艺术虚构问题，这是夏目漱石和自然主义争论较激烈的一个理论问题。夏目漱石也并不是反对写真实的，相反，他也是竭力主张写真实的，他在另一次讲演中就明确说："既然要以真为目的，那么回避真实就是卑怯的。必须露骨地描写，如果不能大胆地毫无顾忌地落笔，那就无脸面对真实。但是能够向真实挺进的人，并不等于说无好恶的人，而只是在向真实进发的时候，忘掉了好恶观念而已。"[①] 但是我们必须注意，夏目漱石这里所说的大胆、露骨的描写和自然主义评论家所鼓吹的露骨描写，具体内容大不一样，主要是指艺术的真实。在创作方法上是以虚构为主要手段，而自然主义作家是反对虚构的。夏目漱石曾经以从未有过的激动感情，写了《答田山花袋君》一文。

原来，田山花袋于 1908 年 11 月在《趣味》上发表文章，旁敲侧击地说"非常佩服夏目漱石君评赫尔曼·苏德尔曼的《猫

---

① 《漱石全集》第 13 卷，岩波书店 1936 年版，第 181 页。

径》（1889），并终将实现序中的方法。听说该氏的近作《三四郎》打算就用此法创作，云云"。并且拐弯抹角地批评《猫径》只见人工雕琢痕迹，满篇无非作者虚构的手法。夏目漱石便在同月的《国民新闻》上发表了这篇反驳文章，一方面断然否认他讲过上述的话，坚决驳斥《三四郎》是《猫径》的仿作的说法。另一方面他指出日本自然派理论与实践的矛盾，说国木田独步的作品除了《巡警》外都是虚构之作，田山花袋的《棉被》也是虚构的作品。关于虚构，他的态度也很明确："与其煞费苦心地责备虚构的作品，倒不如煞费苦心地去虚构出看上去是活生生的人和使人觉得很自然的角色，怎么样？如果虚构的人物是栩栩如生的，虚构的角色也只能说是很自然的角色，那么，这个虚构的作者就是一个创造者，理所当然可以为虚构的事而感到骄傲。"[①]

我们之所以说漱石关于虚构的理论是追求艺术美的理论，是因为虚构不等于胡编乱造，而是要讲究艺术真实。在1906年10月的一次谈话中，漱石就批评了违背艺术真实的倾向。他说，"如今人们的作品，除了一二个人的以外，读后总觉得人物不够真实，在这个世上似乎根本不存在如此愚蠢的人。所以，作品既不有趣，也不能使人产生同情。即总感到有点虚伪，有点不着边际。然而，我这里所说的现实性，并不意味着要如实描写现实中的人，作者通过想象创造出架空的人物也可以。只要能使读者觉得世界上什么地方一定存在这样的人和事就行，即使以前没有见过也没有听说过。我认为如果没有这样的感染力，那么，这部作品就毫无价值。"[②]

夏目漱石也坚决反对自然主义评论家纯客观的如实描写的主张。他在《客观描写和印象描写》中，指出"严格地说所谓纯客观描写在小说上是行不通的"，"纯客观的叙述，除了科学以外几

[①] 《漱石全集》第13卷，岩波书店1936年版，第207页。
[②] 《漱石全集》第13卷第596页；第8卷第508页。

乎是不可能的"①。同时，他尖锐批评那些自己都不太明白就滥用客观描写、印象描写之类术语，说"自己都没有认真考虑所使用的术语的意义，就随便向头脑尚简单的青年鼓吹，使旁观者都感到青年人实在可怜"②。

针对自然主义评论家竭力鼓吹暴露人的阴暗面、人的兽性，要写人的忏悔，漱石在《玻璃窗里》不无讽刺地写道："我不写忏悔之类的东西。我的罪过（如果说这是罪过的话）就是只写颇为光明的部分。兴许这些会给人以不愉快的感觉。但我现在却要跨越这种不愉快，广泛观察普通人类而微笑。"③

二　四个理想产生的背景及其理论意义

在《文艺的哲学基础》中，真、善、美和庄严四个理想，构成系统、完整的美学概念。可以说，这个理论是日本近代文学发展的结果，是批判自然主义的最有力的武器。也可以说这是公开反对自然主义的系统的宣言书，它在日本现代文艺理论发展史上占有重要地位。

川端康成、吉田精一等著名作家、评论家把夏目漱石视为日本现代文学史上最杰出的文艺理论家、评论家，并非毫无根据。杰出，他当之无愧。是因为他说出了前后左右的人并未说出的话。

除了《文学论》里所阐述的"F＋f"的文学公式外，尚有诸多突出新论，真、善、美和庄严的文艺理想，便是名副其实的创举。

漱石提出这四个文艺理想，主要是针对日本自然派的。但到明确提出这四个理想，是有个发展过程的，有其一定的文学史的背景，它回答了时代的要求，是时代的产物。

---

① 《漱石全集》第 13 卷，岩波书店 1936 年版，第 253 页。
② 同上书，第 254 页。
③ 《漱石全集》第 8 卷，岩波书店 1936 年版，第 508 页。

第十三章 对日本自然派的批评:漱石理论又一特色

早在1891年，森鸥外和坪内逍遥曾就文学批评标准问题进行了长达半年之久的毫无结果的争论。森鸥外针对坪内逍遥发表在《读卖新闻》的一系列文章，在其主办的《栅草子》杂志上发表题为"逍遥子新作合评、梅花词集评及梓神子"的文章。他认为"世上凡是观察、探索之类心理活动，无不借助一个归纳法的力量。在批评别人的著作时，首先也必须观察、研究。这是一个科学的手段，这就是归纳式批评。但是，当观察、研究完毕，要作判断之际，就不能没有理想，不能没有标准"[①]。

接着，坪内逍遥又在《莎士比亚剧本评注》中坚持认为，评莎士比亚应该评论他的修辞、字义，而不是评论他的理想，即只讲他的艺术性而不要讲他的思想性。坪内逍遥还说："如果想高度评价莎士比亚的话，当然应该赞扬其美术家一般的技巧，赞扬他比喻之妙、想像之妙及构思之妙。可以说他的技巧是空前的，也可以说绝后的，只是如果勉强赞扬他的理想如何之高，我是很难信服的。应该赞扬的，毋宁说是其没理想。"又说作者"在叙述过程中，应该尽量避免把自己的理想表现出来"[②]。

关于坪内逍遥，我们已经谈得不少，这里还要说的是，在他的划时代著作《小说神髓》的"小说的眼目"一章里，他就说过作者"应该像心理学者那样，要根据心理学的规律来塑造他的人物"，强调"首先应该把他的注意力集中在心理刻划上"，还提出："在描述人物感情时，不应该根据自己的想法来刻划善恶邪正的感情，必须抱着客观如实的态度进行模写。"

毫无疑问，上述要求作家采取科学家的方法，纯客观地模写人物的心理，不许作者做善恶美丑的主观判断，哪里还容许写入作者的理想呢？显然这是一种自然主义的文学主张。说坪内逍遥为日本自然主义开了先河也并不过分，他的如实、客观等主张都

[①] 《近代文学评论大系》第1卷，角川书店1982年版，第186、192页。
[②] 同上。

是日本自然派的基本理论。

以上事实证明，漱石提出真、善、美和庄严这四个文艺理想在日本现代文学理论发展史上具有划时代意义，可以说，他为上述没有结果的"鸥遥之争"，画了个醒目的句号。在世界美学史上，真、善、美的关系是个老问题或者说是个常识问题，例如法国启蒙主义者狄德罗认为真、善、美是三位一体的，在《拉摩的侄儿》中说"真是父，它产生了善，便是子，从此出现了美，那就是圣灵，这三位一体的统治渐渐地建立起来了"[①]。但漱石似乎不顾这三位一体的常识，在真、善、美之上又加了一个"庄严"，凑成四个理想，构成批评的四个重要标准。可以说这是他的一个发展吧。

漱石在《文艺的哲学基础》中曾经讲过，关于"文艺的理想就是真、善、美和庄严"的分法，和他在《文学论》里的分法，"由于出发点的不同而相异"。这就告诉我们，他对这个问题的探讨始于《文学论》。

在《文学论》中，漱石主要根据四种文学材料，认为文艺批评也应该有四个标准，即四个理想。他写道"在文学中出现的材料排列起来，可以分为四种……但如果难以把四种合为一类，这四种应该都有各自的理想，是很容易理解了。既然获得四种理想的文学，那就应该有四个批评标准。而人生之真只不过是其中之一，是以知识为文学材料的理想。表现这一理想的作品可以用这个理想来批评。把发挥人生的真实作为唯一理想，用此标准来衡量反映其他理想的作品乃是犯了侵入罪"[②]。

在这里，真、善、美和庄严四个理想，实际上就是有关批评的标准，可以归纳为具体作品要具体分析的原理。此外，在《文学论》里，他还论证过"文学不是科学"的命题，也与这四个理

---

① 缪朗山：《西方文艺理论史纲》，中国人民大学出版社1987年版，第475页。
② 《漱石全集》第11卷，岩波书店1936年版，第501页。

想有密切的关系。这里，先着重分析"雄壮""壮大"问题。

三 关于"雄壮"或"壮大"美学原理

如上所述，贯穿《文学论》的基本理论是"F+f"的文学公式。漱石认为一切文学作品的内容都符合这个公式，他曾说："感觉上的经验构成文学作品的重要内容。"所以在论证"F+f"的文学公式时，他首先从感觉经验说起。他根据德国美学家谷鲁司的《人类的游戏》，把感觉细分为触觉、温觉、味觉、嗅觉、听觉和视觉六种。关于和真、善、美并列的美学概念"雄壮"以及"壮大"，他就是在第一编第二章"文学内容的基本成分"中，论述绘画、雕刻等视觉艺术时谈及的。他具体列举了可以作用于人的视觉的有光、色、形和运动四种。在论述到形状之美时，他谈到了曲线美和"黄金分割法"，接着，他先引用密尔顿《失乐园》里的一节诗，作为"壮大"美的例子，并分析说："亚当问天使，天的构造怎么样，天使回答这是神的秘密，天机不可失也。我们只要仰望它，感到惊叹就足够了。不要以井蛙之智妄加猜测。以此来说明天界雄壮。最后两行充分发挥了形状的美感……头脑里想像出一种壮大的形状，足可以产生其趣味来。"①

在漱石的审美观中当然是不信美是由神创造的，这一点在介绍他的哲学思想时已经谈过。这里需要指出的是他对"雄壮""壮大"的重视，显然是对当时执文坛牛耳的只要真不要其他的自然主义的反驳。

如上所述，在西方美学界，"雄壮""壮大"等概念，等同于"崇高"，始见于卡修斯·朗格诺斯的《论崇高》。在朗格诺斯看来，人是天生的。天要人类做高等动物，而不是下流的动物；它带我们到生活中来，到森罗万象的宇宙中来，它一开始便在我们

---

① 《漱石全集》第11卷，岩波书店1936年版，第51页。

的心灵中植下一种对一切伟大的、比我们更神圣的事物的渴望。所以，对于人类的观照和思想所及的范围，整个宇宙也不够宽广，我们的思想往往超过周围的界限。你试着环视你四围的生活，看见万物的丰富、雄伟、美丽是多么惊人，你便明白人生的目的究竟何在。①把人类对崇高的渴望视为天赋的。

因此可以说，漱石的"雄壮""崇高"的论述，吸取了前人的成果。然而，正如我们多次指出的，夏目漱石并非只是依样画葫芦地照抄照搬。他是在批判的基础上有所创新，确立起他的理论的，"美未必真，真未必美"就是证明。

四　"美未必真，真未必美"

恩格斯指出："在法国为行将到来的革命启发过人们头脑的那些伟大人物，本身都是非常革命的。他们不承认任何外界的权威，不管这种权威是什么样的。宗教、自然观、社会、国家制度，一切都受到了最无情的批判；一切都必须在理性的法庭面前为自己的存在作辩护或者放弃存在的权利。思维着的悟性成了衡量一切的唯一尺度。"②

对于西方的文艺理论，漱石总是采取批判地吸收的态度。例如，他针对济慈的有名诗句"真就是美，美就是真"，就明确指出："美未必真，真未必美。"他问道："不知济慈的所谓真究竟是什么意思？按通常的意思看，美未必真，真未必美。评论家们常说，真是文学不可或缺的，凡是不含真的东西生命难长久。然而他们所说的真究竟是什么，含义却是颇暧昧的，所以误导读者也不是没有发生过。"③

---

① 转引自缪朗山《西方文艺理论史纲》，中国人民大学出版社1987年版，第147页。

② 恩格斯：《反杜林论》，载《马克思恩格斯选集》第3卷，人民出版社1972年版，第56页。

③ 《漱石全集》第11卷，岩波书店1936年版，第217页。

第十三章 对日本自然派的批评:漱石理论又一特色

在西方认为真、善、美应该统一的理论家大有人在,狄德罗不是就认为真、善、美是些十分相近的品质。在《拉摩的侄儿》里,甚至推导出所谓"三位一体"的真、善、美关系理论。

法国博物学家布封说得好:"一般规律不过是从事实归纳得来的结果,只有当它们与事实相符合时,才配称为规律。"

在这个问题上,夏目漱石的观点堪称为规律。他以莎士比亚等西方作家和作品为证说,莎士比亚笔下的人物都是栩栩如生的,但是再看看这些人的言论,当时的英国人交谈时是决不使用这样的语言的,而且在英国历史上也从来没有过一个时代曾经用过这种语言。因此,他从这个意义上断定,莎士比亚的人物语言是虚假的,是远离真实的。他又以乔凡尼·贝利尼等意大利文艺复兴时期的画家的作品为例:有些画上画着教徒满身中箭,或者弯刀砍进头盖骨,仍然微笑着,都毫无痛苦,要是平常人早就断气了。如果从生理学角度看,这是很滑稽的。而要是从宗教的安心立命观念怎么样使人忘却肉体的痛苦,就可以理解画家的用意了,对其非议也就如红炉子上一点雪须臾便消。再如《圣书·创世纪》第一章开头部分,只有在抛弃知识的情况下,才能感觉到这段叙述的庄严。漱石表示他尽管不信教、不信神,仍感觉到这一段叙述了神力的伟大。最后,他对密尔顿的《失乐园》第七章的诗句评论说,"只要感觉到壮大就够了,至于是不是真则完全是另外的问题。……倘若谁感觉不到这些,那就是他不懂文学,要不就是作者巧妙描写还不足以感动他"。漱石认为,密尔顿的《失乐园》"虽然瑰丽,但多少有些作戏成分。叙述明快,井井有条,同时却减弱了崇高感。因此,从崇高这一点看,其价值就必然会比《圣书·创世纪》来得逊色"[①]。

可见,漱石所重视的,首先不是真假的问题,而是看作者写

[①] 《漱石全集》第 11 卷,岩波书店 1936 年版,第 223 页。

得是否自然真实，强调艺术要给人以崇高感。至于怎么样达到艺术真实，这也是个创作手法、创作技巧问题。

漱石是个有社会正义感的资本主义文明批评家。与日本自然派的客观描写论迥异，他要求作家肩负起揭露、批判假、恶、丑的社会现象的使命，对假、恶、丑的社会现象采取袖手旁观、熟视无睹的态度，他是坚决反对的。他写道："虽然是高等的专门学者，但也有毫不尊重自己的身份、气韵。虽然是有名的艺术家，却对正义毫不尊重。他们是活在这个世上的徒享天才之名的畸形儿……这样的专家所作所为一无可取，徒有此道的天才，不但是不光彩的，而且其畸形儿的丑名会流传于世。其他还有身为实业家的，只有利欲熏心的天才、偷盗的天才、欺骗的天才、滥用金钱或权势迫害贫弱者的天才，统统可称之为有害无益的天才。"[①]

夏目漱石认为，"全社会的责任，就要像把疯狗投入深坑消灭似地捕杀这种天才"。如此充分地显示嫉恶如仇、爱憎分明的感情，在日本资产阶级的文学评论家中，确实是少有的。

[①] 《漱石全集》第 11 卷，岩波书店 1936 年版，第 475 页。

第十四章

"则天去私"：人生观与文艺观的总结

　　漱石主要是学习、吸收我国丰富的成语典故，以此为基础学习西方表现方法，从而极大地丰富了他的文学语言和表现技巧，使人物具有与众完全不同的气质、修养。其"则天去私"思想的形成也与汉学密不可分。

第一节　"则天去私"的来龙去脉

一　"则天去私"的真正含义

　　在漱石创造的众多评论术语中，最最费解的是"则天去私"。之所以费解是由于漱石并没有写文章专门阐述这个术语。"则天去私"四字最初是他为日本文章学院编，于1916年11月新潮社发行的《大正六年文章日记》扉页写的题词。可以说，这是他的独创，因为，无论是在日本还是在中国，自古以来都无这个词组。《后汉书·逸民列传序》里说："是以尧称则天，不屈颍阳之高。"这里的"则天"，是以天为法之意。而"去私"，可能取自《吕氏春秋》卷一《去私篇》。那里讲到有个墨家的独生子犯了杀人罪，这个墨家拒绝了秦惠王的赦免，按墨家之法大义灭亲地处死儿子的故事。漱石能够游刃有余、得心应手地把出自不同典故的两个词结合起来构成一新词，足见其汉学造诣之深。

　　那么，"则天去私"究竟是什么意思呢？首先，日本《大正六年文章日记》，在发表题词的同时，还刊载了《十二名家文章座右铭解说》，对"则天去私"做了简单的解释："天就是自然。要顺应自然。去私，就是要去掉小主观、小技巧。就是文章始终应该自然，要自然天真地流露的意思。"从这段文字看，主要是讲文章的写法的。其次，从发表题词的刊物性质看，似乎也不是探讨哲学、伦理学之类问题的。这篇解释的题目中就是着重介绍名家如何写文章，是讲文章的写法，所以才用了座右铭。再次，由于这篇未署名的文章是根据漱石当时答记者问写成的，而且，这篇解释的内容与漱石这个时期所有谈话和信件的基本思想也一致。最后，在刊载新术语的同时发表简明扼要的解说，也符合刊物的常规。因此，我以为这篇文章是完全可以作为较有权威性的说明的。

在1916年11月2日、9日和16日的"星期四之会"上，夏目漱石曾经接连三次向其门生谈起"则天去私"问题。我们不妨学一学日本的考证法，看看这三次聚会，漱石都说了些什么。据荒正人著《漱石研究年表》（集英社，1984年）的记载，2日晚上，芥川龙之介、久米正雄、松冈让在漱石家聊到11点半方散，后来久米正雄在日记里有漱石断断续续谈了他"最近得悟的境地"；和2日一样，9日也下着小雨，除上述三人外出席者还有松浦嘉一等人。这天，谈及战争、尼采和李凯尔特（1863—1936）的哲学并解释了彻悟的问题。对于松冈让提出的艺术家的哲学，初期是浪漫主义的，中期是伦理的，晚期是宗教式的，是不是这样的问题，漱石回答，人类不是都这样吗？对于怎么样理解"第一个拉丁教父"德尔图良（约160—约230）所说的，"正是由于不合理才信仰"这话的问题，漱石回答，如实看待存在着的某个事物，不就是信仰吗？譬如说，我在这里，女儿突然拉开那个纸拉门伸进脸来说：爸爸，晚安！我一看她的脸，忽然发现不知为什么，和早上见到的脸不一样，女儿不幸成了瞎子。要是在社会上，当妙龄少女在父母不知不觉之间失明时，对哪个父母都是大事件，一般都会又哭又喊坐立不安的。可是，我现在大概就能回答："噢，知道啦。"能够平静地看待这件事了吧。大家又异口同声地说那不是太残酷了吗？漱石又回答，可是真理本来就是很残酷的呀。人们在精神上是能够忍耐这个残酷的真理的，但是在肉体上则忍受不了。克服这种本能的就是"悟"，这种境地可以用"则天去私"这个术语来概括。[①] 从这段没有注明出处的文字看，"则天去私"是指人们克服本能的一种彻悟，是一种超越世俗烦恼的人生观。不过从其他人的文章看，"则天去私"主要还是针对创作方法，同时不涉及世界观人生观问题。

松冈让在1933年写的回忆《漱石山房的一夜——宗教问答》里没有写确切日期，而只是笼统地说1916年11月初，有一天，漱石从宗教问题谈到第一次世界大战，谈到小屋（大冢）保治对李凯尔特的介绍，透露他想再回大学用"则天去私"的文学观讲《文学论》。当谈到托尔斯泰、陀思妥耶夫斯基和斯特林堡的创作，好像是任意挥舞红、白、黑的旗帜，想把世界染成自己的颜色时，有人问谁的小说是"则天去私"的？针对这个问题，他说是莎士比亚、哥尔德斯密斯的《威克菲尔德的牧师》以及奥斯丁的《傲慢与偏见》。

此外，芥川龙之介还有一篇未定稿，题目是"夏目先生评诸大家——托尔斯泰、奥斯丁、'则天去私'"，也可以证明那天漱石确实曾以"则天去私"的观点评论托尔斯泰等人。1916年11月16日据说是最后一次"星期四之会"，出席的人也最多。森田草平和安倍能成等人是最晚离开的，漱石又对他们谈起"则天去私"的问题。原来，森田草平的友人谈起他的一个朋友，和华族的女儿结婚后，因没有钱和岳父一家互赠礼品又不能抛弃世俗习

---

① [日] 荒正人：《漱石研究年表》，集英社1984年版，第856页。

惯，心里感到非常矛盾，觉得很讨厌。漱石回答说这就是因为不能去"私"的缘故。还说："我由于得到了比别的作家较多的收入，就有人批评说这是不合适的。即使如此，我也只当作耳边风。"①

综合以上资料，不难看出，"则天去私"包含非常丰富的内容，但中心还是文学观。然而漱石和以往一样，并不是孤立地来谈文学的，而是把人生观和世界观视为与文学观不可分割的重要问题。因此，对其门生所讲的就不仅仅是文学的创作方法，一有机会就讲他的人生态度、处世哲学。这是漱石的一个重要特点，我们在研究他的文艺理论或者作品时，都应该考虑进去。

在1916年11月6日即在他2日论彻悟四天之后，漱石曾给小宫丰隆写过一封信。他在信里着重讲了两个问题：其一是如何对待文坛上的不同意见；其二是讲小说的评价标准。他要求小宫丰隆采取克制态度，避免无休止的争论，而要"给人更多余裕，不作过分的反应，以此求得安乐"。由于小宫丰隆的做法正好和漱石的意见符合，所以称赞他"完全抛弃了私心，抛弃了我"，又有了进步。

其次，漱石指出："好的小说都是无私的。如果把自己写成十全十美的人那就太过分了，那就等于自我毁灭。"同时，他又告诫不要太拘泥于无私两字，因为无私的作品也可能味同嚼蜡，毫无价值的。他以美味的仙台鱼做比喻，仙台鱼虽然好吃，但是一下子喝三四碗鱼汤，也就觉得没有味了。他的所谓无私，主要指创作态度"不要胡编硬凑"。另外，他批评一些作品"没有人与人接触所产生的趣味，而只有人们一生的足迹。只有一条线，而且这条线本身没有生动活泼的运动，只写了一个固定的人生的典型，只显示他的归宿"②。显然，这封信的批判锋芒是直指当时十分盛

---

① [日] 荒正人：《漱石研究年表》，集英社1984年版，第857页。
② 《漱石全集》第17卷，岩波书店1937年版，第612页。

行的"私小说"的创作方法的。所以我以为,漱石的"自然天真地流露",完全不同于自然主义的自然。

尽管"则天去私"的理论,是对自然主义的"私小说"的反拨,但这时的漱石已经达到他所谓的彻悟,不像十年前那样积极投入文坛的争论之中。因而写信说服小宫丰隆,要他给人予以余裕,不要挑起公开争论。也可以说这就是他所谓彻悟的表现,是"则天去私"的表现。

其实,这样的彻悟也不是他在这时达到的。1915年写的小说《路边草》、长篇随笔《玻璃窗里》和一些信件中就已有流露。例如《路边草》里的主人翁健三,尽管经济非常拮据,对于想方设法向他要钱的养父母等亲友,都通过给钱来化解矛盾,以求得过清静日子。他在《玻璃窗里》说,他将竭力避免给人添麻烦,不揭露坏人丑事,只写光明的事。1915年6月15日给武者小路实笃的信就说:"使人讨厌的事多如尘埃,清除这些决非人力所能及。如果说作为一个人听之任之比与之斗争更好的话,那么,就让我们尽量做这方面的修养吧,尊意如何?"[①]

漱石曾经表示,他要以"则天去私"的态度创作《明暗》。这是部主要批判人们的利己主义的心理小说。明暗就是暗喻人们心里想的与实际做的背道而驰的文学形象的。他以人物的言行自然而然地展示不同人物的性格,例如,秀子就怀着自私的目的,振振有词地警告哥嫂:"你们俩只顾自己,别人死活横竖不管。""对你们来说这是个极大的不幸。很清楚,这就等于你们作为人的欢乐的能力被天夺走了。"作者并且以讽刺的笔调评论女主人翁的言行:"她的出于小自然的行为,遭到大自然无情的蹂躏。"秀子对于哥嫂的态度显然是咄咄逼人的,作者一方面通过她的口来批判男女主人翁的利己主义,而另一方面,秀子本身的自私心理也

[①] 《漱石全集》第17卷,岩波书店1937年版,第489页。

是作者要批评的对象。在这里,漱石正是通过人与人的不断接触、利益冲突来刻画人物性格,推动故事情节的发展,与上述给小宫丰隆的信里所批评的只写人的一生的轮廓是完全不同的创作方法。

总而言之,"则天去私"的含义是丰富的深刻的,从伦理道德看,它是无私无欲的,在处理人与人的关系时主张宽容;在人与世界的关系上,倾向超尘脱俗,万事顺其自然;作为一种文学创作方法,它是无私的。所谓无私包括两个意思:一是不要只写自己,更不要把自己写成完美无缺的人;二是不要有人工雕琢的痕迹,而要做到天真地自然流露。这是返璞归真的艺术境界,也是他一生创作实践的最后总结。

二 对"则天去私"研究的回顾

"则天去私"是日本和我国漱石研究者的一个热门话题。这里,首先看看日本对这个问题的研究概况。日本学者对"则天去私"的评论也是智者见智,仁者见仁,莫衷一是。

关于"则天去私"问题,漱石对其门生究竟讲过几次?连这个基本问题都有三种答案。除了上述荒正人的三次说外,还有两人的二次说:日本迹见学园短期大学教授石崎等推测第一次在1916年11月2日,第二次是16日最后一次"星期四之会"①。而《夏目漱石集》由松村达雄等人编的《年谱》,则认为漱石在11月9日和16日"星期四之会"上论述了"则天去私"②。

由于日本文学评论家,其中也包括漱石的门生,未能重视对漱石文艺理论的研究,对"则天去私"的探讨不但起步较晚也很不充分。尤其是当时未能充分理解这个问题对于漱石思想和文学创作的巨大意义,所以,从荒正人的资料看,当时记入日记的只有久米正雄。大多是十几年以后写的回忆,多少都加进了回忆者

---

① 《国文学》杂志,学灯社 1987 年 5 月号,第 44 页。
② 《日本近代文学大系》第 24 卷,角川书店 1988 年版,第 554 页。

第十四章 "则天去私"：人生观与文艺观的总结 359

的主观判断。尤其是"则天去私"引起重视的社会背景，对于科学地探讨这个问题不无一定影响。

"则天去私"问题开始引起注意，是由于松冈让在1933年写的回忆文章《漱石山房的一夜——宗教问答》。众所周知，20世纪三四十年代，正是日本国家主义、法西斯主义猖獗之时，所以特别看重"则天去私"中所包含的"去私"这种伦理道德观，从而把漱石塑造成"国民作家的形象"。小宫丰隆在《明暗》的解说中就说："漱石视为无上快乐的工作，他的最高思想是什么？不言而喻，那就是漱石的所谓'则天去私'的世界。换言之，漱石挖出盘踞在人们内心深处的个人主义，为人们提供反省机会，从而把人们带进自然的、自由的、明朗的、只由道理支配的世界中去。"① 另外，在他写的传记《夏目漱石》（1938）中，又说："漱石的眼睛如觅食的雄鹰一般锐利，漱石的头脑如扑食的饿豹一般的迅猛，追究人们的罪恶和人们的私心。"② 小宫丰隆未出席最后两次"星期四之会"，未能听到原话还情有可原。但漱石在同期给他的那封信，似乎也只当作去私来理解，显然也有片面性。因此，他在评论《明暗》时，就只从思想内容、伦理道德上来评价，而根本不看创作手法。

还有如冈崎义惠在第二次世界大战期间写成的《则天去私的轮廓》（1943）甚至断定把"则天去私"视为漱石的根本思想在那个时候已经是个常识问题。第二次世界大战以后，上述的人格论仍有很大的市场。但江藤淳首先打破了对漱石神化评论，主要从文学与现实的关系进行评论，认为漱石之所以伟大，并不是由于他是大思想家，也不是因觉悟到"则天去私"，而是由于他尖锐地反映了日本社会的现实。③ 尽管江藤淳有过于陷入考证漱石与嫂

---

① 《漱石全集》第9卷，岩波书店1936年版，第802页。
② 《夏目漱石》，岩波书店1938年版，第864页。
③ 《夏目漱石》，新潮社1979年版，第16、14、164页。

子关系的缺憾,然而开始注意其文学价值,一般认为这是漱石研究的重要突破。但他在否定小宫丰隆等人神化漱石的同时,又彻底否认"则天去私"对《明暗》等作品的影响,说无论是在《路边草》,还是在《明暗》里,既没有"则天去私"等字眼,也没有近似表现①,断定"则天去私"只是子虚乌有的神话传说。②

平野谦也认为,漱石晚年的心境"则天去私"与《明暗》无缘,他虽然承认《明暗》里贯穿了"去私的方法",但说这只不过是虚构小说的一般属性。③濑沼茂树从《明暗》的人物形象入手,得出结论:清子的形象表现了"绝对的境界"或者"则天去私"。因而,承认"则天去私"与《明暗》的密切关系。④

第二次世界大战以后,日本各家对"则天去私"的研究结论虽然大相径庭,但他们所探讨的重点仍然是围绕20世纪30年代就已经议论过的伦理道德观,而不是其文艺观。他们都未能从漱石的整个思想、文艺理论与创作实践结合的角度,进行综合的全方位的多角度多层次的论证。采用简单的方法去研究漱石在晚年提出的"则天去私"这样一个极复杂的问题,显然是力不从心的。例如江藤淳就只因未能从《路边草》《明暗》里找到"则天去私"等字句或者近似的表现,以及据说漱石在临终时接连说"痛苦、痛苦",与"则天去私"精神不符就断定"则天去私"只是神话传说。⑤另外,他虽然看到漱石和简·奥斯丁在憎恨人性的愚蠢这一点上比较接近,但又认为漱石与简·奥斯丁的人类观完全相反,英国18世纪的人类观,使简·奥斯丁产生憎恶的是人的自我认识能力,即对理性的依存。说漱石只看到简·奥斯丁谴责人的恶劣

---

① 《夏目漱石》,新潮社1979年版,第16、14、164页。
② 同上。
③ 《围绕则天去私——〈明暗〉和则天去私的关系》,载《近代文学鉴赏讲座⑤漱石》,角川书店1984年版。
④ 《夏目漱石》,东京大学出版会1962年版。
⑤ 《夏目漱石》,新潮社1979年版,第140—141、168页。

品德这一面，并不知道她能够做到这一点的原因。① 这个例子证明江藤淳的思路还是偏重于伦理道德方面。他虽然也直观地看到了《明暗》描绘了"更彻底的日常现实的世界"，"极生动巧妙地刻画"女性形象②，但是，未能提高到创作理论上进行概括。其实，如果再从创作方法看，是不难发现漱石与奥斯丁有着更多一致性。上面我们提到漱石强调"自然天真地流露"，他给小宫丰隆的信又说，不要把人写得十全十美，等等，归根到底都可以说是创作方法问题。我以为，所谓十全十美当然包括伦理道德，但如何描写则是创作方法问题。奥斯丁也曾经在家信里说过，小说里那十全十美的女主角看了恶心，使她忍不住要调皮捣蛋。她也一再强调人物要写得自然。

我国学者曾经指出奥斯丁的《傲慢与偏见》的"布局非常自然，读者不觉得那一连串相关的情节正在创造一个预定的结局，只看到人物的自然行动"③。这段话赞扬了简·奥斯丁高超的写作技巧。漱石在《文学论》中和其他许多场合一再称赞简·奥斯丁，主要也是看重她的才华。漱石把她视为西方"则天去私"的典型作家之一，主要也是从创作方法上看的。

马克思在《资本论》里写道："研究必须充分地占有材料，分析它的各种发展形式，探寻这些形式的内在联系。只有这项工作完成以后，现实的运动才能适当地叙述出来。"④ 要想阐明如"则天去私"这样一个十分复杂的问题，尤其需要应用此法，必须全面地考察以下一些事实：一是漱石以往的思想；二是发表在《文章日记》上的解说；三是题辞前对门生的多次谈话；四是这之前写的书信；五是应该联系《明暗》。如果不从各个角度进行周密

---

① 《夏目漱石》，新潮社1979年版，第140—141、168页。
② 同上。
③ 《杨绛作品集》第三卷，中国社会科学出版社1996年版，第188页。
④ 《马克思恩格斯选集》第2卷，人民出版社1972年版，第217页。

的论证，很可能得出片面的结论。

总而言之，迄今为止，日本文学评论家对"则天去私"研究的主要缺点是，只从伦理学入手分析。再则，把"则天去私"当作一种伦理道德来研究，又是始于20世纪30年代，对"则天去私"的解释不无扭曲的成分，有一定的历史局限性。

最后，我还认为要想把漱石研究透，把"则天去私"研究透，还应该从漱石对中国古典哲学和古典文学的吸收这一更广阔的层次上来探讨。

第二节 "则天去私"的美学来源

夏目漱石在从事创作和文艺评论时，曾经产生过两个苦恼颇值得我们回味：其一，青年时代，他一度觉得仿佛受了英国文学的欺骗，其后在中篇小说《旅宿》中贯穿着对西方文化的批评，对中国古典文学的倾倒；其二，他曾痛感日本文学中能够作为其文学养料的成分实在太少。这里就有这样的问题：他在做出如此判断时，是以什么为标准的？换言之，他的审美思想的核心即审美核是什么？决定其审美标准的审美核又是怎样形成的？

一 什么是审美核

审美核的概念，我在《试论日本民族文学审美核》一文中曾论述过。我认为，一个民族无论经过怎样的沧桑巨变，反映其民族精神的文学，无论怎样日新月异、不断发展，却总是保持其民族特色。由此看来，各个民族文学中是否存在某种相对稳定、区别于其他民族文学的审美核，即特殊的审美基因？而正确地把握一个民族的审美核，对于了解该民族文学的优缺点，保持传统又不断汲取外国文学中适合自己的成分，具有十分重要的意义。民族文学的审美核,犹如苹果核、李子核一样,深深地埋藏在最里层,人们很难看清其形状、光泽和颜色。但作家拿起笔创作,开口评论作品时,又不能不受其制约。①

一个人的审美观主要受其世界观等因素的制约,更具有可变性、活跃性。但一个民族的审美核将受多种因素的影响,具有一定的稳定性和继承性。其稳定之程度,反映了该民族文学发达的程度。一个民族有其审美核,一个人同样有他的审美核。只是一个人的审美核比起民族的审美核来更活跃多变而已。这里,我想以审美核的理论,来研究漱石审美思想的特点及其如何形成的问题,从此解开他的"则天去私"思想之谜。

上面我们在论述漱石的文艺理论时也已经指出,他曾经用核的理论来说明不同的人怎么样形成迥异的审美观。我以为所谓各人不同的核实际上就是由各人不同的世界观、不同的文化修养所形成的不同的兴趣、爱好和对事物的观察方法。

首先,我们观察问题,无论是站在高山之巅,还是站在深山幽谷之中,抑或从空中鸟瞰大地,都必须有一个点,称作据点也好,立足点也好,总而言之,若没有这个基本点,就不可能进行任何观察,也就没有可称为观察的观察。其次,我们的视点必须选准。看的方向不正确,即方法不对,就会失去目标,就不会有正确的结论。真理也无法摆脱时间、地点的制约。要想看旭日东升的美景,必须起早,必须面向东方;要找感人肺腑的西下夕阳,就得赶在太阳落山之前稍稍早一点的时光,盯着西方。再次,立足点和视点也不能合二为一。如果不照镜子,谁能看到自己的眼睛是什么样的呢?苏东坡早就悟出:"不识庐山真面目,只缘身在此山中。"(《题西林壁》)漱石也反对就事论事的印象式批评,曾精辟地指出,以文学论文学,就如同以血洗血。因此,研究"则

---

① 《中国社会科学院外国文学研究所三十年文选(一九六四——一九九四)》,中国工人出版社 1994 年版。

天去私"就不能拘泥于这几个字,只微观地解释是难以说清的。

二 汉学对漱石的审美核的决定性影响

在评述漱石的生平和思想时,我们已经指出,他从小学习汉学,把中国古典文学视为文学的典范,成为他与文学终生结下不解之缘的重要契机。作为英国文学专家,漱石竟然在《文学论》等著作中,多次谈到"仿佛受到英国文学的欺骗"。因此,他觉得自己应该到中国留学而不应该去伦敦。

漱石在 1901 年 3 月 12 日的日记里,指出西洋人的美学趣味喜欢执浓,偏爱华丽。无论是上演的戏剧、吃的食物,还是在建筑装饰上,以及夫妇间拥抱、接吻都可以证明。而这些都反映到文学里,所以,英国等西方文学"缺乏潇洒、超脱之趣,缺乏出头天外观察,及笑而不答心自闲"的情趣。而他的兴趣则"颇似东洋的发句(俳句)"①,显然,由于东西方的审美习惯和审美趣味有浓与淡、直露与含蓄等重大区别,因而漱石对中国古典文学特别倾倒,从中汲取了更多的文学养料。

这一点,也是日本文学评论家所证明所承认的事实。日本英国文学评论家朱牟田夏雄就说,在夏目漱石的"人格基础中,俨然存在着由汉学养成的因素。这种因素超过了英国文学对他的影响"②。另一个评论家志田素琴则以俳句为例,说"出人意料的是,漱石的俳句取材于欧美文学的作品少得惊人","取材于日本故事和文学作品"的俳句也很少,却"能够自由自在地驱使禅学材料","中国趣味"占据了他的趣味的中心。③ 从这里我们也可以看出,汉学对漱石的影响究竟有多大。我认为至少可以从他的

---

① 《漱石全集》第 15 卷,岩波书店 1936 年版,第 54 页。
② 《国文学》杂志,学灯社 1979 年 5 月号。
③ [日] 红野敏郎:《怎样写漱石的读者史》,《国文学》杂志,学灯社 1979 年 5 月号,第 98 页。

人生态度到他的作品内容、语言、叙述方法及美学思想等方面证明，如果没有汉学，也就没有漱石这位作家。当然，总的来说漱石是全方位地吸收人类的文化遗产的，如果没有对西方文学艺术的学习、吸收，《文学论》和《文学评论》也是无法诞生的。

日本著名学者千叶宣一，在《进化论对日本文学近代化的影响》一文中指出："要说主要地接受进化论，并将其扬弃为文学观的一大支柱的最伟大的作家，当数漱石。"在列举夏目漱石有关进化论的藏书后，他接着写道："不仅藏书多，而且反复阅读消化。《小说〈艾尔文〉》就清楚地反映了漱石的进化论观点。他的《文学论》第五编第五章《原则的应用（三）》甚至可以称为是对现代进化论的杰出的历史性考察……小说《我是猫》和《行人》，以及《英国文学形式论》等，都受到进化论的深刻影响。"①

但是比较而言，我认为汉学对漱石的影响更大一些，起着决定性作用。正如前面已经指出，他的雅号"漱石"两字就是根据中国的典故起的，"则天去私"也是如此。

漱石的外孙女松冈阳子·麦克莱恩论"则天去私"时说："这个表现好象是难懂的东洋话。实际上，最后的去私两字，意思是去掉我，即我不出场地写作，这是世界上无论哪个国家的作家都可能做到的。'则天'就是'无'，或者说把自然与自己同化起来写作。强调与无形的自然融合的有效性这种说法，是从儒教、佛教特别是禅宗那里演化来的。也许主要是东洋式的表现法。因此，'则天去私'一部分意思是世界共同的。而另一部分是东洋式的。而且，一方面是生活的格言，同时也表示作家创作时的态度。"②

而"则天去私"作为一种创作方法，其中最重要的内容就是

---

① 《北海学院大学人文论集第六号》，1996年3月，第97页。
② ［日］松冈阳子·麦克莱恩：《外孙女眼中的漱石》，新潮社1996年版，第150页。

要"自然天真地流露"。所以,漱石认为,莎士比亚和简·奥斯丁等人的作品是西方的"则天去私"的典型。可见"则天去私"也是漱石对西方作家创作经验的总结和概括。奥斯丁也主张塑造人物必须自然,曾写信告诫侄女,要避免想象失真,造成假象。① 然而,这些特点,用西方的自然主义、浪漫主义、象征主义等现成的评论术语是无法解释清楚的。我们觉得用"则天去私"来概括真是恰到好处,而且含义极为深刻,要是以正确的方法认真研究,也是不难理解的。

其次,"自然天真地流露"的美学思想,与日本传统的美学观也有差别。前面我们已经反复指出,日本民族文学主要审美特征,就是强调表现作者自己的真实思想感情,重视简明,十分强调对局部的精雕细刻。因此主观色彩非常强烈,是很难做到无私的。所以,自然主义的"私小说"及其创作理论,倒成了日本现代文学的主流。连漱石门生之一的久米正雄,在20世纪20年代也变为"私小说"理论的积极鼓吹者之一,完全抛弃了漱石的理论。这也是民族审美核使然,我们并不感到什么意外。

我还是坚持认为漱石的文艺理论未能得到充分研究,就是由于他并不是生活在哲学发达的国家,而且还因他逝世二十几年后,他的祖国如他所预料的那样,走上了自不量力,自我毁灭的法西斯主义道路。并且在思想界开始把"则天去私"只看成一种伦理道德观,这是30年代日本法西斯主义抬头时期十分盛行的实用主义的表现。我们应该看到,"则天去私"所包含的伦理道德观,一方面含有对自私自利、个人主义的批评;但另一方面也包含对恶势力的妥协退让的消极成分,这并非漱石思想的积极的主流。至于国家主义,更是漱石一贯坚决反对的,他所竭力推崇的是人的自由平等思想。因此把去私拿去为国家主义服务,显然是对漱石

---

① 《杨绛作品集》第三卷,中国社会科学出版社1996年版,第188页。

思想的严重歪曲。现在应该还历史予本来面目，应该把它视为清算日本军国主义意识的一环来看。从这个意义上说，江藤淳批评漱石的门生把漱石神化的见地，是有其积极意义的。他的缺点是只破不立，所谓不立，并不是说他没有新见解，而是说他也没有确立起漱石作为一个文艺理论家的地位。他也未能把"则天去私"作为一个文学创作理论来研究，就是最好的证明。

我们是把漱石当作一个有创见的文艺理论家、评论家来研究的。我们多次指出，在漱石的文艺理论体系里，内容与形式，写作技巧和伦理道德是统一的，他一再提倡真、善、美和庄严四大目标缺一不可。他的最基本的一个评论术语是"自然"两字，看作品是否写得真实自然。从这里我们也可以看出，自然就是他的审美核，而"则天去私"则是他的审美核的最后升华。他之所以能够形成这样的审美核，是他学习汉学的结果。

三　漱石对汉学的汲取，是有选择而不是什么都学的

我以为完全可以说，"则天去私"思想的形成是他学习我国古代唯物主义哲学的一个成果。为什么这样说呢？除了前面漱石有关文学的性质、文学与社会、政治，与其他社会意识形态关系的论述外，最主要的根据，就是《十二名家文章座右铭解说》，对"则天去私"的"天就是自然"的解释以及上面提到的他的书信和小说《明暗》。

众所周知，我国古代思想家对"天"的理解是多种多样的，也是互相矛盾的。唯心主义者视之为世界精神的本原，是主宰人类命运的皇天上帝。孟子就说过"若夫成功则天也"。而唯物主义者认为天是与地相对的自然的存在，具有物质属性。庄子说："天道运（动）而无所积（停滞），故万物成。"（《天道篇》）荀子也说过"天行有常，不为尧存，不为桀亡"（《天论篇》）。老子则没有用"天道"两字，而只用"道"来概括事物存在和变化的基本

规律。老子认为"道"是先天地生,独立而不改,周行而不殆,可以为天下母(《老子》二十五章)。

夏目漱石在青年时代对于老子的"道"的唯物主义倾向未做论述,但批评过老子的消极无为等思想。尽管如此,漱石在晚年的思想还是倾向于消极无为思想的。"则天去私"的哲学基础是老子的"自然哲学"。

老子书中,自然两字几乎与道一样重要。例如说"人法地,地法天,天法道,道法自然"(《老子》二十五章)。又说"道之尊,德之贵,夫莫之命而常自然"(《老子》五十一章)。这里所说的"自然",都不是指自然界,而是意味着凡事都顺其自然的意思。再如"希言自然"(《老子》二十三章)。"悠兮其贵言。功成事遂,百姓皆谓:'我自然。'"(《老子》十七章)

总而言之,老子主张"天道自然无为",庄子也说"顺物自然而无容焉,而天下治矣"都包含了对人要宽容的意思。漱石晚年也追求清静无欲,超尘出世,待人以余裕的处世哲学,正是来源于老庄的哲学思想。无疑,他的文艺观正是建立在这样的哲学思想上的。尽管如上所述,漱石的思想比较复杂,既有伸张个性,也有对私心私欲的遏制,但是其晚期最基本的思想则是老庄思想。

日本学者加茂章甚至说,老子哲学和庄子思想在漱石"一生的汉诗以及评论和作品中随处可见"[①]。

其次,"自然天真地流露"与中国古典美学也有着密切的关系。在我国丰富的古典美学中,天真自然的审美主张占有重要的地位。例如六朝诗人鲍照用初出芙蓉、自然可爱来赞美谢灵运的诗。而陶渊明的诗之所以受到好评就是由于他的诗"质而自然"(严羽:《沧浪诗话》),或说他的诗"平淡出于自然"(《朱子语类》)。李白则写有诗句"清水出芙蓉,天然去雕饰"。陆游也说

[①] 《国文学》杂志,学灯社1987年5月号,第47页。

"文章本天成，妙手偶得之"（《文章》），"琢雕自是文章病，奇险尤伤气骨多"（《读近人诗》）。所以有的说"切莫呕心并剔肺，须知妙语出天然"（都穆：《学诗诗》）。甚至提出"宁拙毋巧，宁朴毋华"等。（陈师道：《后山诗话》）总之，我国古代诗人有关自然天成的诗句多得不胜枚举，而且，他们认为这是更高更难达到的艺术境界。所以宋梅尧臣断言"作诗无古今，惟造平淡难"（《读邵不疑学士诗卷》）。漱石对于中国的这一审美思想真是心领神会到家了。1916年8月21日，在给久米正雄、芥川龙之介的信里，漱石谈及他创作《明暗》的心情，并且附了一首汉诗：

> 寻仙未向碧山行。
> 住在人间足道情。
> 明暗双双三万字。
> 抚摩石印自由成。

漱石对"自由成"解释说："虽然近似自吹自擂，你们可以作这样的理解，即这是自然发展的结果，是无法改变的。"① 他强调《明暗》的故事是自然地发展的，不是主观所能随意改变的。另外，漱石对自然美的执着追求，也并非一朝一夕之事。1914年2月，漱石还写过一条横幅："我师自然。"② 从"我师自然"到"则天去私"，以及大量评论文章中以是否自然作为批评标准，充分证明漱石追求自然美的美学思想，与我国自然天成这样的美学观是一脉相承的。而和日本一贯把真实放在首位的传统美学思想也有些区别。

---

① 《漱石全集》第17卷，岩波书店1937年版，第584页。
② 同上。

四　漱石对滑稽美的追求

需要指出的是，漱石对汉学的借鉴、吸收，是多方面的，同时也是在不断发展变化，也就是说在不同时期，他对汉学的学习和吸收的内容也有所变化，这在他的创作中和文艺理论中都有表现。但是，这种变化并非是本质的变化，毋宁说这种变化显示他理论上的成熟和创作技巧的提高。因此，我们不应该把"自然天真地流露"视为不要写作技巧的自然主义的创作手法。也就是说"则天去私"作为一种创作手法并不是不要写作技巧，相反，而是要求更高的炉火纯青的写作技巧。

这里，仅仅以他的富有特色的审美核，即滑稽美的审美思想略作说明。在第五章里我们已经指出，漱石在《文学论》中说过作家应该避免采用单一的创作手法。在他那里，现实主义和浪漫主义的创作手法是结合在一起的，在漱石那金碧辉煌的艺术宫殿里，内容是非常丰富多彩的。而滑稽、幽默和讽刺是又一个最明显的特征。他提出"讽刺语言具有正面叙述语言不可能达到的讽刺效果，因此，比正面语言更深刻、更猛烈"的理论。[①] 他初期的小说《我是猫》《哥儿》和《旅宿》等之所以脍炙人口，除了内容精彩外，滑稽、幽默手法的应用是重要原因。如果把《我是猫》与晚年的未完长篇小说《明暗》做个比较，就不难发现，在小说《我是猫》中，作者对苦沙弥和鼻子夫人等人的讽刺描写显得过于直露、表面、夸张，那么在《明暗》里，他对男女主人翁以及众多女性自私心理的挖苦、讽刺，则做到既不动声色、自然贴切，又入木三分。因此，我觉得漱石悟到"则天去私"，也是以其一生的创作实践为基础的。"则天去私"与《明暗》的关系，上面已经谈及，这里主要还是探讨漱石审美思想与汉学的联系，

[①]　[日] 古川久编：《夏目漱石辞典》，东京堂1982年版。

谈谈俳谐的渊源。

俳谐原来是我国古典文学的传统特色之一，古人早有论述。刘勰在其传世之作《文心雕龙·谐隐篇》就写有"臧纥丧师，国人造侏儒之歌，并嗤戏形貌，内怨为俳也"的记载，明确说："谐之言皆也。辞浅会俗，皆悦笑也。"意在微讽，意归义正。俳谐这个术语在我国隋唐时代就已经出现。唐代司马贞编《史记索引》中曾经引用隋代姚察的话说："滑稽，犹俳谐也……以言谐语滑利，其知计疾出，故云滑稽也。"另外，唐代成书的《隋书·经籍志总集类》收有袁淑俳谐文十卷，被认为我国最早的俳谐文集。我国历史悠久的古代文论，都言简意赅地明确指出俳谐的特征在于滑稽，是通俗的、大众的，具有令人捧腹、忍俊不禁的效果。这是我国通俗文学的重要理论根据，也是纯文学重要的表现形式。

然而，由于我国儒家思想长期占据统治地位，在文以载道，文章是"经国之大业，不朽之盛事"（曹丕）之类主张的影响下，俳谐文体经常挨批受压，如金末元初的元好问在《论诗三十首》中就批评道："曲学虚荒小说欺，俳谐怒骂岂诗宜。"他对于高雅的诗歌采用这种手法持否定态度。

无独有偶。宋代的黄庭坚也批评过苏东坡的短处是好骂，而劝外甥"慎勿袭其轨"[①]。然而正如白居易诗云："野火烧不尽，春风吹又生。"（《草》）俳谐怒骂毕竟也是诗人真实思想的流露，唐代"少陵、义山俱有俳谐体诗"，苏东坡也喜欢以诗骂人。俳谐文学已经汇入我国民族文学滔滔大海之中。明代戏曲理论家王骥德，在《曲律》中甚至还专门设了一节《论俳谐》，"俳谐之曲，东方滑稽之流也"[②]。虽然他所说的"东方"的范围，我还未研究透，不过可以肯定，并非只有中国存在俳谐文学，至少日本也有其悠久的俳谐文学史。

[①] 《中国历代文论选》中册，中华书局1962年版，第205页。
[②] 《中国古典戏曲论著集成》第四卷，中国戏剧出版社1959年版，第135页。

但是要追根求源，日本俳谐文学的源头在中国，日本文学评论家已有定论，如《新潮日本文学小辞典》介绍说："俳谐原来是滑稽的意思。中国古汉诗中有一种体裁被称为诙谐体，以机智的滑稽为中心的诗。《古今和歌集》中也照样设了俳谐歌部。"①《古今和歌集》是日本平安前期延喜五年（905）醍醐天皇敕令编集的日本最早一部敕撰和歌集。平安前期相当于我国唐朝和五代时期，可见俳谐这个术语在我国出现不久就传入日本，成了日本民族文学中又一个重要的美学概念。

既然日本文学中也有这个传统，那为什么不能说漱石继承日本文学传统，而要说成汲取中国古典文学理论呢？

当然，我们不能绝对地说夏目漱石根本未受日本古典文学的影响。但是，日本传统文学对漱石的影响较少是个客观事实。吉田精一就曾经为漱石受本国传统诗文、思想的影响并不深远而感到意外，说除美术外，对日本国内的古典文学作品他是轻视的。《万叶集》《源氏物语》，他是否通读过也值得怀疑。② 不过从漱石的学历看，产生这样的结果也是十分自然顺理成章之事。既然"日本文化的源流几乎全取之于中国。在俳句里，松尾芭蕉和与谢芜村的许多俳句，就是受汉诗的启发，得到灵感的。那时若无汉诗的修养，非但创作不出来，而且连欣赏也是不可能的"③。何不直接从中国古典中汲取营养呢？漱石一再表示他不喜欢日本古典文学中那种软绵绵的情调，由于从那里得不到什么启发，而去学习更具有艺术魅力的外国作品，这不正是发展民族艺术的正确道路吗？而且，即使民族文学十分发达的国家，也应该不断地学习、吸收外国优秀文学艺术，以便不断地丰富和发展民族文化。只是

---

① 《新潮日本文学小辞典》，新潮社1968年版，第587页。
② 《夏目漱石必携》，学灯社1969年版，第12页。
③ [日] 藤木俱子：《论师承》，载《俳句汉俳交流集》，中国社会出版社1995年版，第5页。

方法有所不同而已，就是说这样的国家首先在继承本民族优秀文化的基础上，再学习别人的而不是抛弃自己的好传统去学习别国的。

漱石正是在继承东方文化的基础上向西方学习的，这是他成功的诀窍。他创作时能够得心应手，挥洒自如地大量引用我国的成语、典故和叙述方法，说明汉学是他仅仅次于日本语言的重要手段。在漱石的文学语言中，《诗经》《论语》《史记》和唐宋诗词中的文学语言，以及禅宗等宗教语言特别多。在我国异译本最多的《旅宿》里，漱石就用了白居易《长恨歌》里的"温泉水滑洗凝脂"，陶渊明的"采菊东篱下，悠然见南山"，甚至全文抄录王维的五言绝句《竹里馆》："独坐幽篁里，弹琴复长啸。深林人不知，明月来相照。"接着，他又对诗做了大段的评论："只有短短二十字，就卓越地建立起另一个乾坤……可惜如今作诗的人也好读诗的人也好，都一股脑儿地醉心于西洋人，似乎再也无人特地悠然自得地泛着扁舟遨游这桃源仙境了……我想直接从自然中吸收渊明和王维的诗趣。"作品主人翁对中国田园诗的倾倒，对崇拜西方艺术的不满，确切地反映出漱石对中国和西方艺术的不同态度。

夏目漱石晚年曾经说过，他很难说受到谁的影响，他的"知识来自他周围堆积如山的书籍"。这里特别需要指出，漱石在向周围的书本，尤其是向西方书本学习时，他始终没有离开自己作为一个东方人的立足点。换言之，他在学习西方先进的文学艺术时，并没有忘记东方优秀文学艺术，并不如某些思想家那样，把东方文学艺术说得一无是处。他在创作和批评实践以及进行理论概括时，都有不少例子选自中国古籍。

例如在《文学论》中论及文学内容的基本成分时，就说到中国古诗里，香烟作为描写对象是屡见不鲜的，如"日静重帘透，风清一缕长"。他还说，在描写色彩方面，中国古诗更是大放异彩，如红灯绿酒、白苹红蓼、麦绿菜黄、白云青山等。漱石的这个论断，确实是我国诗歌艺术的一大特色。在《唐诗三百首》中，也可以找出不少诗句以其鲜明的色彩对比，吸引着读者。如李白的"红颜弃轩冕，白首卧松云"（《赠孟浩然》）。"青山横北郭，白水绕东城。"（《送友人》）孟浩然的"绿树村边合，青山郭外斜"（《过故人庄》），等等，不胜枚举。此外，漱石又在论述所谓间隔的创作方法时，既以弥尔顿的《力士参孙》和司各特的《艾凡赫》为例，又举日本的写生文和中国的《鄢陵之战》的例子。漱石在《文学论》中，既有从我国第一部诗歌总集《诗经》里选的例子，也有李白、杜甫的诗句。他在论述"非人情"的读者欣赏理论时，就以杜甫《饮酒八仙歌》里"李白一斗诗百篇，长安市上酒家眠"，李白的《山中与幽人对酌》中"我醉欲眠卿且去，明朝有意抱琴来"的名句为例进行论证，十分贴切。

诚然，漱石在《文学论》中，从西方文学作品里所选例子，超过了从东方文学中选的例子。但是，例子的多少并非本质问题。关键还是他站在什么立场上，以什么样的审美观去说明这些例子。我在上面多次谈道，漱石确立自己的文艺理论时，首先注意的是立足点的问题，强调东方人的立场，以我为主，为我所用地去看西方文学，采取批判地吸收的态度，不是盲目地认为凡是西方的就什么都好，什么都顶礼膜拜。他通过对比研究，找出东西方文学的异同点，找出文学艺术的共同规律。他就认为《艾凡赫》第二十九章中，妙龄佳人向艾凡赫报告城堡外面的激战情况的描写，和《鄢陵之战》有异曲同工之妙。

夏目漱石不仅仅在《文学论》里引证了《鄢陵之战》，在小说《我是猫》里，再一次肯定了这种描写方法："左氏在记录鄢陵之战时，是先从敌人的阵势开始下笔的。自古以来，凡叙述巧妙之人，皆用此笔法，这已成了通用原则。"《鄢陵之战》采取夹叙夹议的方法，把观察和想象熔于一炉。如楚王一面登车眺望晋军阵营一面与身后的谋臣分析敌军动向,文章生动活泼,极富艺术感染力。这也是漱石爱用的表现方法,并且在创作实践中加以不断丰富和发展。在《哥儿》里,哥儿和外号叫"野猪"的数学老师躲在小客店里监视教务主任逛妓院,一边又不断议论的情节;《旅宿》里,那个画家藏于花丛里,窥视女主人翁那美会见前夫,对见到的情景做出各种想象和判断的描写,等等,可以说都是《鄢陵之战》描写法的延伸。日本京都大学教授清水茂还曾指出,《我是猫》里苦沙弥和中学生"大战"的描写与楚王和谋士的问答如灯取影。[①]

毋庸赘述,漱石从西方学到不少文学表现方法。但主要是由于学习、吸收我国丰富的成语典故,才极大地丰富了他的文学语言和表现方法的,从而塑造出众多富有独特个性的艺术形象,使笔下的人物一张口就显示出与众完全不同的气质、修养,读来耐人寻味。小说《我是猫》和《旅宿》可谓最典型。漱石还由于较全面地评价日本和我国的优秀文学传统,作为其确立自己的文艺理论体系的基础,才使他的理论在今天仍有巨大生命力。

因此,我认为日本著名文学评论家吉田精一说的《文学论》的真正价值,在日本并没有得到普遍承认的原因,是由于"以英国文学为据点,并从那里寻找具体的例子来证明自己的观点,因而一般人都觉得很生疏",是值得商榷的。《文学论》的理论,漱石是在总结东西方作家创作经验基础上概括出来的,他从西方文学作品里选取的例子也确实多于东方,然而,这里我要再次强调漱石的立足点问题,即他以什么审美眼光对待这些例子。显然要以东方人的日本人的眼光看待西方文学是漱石一再强调的基本观点。何况《文学论》还有不少例子选自日本,或中国古典文学。所有这些,对于只懂得东方或者只知西方的"一条腿学者"更是

[①] 《国文学》杂志,学灯社1979年5月号。

生疏。的确，如果没有深厚的中国古典文学造诣，要想充分理解这部著作是很困难的。同样的原因，如果不能从汉学的角度分析"则天去私"，也是很难得出正确结论的。在"脱亚入欧"论的影响下，虽然不知现在日本汉学家与西方学家相比孰多孰少。但是可以肯定，漱石研究者中，汉学家只能算凤毛麟角。

日本上智大学教授渡部升一谈到，在夏目漱石诞生一百周年纪念活动期间，日本发表了大量论文和讲演，但是没有一个人谈论漱石的汉诗。这位教授估计，这是由于都是一些不懂汉诗的人在论漱石。然而，"在弄懂外国文学之前，如果不知道汉诗世界之美，是不会理解漱石的"[①]。真可谓一言中的。

看一个作家是否伟大，要看其作品是否伟大。看一个理论家是否杰出，则要看其理论是否杰出。

一个文艺理论家是否伟大、杰出的标志，就要看他是否说出与众不同的话语，是否能够及时回答时代提出的问题，并对后代人都有不同寻常的启迪。我们之所以说漱石是伟大的杰出的作家、理论家，就是由于他的文艺理论和作为其创作实践的作品，都较出色地解决了继承东方优秀文化传统和向西方学习这样的难题，至今对我们都有巨大的借鉴意义。

1995 年冬初稿　1997 年夏定稿

[①] ［日］渡部升一：《论教养之传统》后记，讲谈社 1994 年版。

主要参考书目

陈鼓应：《老子注译及评价》，中华书局1992年版。
乌恩溥译注：《四书译注》，吉林文史出版社1990年版。
支伟成编：《庄子校释》，中国书店出版社1988年版。
郭绍虞主编：《中国历代文论选》，中华书局1962年版。
《鲁迅全集》，人民文学出版社1981年版。
钱锺书：《谈艺录》，中华书局1993年版。
缪朗山：《西方文艺理论史纲》，中国人民大学出版社1987年版。
［英］哈里·布拉迈尔斯：《英国文学简史》，王义国等译，四川人民出版社1987年版。
梁实秋编：《英国文学史》，台湾：协志工业丛书1955年版。
王佐良主编：《英国诗选》，上海译文出版社1988年版。
胡经之、张首映：《西方二十世纪文论史》，中国社会科学出版社1988年版。
袁可嘉等选编：《外国现代派作品选》，上海文艺出版社1981年版。
林焕平编：《高尔基论文学》，广西人民出版社1980年版。
蒋孔阳主编：《二十世纪西方美学名著选》，复旦大学出版社1987年版。
蒋孔阳主编：《十九世纪西方美学名著选》（英法美卷），复旦大学出版社 1990 年版。

［德］玛克斯·德索：《美学与艺术理论》，兰金仁译，中国社会科学出版社 1987 年版。

《外国美学》第一辑，商务印书馆 1985 年版。

刘选彪、林治广编：《鲁迅与中日文化交流》，湖南人民出版社 1981 年版。

滕守尧：《审美心理描述》，中国社会科学出版社 1987 年版。

彭恩华：《日本俳句史》，学林出版社 1983 年版。

［日］中江兆民：《一年有半、续一年有半》，吴藻溪译，商务印书馆 1991 年版。

［日］桑原武夫：《文学序说》，孙歌译，生活·读书·新知三联书店 1991 年版。

［日］西田几多郎：《善的研究》，何倩译，商务印书馆 1989 年版。

［日］今道友信编：《美学》，东京大学出版会 1985 年版。

［日］坪内逍遥：《小说神髓》，载《明治文学全集》第 16 卷，筑摩书房 1983 年版。

《明治文学全集》，筑摩书房 1983 年版。

［日］长谷川泉：《森鸥外论考》，明治书院 1966 年版。

《正冈子规集》，改造社 1928 年版。

《漱石全集》，岩波书店 1935—1937 年版。

《川端康成全集》第 16 卷，新潮社 1977 年版。

［日］夏目镜子口述、松冈让记录：《回忆漱石》，岩波书店 1935 年版。

［日］小宫丰隆：《夏目漱石》，岩波书店 1938 年版。

［日］江藤淳：《夏目漱石》（决定版），新潮社 1979 年版。

［日］吉田精一：《近代文艺评论史·明治篇》，至文堂 1975 年版。

［日］吉田精一：《现代日本文学史》，樱枫社 1980 年版。

［日］吉田精一、山本健吉编：《日本文学史》，角川书店 1983 年版。

《加藤周一著作集》，平凡社 1981 年版。

［日］小室善弘：《漱石俳句评释》，明治书院 1983 年版。

［日］冈三郎：《夏目漱石研究》第一卷，国文社 1981 年版。

［日］荒正人：《漱石研究年表》，集英社 1984 年版。

《日本文学研究丛书》，《夏目漱石》，有精堂 1982 年版。

［日］古川久编：《夏目漱石辞典》，东京堂 1982 年版。

［日］高桥新吉：《禅和文学》，日本宝文馆 1970 年版。

［日］松冈阳子·麦克莱恩：《外孙女眼中的漱石》，新潮社 1996 年版。

［日］三好行雄等编：《近代文学》，有斐阁 1977 年版。

［日］伊东一夫：《近代日本文学思潮史》，樱枫社 1977 年版。

［日］渡部升一：《论教养之传统》，讲谈社 1994 年版。

［苏］高尔斯基、塔瓦涅茨主编：《逻辑》，宋文坚译，生活·读书·新知三联书店 1957 年版。

杨国荣著：《实证主义与近代中国哲学》，华东师范大学出版社 2009 年版。

［意］克罗齐著：《美学或艺术和语言哲学》，黄文捷译，中国社会科学出版社 1992 年版。

杜任之、涂纪亮主编：《当代英美哲学》，中国社会科学出版社 1988 年版。

吕绍宗：《伟岸壮丽的学林》，河南人民出版社 2015 年版。

史忠义：《20 世纪法国小说诗学》，社会科学文献出版社 2000 年版。

张黎：《〈四川好人〉与中国文化传统》，《外国文学评论》2004 年第 3 期。

张黎:《异质文明的对话:布莱希特与中国文化》,《外国文学评论》2007年第1期。

庄焰:《日本及英美的夏目漱石文论研究现状概述》,《外国文学动态》2014年第5期。

王向远:《八十多年来中国对夏目漱石的翻译、评论和研究》,《日语学习与研究》2001年第4期。

后　　记

　　20世纪80年代末，美国 W. 迈克尔教授来华讲学时指出，20世纪文学的最大成就在于批评和理论。[①] 这观点似乎过于抬举理论和批评。但联系西方文艺理论家在这个世纪里所创立的各式各样令人目不暇接的主义、理论，而使有些西方人骄傲得手舞足蹈的事实仔细品味，洋教授的话也不无道理。

　　相比之下，在东方的经济大国日本，虽然生产了横行天下的各种汽车、提高了人类生活质量的家用电器，却未能输出一种属于日本人发明的哲学和主义。这使不少日本学者自悲不已，于是出现了不下于日本在明治维新以后向西方学习的热潮。这种趋势至今方兴未艾。1996年在日本学术振兴会举办的元旦招待晚会上，所有讲话的显贵、学者都用英语，扬扬自得地向来自全球的满堂学者宣布，现在也有西方人到日本来留学，而不只是日本人到西方去！在这样的气氛中，我觉得这一幕实在滑稽，起着意外的反讽效果。因为，哲学和文化就是语言文字。抛弃自己的语言文字就是抛弃自己的哲学文化。而且，他们忘记了这些众多的外国人到日本所要学习的是日本的东西，而不是半生不熟的西洋货。看来日本人还未注意到当西方文明已经面临如何发展的关头，开始对东方刮目相看！

---

　　① 陆扬：《癫狂现实主义与小说之明日》，《文艺报》1997年7月1日。

例如，美国美术理论家赖因哈特就对其学生说过"东方艺术为文化之冠"。曾任国际比较文学协会副主席的哈里·莱文也认为东方各国，特别是中国，对于"西方各国文学影响是很深的，需要认真加以研究"①。我不能不说西方人在理论上对东方有了新的认识。然而另一方面，我又不能不说西方人竟然如此顽固！法国18世纪启蒙运动领袖伏尔泰就批评过一部历史著作只字不提东方，指出："东方是一切学术的摇篮，西方的一切都是由此而来的。"但过了几个世纪，才有人觉悟要研究东方，可见观念的改变是多么艰难。

温故而知新，可以为师矣。当我们翻开漱石在20世纪初写的著作时，印象较深的观点之一，就是他十分不满西方文论家对东方的无知。他不止一次地在西方人的著作上批着"与东方比较比较如何"。对于西方学者无视东方的现象，漱石早就发现并做了批评。其次，漱石对于自己的同胞有两大不满：一是不满一些人蔑视中国人，二是不满他们盲目崇拜西方。所以，我甚至想，要是他在元旦晚会上，很可能像苦沙弥拿着手杖追赶调皮捣蛋的中学生那样，把"洋津浜"轰下台……

笔者从1979年为《外国名作家传》撰写夏目漱石小传以来，这位个人头像印在千元面值日元上的文坛巨子，就是研究重点。此后，为《世界长篇名著精华》等辞书写过《我是猫》等赏析文章，发表了《夏目漱石与汉学的关系》等论文。同时开始研究其对立面日本自然主义、私小说作家，又写了两篇论心境小说和私小说的小文。② 经过反复比较后，我深信，漱石不愧为日本近现代文论界的巨擘。

我又觉得不能把理论、批评与创作实践割裂开来，孤立地看它的发展。一般来说，理论、批评是否繁荣、发达，还应该看它

---

① 陈小英：《让当代文学研究与比较文学"联姻"》，《文学评论》1984年第6期。
② 参见《外国文学研究集刊》第十辑，《外国文学评论》1996年第2期。

是否及时总结同时代的创作经验，并反过来对创作实践有无促进作用。从漱石所论述的问题的广泛性、深刻性和现实性看，从其理论对其创作的重要作用看，从其对后起之秀的巨大影响看，20世纪的日本文艺理论家无人能出其右。然而在我国，对于这样一个成就卓著的理论家，长期只字不提，虽然有历史的客观原因，也有认识上的主观原因。但无论什么原因，再继续无视其理论，是说不过去的。

恩格斯说得好："在辩证法哲学看来，并没有什么一成不变的、绝对的、神圣的东西。"因此，无论在自然科学，还是在社会科学方面，谁都不能说自己的或权威的某个真理是到顶的绝对真理。在这改革开放的伟大时代里，尤其需要通过反思和怀疑，依靠调查研究，对以前的真理和假设进行检验。笔者经过长期、反复调查研究，根据大量的第一手资料，可以确认上述判断无误。

例如，在日本东洋大学教授伊东一夫1969年初版，1977年第三次再版的《近代日本文学思潮史》（樱枫社）第三章中，就论述了本书第五章所介绍的"写生文理论"。

此外，1996年十月东渡扶桑，在已经成立百年以上的日本东洋大学图书馆，通过电脑找到了日本著名文学评论家吉田精一的鸿篇巨制《近代文艺评论史·明治篇》（至文堂）。吉田就把漱石视为日本近代文艺理论界一颗璀璨夺目的明珠，指出日本众多的漱石研究著作，不谈他的《文学论》和《文学评论》的是极少数。

鉴于国内学者都只把漱石视为一个作家，对于其理论著作和评论知之甚少的状况，本书偏重于系统介绍漱石的基本理论和评论观点以及日本对他的文论的评论，并把他的理论与日本和世界上的近似理论做些对比分析。深信本书对于日本文学研究界、比较文学界、文艺理论家以及一切立志评论和创作的青年，都有一定的参考价值。

由于笔者学识所限；国内关于漱石文艺理论的资料奇缺，日本也没有系统描述漱石怎么样成长为文艺理论家足迹的专著；加之，漱石的原著费解，古汉文用字怪僻，且无标点，一些文章大段引用18世纪的英国文学原著等都是奇峰险关，误读或论断谬误之处，估计在所不少。笔者一心只想尽快填补空白，但愿匆匆抛出之粗砖，引来闪闪发光之宝玉，并真诚地欢迎批评。

1997年7月15日于
中国社会科学院永乐小区宿舍

再版后记

在日本和英美西方发达国家,"理论家的漱石一直遭到贬抑"。但进入 21 世纪后,这种状况有了根本改变,对夏目漱石的《文学论》研究有了长足发展,翻译出版《文学论》,接连召开国际讨论会及出版会议论文集,在国际上都产生了广泛影响。[①] 但遗憾的是我国至今都未能牵头召开过一次哪怕规模很小人数很少的漱石文学专题会议。

是由于中国夏目漱石文艺理论研究太落后,无人研究而开不起来吗?不是的。无人研究不是事实。中国早在 20 世纪二三十年代就翻译、出版了《文学论》和《文学评论》。原隶属于国家编译局的中国文学出版社于 1998 年就出版了探讨漱石成长为文论家历程的专著《日本现代文学巨匠夏目漱石》(原题是"夏目漱石文艺理论研究")。不止一个学者认为如此规模的漱石文艺理论研究著作在日本都未见过。事实证明在漱石文艺理论研究领域,我国一度处于领先地位,早就具备牵头召开夏目漱石文学国际讨论会的条件。

我们既然已经认识到夏目漱石对现代世界文艺理论的卓越贡献,而且也认识到他的理论不限于《文学论》《文学评论》这两部著作,而是散见于他的各种文体的著作。因此,如果要吸引更

---

① 《日语学习与研究》2001 年第 4 期。

多的人去研究夏目漱石的理论,那么出版他更多的著作就该是顺理成章的了。所以:

第一要抓出版。我国已经出版了十卷本的《川端康成文集》,(中国社会科学出版社 1996 年) 五卷本的《大江健三郎作品集》,(光明日报出版社 1995 年) 在我国人力财力都有限的条件下,首先集中力量译介日本诺贝尔文学奖得主的作品是合理的,也是广大读者欢迎的。而在今天我国经济实力已经今非昔比,我们为什么不能制订出一个出版更多的夏目漱石著作甚至全集的计划,作为文化建设的一部分,列入国家的创新工程呢?这是个系统的大工程,需要权威部门出面协调科研、教育、出版各方人才,集中力量,分工协作,花五年十年甚至更长时间,才能实现的大目标。

第二要抓学术交流。在我国已经召开过三次川端康成文学国际讨论会,两次大众文学国际讨论会,而如夏目漱石这样的作家,却从未开过学术讨论会,显然有失平衡。但要想由中国牵头召开夏目漱石文艺理论国际研讨会,也绝非易事。一个先决条件就是要有更多学者去研究夏目漱石文艺理论,写出高水平的文章。这就要求广大学者在思想上克服畏难情绪,并要对理论研究产生兴趣。还要在思想上认清对个别作家与作品的评论和研究,与对整个文学繁荣、发展起着引领作用的理论进行研究在层次和水平上乃是完全不同的级别。这一点可参考本书川端康成的观点。所以我赞成王向远教授在课堂上要求他的学生们不要停留在作品论的水平上,而要向更高层次的理论研究进发。确实,理论枯燥无味,没有作品那样有趣味性,费时费力成果往往不怎么明显。搞理论难,而要搞漱石的文论研究就更难。所以,无论在日本还是在文论发达的欧美国家,夏目漱石文艺理论才会长期少有人问津。这就需要科研管理部门在政策上就要有所倾斜,以鼓励人们对漱石文论的研究。

第三要抓好宣传工作。若要达成上述两项任务,宣传工作必须先行。在肯定漱石对文艺理论贡献，肯定我国在漱石文艺理论研究、出版成就的基础上，宣传做好上述两项工作的意义。首先是我国文化建设的需要，漱石著作对于提高我国文艺理论及文艺评论水平即将产生的作用怎么估计都不算高；其次是增强两国人民和漱石文论研究者之间的联系与交流，为巩固中日两国人民世世代代友好关系奠定民间感情基础。本书开头部分所阐述的漱石有什么值得我们纪念的理由，也就是我们出版更多漱石著作和召开漱石文艺理论国际讨论会的理由。换言之，我们是把漱石视为世界文化名人来纪念了，把他当作与普希金、高尔基、歌德、莎士比亚、巴尔扎克等世界文化名人齐名的伟人来纪念，无疑能得到广大日本人民的友好回应。

我希望通过本书既要让读者了解当前国内外漱石文论研究、出版状况，也指望让更多的读者对漱石文艺理论产生兴趣，激起人们参与研究的热情。也想为欲对本书的疏漏及写作方法提出批评的读者，寻觅合适的切入点提供方便。还企望我国更好地利用漱石其人其文，为中日友好关系服务，等等。

最后，我想费些纸墨对两位伯乐表示感谢。一是王向远教授，他在2001年就发表文章，公证、客观地肯定了拙著，这次为拙著再版，他在百忙之中写推荐文书，并提出了十分具体的改进建议。

还有一位是德国文学专家张黎同志，在拙著出版的同一年就肯定其价值，主动表示要写推荐文章。此次再版，我就自然想到让他当推荐人，他又欣然点头应允。这里，我要真挚地对他俩表示衷心的感谢。

2017年4月初稿，2018年5月定稿于北京朝阳区金盏嘉园